外 国 文 学 名 著 丛 书

〔爱尔兰〕萧伯纳/著

萧伯纳戏剧三种

潘家洵　朱光潜　英若诚/译

"外国文学名著丛书"编委会

人民文学出版社
PEOPLE'S LITERATURE PUBLISHING HOUSE

George Bernard Shaw
THREE PLAYS

图书在版编目（CIP）数据

萧伯纳戏剧三种/（爱尔兰）萧伯纳著；潘家洵，朱光潜，英若诚译. — 北京：人民文学出版社，2022（2024.5重印）
（外国文学名著丛书）
ISBN 978-7-02-017070-8

Ⅰ.①萧… Ⅱ.①萧… ②潘… ③朱… ④英… Ⅲ.①戏剧文学—剧本—作品集—爱尔兰—现代 Ⅳ.①I562.35

中国版本图书馆 CIP 数据核字（2021）第 053038 号

责任编辑　张海香
装帧设计　刘　静
责任印制　王重艺

出版发行　人民文学出版社
社　　址　北京市朝内大街 166 号
邮政编码　100705

印　　刷　北京盛通印刷股份有限公司
经　　销　全国新华书店等

字　　数　261 千字
开　　本　850 毫米×1168 毫米　1/32
印　　张　12.625　插页 3
印　　数　6001—9000
版　　次　2022 年 1 月北京第 1 版
印　　次　2024 年 5 月第 3 次印刷

书　　号　978-7-02-017070-8
定　　价　85.00 元

如有印装质量问题，请与本社图书销售中心调换。电话:010-65233595

萧伯纳

出版说明

　　人民文学出版社自一九五一年成立起，就承担起向中国读者介绍优秀外国文学作品的重任。一九五八年，中宣部指示中国科学院文学研究所筹组编委会，组织朱光潜、冯至、戈宝权、叶水夫等三十余位外国文学权威专家，编选三套丛书——"马克思主义文艺理论丛书""外国古典文艺理论丛书""外国古典文学名著丛书"。

　　人民文学出版社与中国科学院文学研究所，根据"一流的原著、一流的译本、一流的译者"的原则进行翻译和出版工作。一九六四年，中国社会科学院外国文学研究所成立，是中国外国文学的最高研究机构。一九七八年，"外国古典文学名著丛书"更名为"外国文学名著丛书"，至二〇〇〇年完成。这是新中国第一套系统介绍外国文学作品的大型丛书，是外国文学名著翻译的奠基性工程，其作品之多、质量之精、跨度之大，至今仍是中国外国文学出版史上之最，体现了中国外国文学研究界、翻译界和出版界的最高水平。

　　历经半个多世纪，"外国文学名著丛书"在中国读者中依然以系统性、权威性与普及性著称，但由于时代久远，许多图书在市场上已难见踪影，甚至成为收藏对象，稀缺品种更是一书难求。在中国读者阅读力持续增强的二十一世纪，在世界文明交流互鉴空前频繁的新时代，为满足人民日益增长的美好生活的需要，人民文学出版社决定再度与中国社会科学院外国文学研究所合作，以"网罗经典，格高意远，本色传承"为出发点，优中选优，推陈出新，出版新版"外国文学名著丛书"。

值此新版"外国文学名著丛书"面世之际，人民文学出版社与中国社会科学院外国文学研究所谨向为本丛书做出卓越贡献的翻译家们和热爱外国文学名著的广大读者致以崇高敬意！

"外国文学名著丛书"编委会
二〇一九年三月

编委会名单

目　次

译 本 序

萧伯纳(George Bernard Shaw,1856—1950)是世界闻名的戏剧家,但是他却不是从小就立志要写剧本的。在少年时代,他爱好绘画和音乐,一度想做一个像米开兰琪罗那样的画家;而在音乐方面,由于他母亲的熏陶,从小练钢琴,学唱歌,熟悉歌剧犹如普通孩子熟悉冒险故事。后来他到伦敦,失业达九年之久,忙于参加群众活动,研究过马克思的《资本论》,兴趣是在政治经济学方面。使他注意起戏剧来的,是易卜生。一八八八年左右,马克思的女儿伊林诺拉他参加了易卜生的《玩偶之家》的业余演出,扮演柯洛克斯泰一角,虽然据萧自己回忆,这戏究竟是怎么一回事,他"当时是莫名其妙的"。① 接着,有一次,剧评家威廉·亚秋口译易卜生的《培尔·金特》一剧给他听,他感到"一刹那间这位伟大诗人的魔力打开了我的眼睛,叫我同时领悟到他作为一个社会哲学家的重要性"。② 于是他对易卜生的剧本进行了研究。一八九〇年他做了有关这位挪威戏剧家的公开演讲,次年将讲稿整理出版,便成为有名的《易卜生主义的精华》一书。

① 丽拉·麦卡锡:《我自己和朋友们》,第3页。
② 萧的小说《无理之结》序。

这本书是近代欧洲戏剧史上的重要论著；一个大戏剧家受到了另一个大戏剧家的阐释，前者已经震惊全欧，后者即将崛起。通过易卜生，通过易卜生的《群鬼》一剧在伦敦公演时所遭遇的英国绅士们的恶毒攻击，萧看清新戏剧是一个强大有力的宣传工具——用他后来的话说，它是"思想的工厂，良心的提示者，社会行为的说明人，驱逐绝望和沉闷的武器，歌颂人类上进的庙堂"，它的重要性"只有中古的教会可比"。①

然而十九世纪八十年代伦敦的舞台情况却只能引起萧的嘲笑。英国戏剧有过几个兴盛的时期：以莎士比亚为代表的十六、十七世纪，以康格利夫（Congreve）等为代表的复辟朝喜剧时期，其后在十八世纪又有费尔丁、利洛（George Lillo）、盖伊（John Gay）、谢立丹等人的建树，但是到了十九世纪，却一蹶不振了，戏院里很少见到有生命力的好剧本，而无数文人所写的诗剧又因缺乏戏剧性而上不了舞台。六十年代中，罗伯逊（T. W. Robertson）的《门阀》（1867）一剧获得了舞台上的成功，但是它也为家庭琐事剧开了先河。等到法国沙杜（Victorien Sardou）、斯克里布（Eugène Scribe）成为巴黎剧坛红人，伦敦的剧作家又竞以仿效他们写"结构谨严剧"（la pièce bien faite）为时髦。这种剧本讲究章法、线索、伏笔等等，而主题则是家庭纠纷、三角关系、不尽的通奸案件、无数的"有着一段过去伤心史的美妇人"。影响所及，王尔德在九十年代写社会剧时，虽然加入了讽刺成分，也仍然脱不出这个格局，只在《认真的重要》（1895）一剧里他才写下了较好的喜剧。八十年代英国剧坛上的唯一光彩来自一个出乎人们意料的地方，

---

① 亨尼科编：《萧伯纳戏剧论文集》，卷一，第 xxii—xxiii 页。

即吉尔勃特和沙利文（Gilbert and Sullivan）合作写成的通俗的、善于挖苦的、纯然英国风的喜歌剧，但它却又充满了小市民气味。

在这样的情形之下，当时英国的剧坛不但不是"庙堂"，连正经的艺术场所也算不上，它只是迎合低级趣味的"糖果店"。①

现在却来了易卜生。萧在他身上看出了生机。一种新的、现实主义的戏剧已在席卷欧洲——易卜生之外，还有瑞典的斯特林堡，还有契诃夫和其他俄国巨匠，还有被萧推崇过分了的法国人白里欧（Eugène Brieux）。这种戏剧之新不只在技巧，更在它所反映的时代精神，它对欧洲各国资产阶级社会和家庭生活的揭露和讽刺，它的破坏力，它的愤怒和憧憬，在某些情形下还有它的诗情。新戏剧的重要与有力既如此，伦敦剧坛的不振又如彼，萧本是一个有志之士，如今看到了易卜生的榜样，于是油然而生夺取伦敦旧舞台、创造英国新戏剧之心了。

他进行了艰苦的工作。一方面，他用凌厉无前的戏剧评论从旧舞台内部进行爆破，为此不惜向被旧势力捧为护身符的莎士比亚猛烈开火；另一方面，他正面阐释欧洲新戏剧，竭力主张戏剧不应依赖离奇的情节而应依赖理想的冲突和意见的辩论，介绍易卜生和白里欧之外，又在一八九二年自己动笔写起剧本来。

从一八九二年的《鳏夫的房产》到一九五〇年的《为什么

① 这也是萧本人用过的字眼，见《白里欧的三个剧本》的序，第 xxi 页。

她不肯》，萧总共写了大小五十一个剧本①，数量之大，英国文学史上前无古人。就时间而论，萧的条件特别优越。他活了九十四个年头，直到最后智力依然活跃；其中从事戏剧创作共达五十八年（1892—1950），时间超过莎士比亚整个一生；这一点已经十分不凡，但却还有一个因素，使他更能充分地利用这漫长的五十八年，那就是：别人在创作生涯之始，往往要有一个摸索试验的学徒时期，而萧则在一八九二年动手写《鳏夫的房产》之时，就已显得处处成熟，一切宛如老手了。

《鳏夫的房产》开英国戏剧史上新页，然而这部新人新作却几乎没有幼稚或粗糙的地方。从头起，萧的特点就大部分出现了：论主题，这里所处理的就是以后萧要不断处理的资本主义社会的罪恶现象；论人物，干练的房东老板是后来军火商安德谢夫、罗马大将凯撒、《苹果车》里的国王等人的先驱，而能言善辩的狗腿子李克奇斯又是《康蒂妲》里的柏格斯和《匹克梅梁》中的杜立特尔的祖宗；论对话，萧一开始就写得十分生动、机智；论情节，在第一个剧里犹如在后来许多剧里，出现了一个典型的"颠倒"场面：一个医生原来义愤填膺地责备房东不该压榨贫民区住户，等到他发现自己的收入也来自贫民区的房租，就心甘情愿地变成了他的同伙。作者的手法是老练的，态度是自信的，几乎是傲慢的，没有半点吞吐或迟疑，一种新的戏剧从头就以战斗的、毫不畏缩的姿态出现了，它的艺术特点也几乎从头就具备无遗了。

①　此外萧还译了脱雷别区（S. Trebitsch）一剧，改写莎士比亚《辛伯林》一剧，在一九四九年又用素体无韵诗写了一个木偶剧，叫作《莎士比亚与萧》。

这当然不是说,萧没有经过学徒时期。区别只在这里:别的剧作家往往在剧院里或书斋里尝试着写他们的第一行台词,而萧则在伦敦的失业日子里体会到资本主义社会的罪恶,在街头煽动和会场争论里练出了辩才,加上从小就有音乐和歌剧修养,在一八七九到一八八三年间写作五本长篇小说又给了他以描写人物、安排情节的能力,再加上易卜生的启示和自己作为剧评家在戏院里的见闻感触,而在这一切之上,还有他那杆又犀利又典雅的文笔,那个在莎士比亚和斯威夫特的影响之下形成,在千百篇政论和艺术、音乐、戏剧评论里得到锻炼,在无数次的辩难争议里变得锋利无比的散文风格。

这样,在一八九二年之前,他具备了写作他那一类戏剧的必要条件。

这样,他赢得了时间,从一八九二年起就放手写起适合自己天才的剧本来。长达五十八年的创作生涯,就在这样充满了自信、具备了坚实的艺术基础的有利情况下开始了。

结果是:他获得了比文学史上见过的任何剧作家更多的充裕时间来完善自己的戏剧艺术。为了看出萧的变化发展,我们不妨将他的剧作分为四个时期,其中大概的分界线是:一九〇〇年,一九一四年,一九二九年。

远在二十世纪之前,萧就已经写出了他若干最出名的剧作。《不快意的戏剧集》之中,《鳏夫的房产》(1892)和《华伦夫人的职业》(1894)至今盛名不衰,只有《荡子》(1893)已经无人注意。《快意的戏剧集》之中,《武器与人》(1894)是英国戏剧史上最好的喜剧之一,《康蒂妲》(1894)在戏院里一直叫座,《风云人物》(1895)有其独特的吸引力,《难以预料》(1896)同样是出色之作,其中出现的老茶房威廉承继了欧洲喜剧中仆人一角的某些传统特点,但又加上了萧所独有的智慧与成熟。《为清教徒写的戏剧集》里包括了两个成功的历史剧:一个是以美国革命为题材的《魔鬼的门徒》(1897),其中有新颖的人物处理;另一个是有名的《凯撒和克莉奥佩屈拉》(1898),后来到了四十年代还被摄成电影,可见其戏剧吸引力之巨大。以上总共十个剧本是任何剧作家都可以感到无愧的作品,足以替任何剧作家赢得文学史上的一席地。

然而它们却只是一个开始。在二十世纪初年,又出现了一系列在观众和读者之间造成了更加深刻印象的成功剧作:利用唐璜传说写成的《人与超人》(1903),根据爱尔兰问题来剖析英帝国主义的《英国佬的另一个岛》(1904),以军火商为主角的动人心魄的《芭巴拉少校》(1905),描写艺术家的命运的《医生的困境》(1906),处理宗教问题的《安乔克里斯与狮子》(1913),以及情节有趣,发人深思,至今显得十分新鲜的《匹克梅梁》(旧译《卖花女》,1913)。在这个阶段当中,萧写的剧本远不止这一些,然而仅仅这一些——仅仅将它们的名字回顾一下——就足以确立一个事实:在二十世纪的最初十年之内,萧写下了不少成功的剧本,他的视野广阔了,他对于某些社会问题的见解深入了,而且才思敏捷,新意泉涌,在戏剧艺术上进行了多方面的探索,为常人之所不敢为,将唐璜打入地狱,将大军火商的资本主义世界端上舞台,令狮子随使徒跳舞,叫蚱蜢向老人诉苦,让一个贫苦的卖花女在学习了六个月的标准发音之后变成了大使馆游园会上的绝色公主——凡此种种,都显示萧在戏剧创新上的成就,显示英国戏剧在他的指引之下,确实进入了一个新天地了。

然而这新天地里却没有真正的欢乐。黑云笼罩着;眼看战争就要像暴风雨般袭来。在这种预感之下，萧进入他创作的第三时期，开始写《伤心之家》（1913—1916），未到完稿，欧洲的不少精华地区已经变成了废墟。这部以契诃夫式的阴郁气氛见长的剧本反映了那样的现实，被不少行家（例如也是写剧能手的奥凯西）评为萧的真正的杰作①。而萧本人，却认为他的杰作不是这个，而是接着出现的、合起来称作《回到麦修色拉》的庞大的一组剧本。在这组剧本里，他上天入地，透视古今，想要穷究长生之道，花了不少气力来宣扬他的唯心的、反达尔文的"创造进化论"，但是剧本并未在舞台上获得成功。论舞台上的成功得数写作于这个时期之末的历史剧《圣女贞德》（1923）。萧通过贞德的生平表现了西欧近代历史上的两种力量，即基督教新教的兴起和资产阶级民族主义的出现。演出之后，获得空前热烈的赞誉，不少演员以扮演贞德为本人演技的一个考验，就像他们看待莎士比亚的某些著名角色一样。商业舞台上的成功常常不是剧本本身价值的可靠衡量，但是无论如何，我们通过这些剧本看到：萧在连续创作剧本三十年之后，仍然精力饱满，创新不绝。

经过了这样活动频繁、收获丰富的三个时期，也许在一九二九年以后的最后时期里没有多少新东西了吧？不然。萧是难于预料的。一九二九年写成的《苹果车》一剧依然令人吃惊。这时候他将眼光从经济和社会问题移到了实际政治，不仅在《苹果车》里揭发了工党政客麦克唐纳等人的出卖工人利益的事实，剖析了资产阶级民主为金融寡头操纵的真相，而且接着在《搁浅》（1933）里写失业群众的示威，在《日内瓦》

---

① 旭恩·奥凯西：《夕照与晚星》，第230页。

（1938）里对法西斯头子巴特勒和庞巴董尼（影射希特勒和墨索里尼）进行审判。这一类的剧本，萧自己有时称之为"政治狂想剧"，它们的特点在于作者将真人真事同幻想的情节糅在一起，用来暴露经济大危机里资本主义世界的百孔千疮。这是一种新的发展；虽然未必所有的人都欢迎它，然而《苹果车》的成就却是观众和批评家所公认的，其中对话的机智达到新的高度，与十年后出版的《在贤君查理士的盛世里》（1939）一剧成为这个阶段里对峙的双峰。后者显示了萧怎样让自己的历史想象力自由驰骋：原来他在这个剧本里将风流国王查理士、查理士的情妇名演员耐尔·格文、宗教改革家约翰·诺克斯、画家耐勒，和大科学家牛顿一同放在牛顿的书房之内，各逞雄辩，大谈人生。这是第一幕里的精彩场面，第二幕却显得平淡乏味，难以为继了。

到了四十年代，萧的剧作显著减少起来，但是我们不要忘了：在这中间发生了第二次世界大战，很少人能在英国的战时空气里写出大部头的作品来；而战争结束之后不过三年，萧的新剧《波扬家的亿万财产》（1948）就出现在欧洲的舞台上了。九十二岁的老翁而能完成一个多幕剧，毅力着实惊人。无怪萧感到自豪，一九四九年他在整理自传材料之时，这样写道：

　　我甚至不想就此告别，因为我身上还有足够的劲儿，还可以大干一气呢！①

自然，一年之后，他终于离开人世了，然而逝去的只是他的肉体。他的剧本传了下来。它们不断在舞台、银幕和广播上重新出现，原来以为过了时的萧的人物和场面还是十分新鲜，原

---

① 《自我写照十六篇》，第134页。

来以为听腻了的萧的对话依然耐人寻味。时间——向来是无情的时间——终于在这个最不屑于追求不朽的戏剧家身上，遇到了一个强劲的、无从轻易摧毁的对手。

　　然而萧又是一个有着严重缺点的作家。他的剧本提出了一些社会问题，但是没有打中要害；他所揭示的矛盾、冲突经常是前紧后松，他的答案往往是妥协的，不了了之的，甚至是败北主义的。在本书所包括的几个剧本之中，芭巴拉少校最后向军火商父亲做了妥协，所谓想从内部来破坏资本主义王国只是一种典型的改良主义的投降思想；爱尔兰民族的出路十分渺茫，英国的资本家永远比爱尔兰人民高明；痛恨娼妓制度的新妇女同她母亲所代表的旧社会稍一接触就败下阵来，只得独善其身地埋头在统计数字里过活。萧永远寄望于聪明盖世的个人，他们的长处只是雄辩滔滔，有时即使谈到"革命"，眼中并无革命的群众；他笔下的工人不是醉鬼，便是一碰警棍就逃的懦夫，这就完全无视英国工人阶级从宪章运动以来的战斗传统，严重地歪曲了英国的现实。由于只着重个人才智，于是一些荒诞的唯心主义理论——例如所谓"创造进化论"——充塞了他的许多剧本，无意义的说教减弱了剧本的意义，破坏了观众的欣赏情绪。萧是一个十分重视内容的剧作家，他的剧本又是用"新思想"来号召观众的，因此他的思想上的缺点也就特别严重地影响了他的艺术，使它处处露出破绽。他的拿手的颠倒场面——以及他所擅长的似是而非或似非而是的颠倒之言（the paradox）——有些固然绝妙，有些则是生硬凑成，没有能够反映或点明生活的真实。萧固然是名满天下的大作家，然而在世界的每个角落，都有观众和读者至今觉得他的剧本沉闷，枯燥，不够戏剧化，不是衷心喜爱他，而是对他颇有反感。就是通常喜爱他的人也不时感到不满足，不完美——在萧所写的五十一个剧本当中，整个儿都叫人满意的确是为数不多。

萧可能还有许多其他缺点，然而一切缺点却似乎并未能够改变这样的事实：他是二十世纪前半叶（这是戏剧比较发达的时期）英文剧作家中成就最高、影响也最大的一人。如果说有些观众和读者对他不发生兴趣，那么却有更多的观众和读者热烈赞扬他，这样的观众和读者世界各国都有，而且其中还有我国的鲁迅、瞿秋白那样的明眼人。

我们怎样解释这个矛盾现象呢？或者，更直截了当一点说，萧的思想里的主导成分既是反动的费边主义，那么进步人类又何所取于他的戏剧呢？

费边主义，即英国型的资产阶级改良主义，确实严重地限制了萧的戏剧天才；越是他起劲地宣传这标榜"和平渗透""从市政改良做起"的费边主义的时候，他的剧本越是引起反感。但是也有一些剧本，其中费边主义的成分是淡薄的。《匹克梅梁》没有表达多少费边主义，却成了卓越的喜剧。《圣女贞德》没有多少费边主义，也在舞台上获得了巨大的成功。它们当然仍旧有思想上的缺点，但是那些缺点并不独特地属于费边主义的范畴。

其次，萧的费边主义有其个人的特点。在费边社初期的几个骨干分子当中，萧是唯一尝过失业滋味的穷汉，唯一用冷眼看英国的爱尔兰青年；他最无绅士气，最不稀罕英国资产阶级所稀罕的一套——出身、家世、口音、住过的学校、所属的俱乐部等等。他在政治上的发展也脱出了英国资产阶级人士的常轨:十月革命爆发,西欧社会民主党人群起攻击苏联,萧则力排众议,郑重宣告:"我们既是社会主义者,俄国人的一边就是我们的一边!"等到工党上台执政,费边社主要人物如韦伯等都入阁做了大臣,萧则不仅未去参政,而且从头起就反对麦克唐纳等右翼头子,并在《苹果车》《搁浅》等剧里不断揭露和讽刺他们。

第三,萧始终保有一种可贵的感情,在一定程度上弥补了他的费边主义理论所造成的损失。这种感情会使他一八八四年在写费边社第二号小册子的时候高呼:"我们宁愿面对内战,也不能再忍受像现在这样的一个苦难的世纪了!"也是这种感情使他在一九五〇年宣称:"当然我是一个共产主义者……未来属于那个将共产主义建设得最快最彻底的国家。"[①]六十年的漫长时间里,世界经历了重大变化,萧周围的人此起彼落,很多人青年表示进步,晚年成为显爵,萧自己也说过一些错误的话(如因为痛恨英美资产阶级民主而称赞初期的墨索里尼),但是他胸中始终燃烧着这种感情,这种对资本主义社会深恶痛绝,恨不得拿一把火烧了它的强烈感情。

这也就是说,这个充满了矛盾的剧作家虽然作为新社会的指引人是毫不济事的,作为旧社会的谴责者他却是严厉的、有力的、充满了愤恨的。人们常常因为萧爱开玩笑而忽略了他的严肃精神。其实在根本问题上,萧很少是不认真的。玩笑往往只是一种糖衣,里面藏着大冷大热的猛剂。在很多时候,则是连糖衣也没有。试问在《华伦夫人的职业》当中,哪儿有一点儿玩笑?当那大学毕业的女儿质问身为妓院经理的

① 1950 年 8 月 6 日接见《雷诺新闻》记者的谈话。

母亲为什么要干那等行当的时候,谁能不正襟危坐、静听母亲的回答?

华伦夫人　……你外婆自己说是寡妇,在造币厂附近开个小铺子卖炸鱼,带着四个女儿靠那小买卖过日子。四姐妹里头,我跟利慈是亲的。我们亲姐儿俩都长得挺好看,身材也不错。我们的父亲大概是个吃得肥头胖耳、日子挺好过的人,母亲说他是个上等人,谁知道是不是。其余那两姐妹跟我们不是一个父亲生的。她们长得又矮又丑,黄瘦脸儿,是一对规规矩矩、肯做事肯吃苦的可怜虫。要不是母亲常把利慈和我打个半死、不许我们欺负她们,我们准会把她们给打个半死。她们俩是一对正经人。可是做正经人有什么好处?让我告诉你。她们俩有一个在铅粉工厂做女工,一天干十二个钟头活,一星期只挣九个先令,干到后来中了铅毒,把命送掉。最初她以为至多不过得个两手麻痹症,没想到后来命都保不住。另外那一个,母亲常说她是我们应该学习的好榜样,因为她嫁了一个代福海军军需厂的工人,她丈夫一星期挣十八个先令,她倒也把他的家和三个孩子安顿得整整齐齐的,可是后来她丈夫喝上了酒,一切全完了。你说做那么个正经人上算不上算?

薇　薇　……你和你姐姐觉得做正经人上算吗?

华伦夫人　利慈觉得不上算,她比我有志气。我们俩一同进了个教会学校——这件事也是我们看见了那些什么都不懂、哪儿都没去过的女孩子就摆架子的一个原因——在学校待了一阵子,有天晚上利慈出去了从此没回来。我知道,女校长担心我不久也要学姐姐的榜样,因为学校的牧师时常提醒我,说利慈的结局一定是在滑铁卢桥跳河自杀。可怜的蠢牧师,他只懂得那么点儿事!可是我觉得进铅粉厂比跳河更可怕,要是你是我,你的想法也会跟我一样。后来那牧师在一家名目上不卖酒其实什么都卖的饭馆里给我找了个厨房打杂儿的活。后来我又当了女茶房，又进了滑铁卢车站的酒吧间——端端酒，洗洗杯子，一天十四个钟头，吃他们的饭，一星期挣四个先令。在我说，这就算是往上爬了一大步。有天晚上，天气冷得好难受，我在柜台里累得都快睡着了。那当儿有个客人进来要半品脱威士忌。你猜那是谁？不是别人，是利慈。她穿着一件长的皮大衣，又雅致，又舒服，钱袋里还装着好些金洋钱。

薇　薇　……是利慈阿姨！

华伦夫人　正是，并且还是个很不丢人的阿姨。现在，她住在温切斯特，靠近大教堂，算得上当地一个上流女人。你能信吗，阔人开跳舞会的时候，她还负责照管人家的小姐呢。谢谢老天爷，利慈没跳河！我看你有点儿像利慈：她是个头等能干人——一开头就攒钱——从来不大肯露自己的真面目——从来不慌张，也不错过一个机会。那晚上她看见我长得挺好看，就隔着柜台冲我说："小傻瓜，你在这儿待着干什么？消磨自己的身体，糟蹋自己的脸子，给别人挣钱！"那时候利慈正在攒钱打算在布鲁塞尔自己弄一所房子。她想，我们两个人攒钱总比一个人攒得快。因此，她就借给我一笔钱，给我做本钱。慢慢儿我也攒了钱，先还清了她的账，后来就跟她合伙做买卖。凭什么我不该那么做？我们在布鲁塞尔搞的买卖是个真正高级的：女人在那儿过日子比在安·简恩中毒的工厂里福气得多。我们养的女孩子没有一个受过我在饭馆里，或是滑铁卢酒吧间，或是自己家里受的那份儿罪。难道你愿意我在那些地方待下去，不到四十岁就变成一个苦老婆子吗？

薇　薇　……不愿意。可是你为什么单挑那么个行当呢？只要能攒钱，会经营，什么行当都干得成。

华伦夫人　不错，只要能攒钱。可是请问，一个女人干别的行当，攒得起什么钱？一星期挣四先令，还要自己做衣服，请问能不能攒钱？干脆办不到。不用说，要是你脸子不好看，只能挣那么点儿钱,再不就是你会音乐,会唱戏,会给报馆写文章,那情形当然不同了。可是利慈和我在这些事儿上头都不行,我们的本钱只是一张好脸子和一副奉承男人的本事。人家拿我们的脸子做本钱,雇我们当女店员、女茶房、女招待,你说我们难道是傻子,为什么要死守着吃不饱肚子的那几个死工钱,自己不去发这笔财。这道理说不通。

听到这一段对话,谁又能不感到是忽然给打开了眼睛,惊讶地看见了——或者犹有余痛地回顾了——一个可怕的社会里的一个可怕的处境?这是一场好戏:面对面的冲突,想象不到的发展,值得引申的重大意义,确实是欧洲近代戏剧里动人的场面之一;这里面没有玩笑,作者是满怀着愤怒的。这也不是那种来得猛去得快的一时暴怒,因为它还带有不可抗拒的逻辑力量和堂堂正正的道德力量,使得作者能够坚定地、有力地、明晰地告诉那些资产阶级观众:正是他们的罪恶的社会制度造成了卖淫现象,在资本主义的无边黑夜里,贫穷的妇女是无法逃脱那种比死还坏的命运的。

这一种正义的愤怒曾经像火光一样照亮了英国文学的册页。十八世纪之末,当产业革命将大批青年妇女赶到伦敦街头为娼的时候,诗人布莱克曾经怀着最沉痛的心情诅咒了那个使婚车变成灵柩的万恶社会。十九世纪之末,威廉·莫里斯又在一本描写理想社会的书里让一个美丽的姑娘在庆幸自己生活在新世界之余,意味深长地对旧世界的来人说:

　　我的朋友,刚才你说你不知道如果我生在过去那个动荡和受压迫的时代的话,我又会是一个什么样子。这个我倒是很清楚的,因为我读过那个时代的历史。由于我父亲只是一个种地的人,我会是一个穷人。穷日子我过不了,于是不得不将自己的青春美貌和聪明才智卖给有钱人，这样我的一生也就完了。我懂得那个时代的情况，知道我将身不由己，毫无选择，而卖了身子，却不能从有钱人那里换得一点乐趣，甚至毫无自由行动的机会，连想要真正兴奋一场也不能做到。穷苦也好，奢侈也好，不管怎样，我只会毁了自己，枉度一生。

《乌有乡消息》（1891）的写成比《华伦夫人的职业》略早二三年，亦即在差不多同一时期里，两个大作家通过文学作品表达了一种相似的认识和正义的愤怒，而在两人背后，又站着布莱克、玛丽·伍尔斯通克拉夫特、宪章派诗人，一切从产业革命以来对资本主义社会进行口诛笔伐的仁人志士，他们连成一气，构成英国文学里一个十分可贵的传统。在刮着颓废文学的歪风的十九世纪九十年代，发扬了上述批判的、战斗的文学传统，用新颖的艺术形式表达了进步的人们处身于资本主义社会中所感到的苦闷、愤怒和对未来的憧憬，这就是萧的一大贡献。

萧的特殊贡献则是在戏剧艺术方面。在这方面，萧的某些特点久已为人所知，不须详述：他不稀罕普通所谓情节，而着重社会问题的阐明与辩论；他喜欢故意造成场面的颠倒，来达到特殊的讽刺效果；他的对话十分机智，观众听了喜欢，演员们说起来也觉得特别顺口；等等。萧的戏剧艺术上的某些所谓缺点也早被证明为子虚乌有：有些人认为他不会写有趣的情节，然而仅仅以《为清教徒写的戏剧集》为例，其中没有一个不是情节动人的，后来的《匹克梅梁》更是英国文学中最好的喜剧之一；有些人认为他的人物只是萧的代言人，没有个性，然而仅仅从他创造的女性着眼，我们就看出康蒂妲、芭巴拉、贞德、伊莉莎、克莉奥佩屈拉等等各有不同，相同的只在她们全有强烈的吸引力;就是说到次要角色,许多人认为王尔德在《认真的重要》里所写的勃莱克纳尔夫人十分出色,但是只消将她同《芭巴拉少校》里的薄丽托玛夫人一比,便可看出两人身份、口吻虽大体相似,但是前者缺乏后者的深度,远不如后者那样耐人寻味。有些人认为萧的戏剧只是政论,然而早已过了时的英国政论如何能够还在全世界各地吸引着无数观众和读者?剧本不比其他文学作品,它要通过舞台演出的严格考验。萧的许多剧本经过半世纪以上各地各种舞台演出的长期考验,还显示着它们的生命力,而与他曾经唱对台戏的无数其他英美剧作家的作品却大多被人遗忘了,这样的事实雄辩地回答了萧的反对者!

说起反对者,萧的戏剧根本就是在四面冷嘲热讽和一片反对声中战斗成长起来的,要不是本身确有坚实的成就,早就被英国绅士们扼杀了。当萧在十九世纪九十年代之初,在雾伦敦的黑暗街头举目四顾时,他的慧眼看出了以易卜生为代表的欧洲现实主义新戏剧所发出的亮光。他变成易卜生的战友,然而他又与易卜生不同。易卜生主要从伦理的角度来处理社会问题,萧则用一个曾经读过《资本论》的政治经济学学生的眼光来观察世态;易卜生长于悲剧,萧善写喜剧;论深沉萧难与易卜生相比,论机智则易卜生又输萧一着。无论如何,萧虽从易卜生获得了启发,但是他在戏剧上却打出了自己的天下。英国不比挪威;在十九世纪末年,世界最强大的工业国英国的资本主义正在迅速转变为帝国主义,工人运动正在高涨,各色各样标榜社会主义的政治团体在伦敦出现,萧卷入了这时代潮流。从他开始写剧本起,他就有意识地利用戏剧作为宣传他的思想的工具,就将戏剧同大的时代潮流联结在一起。他的题材是崭新的：一系列的剧本揭露了贫民区房租剥削的真相、娼妓制度的根本原因，以及资本主义垄断企业如何控制了整个资产阶级国家——一句话，就是端出了这样一个总的主题："贫穷即是犯罪，而贫穷是有组织的抢劫与压迫（客气点说，就是资本主义）的结果。"①这样的题目从未在英国剧院里出现过，而剧作家的态度又是这样充满自信，口气又是这样狂妄，因此一时萧被看作魔鬼，惹起了暴风雨式的攻击，伦敦各报的批评家们除了竭力反对他的思想之外，又对他的艺术极尽嘲笑之能事。

然而萧的艺术却是比萧的思想更能经久的东西。时至今日，萧的意见和看法已经不大能打动我们，有些意见和看法更显然是错误的，但是他的艺术成就却还很有吸引力；我们只需稍一观察，就无法不感到萧在这方面造诣之深与贡献之大。当他在剧本里贬低情节的地位和发挥讨论的作用的时候，他不只是做了一件新事，而且是做了一件难事——一件很难的事；资产阶级观众来戏院总是为了寻乐，剧作家又向来以娱乐观众为第一任务，眼睛只看票房的戏院老板更是巴不得舞台上永远只演美女时装戏——而现在这个刚出茅庐的萧却冒天下之大不韪，硬要扭转这长期已成之局，强迫观众放弃三角恋爱和时装表演，来听有关社会问题的大道理，可说是不知趣到了极点，无怪许多人眼睁睁只等看他失败。但是奇迹发生了：他的有一百个理由应该失败的新戏剧冲破了各方的围剿，打进了伦敦舞台，站稳了脚跟，迫使观众改变趣味，不但爱听起他的议论来，而且多少感到别人所写的戏剧显得浅薄和虚

① 《易卜生主义的精华》(《主要论文集》，第105页)。

假了。

原因何在？萧究竟依靠了什么艺术上的因素做到了这一切？当然，像我们在前面所已谈到，当时英国社会在剧烈变化，英国旧戏剧已经远不能适应时代的需要，于是充满了革新精神的萧的戏剧应运而生。但是在技巧上萧也自有一套，从整个欧洲戏剧史的角度来看还是颇为可贵的一套。

首先，他运用了深刻的现实主义手法。当时欧洲的现实主义新戏剧正在猛烈冲击英国剧坛，他受到了它的影响，但是他使自己的戏剧艺术适合英国现实，而因为当时英国是资本主义世界的中心，他在许多地方要比其他欧洲新戏剧的作家走得更远。由于他曾经参加过伦敦的群众运动，他对于英国现实的某些方面了解是比较深的；当然，由于他是一个费边主义者，他的了解又不够深刻，对于如何变革这种现实又只能提出软弱无力的或者十分错误的答案。举例说，在《芭巴拉少校》和《伤心之家》里，他都成功地表达了资本主义世界下面埋着炸药，随时可以爆发的战争预感，这是深刻的；两个剧都是近代英国戏剧里的优秀作品，然而都有相当大的缺点。《芭巴拉少校》的基本冲突——希腊文学教授与军火工厂老板之间的对立——是怪诞的，在现实生活里是根本不存在的；它的主要人物——一位参加救世军的有钱小姐——是完全没有代表性的；而作者最后提出的解决矛盾的办法——即由教授和小姐（他们代表了才智出众的个人）按照军火商所定下的条件拿过来军火厂的管理权，然后再从内部慢慢进行一些局部改良——是典型的费边主义的答案。但是整个说来，我们还是喜爱萧的作品，因为事实上我们并不想向萧或其他非无产阶级的作家寻求变革现实的正确答案，对于萧在那方面的严重缺陷我们是早就有了思想准备的;我们所感到印象深刻的还是他的暴露的广度(请看他将一个福特公司式的资本主义王国搬上了舞台)和深度(安德谢夫对于资本家控制政治和宗教的阐明含有如何无可辩驳的逻辑!),还有那对资本主义社会的强烈的敌忾心——在萧的笔下,资本主义社会总是一个那样凄惨、阴暗、冰冷、毫无生趣的地狱,试问有谁会感到救世军的会堂、军火厂的办公室或那由资本家指定给工人住的鸽子笼似的小小屋子有半点值得停留的东西?对于人物,萧也是向来连皱纹和黑痣一起如实画出,没有丝毫美化的痕迹。芭巴拉不是美人,贞德不是天仙,康蒂妲甚至并不年轻,她们虽然都有吸引力,然而没有一个是只在舞台上表演时装的衣服架子。十九世纪末英国商业舞台上正是充满了这种衣服架子;由于萧在戏剧评论里对于这种虚假的"浪漫化"倾向不断加以辛辣的嘲笑,由于他自己的戏剧创作里用真实的妇女形象示范,这种衣服架子才算比较少了,仅仅靠美貌而无演技的女演员也站不住脚了。

其次,他提高了喜剧艺术。萧的喜剧是打击资本主义社会的武器,然而除了使人感到快意之外,又给人以喜悦。他是讽刺嘲弄的能手。他在喜剧方面有无穷无尽的创造力,这是一看他所处理过的场面之广和人物之多就可了然的。这当中,特别值得一提的,是萧对于幻想成分的大胆运用。有时,他设想得过分奇幻,使人觉得牵强。除了《回到麦修色拉》之外,《不经意岛的愚人》(1934)也该说是一个失败的例子。然而他的充满了历史想象力的《凯撒和克莉奥佩屈拉》和《圣女贞德》却是卓越的成功作品,后期的所谓"政治狂想剧"也大都是可信的,其中《苹果车》写得出色。对于现实性题材,他也经常写出叫人惊奇而又感到很有意义的幻想的场面和人物，前者如《匹克梅梁》中卖花女以公主姿态出席的高贵舞会，后者如《英国佬的另一个岛》里的克干老人——在全部的英国戏剧里，几曾见过这样的狂狷呢？他是疯子，又是圣人；萧通过他的口来谴责英国资产阶级和爱尔兰本土的统治集团，然而他又有他自己的个性，不但是可信的，而且是可爱的，总之是萧的神来之笔。在剧本的结尾，当那英国资产者和工程师骗得了当地唯一有财产的姑娘的欢心，买来了当地选民对于选他为国会议员的保证，安排了在那个风景区建造一座现代化大旅馆的投资计划，亦即用现代资本主义的方式随心所欲地进行了征服和剥削的时候，克干老人说起他的梦来：

> 我梦想的天堂是一个国家，里面政权就是教会，教会就是人民，三位一体，一体三位。它是一个共和国，里面工作就是游戏，游戏就是生活，三位一体，一体三位。它是一座大庙宇，里面祭司就是礼拜者，礼拜者就是受礼拜者，三位一体，一体三位。它也是一种神格，里面一切生命都有人性，而一切人都有神性，三位一体，一体三位。总而言之，它是一个疯人的梦想。

老人根据他个人的了解，用他独特的方式，表达了爱尔兰人民的抗议和希望。这当中有着激情。不少人曾经说过萧只有智慧的头脑，没有火热的心肠，仅仅这段话就可以证明这种看法是如何之缺乏根据。我们已经提到过萧对罪恶的资本主义社会所感到的正义的愤怒，一个真正的社会改革家总是怀抱着满腔热情的，而在萧本人，无数的事例证明他对于旧社会是严厉的谴责者，对于弱小的和受难的人们是仗义执言的保卫者，对于十月革命以后的苏联新社会他又是诚挚的朋友和支持者，当他在一九三一年去苏联访问见到斯大林时，他的第一个建议就是保持高度的警惕："别让你的弹药受潮！"在他的剧本里，激情的言辞是处处可见的。当芭巴拉说："绝不、绝不、绝不！芭巴拉少校到死也要高举旗帜。"这里有激情。当贞德说："我现在要到普通人民当中去，让他们眼里的爱代替了你们眼里的恨来安慰我。"这里也有激情。当萧在他最后完成的长剧《波扬家的亿万财产》中让老二说：

> 谁敢说在数学和理智的运用当中就没有激情？了解数学是人类最高贵的才能！说数学没有灵魂，说它是死的、无人性的机械东西之类的胡诌完全违反了人生和历史的最基本的事实！试问有什么曾比数学的预见力把人的思想推进得更远？……①

这里也有激情，但却是一种不同的激情，用萧自己的话说，就是一种曾经迷住哥白尼、伽利略、牛顿、笛卡儿、爱因斯坦等"有远见的预测者"并驱使他们不断前进的"衡量真理与知识的激情"，并且认为比起它来，历史上最著名的男女之爱也就显得十分"庸俗"了！萧的这番意见并不都是对的，由于他推崇聪明的超人，他对于科学家的作用估计得过高了，但是他指出这一种不同的激情，却有助于我们了解他的戏剧艺术。无论如何，由于他将政治上、道义上的激情和心智上的激情带进喜剧，喜剧的领域扩大了，深度也增加了，变成了更加高尚的艺术。

第三，他既做了大胆的创新，又在继承方面做出了重要的贡献。这本是任何优秀作家都担当的双重任务，但是由于萧常被看作仅仅只有创新，因此我们还需看看他的继承前人的

---

① 1950年伦敦版第59—60页。

一面,同时也要研究一下他的最有意义的艺术创新是什么性质。他自己曾经有过一段讨论戏剧新技巧的话:

> 这个新技巧只在现代舞台上才是新的。自从创造了语言之后,它就一直为教士和演讲者所利用。它是一种打动人的良心的技巧,剧作家只要有能力用它,没有不用它的。修辞术、嘲讽、议论、颠倒矛盾之言、警句、含有深意的比喻,以及将杂乱无章的事实归纳为有秩序的与可理解的场面等等的技巧——这些是戏剧里最老也是最新的本领;而你们的情节结构和给观众以心理准备的艺术,却只是舞台上耍小聪明的手法和因为道德上空洞贫乏而采取的权宜之计,不是戏剧天才的武器。①

这话不仅指易卜生而言,也是对萧自己技巧的说明。萧将情节(plot)减少到最低限度,但是他却恢复了一种最古老也最能吸引观众的东西:在剧里通过长篇谈话来说故事的本领②。我们在上面引过的华伦夫人有关她自己幼年穷苦生活的大段谈话便是这样讲故事的一例,而这是在古典戏剧里常见的办法。萧不仅在戏中大说故事,他还喜欢叫角色通过长篇谈话向观众表白心迹,做法有如古希腊喜剧家阿里斯多芬,而他惯常将戏剧同宣传和恶作剧混合起来又如法国十七世纪喜剧家莫里哀。萧并且是常常遵守三一律的,有些人认为《伤心之家》写得散漫,但它却是近代剧中符合三一律的出色例子。我们可以说,在这些方面他一反莎士比亚的英国式的浪漫主义手法,而回到了讲节制、重文雅的欧洲古典主义传统——正是文雅的艺术形式与谴责性的思想内容之间的对照构成了萧

---

① 《易卜生主义的精华》(《主要论文集》,第 146 页)。
② 萧自己曾说戏剧只是“最生动、最真实的讲故事之一法”(《写照与评论》,第 214 页)。

的富于吸引力的特点之一。然而他还有另外一个文雅的因素，那就是他在戏剧里加入了音乐的成分。他的戏剧散文就是富于音乐性的散文，爱拉提琴的科学家爱因斯坦曾经说过，萧的剧本里的一个字像莫扎特音乐里的一个音符[1]，萧自己也说自己的老师是音乐家巴赫、海顿、莫扎特、贝多芬、瓦格纳等人。不少的批评家认为他是用写歌剧的手法来写剧本的，即他的剧本中的场面安排很像是一系列的对唱、三重唱、四重唱等等的交替继续。萧还有其他十分"艺术"的本领，如善于在舞台上安排角色的地位，使之产生视觉上的美，等等。但是他即使利用最新手法也无现代派的颓废臭味，正同他即使复兴最古老的传统而无学究的酸腐之气一样。由于这样，他的戏剧艺术看起来好像偏于一面，实则内容丰富；看起来好像平淡，实则利用了各种艺术效果，有说理，有雄辩，但也有诗、有美、有浪漫才情。

最后，也可以说是最重要的，却是他运用语言的本领。萧的英文散文风格有着极高的地位，公认为斯威夫特之后第一人，而斯威夫特还缺乏他的速度；就剧作家而论，只有十七世纪的剧坛领袖康格利夫差堪相比。他的句子似乎很长，然而读起来十分顺口；他用字似乎不特别讲究，然而听起来总很得体，既不太文，也不太俗，即使辩的抽象道理，甚至用的抽象字样，却总因为他在紧要地方安排好了比喻和例证而显得生动、具体。这是一种很有打击力而又颇会诱人的语言，可是外表上没有一点装饰，它的魅力来自它表达思想的锐利、简捷、老到，来自它的速度，它的灵活矫健，伸缩自如，文雅而不矜持，

---

① 亨特生：《萧伯纳：花花公子与先知》，第31页。

是口语但又比口语精练,而伴随着这一切、滋润着这一切的却是那微妙的音乐性的节奏(前面引过的克干一段话就是明证)。萧在讨论欧洲新戏剧时,曾经指出它在技巧上最重要的一点是剧作家"无拘无束地自由运用演说家、传道士、辩护律师和行吟诗人的全部修辞和抒情的技巧"①。这是萧的自道,他完全做到了这一点。因为这样,他才能使剧中人物之间的长篇讨论紧紧扣住听众的心弦,才能那样出色地写出《芭巴拉少校》里安德谢夫回家同妻子儿女重见的一景,《匹克梅梁》里的茶会,《苹果车》里的内阁开会,《搁浅》里的工人代表请愿,《在贤君查理士的盛世里》的书房谈天……这些场面全是近代欧洲戏剧中的珍品,然而非萧莫为,正同我们在上文所引的克干谈梦的一段话也只能出自萧的手笔!谁都承认萧的散文是写政论小册子的武器,但是更值得强调的是:它又是适应戏剧的严格要求的舞台语言。

萧的戏剧艺术里还有其他因素,例如他写历史剧的手法也是生面别开,颇值一谈的,但是只从上面所谈的几点来看,我们就已可以肯定一件大事:在十九世纪结束的时候,萧在英国戏剧的领域里出色地完成了一次历史性的突破。

其结果是:一种新戏剧出现了,它把有重大社会意义的题材和新颖而又成熟的技巧结合在一起,使人们警觉,又给他们以高尚的文化享受。

其结果是:一整个世纪英国戏剧不振之局为之改观。伦敦的剧坛同当时正在紧叩英国大门的欧洲现实主义戏剧结合

① 《易卜生主义的精华》(《主要论文集》,第146页)。

起来,也同以阿里斯多芬和莫里哀为代表的欧洲古典喜剧传统重新结合起来。

王 佐 良
一九六三年二月

华伦夫人的职业

（1894）

潘家洵　译

第 一 幕

在萨里郡的海西尔米地方偏南,一座小山的东坡上,有个带茅屋的小花园。那时正是夏天下午。从山下望上去,只见茅屋偏在花园的左角里。屋顶和门廊都是茅草铺盖的,门廊左边有一扇大格子窗。除了右首一扇矮门之外,整个花园都用栅栏圈起来。栅栏外头一片荒地顺着山坡斜升上去,直到山顶。几把折叠的帆布椅子靠在门廊里侧的长椅上。一辆女自行车靠在窗外墙沿上。在门廊略偏右的地方,一只吊床挂在两根柱子上。地上插着一把大帆布伞,不让太阳照在吊床上。床上歪着个年轻女人,正在看书做笔记。她头冲着茅屋,脚冲着栅栏门。吊床前,手够得着的地方,有一张家常椅子,椅子上放着一堆看样子很正经的书和一沓稿纸。

一个男人走过荒地从茅屋后头转出来。看上去他像个上流人,岁数至多是中年,风度有点像艺术家,身上服装不随俗,可是一点儿不马虎,上嘴唇有一撮小胡子,脸上刮得挺干净,态度诚恳和蔼,一副容易亲近、善于体贴的样子。光亮的黑头发杂着几丝儿灰的和白的。白眉毛,小黑胡子。他好像认不清道儿,从栅栏上头往里看,仔细打量这地方,看见了那年轻女人。

男　客　（脱帽）对不起,请问上哈因海地——上爱力森太太的家怎么走?

年轻女人　（眼睛从书上抬起来）这儿就是爱力森太太家。（说完这话又低头看书写字。）

男　客　哦!那么——请问你是不是薇薇·华伦小姐?

年轻女人　（支着胳臂肘儿转身细瞧,毫不客气）是。

男　客　（气馁而和顺）恐怕我太冒昧了。我的名字叫普瑞德。（薇薇马上把手里的书往椅子上一扔,从吊床上跳下来）喔,别让我打搅你,你躺着吧。

薇　薇　（大步跨过去,给他开栅栏门）请进,普瑞德先生。（他走进栅栏门）欢迎。（她伸手把他的手使劲一捏。她是英国中等社会中,典型的聪明能干、受过高等教育的年轻妇女。年纪二十二岁。敏捷果敢,沉着自信。服装老老实实,可是式样并不难看。腰带上有一根链条,链条上挂着一串零碎东西,其中有一支自来水笔和一把裁纸小刀。）

普瑞德　谢谢你,华伦小姐。（她砰的一声使劲把栅栏门关上。他走到园子当中,活动活动手指头,因为刚才被她一捏有点发麻）你母亲来了没有?

薇　薇　（显然嗅出有人向她进攻,急速地）她要来吗?

普瑞德　（诧异）你不知道我们要来吗?

薇　薇　不知道。

普瑞德　嗳呀,是不是我记错了日子。这是我常有的事。你母亲这么安排的:她从伦敦下乡,叫我从霍修来跟你见面。

薇　薇　（很不高兴）真的吗？哼！我母亲爱使猝不及防的
　　　　手法——她想看看我不跟她在一块儿的时候怎么过日
　　　　子。要是我的事她预先不跟我商量，就自己做主张，那么
　　　　早晚有一天我也要回敬她一个猝不及防。她没来。

普瑞德　（局促不安）真对不起。

薇　薇　（摆脱不高兴的神气）普瑞德先生，这不能怪你，是
　　　　不是？并且你来了我很高兴。在我母亲的朋友里头，我
　　　　叫她带来见我的只有你一个。

普瑞德　（把心放下，高兴起来）喔，华伦小姐，谢谢你一片
　　　　好意！

薇　薇　你愿意上里头去，还是坐在外头说话儿？

普瑞德　外头好些，你说是不是？

薇　薇　那么，我去给你搬把椅子来。（她到门廊里搬帆
　　　　布椅。）

普瑞德　（跟过去）喔，对不起，对不起！我自己搬。（双手按
　　　　在椅子上。）

薇　薇　（让他自己搬）小心手指头，那几把椅子不大好伺
　　　　候。（她走到堆书的那张椅子边，把书都扔在吊床上，一
　　　　甩手把椅子提过来。）

普瑞德　（刚把帆布椅打开）喔，让我坐那把硬椅子！我喜欢
　　　　坐硬椅子。

薇　薇　我也喜欢坐硬椅子。坐下，普瑞德先生。（她用温
　　　　和的命令口气叫他坐下，她觉得他的殷勤小心正是他性
　　　　情软弱的表现。可是他并不马上坐下。）

普瑞德　喂，咱们上车站去接你母亲，好不好？

薇　薇　（冷冰冰）为什么？她认识道儿。

普瑞德　（狼狈）嗯，嗯，她大概认识。（坐下。）

薇　薇　你知道不知道，你正是我想象中的那么个人。我希望你愿意跟我交朋友。

普瑞德　（又高兴起来）谢谢，亲爱的华伦小姐，谢谢你。嗳呀，我真高兴，你母亲没把你教坏了！

薇　薇　什么叫教坏了？

普瑞德　没把你教得太拘谨、太守旧。华伦小姐，你要知道，我生来就是个无政府主义者。我恨权威。权威会伤害亲骨肉之间的感情，甚至于会伤害母女的感情。从前我老担心，怕她用权威把你管教得过于拘谨，现在我知道并没有，才放下了心。

薇　薇　哦！难道我有什么放荡不羁的举动吗？

普瑞德　哦，没有，没有，至少不是传统的放荡不羁。（她点点头，坐下。他接着说下去，感情勃发）可是你说愿意跟我交朋友，真是太好了！你们这批现代女青年真是了不起——实在了不起！

薇　薇　（怀疑）唔？（仔细观察他的见识和性格，露出失望的心情。）

普瑞德　我在你这年纪的时候，年轻男女互相害怕，没有友谊，没有真情，只有从小说里学来的一套极其庸俗虚伪的讨好奉承。女人沉默！男人殷勤！心里说是，嘴里说非！苦死了脸皮薄的老实人。

薇　薇　不错，我想这真是白糟蹋时间——女人的时间糟蹋得更多。

普瑞德　喔，白糟蹋生命，白糟蹋一切东西。可是现在事情进步了。你知道不知道，自从你在剑桥大学得到那样优良的成绩之后——这种事我年轻时候没听见过——我老急着想跟你见面。你考了甲等第三名,真是十分难得。可以说是恰到好处。考甲等第一名的人总是些空想的、头脑不正常的家伙,事情在他们手里总要搞出了毛病才肯罢休。

薇　薇　这是不上算的事。为那么几个钱,下回我不干了。

普瑞德　（吃惊）为那么几个钱!

薇　薇　我是为了五十镑。

普瑞德　五十镑!

薇　薇　不错,五十镑。也许你不知道这事的底细。我在牛纳①的导师雷森夫人跟我母亲说,要是我肯认真参加数学考试,一定可以出人头地。当时报纸上登满了费利巴·塞墨斯的成绩超过甲等第一名考生的新闻。不用说,你一定还记得。

普瑞德　（使劲摇头）!!!

薇　薇　不管你记得不记得,反正她的成绩确是非常好。我母亲觉得我也应该像塞墨斯一样,她才高兴。我老实回答母亲,既然我将来不打算教书,就犯不上下这番苦功。可是我说,要是她答应给我五十金镑,我倒愿意争取考个第四、第五名。她抱怨了几句也就答应了。没想到我的成绩竟超过了预料的等级。可是为了五十镑,下回我可不干了。二百镑还差不离。

普瑞德　（非常扫兴）天啊!这是个很实际的看法。

薇　薇　难道你以为我是个不讲实际的人吗?

～～～～～～～～
①　牛纳是剑桥大学一个女子学院。

普瑞德　可是实际的看法是，不但应该考虑在这些荣誉上头花费的功夫，并且也应该考虑这些荣誉给你的修养。

薇　薇　修养！普瑞德先生，你可知道这种数学测验是怎么回事？没有别的，只是死啃，死啃，死啃，一天死啃六个到八个钟头的数学，此外什么也别干。人家以为我懂科学，其实除了科学里的数学，别的我什么也不懂。我会给工程师、电气工程师、保险公司做计算的事情，可是我对于工程、电学、保险几乎一窍不通。我甚至连算术都不大精通。除了搞数学、打网球、吃饭、睡觉、骑自行车、散步，我是个无知无识的野蛮人，我的无知无识的程度还超过一个没参加过数学考试的女人。

普瑞德　（起反感）好一个荒唐、恶劣、害人的制度！我早知道！我现在真觉得这种制度是要把妇女的一切美丽品质全给摧毁了。

薇　薇　我反对这制度，绝不是因为这个理由。我告诉你，将来我还要利用它呢。

普瑞德　呸！怎么利用？

薇　薇　将来我要到伦敦法律事务所去做事，做些保险统计和产权转移的工作。我借此学点法律，同时留意证券交易所的情形。我母亲以为我到乡下来是为过假期，其实我是一个人到这儿来读法律的。我最不喜欢过假期。

普瑞德　我听了你这话有点寒心。难道你就不要生活里有些浪漫和美丽的东西吗？

薇　薇　老实告诉你，这两种东西我都不稀罕。

普瑞德　不见得吧。

薇　薇　喔，真的，我不撒谎。我喜欢工作，喜欢工作之后得到报酬。工作累了的时候，我喜欢坐在一把舒服的椅子上，抽一支雪茄烟，喝一杯威士忌酒，看一本好侦探小说。

普瑞德　（站起来，狠命否认）我不信。我是个艺术家，我不信你的话，我绝不相信。你说这话无非是因为你还没发现艺术可以给你开辟的新奇世界。

薇　薇　我已经发现了。去年五月间我到伦敦去，跟婀娜吕阿·富雷泽在一起住了六个星期。妈妈以为我们俩是在各处游览，其实我每天都在法院巷婀娜吕阿法律事务所里工作，给她做保险统计，像个小徒弟似的尽量帮她干活。到了晚上，我们抽抽烟，聊聊天，除了散步运动之外从来不出门。我生平没过过那么快活的日子。我用赚来的钱付清了自己的一切开销，同时没缴任何手续费就参加了这个行业。

普瑞德　嗳呀，天啊，华伦小姐，你这就算发现艺术了吗？

薇　薇　别忙。我的话还没开头呢。有一次费慈约翰路有几个搞艺术的朋友邀我上她们那儿去，其中有一个女孩子是我在牛纳的同学。她们先带我参观国家美术馆——

普瑞德　（点头赞成）好！（他坐下，松了口气。）

薇　薇　（接着说下去）——再上歌剧院——

普瑞德　（越发满意）好！

薇　薇　——还到了一个音乐会，整晚演奏的都是贝多芬、瓦格纳①这批人的音乐。无论给我多少钱，那种日子我也不想再过第二回了。因为不好意思得罪朋友，我勉强敷衍到第三天，那时候我老实不客气告诉她们说，我再也受

①　贝多芬（1770—1827）和瓦格纳（1813—1883）都是德国著名作曲家。

9

不了啦,我就跑回法院巷去了。现在你该明白我是怎么个时髦年轻女人了。你说像我这么个人能不能跟我母亲合得来?

普瑞德　(吃惊)我希望——嗯——

薇　薇　我不想听你的希望,我想听你的意见。

普瑞德　嗯,说老实话,恐怕你母亲不免会有点儿失望。要知道并不是你有什么缺点,我不是这意思。可是你这人跟她的理想相差太远了。

薇　薇　她的什么?

普瑞德　她的理想。

薇　薇　你是不是说她理想中的我?

普瑞德　对了。

薇　薇　她理想中的我是怎么个样子?

普瑞德　华伦小姐,我想你一定看得出,对于自己小时候的教育不满意的人,往往以为要是别人受的教育不跟自己一样,这世界就可以好起来了。你母亲的一生——嗯——我想你大概知道——

薇　薇　别说大概不大概。我母亲的事我几乎一点儿都不知道。从小我就在英国,从小学到大学都是住在学校里,再不就是跟花钱雇来照管我的人在一块儿住。我一生都在外头寄宿。我母亲不是在布鲁塞尔就是在维也纳,从来不许我去看她。有时候她到英国来住几天,我才见着她。我也不抱怨,因为我的日子过得很快活,人家待我都很好,钱也总够花。可是你别以为我知道我母亲什么事。我比你知道的少得多。

普瑞德　(非常局促不安)这么说起来——(把话咽住,不知

10

该怎么说下去。随后勉强装出欢笑的样子）咱们说的都是些废话！不用说，你跟你母亲一定合得来。（站起来，瞧瞧外头的景致）你们这小地方真美！

薇薇 （不理会）普瑞德先生，这话题未免换得太快了。为什么我母亲的历史谈不得？

普瑞德 哦，你千万别这么说。我不便背着我老朋友跟她女儿谈她的历史，这岂不也是人之常情吗？等她来了，你有的是机会跟她细谈。

薇薇 不，她也不愿意谈这件事。（站起来）我知道，你瞒着我不肯说，其中一定有道理。普瑞德先生，你就记着这一句话：我母亲知道了我在法院巷干的事，我们母女难免有一场恶战。

普瑞德 （发愁）恐怕难免。

薇薇 在这场恶战里，我一定能得胜，因为我只要有一笔上伦敦的路费就行了，第二天我就去帮婀娜吕阿办事，自己挣钱养活自己。再说，我没什么要瞒人的事，可是我母亲好像倒有，到了真真不得已的时候，我可以拿这个压她一下子。

普瑞德 （大吃一惊）哦，使不得！千万别这么办。

薇薇 那么，你得把理由告诉我。

普瑞德 理由我实在不能告诉你。我求你慈悲一点儿吧。（她看他说得可怜，有点好笑）再说，我怕你太莽撞。你母亲生起气来是不容易对付的。

薇薇 普瑞德先生，你吓唬不了我。在法院巷那一个月里，我曾经领教过一两个很像我母亲的女人。你放心，我准能打胜仗。可是，要是我因为情形隔膜做出了一些过火的举动,记着,你得负责任,因为你不肯跟我说老实话。现在咱们不谈这事了。(她把自己的椅子,还像刚才似的,提起来使劲一甩,搬到吊床旁边。)

普瑞德 (狠心一咬牙)我再说一句话,华伦小姐。我还是把实话告诉你吧。话真难出口,可是——

  华伦夫人和乔治·克罗夫爵士已经到了大门口。华伦夫人是个约莫四五十岁的女人,年轻时候很漂亮。她头上戴着一顶光彩夺目的帽子,一件颜色鲜艳的紧身罩衫,配着两只极时髦的袖子。看上去,她这人有点娇养任性,喜欢压人,并且非常俗气,可是整个儿说来,她是个容易接近、相当体面的老练女光棍①。

  克罗夫是个结结实实的高个子,年纪五十左右,穿得很时髦,像年轻人一样。鼻音很重,说话声音有点嘶嘶沙沙的,不像一个大个子的嗓门儿。脸上刮得挺干净,一张阔嘴巴,两只大扁耳朵,一根粗脖子。表面像个上等人,实质上是个城市商人、运动家、高等游民中最粗鄙的典型。

薇薇 他们来了。(他们走进花园时候她迎上前去)妈,你好吗?普瑞德先生在这儿等了你半个钟头了。

华伦夫人 普瑞蒂,要是你在这儿等了我半个钟头,那得埋怨你自己,我以为你总该想得到我坐的是三点十分的火车。薇薇,戴上帽子,宝贝,别让太阳晒坏了。哦,我忘记给你们介绍了。这是乔治·克罗夫爵士——这是我的小薇薇。

---

① 此处不带儿化音的"光棍"为"无赖、恶棍"之意。——编者注

　　　　克罗夫恭恭敬敬走到薇薇面前。她点点头,可是没
　　有想跟他拉手的意思。

克罗夫　这位小姐我闻名已久,是我老朋友的千金,我可以跟
　　你拉手吗?

薇　　薇　(正在上上下下仔细打量他)随你的便。(她接着他
　　那只亲亲热热递过来的手,使劲一捏,捏得他两眼齐睁,
　　随后转过身去,问她母亲)你们还是进去呢,还是我再搬
　　两把椅子出来?(她走进门廊搬椅子。)

华伦夫人　乔治,你觉得我女儿怎么样?

克罗夫　(愁眉苦脸)她的手腕子劲头儿真不小。普瑞德,你
　　跟她拉过手没有?

普瑞德　拉过:一会儿就不疼了。

克罗夫　但愿如此。(薇薇拿着两张椅子又出来了。他赶紧
　　过去帮忙)我来,我来。

华伦夫人　(拿出做母亲的口气)宝贝,让乔治爵士帮你搬
　　椅子!

薇　　薇　(把两张椅子往他怀里一扔)拿去。(她拍拍手上的
　　土,转过来向华伦夫人)你喝茶不喝?

华伦夫人　(坐在普瑞德刚才坐的椅子上扇扇子)我快渴
　　死了。

薇　　薇　我去张罗。(她走进茅屋。)

　　　　乔治爵士到这时候才好容易打开一张椅子,把它安
　　放在华伦夫人的左边。他把另外那张椅子扔到草地上,
　　自己坐下,嘴咬着手杖的把儿,垂头丧气,样子很可笑。
　　普瑞德还是心神不定,在他们右边来回走动。

华伦夫人　(向普瑞德,眼睛瞧着克罗夫)普瑞蒂,你瞧他:他

挺高兴,是不是?这三年里头他死缠着我,要我带他见见我这小女儿。现在我带他来见了,他又不好意思起来了。(干脆)喂!坐好,乔治!别把手杖叼在嘴里!(克罗夫勉强依从。)

普瑞德　我觉得——要是你不见怪的话——最好咱们别再把她当小孩子看待了。你看,她已经很了不起。据我观察,我不敢说她一定不比咱们更老练。

华伦夫人　(觉得非常好笑)你听他说的是什么,乔治!比咱们都老练!哼,她用一套自吹自擂的话把你灌迷糊了吧。

普瑞德　可是年轻人最不喜欢别人把他们当小孩子看待。

华伦夫人　是啊!这些年轻人真该好好儿教训教训。你少管闲事。普瑞德,我会管教我自己的孩子。(普瑞德一本正经把头一摇,背着两只手向花园后面走过去。华伦夫人假装好笑,可是她瞧着他的背影,自己脸上分明有些担心的神气。过了会儿,她低声向克罗夫)你看他是怎么回事?他为什么那副神气?

克罗夫　(不高兴)你怕普瑞德。

华伦夫人　你说什么!我怕普瑞德那家伙!哼,苍蝇都不会怕他。

克罗夫　你是怕他。

华伦夫人　(发脾气)少管闲事,别打算在我面前发你那臭脾气。反正我不怕你。要是你这么讨厌,你还是回家去吧。(她一赌气站起来,转过脸去把背朝着他,不想正好跟普瑞德打了个照面)喂,普瑞德,刚才你说那句话,我知道你是一片好心。你怕我欺负她。

普瑞德　喔,凯蒂①,你当我生气了吗?没有的事,别多心。可是有时候你没注意到的事儿我倒看出来了。虽然你从来不听我的话,可是事情过去之后,有时候你也承认不该不听我的话。

华伦夫人　现在你又看出什么来了?

普瑞德　没什么别的,只是我觉得薇薇已经是一个成年的女人了。凯蒂,你得竭力尊重她才是。

华伦夫人　(真吃一惊)尊重!尊重我自己的女儿!你还有什么话,请说!

薇　薇　(站在茅屋门口叫华伦夫人)妈妈,你上我屋里坐坐再喝茶,好不好?

华伦夫人　好,宝贝。(她看着普瑞德那副一本正经的样子放声大笑,同时向门廊走去。在从他身旁经过的时候,她在他脸上轻轻拍了一下)别生气,普瑞蒂。(她跟着薇薇走进茅屋。)

克罗夫　(偷偷地)喂,普瑞德。

普瑞德　什么事?

克罗夫　我想问你一句不很平常的话。

普瑞德　尽管问。(他坐在华伦夫人的椅子上,靠近克罗夫。)

克罗夫　对。要不然,她们在窗口也许听得见。我问你:凯蒂有没有跟你说过那女孩子的父亲是谁?

普瑞德　没说过。

克罗夫　你有没有猜想过是谁?

---

① 凯蒂是华伦夫人的名字。

普瑞德　也没有。

克罗夫　（不信他的话）当然我也知道，即使她跟你说过什么，你也不肯告诉别人。可是往后咱们天天得跟这孩子见面，要是不知道她父亲是谁，未免有点别扭。咱们不知道该怎么对待她才好。

普瑞德　那有什么关系？她本人怎么样，咱们就怎么对待她。她父亲是谁，跟咱们什么相干？

克罗夫　（起疑）这么说，你知道她父亲是谁？

普瑞德　（有点生气）我刚说过不知道。你没听见吗？

克罗夫　喂，普瑞德。我求你特别帮个忙。要是你真知道的话——（普瑞德正要张嘴驳他）——我不过想说，要是你知道的话，你说了好让我对她放下心。不瞒你说，我已经有点儿着迷了。

普瑞德　（正颜厉色）这话什么意思？

克罗夫　别着急，我没什么坏意思。我自己也莫名其妙。嗯，说不定我就是她爸爸。

普瑞德　你！没有的事！

克罗夫　（趁势追问）你准知道我不是吗？

普瑞德　我还不是跟你一样地不知道。可是说正经的，克罗夫，这不成问题。她一点儿都不像你。

克罗夫　要说像不像，我也看不出她有像她母亲的地方。她不见得是你的女儿吧？

普瑞德　（气得站起来）什么话，克罗夫！

克罗夫　用不着生气，普瑞德。两个通达世情的人谈谈这个没什么关系。

普瑞德　（用力把气压下去，沉静郑重地说）克罗夫，你听我说。（又坐下）我跟华伦夫人那一方面的生活没关系，一向没关系。她从来没跟我谈过那些事。当然我也从来不提。你应该体会到，一个美貌女子必须有几个跟她——唔，跟她不是有那种关系的男朋友。要是她跟谁都免不了闹那一套，那她长得漂亮就变成一桩苦事了。也许你跟凯蒂比我跟她亲密得多。这件事你尽可以亲自问问她。

克罗夫　我问的次数不少了。可是她拿定主意不许别人打听她女儿的事。要是说得出口的话，她恨不得说她女儿根本没有父亲。（站起来）普瑞德，为了这件事，我心里很不踏实。

普瑞德　（也站起来）也罢，反正你年纪够得上当她的爸爸，咱们不妨都把薇薇小姐当女儿看待，把她当作一个咱们应该保护和帮助的女孩子。你看怎么样？

克罗夫　（气势汹汹）要论年纪，我不见得比你大。

普瑞德　你确是比我大。你生下来就是个老头儿。我生下来是个小孩儿，一直没有成年人的自信心。（他把椅子折起来，搬到门廊里。）

华伦夫人　（在茅屋里）普瑞——蒂！乔治！喝茶——茶——茶！

克罗夫　（急忙）她叫咱们进去呢。（他慌忙进去。）

　　　　普瑞德摇摇头，觉得事情不大妙，正在要跟着克罗夫进去的当口，忽然看见有个少年绅士在远处跟他打招呼，那少年刚走到荒地上，冲着栅栏门走过来。他模样儿长得挺漂亮，瞧着很顺眼，衣服很讲究，年纪刚过二十，是个华而不实的子弟，声音很好听，没有礼貌，可是不讨厌。

手里拿着一支轻型连珠猎枪。

年轻绅士　喂！普瑞德！

普瑞德　哦,原来是富兰克·格阿德纳。(富兰克走进来,跟他亲热地拉手)你在这儿干什么？

富兰克　我跟父亲一块儿住着呢。

普瑞德　是不是那位神父？

富兰克　他是本地教区长。为了省开销,今年秋天我得跟家里的人住在一块儿。去年七月以后事情糟极了:这位神父得给我还债。因此他破产了,我也破产了。你跑到这儿来干什么？你认识这儿的主人吗？

普瑞德　认识。我下乡来瞧一位华伦小姐。

富兰克　(高兴)什么？你认识薇薇？这位姑娘很有意思,是不是？我正在教她打枪呢。(把枪放下)她认识你,好极了,她应该认识你这样的人。(他笑了一笑,大声说,那好听的嗓音几乎高到像唱歌的调子)普瑞德,在这儿碰见你,好极了。

普瑞德　我是她母亲的老朋友。华伦夫人带我下乡见见她女儿。

富兰克　什么！她母亲也在这儿？

普瑞德　是,在屋里喝茶呢。

华伦夫人　(在茅屋里喊)普瑞——蒂——点心凉了。

普瑞德　(大声回答)唉,华伦夫人,一会儿就来。我这儿刚碰见一个朋友。

华伦夫人　一个什么？

普瑞德　(声音更高一点)一个朋友。

华伦夫人　带他进来。

普瑞德　好吧。（向富兰克）你进去不进去？

富兰克　（疑疑惑惑，可是觉得很有意思）说话的是薇薇的母亲吗？

普瑞德　是。

富兰克　嗳呀！真有意思！你看她会不会喜欢我？

普瑞德　管保你像平常一样受欢迎。进来试试。（一边说一边冲着茅屋走。）

富兰克　等一等。（郑重其事）我要告诉你一件心事。

普瑞德　算了吧。无非又是像那回说的什么来喜酒店的女招待一类的无聊事儿。

富兰克　这件事比那个重要多了。你不是说你跟薇薇初次见面吗？

普瑞德　不错。

富兰克　（兴高采烈）那你猜不透她是怎么一个女孩子。那种性格！那种见识！再加上那份儿聪明！天啊，普瑞德，我敢说她真聪明！还有——当然不用说了——她爱我。

克罗夫　（把头探出窗口）喂，普瑞德，你干吗呢？快进来！（把头缩进去。）

富兰克　嗳呀！这家伙在赛狗会上准能得奖，你说是不是？他是谁？

普瑞德　他是乔治·克罗夫爵士，华伦夫人的好朋友。咱们还是进去吧。

　　　　他们正在朝着门廊走去的时候，栅栏门外有人喊了一声。两人站住脚步，转过身来，看见一位年纪相当大的牧师从栅栏上头往里探望。

牧　师　（大声）富兰克！

富兰克　（答应）唉！（向普瑞德）神父来了。（向牧师）是了，老头子，我就来。（向普瑞德）喂，普瑞德，你先进去喝茶吧。我马上就来。

普瑞德　很好。（他走进茅屋。）

　　　　牧师站在门外，双手搭在门顶上。赛密尔·格阿德纳是一位有俸的国教教士，年纪过了五十。从外表看，他这人夸张虚伪，飞扬浮躁，自高自大。实质上，他是已经过时的社会中的一个人物。他小时候是个傻瓜，父亲把他塞给了教会，教会因为他父亲是一位施主，只好收留他。他架子十足，可是他的儿子和他的教徒都瞧不起他。

赛密尔牧师　喂，我问你，你这儿的朋友是些什么人？

富兰克　唉，老头子，没关系！进来。

赛密尔牧师　不行。我得问问明白这是谁的花园才进去。

富兰克　不要紧，这是华伦小姐的花园。

赛密尔牧师　她来了以后我还没看见她到过教堂。

富兰克　当然没有。她是剑桥大学考甲等第三名的学生。非常聪明。得的学位又比你高。她何必去听你讲道。

赛密尔牧师　别这么没规矩。

富兰克　喔，怕什么，没有人听见。进来。（他开了栅栏门，连门带他父亲一齐拉进来）我想把你介绍给她。老头子，你还记得不记得去年七月你劝我的话？

赛密尔牧师　（正颜厉色）记得。我劝你改掉懒惰和浮躁的两宗毛病，赶紧找个正经职业，自己过日子，别靠我吃饭。

富兰克　不对，那是你后来想起来的话。你当时说的是，既然我没有脑子又没有钱，不如借重我的漂亮脸子娶个又有脑子又有钱的老婆。喂，现在你看。华伦小姐有脑子，你不能不承认吧。

赛密尔牧师　不是有了脑子就万事俱备了。

富兰克　当然不是,她还有钱——

赛密尔牧师　(厉声截住他的话)我没想到钱上头。我说的是比钱更高贵的东西。譬如说,社会地位。

富兰克　那东西可不在我眼里。

赛密尔牧师　可是我很看重。

富兰克　咳,没有人叫你跟她结婚。反正她差不多也算得到了剑桥大学的高等学位,并且看起来她的钱也够她花的。

赛密尔牧师　(气平了,带点儿玩笑口气)她的钱是不是够你花的,我可没把握。

富兰克　喔,我从来不那么乱花钱。我过日子一向规规矩矩。我不喝酒,我不大赌钱,我也不像你在我这么大年纪的时候还那么成天喝酒胡闹。

赛密尔牧师　(虚张声势)住嘴。

富兰克　那回我对来喜酒店女招待着迷的时候,你亲口跟我说过,有一回你愿意给一个女人五十个金镑,把你写给她的一批信要回来——

赛密尔牧师　(大吃一惊)嘘,嘘,嘘!富兰克,可了不得!(提心吊胆,四面张望。一看左右无人,又壮起胆子装腔作势,可是态度比刚才老实了些)那时候我怕你干出一辈子后悔的事情,为了免得你上当,所以我把自己的经验告诉你,谁知道你倒反咬我一口。你应该把你父亲做的错事当作前车之鉴,不应该拿它当自己的护身符。

富兰克　你听见过威灵顿公爵①的情书故事没有？

赛密尔牧师　没听见过。我也不想听。

富兰克　那位号称"铁腕公爵"的老威灵顿不像你似的愿意破费五十镑，他不是那等人。他干脆只有两句话："亲爱的杰妮，信尽管宣布，你自己倒霉！你亲爱的威灵顿。"那时候你也应该这么办。

赛密尔牧师　（一副可怜相）富兰克，我的孩子，当初我写了那些信，我落到了那个女人的手心里。后来我把写信的事告诉了你，说也可怜！我又落到了你的手心里。那个女人不要我的钱，她只回答我两句话，那两句话我一辈子忘不了。她说："知识是权力，我决不出卖权力。"这是二十年前的事了，可是她从来没使用过她的权力，也没给我添过一丝儿麻烦。如今你对待我还不如她客气，富兰克。

富兰克　不错！可是当时你对她也像现在你对我这么成天唠唠叨叨吗？

赛密尔牧师　（气得几乎要哭）好，我不管你。你这孩子没法儿治了。（转身走向栅栏门。）

富兰克　（满不在乎）告诉他们我不回家喝茶了，老头子，乖乖儿的，肯不肯？（他冲着茅屋走过去，正好碰见普瑞德和薇薇从屋里走出来。）

薇薇　（向富兰克）那是你父亲吗，富兰克？我很想见见他。

富兰克　行。（喊他父亲）老头子，有人找你说话。（牧师在

---

①　即威灵顿公爵(1769—1852)，英国在滑铁卢战役战胜拿破仑的主将，当时的保守党领袖，爱尔兰人。

门口转过身来,慌里慌张摸摸帽子。普瑞德穿过园子走到对面,满脸笑容,准备跟客人寒暄)这是我父亲,这是薇薇小姐。

薇　薇　(走到牧师面前跟他拉手)格阿德纳先生,在这儿见面,真巧极了。(向茅屋喊叫)妈妈,出来。有人找你。

　　　　华伦夫人刚走到门口,一看见牧师,马上就愣住了。

薇　薇　(接着说下去)让我介绍——

华伦夫人　(过去一把抓住赛密尔牧师)哦,这不是赛姆·格阿德纳吗?当了牧师了!真想不到!赛姆,你不认识我们吗?这就是雄伟博大的乔治·克罗夫。你还记得我不记得?

赛密尔牧师　(满脸通红)我实在——唔——

华伦夫人　你当然记得。我手里还有你写的一沓子信呢,前天无意中还看见来着。

赛密尔牧师　(狼狈不堪)你是魏伐素小姐吧?

华伦夫人　(赶紧使劲低声矫正他)咻!胡说!我是华伦夫人。你没看见我女儿在那儿吗?

第 二 幕

　　黄昏后,茅屋内。不从外往西,而从里往东望去,可以看到那扇大格子窗——窗帘已经拉上了——现在是在茅屋前墙的正中,通门廊的门在窗子左边。左墙有一扇门通厨房。靠后一点,仍贴着左墙,有一只食器柜,上面有一支蜡和一盒火柴,富兰克的枪靠在旁边,枪筒贴着碗碟架。屋子当中有一张桌子,桌上点着一盏灯。窗户右边靠墙一张桌子上堆着薇薇的书籍文具。壁炉在右边,前面有一张高背长靠椅,壁炉里没有火。桌子左右各有一张椅子。

　　茅屋门开着,可以看见外面星光灿烂的夜空。华伦夫人裹着向薇薇借的一件披肩从外面走进来,富兰克跟在她身后。他把便帽往窗座上一扔。华伦夫人走累了,她一边拔针摘帽子,一边嘘了口气,帽子摘下之后,她把别针插在帽顶上,把帽子搁在桌子上。

华伦夫人　　喔,天啊!在乡下过日子,不知是走道儿受罪,还是没事在屋里憋着更受罪。要是这儿有威士忌苏打水的话,我现在倒很想喝一杯。
富兰克　　说不定薇薇有。

华伦夫人　胡说！她那么个年轻女孩子哪儿有这些东西！不要紧，没关系。我不能想象她在这儿怎么过日子！我宁可住在维也纳。

富兰克　我陪你上维也纳。（他一边帮她卸披肩，一边温存地把她肩膀轻轻捻一下。）

华伦夫人　哦！你陪我去？现在我才知道你活像你父亲。

富兰克　像我老头子？（他把披肩挂在身边的椅子上，坐下。）

华伦夫人　少打听。这种事你懂得什么？你还是个小孩子。（她走到壁炉旁边，离他远些，免得容易动心。）

富兰克　带我上维也纳去吧？那才有意思呢。

华伦夫人　不了，谢谢。维也纳不是你去的地方——至少得等你年纪大点儿。（她对他点点头，加重这个劝告的语气。他装出一副可怜相，可是眼睛里的笑意表明了他的虚假。她对他瞧瞧，又回到他身边）喂，小孩子，（两手捧着他的脸，把脸托起来冲着她自己）因为你像你父亲，所以我看透了你是怎么样的一种人，我看得比你自己还清楚。别在我身上胡打主意。听见没有？

富兰克　（娇声求爱）可是我自己也没有办法，亲爱的华伦夫人，这是我们的家风。（她假装要打他嘴巴，可是对他那仰着的漂亮笑脸瞅了会儿，情不自禁，到底跟他亲了个嘴，亲完了嘴，赶紧躲开，自己心里不耐烦。）

华伦夫人　哎！我不该那么着。我这人不老实。没关系，亲爱的，这是妈妈疼孩子。你去跟薇薇亲热吧。

富兰克　我已经跟她亲热上了。

华伦夫人　（吃惊质问）什么！

富兰克　薇薇跟我是好朋友。

华伦夫人　这话什么意思？听着：我不准无赖子弟勾引我的
　　　女儿。听见没有？我不准你胡闹。

富兰克　（满不在乎）亲爱的华伦夫人，别着急。我打的是正
　　　经主意，决不是胡闹，并且你那女儿自己很会照管自己，
　　　她还不像她母亲那么要人照管。你知道，她长得不像你
　　　这么漂亮。

华伦夫人　（他这么大言不惭，她倒吃了一惊）哼，我看你的
　　　脸皮足有两寸厚。我不知道你这张厚脸皮是哪儿来的。
　　　反正不是你父亲给你的。

克罗夫　（在花园里）大概是吉卜赛人吧？

赛密尔牧师　（答话）那些做扫帚的流浪人比他们坏得多。

华伦夫人　（向富兰克）嘘！记着！我警告过你了。

　　　　克罗夫和赛密尔从花园里进来，牧师一边走一边接
　　　着谈话。

赛密尔牧师　温切斯特巡回法庭上那件发假誓的案子才糟
　　　糕呢。

华伦夫人　怎么样？你们俩干什么呢？普瑞蒂和薇薇上哪儿
　　　去了？

克罗夫　（把帽子搁在长靠椅上，把手杖靠在壁炉犄角里）他
　　　们上山去了。我们俩到村子里去了一趟，我去喝了杯酒。
　　　（他在长靠椅上坐下，把两只腿平放在座位上。）

华伦夫人　哼，薇薇不应该不告诉我一声就走了。（向富兰
　　　克）给你父亲搬把椅子，富兰克，你的规矩上哪儿去了？
　　　（富兰克跳起来，斯斯文文把自己坐的椅子让给父亲，然
　　　后从靠墙那边另外搬了一张，搁在桌边坐下，自己居中，

父亲居右,华伦夫人居左)乔治,今儿晚上你打算住在哪
　　儿?这儿你不能过夜。普瑞蒂打算怎么办?

克罗夫　格阿德纳留我过夜。

华伦夫人　喔,你自己固然不愁了!可是普瑞蒂怎么办呢?

克罗夫　不知道。我想他可以住在客栈里。

华伦夫人　赛姆,你那儿有地方给他住吗?

赛密尔牧师　嗯——呃——你看,我是本地教区长,我不能自
　　己做主。呃——普瑞德先生是什么社会身份?

华伦夫人　喔,他没问题,他是建筑师。你真是个老顽固,
　　赛姆!

富兰克　对,没问题,老头子。在威尔士给公爵盖那座赛纳纹
　　宫的就是他。你一定听说过。(他向华伦夫人飞了个
　　眼,斯斯文文对着他父亲。)

赛密尔牧师　要是这样的话,好极了,我们愿意招待他。他大
　　概认识公爵吧。

富兰克　喔,熟得很!咱们把他塞在乔菊娜从前住的那间屋
　　子里。

华伦夫人　好,这件事算是决定了。现在只要那两个一回来,
　　咱们就可以吃晚饭了。他们不应该天黑了还在外头待着
　　不回来。

克罗夫　(盛气相向)他们碍着你什么啦?

华伦夫人　不管碍着我碍不着我,反正我不喜欢这样子。

富兰克　别等他们了,华伦夫人。普瑞德能在外头多待一会
　　儿一定多待一会儿。他从来没尝过夏天晚上跟我的薇薇
　　在草坡上溜达是什么滋味儿。

克罗夫　(吃惊,挺直身子)哦,什么话!喂!

赛密尔牧师 （站起来,吓得丢了牧师架子,说话老实而有力)富兰克,干脆一句话,这事办不到。华伦夫人会告诉你:这事想都不必想。

克罗夫 当然。

富兰克 （温婉动人)真的吗,华伦夫人?

华伦夫人 （沉吟)赛姆,这话难说。要是我那女孩子想结婚,拦着她不许结婚也没有好处。

赛密尔牧师 （吃惊)可是怎么能跟他结婚! 你的女儿跟我的儿子结婚! 你想:那怎么行。

克罗夫 当然不行。别胡闹,凯蒂。

华伦夫人 （生气)为什么不行? 是不是我女儿配不上你儿子?

赛密尔牧师 不是那个,华伦夫人,可是你知道里头有原因——

华伦夫人 （不把他放在眼里)我不知道什么原因。要是你知道,尽管告诉你儿子,告诉我女儿,再不就告诉听你讲道的教友。

赛密尔牧师 （毫无办法,倒在椅子里)你明知道我不能把原因告诉别人。可是要是我告诉我儿子其中有原因,他会信我的话。

富兰克 不错,爹,你儿子会信。可是你儿子听你讲了原因之后,他做事改过一回样儿没有?

克罗夫 你不能跟她结婚,话只有这么一句。(他起身站在炉前砖台上,背冲着壁炉,紧皱着眉。)

华伦夫人 （厉声质问)请问跟你什么相干?

富兰克 （用他最好听的抒情调子)我也正要客客气气问他

这句话。

克罗夫 （向华伦夫人）我想你大概不愿意把女儿嫁给一个
　　　　年纪比她小、没有职业、没有钱养活她的男人吧。要是你
　　　　不信我的话，问问赛姆。（向牧师）你还打算给他多
　　　　少钱？

赛密尔牧师 　一个大钱都不给了。他应得的祖产已经拿到
　　　　手，去年七月花得干干净净了。（华伦夫人把脸一沉。）

克罗夫 　（盯着瞧她）怎么样！我跟你说过了。

　　　　他重新在长靠椅上坐下，又把两只腿搁起来，好像这
　　　　事已经结束了。

富兰克 　（哀诉）这太金钱主义了。难道华伦小姐结婚为的
　　　　是钱？要是她跟我彼此相爱——

华伦夫人 　谢谢。孩子，你的爱情是很不值钱的货色。要是
　　　　你没钱养活老婆，那就没话可说了；你不用打算跟薇薇
　　　　结婚。

富兰克 　（觉得非常好笑）你怎么说，老头子？

赛密尔牧师 　我的意见跟华伦夫人一样。

富兰克 　克罗夫老先生也发表过他的高见了。

克罗夫 　（支着胳臂很生气地把身子转过来）听着，我不许你
　　　　这么油腔滑调。

富兰克 　（老实不客气）我本不愿意招你生气，克罗夫。可是
　　　　刚才你大模大样冲我说话好像是我父亲一样。对不起，
　　　　一个父亲就够受的了。

克罗夫 　（瞧不起他）呸！（他又把身子转过去。）

富兰克 　（站起来）华伦夫人，就是为了你，我也不能舍了我
　　　　的薇薇。

华伦夫人　（咕哝）小流氓！

富兰克　（说下去）你一定想给她提别的亲事，所以我得赶紧
　　　　先下手。（他们都用眼睛瞪他，他倒文文雅雅朗诵起来
　　　　了）

　　　　　　　不是怕自己的命运靠不住，

　　　　　　　就是担心自己的长处算不得数，

　　　　　　　所以他不敢泼出胆子试一试，

　　　　　　　究竟是一战成功还是满盘输。

　　　　　　他正在朗诵的时候茅屋门开了，薇薇和普瑞德走进
　　　　屋子。他立刻打住。普瑞德把帽子搁在食器柜上。屋子
　　　　里的人登时规矩起来。普瑞德走到壁炉旁边凑近克罗夫
　　　　的时候，克罗夫把搁在椅子上的两只腿放下来，正襟危坐
　　　　起。华伦夫人也不像刚才那么自在了，只好借着埋怨别
　　　　人掩盖自己的局促心情。

华伦夫人　你们究竟上哪儿去了，薇薇？

薇　薇　（摘下帽子，随手往桌上一扔）上山去了。

华伦夫人　你不应该不告诉我一声就这么去了。我怎么知道
　　　　会不会出什么事儿？天又黑下来了！

薇　薇　（走到厨房门口，不睬她母亲）吃晚饭吧？（大家都
　　　　站起来，只有华伦夫人不动身）里边恐怕太挤了。

华伦夫人　我说的话你听见没有，薇薇？

薇　薇　（文文静静）听见了，妈妈。（回到吃晚饭的困难问
　　　　题上）咱们有几个人？（数）一、二、三、四、五、六。四个
　　　　人先吃，两个人得等着，爱力森太太的刀叉只够四个人
　　　　使的。

普瑞德　喔，我没关系。我——

薇　薇　普瑞德先生,你走了那么些路,肚子饿了,你应该马上就吃。我自己等一会儿不要紧。还得有一个人陪我等着。富兰克,你饿不饿?

富兰克　一点儿都不饿——简直不想吃东西。

华伦夫人　(向克罗夫)乔治,你也不饿。你也可以等一等。

克罗夫　喔,那就要命了,吃了茶点之后我还没吃过东西。赛姆是不是可以等一等?

富兰克　你想让我父亲挨饿吗?

赛密尔牧师　(含怒)不必费心,让我自己说。我很愿意等着。

薇　薇　(不许别人出主意)不必。两个人等着就够了。(她开厨房门)格阿德纳先生,请你陪我母亲进去。(牧师过去让华伦夫人挽着,一同走进厨房。普瑞德和克罗夫跟在后边,除了普瑞德,谁都不赞成这办法,可是没法子反对。薇薇站在门口,冲着里面瞧他们)那个墙角儿你挤得进去吗,普瑞德先生?那儿太窄了点儿。留神你的衣服,别擦上墙上的白粉,好了。大家都坐舒服了吧?

普瑞德　(在里面)很好,谢谢。

华伦夫人　(在里面)把门敞着别关,宝贝。(薇薇皱一皱眉,可是富兰克赶紧打招呼拦住她,悄悄走到茅屋门口,轻轻把门完全敞开)嗬,这股子风真厉害!你还是把门关上吧。

　　　　薇薇砰的一声把门关上,看见她母亲的帽子和披肩在屋里乱扔着,心里很腻烦,把东西齐齐整整搬到窗座上,在这当口富兰克轻轻又把茅屋门关上。

富兰克　(高兴)哈哈!把他们都打发开了。薇芬,你看我父亲这人怎么样？

薇　薇　（心里有事，一本正经）我差不多没跟他谈过话。我不觉得他怎么能干。

富兰克　你要知道，其实这老头子心里不像外面看着那么傻。你知道，当初他是硬让家里塞进了教会，为了叫人看着像个牧师，他就装得比原来傻多了。其实我不太讨厌他。他这人居心不坏。你看你能跟他合得来吗？

薇　薇　（冷冰冰地）我觉得我将来过日子不大会跟他有什么相干，不但他，也许除了普瑞德，我跟母亲那伙子熟人也都不相干。（她在长靠椅上坐下）你看我母亲这人怎么样？

富兰克　是不是说老实话？

薇　薇　对，说老实话。

富兰克　她这人很有意思，可是有点儿怪，你说是不是？要说那个克罗夫！喔，天啊，克罗夫！（他挨着她坐下。）

薇　薇　那一伙子东西，富兰克！

富兰克　那一帮子家伙！

薇　薇　（非常瞧不起那班人）要是我知道将来我是那么个废物，一顿挨着一顿地混饭吃，没目的，没主见，没胆量，那我宁可割开一根血管，放血死掉，丝毫不踌躇。

富兰克　喔，你不会那样做。他们能够享福又何必操心吃苦呢？我倒羡慕他们运气好。我就是不赞成他们的样子。不像一回事，太懒散，懒散得厉害。

薇　薇　要是你不做事，将来到了克罗夫的年纪，你说你的样子能比他高明吗？

富兰克　那还用说。一定比他高明得多。薇芬别教训人了，她的孩子已经管不好了。（他想把她的脸捧在手里温存一下。）

薇　薇　（一伸手把他两只手打下去）走开，今儿晚上薇芬不高兴逗她的孩子。（她站起来，走到屋子那头去。）

富兰克　好狠心！

薇　薇　（对他跺脚）正经点儿。我不是跟你开玩笑。

富兰克　好。咱们谈谈学问吧。华伦小姐，你知道不知道，所有最先进的思想家都承认，现代文明的毛病，一半是出于年轻人爱情的饥饿。喂，我——

薇　薇　（截断他的话）你真讨厌。（她开了里屋的门）你们有地方给富兰克没有？他在这儿抱怨挨饿呢。

华伦夫人　（在里面）当然有。（她移动桌上东西的时候，刀叉杯盘叮当作声）来吧！我旁边有地方。进来，富兰克先生！

富兰克　薇芬的孩子将来要跟薇芬清算这笔账。（他走进厨房。）

华伦夫人　喂，薇薇。你也进来，孩子。你肚子一定也饿了。（她从厨房走出来，克罗夫跟在后面，恭恭敬敬拉着门，等薇薇走过去。薇薇走出去的时候根本没用正眼瞧他一下，他随手把门关上）乔治，你一定没吃饱。你没吃什么东西。你怎么啦？

克罗夫　喔，我进去本来只要喝杯酒。（他把两手往衣袋里一插，在屋里晃来晃去，心烦意躁，闷闷不乐。）

华伦夫人　我倒喜欢吃东西。可是吃了点儿那种冷牛肉、酪干和莴苣，也就够了。（嘘了一口气，好像只半饱，在长靠椅上懒洋洋坐下。）

克罗夫　你为什么这么抬举那只小狗儿？

华伦夫人　（立刻警惕起来）我问你，乔治，你在我那女孩子身上打什么主意？我一直在注意你用眼睛瞧她的神气。记着：我知道你这人，我也知道你那么瞧她是什么意思。

克罗夫　瞧瞧她难道有什么坏处？

华伦夫人　要是你有一点儿不规矩的行为落在我眼睛里，我会马上打发你回伦敦。在我看来，我女儿的小拇指比你整个儿一条身子还名贵。（克罗夫听了这句话冷笑了一声。华伦夫人本想装出戏台上痴心母亲的面目压服他，不料没做到，脸一红，声音低了些）你放心，那只小狗跟你一样地吃不到嘴。

克罗夫　难道一个男人不许关心一个女孩子吗？

华伦夫人　像你这样的男人不许。

克罗夫　她多大年纪了？

华伦夫人　你不用管她多大年纪。

克罗夫　你为什么把她的岁数瞒得这么紧？

华伦夫人　因为我高兴。

克罗夫　我今年还没到五十，我的产业还跟从前一样多——

华伦夫人　（截住他的话）这是因为你又吝啬又卑鄙。

克罗夫　（接着说）并且一个准男爵也不是天天都找得到的。像我这种身份的人谁都受不了你这么个丈母娘。她凭什么不嫁给我？

华伦夫人　嫁给你！

克罗夫　咱们三个人在一块儿过日子，可以过得很舒服。我先死了，她就是一个肥肥实实有钱的小寡妇。这门亲事为什么做不得？刚才我在那边跟那傻瓜一块儿散步的时候,我心里一直都在盘算这件事。

华伦夫人 （起反感）对,你心里就会盘算这种事。

    他站住不走了。两个人对瞧着:她直着眼盯他,一面
鄙视他,一面暗暗地也有点儿怕他;他斜着眼瞟她,带着
两道色眯眯的眼光和一张不正经的笑脸。

克罗夫 （看她毫不同情,登时慌张起来）喂,凯蒂,你是一个
懂事的女人,你不用装假道学。我不再问你什么了,你也
不必再回答什么了。我把我的全部产业指定留给她,在
我结婚那天,你自己要多少钱,尽管说一个数目——只要
在情理之中。

华伦夫人 乔治,你也像那些不中用的老家伙似的,落到这种
地步了!

克罗夫 （恶狠狠）该死!

    她还没来得及还嘴,厨房门开了,外面已经可听见那
几个人正在走出来的说话声音。克罗夫来不及把神定下
来,只好慌忙走出茅屋。牧师在厨房门口出现。

赛密尔牧师 （四面张望）乔治爵士哪儿去了?

华伦夫人 上外头抽烟去了。（牧师从桌子上拿了帽子,走
到壁炉旁边挨近华伦夫人。这当口,薇薇也进来了,后面
跟着富兰克。他一进门就倒在一张最靠近门的椅子里,
像是筋疲力尽的样子。华伦夫人转过脸来,冲着薇薇说
话,母亲的派头装得比平常更加勉强）宝贝,你晚饭吃饱
了没有?

薇薇 你知道,爱力森太太家里的晚饭还不就是这么回事。
（她转过去冲着富兰克,像逗孩子似的）富兰克,怪可怜
的,是不是牛肉都没有了?你是不是只吃了面包、酪干、

姜汁汽水,没吃别的?(忽然一本正经起来,好像今晚玩笑已经开够了)爱力森太太的黄油真要不得。我得下山上铺子里买点儿去。

富兰克　对,真该买点儿。

薇薇走到写字桌前把买黄油的事记了一笔。普瑞德从厨房出来,一边走一边把刚才当饭巾用的手绢儿叠起来。

赛密尔牧师　富兰克,我的孩子,咱们该回家了。你母亲还不知道今晚咱们家有客人呢。

普瑞德　今晚我们要打搅了。

富兰克　(站起来)决没有的事,我母亲看见你准高兴。她是个真正又聪明又风雅的女人,她在这儿一年到头除了老头子见不着别人,你想她的日子过得多么闷得慌。(向他父亲)爸爸,你这人不聪明,也不风雅,是不是?你马上陪着普瑞德回家,我在这儿待一会儿,陪陪华伦夫人。走过花园的时候顺便把克罗夫带走。他跟咱们家那只小哈巴狗做伴儿最合适。

普瑞德　(从食器柜上拿了帽子,走到富兰克身旁)跟我们一块儿走,富兰克。华伦夫人好久没看见薇薇小姐了,咱们搅了半天还没让她们一块儿说说话儿呢。

富兰克　(态度很柔和,对普瑞德表示一种异乎寻常的钦佩)当然。我忘了。谢谢你提醒我。你真是个有教养的人,普瑞蒂。你向来是这样。我一辈子佩服你。(起身要走,可是又在两个年长的人中间站住,一只手按在普瑞德肩膀上)嗳,要是你能代替这没出息的老头儿当我的爸爸,那该多么好!(说话的当儿,他把另外那只手按在父亲肩膀上。)

赛密尔牧师 　(发脾气)住嘴,少胡说!你不怕造孽吗!

华伦夫人 　(大笑)你真该好好儿管管他,赛姆。明天见。
　　喂,把帽子和手杖带给乔治,顺便代我祝他晚安。

赛密尔牧师 　(接东西)明天见。(跟华伦夫人拉手。他走过
　　薇薇身边的时候也跟她拉手,说声再见。然后,对富兰克
　　大声吆喝)快走!(走出去。)

华伦夫人 　再见,普瑞蒂。

普瑞德 　再见,凯蒂。

　　　　普瑞德和华伦夫人亲热地拉手,一同出去,她送到栅
　　栏门口。

富兰克 　(向薇薇)亲个嘴吧?

薇　薇 　(狠狠地)不行。我讨厌你。(她从写字桌上拿了两
　　本书和几张纸,过来在当中那张桌子靠近壁炉的那一边
　　坐下。)

富兰克 　(扮个鬼脸)对不起。(他走过去拿枪和帽子。华伦
　　夫人回来了。他拉了她的手)明儿见,亲爱的华伦夫人。
　　(他亲她的手。她把手夺回去,咬紧嘴唇,看样子八成儿
　　想打他个嘴巴。他像皮猴儿似的笑着就跑,随手砰的一
　　声把门关上。)

华伦夫人 　(现在男人全都走了,她死心塌地准备挨过这苦
　　恼的黄昏)你听见过谁像他那么叽叽呱呱、没结没完的?
　　你说他是不是太招人讨厌?(在桌旁坐下)现在我想起
　　来了,顺便嘱咐你一句,宝贝,往后你别再招惹他了。我
　　已经看清楚他完全是一个没出息的东西。

薇　薇 　(站起来走过去再拿几本书)我看也是。可怜的富

兰克，我反正得丢开他。他虽然不足惜，我倒可怜他。我看克罗夫那家伙也不见得怎么有出息，你说是不是？（她把刚拿过来的几本书使劲往桌子上一摔。）

华伦夫人　（看着薇薇的冷淡态度心里烦恼）孩子，你懂得男人家什么事，就这么随便批评他们？你得准备着往后常跟乔治·克罗夫爵士见面，因为他是我的朋友。

薇　薇　（满不理会）为什么？（她坐下，打开一本书）你以为咱们俩将来会常在一块儿吗？

华伦夫人　（瞪眼瞧她）那还用说——到你结婚咱们才分手。你又不再上学校了。

薇　薇　我的生活方式能合你的脾胃吗？恐怕不见得。

华伦夫人　你的生活方式。什么叫你的生活方式？

薇　薇　（用挂在腰带链条上的那把裁纸刀裁开一页书）妈妈，你难道真是从来没想到过，我跟别人一样也有自己的生活方式吗？

华伦夫人　你胡说些什么？难道因为现在你在学校是个小小的大人物，你就要自己做主、不肯听话了？别胡闹，孩子。

薇　薇　（不计较）在这件事上头，妈妈，你只会说这两句话，别的再没有了吗？

华伦夫人　（先是发怔，跟着就发脾气）不准你这么一个劲儿追问我。（暴躁如雷）住嘴。（薇薇继续看书写字，不耽误时候，也不说话）哼，你自己的生活方式！哼，这还了得？（她又抬眼瞧着薇薇，薇薇还是不睬她）我要你过什么日子，你就得过什么日子。不由你自己做主。（又一想）自从你考了那个不知什么名堂的数学试验，我看你一直就是这么一副自命不凡的样子。要是你以为我会由着你在我面前摆这臭架子,那你算是打错主意了:你心里越早明白一天越好。(低声咕哝)在这件事上头,我只会说这两句话! 哼! (重新提高怒声)你知道不知道你在跟谁说话,小姐?

薇　薇　(把眼光从书上转向她母亲,并不抬头)不知道。你是谁? 你是干什么的?

华伦夫人　(紧张地站起来)你这小鬼!

薇　薇　谁都知道我的名望、我的身份和我想干的职业。你的事儿我不清楚。请问,你要我跟你和乔治·克罗夫爵士在一块儿过什么生活?

华伦夫人　小心。我要干一件将来我——还有你——都会后悔的事情。

薇　薇　(冷静坚决地把那几本书往旁边一推)也罢,咱们把这问题先搁一搁,等你有胆量对付它的时候再说。(仔细打量她母亲)你得多走走路,打打网球,把身体搞好一点。你身体坏透了,今天上山的时候,你每走二十码就得站住脚喘半天气,你的两只手腕子简直像两卷猪油。你瞧瞧我的。(她把自己两只手腕伸出来。)

华伦夫人　(毫无办法地瞧了她一会儿,抽抽噎噎哭起来)薇薇——

薇　薇　(一扭身从椅子上跳起来)请你别哭。什么都行,就是别哭。这么哭哭啼啼的我受不了。你要哭,我就出去。

华伦夫人　(一副可怜相)啊,宝贝,你怎么对我这么狠心?难道我不是你母亲吗?

薇　薇　你是不是我母亲?

华伦夫人　(大惊)我是不是你母亲! 哦,薇薇,你怎么问得出这句话！

薇　薇　你说你是我母亲，那么，咱们家里的人在哪儿？我父亲在哪儿？咱们家的亲戚朋友在哪儿？你说，你是我母亲，有权利管教我：有权利骂我是胡闹的孩子，有权利用大学女训导员不敢用的态度对我说话，有权利硬支配我的生活方式，还有权利硬逼我认识一个谁都知道是伦敦最下贱的高等游民、流氓畜生。在我拒绝你这些要求之前，我倒不妨打听打听，你究竟凭着什么身份对我提这些要求。

华伦夫人　（神志错乱，身子一软，跪倒在地）哦，别说了，别说了。我是你母亲，我敢赌咒。你是不是打算跟我过不去——你是我亲生女儿！你太没良心了。你得相信我。你说，你信我的话。

薇　薇　我父亲是谁？

华伦夫人　你不知道自己嘴里问的是什么话。我不能告诉你。

薇　薇　（坚决）你能，只要你肯。我有权利知道，你心里也很明白我有这权利。要是你不肯说，那也由你。可是要是你不说，明天早晨我就走，从此以后不再见你。

华伦夫人　你说这种话，我实在受不了。你不会离开我——也不能离开我。

薇　薇　（毫不留情）要是你不把实话告诉我，我一定离开你，一点儿都不踌躇。（心里一阵厌恶，身子抖起来）我怎么拿得稳，我的身体里一定没有那个废物畜生的肮脏血？

华伦夫人　喔，没有，没有。我敢赌咒，不是他，也不是你见过的那批人。这一点我至少还拿得稳。

薇　薇　心里一亮，猛然间辨出了母亲这句话的滋味，马上用眼睛狠狠盯住她。

薇　薇　（慢吞吞）这一点你至少还拿得稳。哦！你意思是，只有这一点你拿得稳。（沉思）唔，我明白了。（华伦夫人两手捂着脸）别装腔作势，妈妈，你自己心里明白，你一点儿都不在乎。（华伦夫人把手放下，抬起头来苦苦地瞧着薇薇。薇薇掏出表来一看，说道）好，今儿晚上不必再谈了。明天你什么时候吃早餐？八点半你是不是嫌太早？

华伦夫人　（气极了）天啊，你是个什么女人？

薇　薇　（平心静气）我想，我是世界上数目最多的那种女人。要不然，世界上的事儿谁去办。起来（抓住她母亲的手腕，一把把她拖起来）：定定神。这才对了。

华伦夫人　（抱怨）你对我太粗野了，薇薇。

薇　薇　胡说。该睡觉了吧？十点都过了。

华伦夫人　（气愤愤地）睡什么觉？我睡得着吗？

薇　薇　为什么睡不着？我就睡得着。

华伦夫人　你！你这人没心肝。（说到这儿她露出了本来的语调——一个平常女人的方言——母亲的威势和架子全没有了，心里充满了一股强烈自信心和瞧不起人的劲儿）喔，我不能忍受，我不能这么受屈。你凭什么自以为身份比我高？你在我面前夸耀自己怎么有出息——可是你也不想想当初给你机会让你有今儿这么一天的人就是我。我小时候有什么机会？像你这么个没良心的女儿，这么个自命不凡的假正经女人，别不害臊了！

薇　薇　（把肩膀一抬，坐下来，自己没有信心了，因为她答复母亲的那段话刚才自己听着很有理,现在她母亲把声调一变、换了新口气,她觉得自己那一番话有点书呆气,甚至于有点道学气)你别以为我欺负你。刚才你用做母亲的传统权威向我进攻,我就用正经女人的传统优越身份防卫自己。老实告诉你,我不能忍受你那一套。可是只要你不拿出你那一套来,我也不在你面前拿出我这一套。我绝不侵犯你保持自己的意见和自己的生活方式的权利。

华伦夫人　我自己的意见和我自己的生活方式!听听她的话!你以为我小时候能像你似的选择自己的生活方式吗?你以为我干那种事是因为喜欢干,或是觉得干得对才干的吗?你以为我要是有机会,我不愿意上大学做上流女人吗?

薇　薇　谁都有一个选择的机会,妈妈。一个顶苦的女孩子虽然未必能随意选择做英国女王还是做牛纳学院的院长,可是她总可以凭自己爱好,在捡烂布和卖花儿两个行当里挑一个。世界上的人老爱抱怨自己境遇不好。我不信什么境遇不境遇。世界上有成就的人都是能放开眼光找他们所需要的境遇的人,要是找不着,就自己创造。

华伦夫人　嗯,说说挺容易,一点儿不费劲,是不是?哼!你要不要听听我从前的境遇?

薇　薇　好,说给我听听。你坐下好不好?

华伦夫人　嗯,我坐下:你别害怕。(她拿过椅子使劲往地下一蹾,坐下。薇薇不由自主提了提神)你知道不知道你外婆是干什么的?

薇　薇　不知道。

华伦夫人　不错,你不知道。我知道。你外婆自己说是寡妇,
　　　　在造币厂附近开个小铺子卖炸鱼,带着四个女儿靠那小
　　　　买卖过日子。四姐妹里头,我跟利慈是亲的。我们亲姐
　　　　儿俩都长得挺好看,身材也不错。我们的父亲大概是个
　　　　吃得肥头胖耳、日子挺好过的人,母亲说他是个上等人,
　　　　谁知道是不是。其余那两姐妹跟我们不是一个父亲生
　　　　的。她们长得又矮又丑,黄瘦脸儿,是一对规规矩矩、肯
　　　　做事肯吃苦的可怜虫。要不是母亲常把利慈和我打个半
　　　　死、不许我们欺负她们,我们准会把她们给打个半死。她
　　　　们俩是一对正经人。可是做正经人有什么好处?让我告
　　　　诉你。她们俩有一个在铅粉工厂做女工,一天干十二个
　　　　钟头活,一星期只挣九个先令,干到后来中了铅毒,把命
　　　　送掉。最初她以为至多不过得个两手麻痹症,没想到后
　　　　来命都保不住。另外那一个,母亲常说她是我们应该学
　　　　习的好榜样,因为她嫁了一个代福海军军需厂的工人,她
　　　　丈夫一星期挣十八个先令,她倒也把他的家和三个孩子
　　　　安顿得整整齐齐的,可是后来她丈夫喝上了酒,一切全完
　　　　了。你说做那么个正经人上算不上算?
薇　薇　(现在凝神屏息起来)你和你姐姐觉得做正经人上
　　　　算吗?
华伦夫人　利慈觉得不上算,她比我有志气。我们俩一同进
　　　　了个教会学校——这件事也是我们看见了那些什么都不
　　　　懂、哪儿都没去过的女孩子就摆架子的一个原因——在
　　　　学校待了一阵子,有天晚上利慈出去了从此没回来。我
　　　　知道,女校长担心我不久也要学姐姐的榜样,因为学校的
　　　　牧师时常提醒我,说利慈的结局一定是在滑铁卢桥跳河

43

自杀。可怜的蠢牧师，他只懂得那么点儿事！可是我觉得进铅粉厂比跳河更可怕，要是你是我，你的想法也会跟我一样。后来那牧师在一家名目上不卖酒其实什么都卖的饭馆里给我找了个厨房打杂儿的活。后来我又当了女茶房，又进了滑铁卢车站的酒吧间——端端酒，洗洗杯子，一天十四个钟头，吃他们的饭，一星期挣四个先令。在我说，这就算是往上爬了一大步。有天晚上，天气冷得好难受，我在柜台里累得都快睡着了。那当儿有个客人进来要半品脱①威士忌。你猜那是谁？不是别人，是利慈。她穿着一件长的皮大衣，又雅致，又舒服，钱袋里还装着好些金洋钱。

薇　薇　（冷冷地）是利慈阿姨！

华伦夫人　正是，并且还是个很不丢人的阿姨。现在，她住在温切斯特，靠近大教堂，算得上当地一个上流女人。你能信吗，阔人开跳舞会的时候，她还负责照管人家的小姐呢。谢谢老天爷，利慈没跳河！我看你有点儿像利慈：她是个头等能干人——一开头就攒钱——从来不大肯露自己的真面目——从来不慌张，也不错过一个机会。那晚上她看见我长得挺好看，就隔着柜台冲我说："小傻瓜，你在这儿待着干什么？消磨自己的身体，糟蹋自己的脸子，给别人挣钱！"那时候利慈正在攒钱打算在布鲁塞尔自己弄一所房子。她想，我们两个人攒钱总比一个人攒得快。因此，她就借给我一笔钱，给我做本钱。慢慢儿我也攒了钱，先还清了她的账，后来就跟她合伙做买卖。凭

———

①　品脱是容量单位，等于一加仑的八分之一。

什么我不该那么做？我们在布鲁塞尔搞的买卖是个真正高级的：女人在那儿过日子比在安·简恩中毒的工厂里福气得多。我们养的女孩子没有一个受过我在饭馆里，或是滑铁卢酒吧间，或是自己家里受的那份儿罪。难道你愿意我在那些地方待下去，不到四十岁就变成一个苦老婆子吗？

薇　薇　（这时候听得有滋有味了）不愿意。可是你为什么单挑那么个行当呢？只要能攒钱，会经营，什么行当都干得成。

华伦夫人　不错，只要能攒钱。可是请问，一个女人干别的行当，攒得起什么钱？一星期挣四先令，还要自己做衣服，请问能不能攒钱？干脆办不到。不用说，要是你脸子不好看，只能挣那么点儿钱，再不就是你会音乐，会唱戏，会给报馆写文章，那情形当然不同了。可是利慈和我在这些事儿上头都不行，我们的本钱只是一张好脸子和一副奉承男人的本事。人家拿我们的脸子做本钱，雇我们当女店员、女茶房、女招待，你说我们难道是傻子，为什么要死守着吃不饱肚子的那几个死工钱，自己不去发这笔财。这道理说不通。

薇　薇　你这话很有理——要是用做买卖的眼光看。

华伦夫人　不论用什么眼光看都有理。把一个正经女孩子带大了干什么？还不是去勾引有钱的男人、跟他结婚、从他的钱财上沾点实惠？好像事情做得对不对只在乎有没有结婚仪式！哼，这种假仁假义的把戏真叫人恶心！利慈和我还不是跟别人一样也得工作，也得攒钱，也得算计，要不然，我们也会穷得像那帮醉生梦死、自以为可以一辈子走红运的糊涂女人。(使劲)我最瞧不起那等女人,她们没骨头。要是女人有什么毛病让我瞧不起的话,那就是这种没骨头的毛病。

薇　薇　妈妈,老实告诉我:难道你不认为女人有骨头就应该痛恨你那种挣钱的方式?

华伦夫人　那还用说。谁都不喜欢让人逼着干活挣钱,可是不喜欢也得干。当然,我也时常可怜那些苦命女孩子,身体疲乏了,兴致懒散了,可是还得勉强敷衍一个看不上眼的男人——一个喝得半醉的混蛋——他跟女人纠缠的时候自以为很讨人喜欢,其实讨厌透顶,女人随便能到手多少钱心里都不愿意。可是那些女孩子不能不敷衍这种臭男人,她们不能不忍气吞声,像医院护士对待病人那么耐心地对待他们。天知道,那个行当不是随便哪个女人都喜欢干的,尽管一些正人君子谈起来,好像那是一件顶快活的事。

薇　薇　可是你觉得那个行当还是值得干,因为能挣钱。

华伦夫人　对于一个贫苦的女孩子说,当然值得干,要是她能不受引诱,脸长得好,行为端正,懂事明理,吃这碗饭比干别的强得多。我从前也常想,这种情形不合理。薇薇,女人不应该没有比这更好的机会。我认定:这种情形不合理。可是不管合理不合理,事实这么明摆在眼前,女孩子应该挑顶上算的道儿走。当然,一个有身份的女人不值得干这个。你要是走这条路,你就是大傻瓜。当初我要是不走这条路,我也是大傻瓜。

薇　薇　(心里越来越感动)妈妈,要是今天咱们的光景像你以前那段苦日子,你是不是决不会劝我进滑铁卢酒吧间,也不劝我嫁工人,甚至于不劝我进工厂?

华伦夫人 (生气)当然不会。你把我当作怎么一等母亲看!
挨饿当奴隶,你能不能保持自尊心?没有自尊心,女人还
值什么钱?生命还值什么钱?为什么当初机会跟我一样
好的女人现在穷得没饭吃,而我不但自己有饭吃,还有力
量供给我女儿受高等教育?因为我有自尊心,自己拿得
定主意。利慈在那大城市里有人尊敬她,也是为了这原
因。要是当初我们信了那蠢牧师的鬼话,今天我们是什
么光景?一天挣一个半先令,给人家擦地板,到后来,除
了进贫民残废院,没有第二条出路。好孩子,别信那些不
通世情的人说的话,信了准倒霉。女人想过好日子,只有
一条道儿:跟一个有钱又跟你要好的男人去要好。要是
你的身份跟那男人一样,想法子让他跟你结婚。要是你
的身份远不如他,那可别打结婚的主意。何必打这主意
呢?结了婚自己也不会快活。不信你去问问伦敦上流社
会做母亲的女人,她们一定也这么说,不过我对你照直
说,她们对你绕着弯儿说,相差就是这么一点儿。

薇 薇 (听得出了神,眼睛盯着她母亲)好妈妈,你真是个
了不起的女人;英国人谁都比不上你这么有魄力。你当
真、你确实一点儿都不怀疑——一点儿都不——不害臊?

华伦夫人 不用说,宝贝,要面子才会害臊,女人应该要面子。
女人心里不害臊,面子上也得装得很害臊。利慈时常埋
怨我不该把实话冲口说出来。她常说,女人只要睁开眼,
看看社会上摆着的现成事儿,心里自然就明白,用不着别
人对她说什么。利慈可真是个道地的上流女人!她天生
有那一副本事,我可总带着几分粗俗气。每回你把照片

儿寄给我,我看你越长越像利慈了,心里挺痛快。你简直活像她那么个坚决大方的上流女人。可是口是心非的话我决不说。假仁假义有什么用?要是女人的日子是这么被人安排的,你硬说成是另外个样子又有什么好处?说老实话,我从来一点儿都不害臊。我反倒觉得应该很得意:我们把事情安排得很体面,没人抱怨过我们,那些女孩子在我们手里照顾得那么好。其中有几个日子过得挺舒服,一个嫁给了大使做太太。当然,现在我不敢再谈这些事了,人家爱说我们什么尽管说!(打呵欠)嗳呀!我倒想睡了。(她伸了个懒腰,痛痛快快发泄了一顿,周身挺舒畅,心平气和地准备睡觉。)

薇　薇　现在该我睡不着觉了。(她走到食器柜前,点上蜡烛,把灯吹灭,屋里马上就黑多了)放点新鲜空气进来再关门。(她推开茅屋门,看见满地银光)嘿!好夜景!(把窗帘拉开。一轮明月挂在布来克高原上,一片景致像浸在水里似的。)

华伦夫人　(对着景致随便看一眼)不错,宝贝。可是小心别着凉得了重伤风。

薇　薇　(不服气)胡说。

华伦夫人　(诉冤屈)对!在你耳朵里,我的话句句是胡说。

薇　薇　(急忙转身冲着她母亲)不,绝不是这么回事,妈妈。今儿晚上我本打算占上风,现在完全让你占去了。咱们现在和和气气别再吵嘴了。

华伦夫人　(摇摇头,有点伤心)还是你占了上风。算了,算了,我也只好认输了。我跟利慈打交道,每回我都占下风。现在跟你打交道,恐怕我也得占下风。

薇　薇　算了,别提了。亲爱的妈妈,明天见。(搂着她
　　母亲。)

华伦夫人　(一副宠爱怜惜的神气)我把你教养得不坏吧,
　　宝贝?

薇　薇　不坏。

华伦夫人　那么,你肯不肯好好儿看待你的老娘?

薇　薇　我肯,妈妈。(亲她母亲的嘴)明天见。

华伦夫人　(诚心祷告)给我的亲宝贝祝福!这是母亲的
　　祝福!

　　　　她搂着女儿,不由自主抬眼往上看,好像祈求上帝降
　　福保护她。

第 三 幕

　　第二天早晨,教区牧师住宅花园里。很好的太阳,天上没云彩。花园墙正中,有一扇五根横档的栅栏门,可以走马车。栅栏门旁边,有一根螺丝弹簧上挂着个门铃,铃儿连在外头一个拉手上。车道从园子正中穿过来,往左一拐,尽头是个沙石铺的小圆圈儿,正对着牧师住宅的门廊。栅栏门外可以看见一条尘土飞扬的公路,跟花园墙平行。公路那边,横着一长条草地和一片没遮拦的松林。住宅和车道中间的草地上,有一棵修剪匀整的水松树,树荫底下有一条长椅子。对面,围着一道黄杨矮篱笆。草地上有一座日晷仪,旁边有一张铁椅子。日晷仪后头,有一条小路从黄杨篱笆里穿出去。

　　富兰克坐在日晷仪旁边椅子上,日晷仪上摆着几份当天的报纸,他正在看《标准报》。他父亲从屋里走出来,红着眼睛,哆哆嗦嗦的,瞧着富兰克有几分担心。

富兰克　(看表)十一点半。牧师吃早餐的好时候!
赛密尔牧师　别开玩笑,富兰克。别开玩笑,我有点儿——
　　　　呃——(打战)——
富兰克　精神不济了?
赛密尔牧师　(不承认这句话)不是。今天我不大舒服。你母亲呢?

富兰克　别着急,她不在这儿。带着贝西坐十一点十三分的火车进城去了。她给你留下了好几句话。不知你现在有没有精神听,还是等你吃过早餐再告诉你?

赛密尔牧师　我吃过早餐了。真怪,咱们家里住着客,你母亲怎么会进城。客人会觉得奇怪的。

富兰克　她也许想到了。可是要是克罗夫在这儿待下去,每天晚上你净跟他谈你年轻时候的荒唐事,谈到四点钟才睡觉,那么我母亲就该尽她做主妇的责任进城去买一桶威士忌和几百根吸管。

赛密尔牧师　我没觉得乔治爵士酒喝多了。

富兰克　昨晚你自己糊涂得觉不出来了,老头子。

赛密尔牧师　你是不是说,我——?

富兰克　(静静地)我没见过一个有捧的牧师喝得像你那么糊涂的。昨天晚上你讲的自己那些故事实在不堪入耳,要不是母亲和普瑞德彼此那么投机,我看普瑞德未必肯在咱们家过夜。

赛密尔牧师　胡说。乔治·克罗夫爵士在我家做客,我不能不找点话跟他谈谈,他又只爱听一个题目。普瑞德先生上哪儿去了?

富兰克　他开着车送母亲和贝西上车站了。

赛密尔牧师　克罗夫起来没有?

富兰克　喔,早就起来了。他一点儿都不累,功夫比你深得多,也许一直在练习,从来没间断过。现在他上别处抽烟去了。

　　　　富兰克接着又看报。牧师愁眉不展冲着栅栏门走过去,忽然又犹豫不决走回来。

赛密尔牧师　呃——富兰克。

富兰克　什么事?

赛密尔牧师　你看,昨天下午见了一次面,华伦夫人娘儿俩会
　　不会还准备咱们邀她们上这儿来?

富兰克　已经邀过她们了。

赛密尔牧师　(大吃一惊)什么!

富兰克　今天吃早餐时候,克罗夫告诉我们,说你叫他今天把
　　华伦夫人和薇薇带到这儿来,还请她们在这儿住下。我
　　母亲听了这句话才觉得非坐十一点十三分的火车进城不
　　可了。

赛密尔牧师　(急得没办法)我没邀她们上这儿来。我连想
　　都没想到。

富兰克　(可怜他父亲)老头子,你怎么知道昨天晚上自己嘴
　　里说的是什么,心里想的是什么。

普瑞德　(从黄杨篱笆里穿进来)你们早。

赛密尔牧师　你早。对不起,我没陪你吃早餐。我有点
　　儿——呃——

富兰克　慢性喉头炎,普瑞德。幸而不是老毛病。

普瑞德　(换题目)你的住宅周围景致很幽雅。真是幽雅
　　极了。

赛密尔牧师　是的。普瑞德先生,要是你有兴致,富兰克可以
　　陪你走一走。我要失陪一会儿。趁着我太太不在家,你
　　们又各自有消遣,我要抓工夫把宣道稿子写出来。你不
　　会见怪吧?

普瑞德　哪儿的话! 跟我一点儿都不用客气。

赛密尔牧师　谢谢。我要——呃——呃——（一路结结巴巴地说着走到门廊边,钻进屋子不见了。）

普瑞德　每星期要写一篇宣道词,真是怪事。

富兰克　要是他自己写,那才怪呢。他花钱雇人写。现在他喝汽水去了。

普瑞德　你对你父亲要有点规矩才好。只要你愿意,你是办得到的。

富兰克　普瑞德,你忘了我得跟老头子常住在一块儿。两个人常住在一块儿——不管他们是父子、夫妻,还是兄弟姐妹——要想保持做十分钟的客极容易装的假客气样子是做不到的事。老头子除了有许多居家过日子的好品质,还像绵羊那么没主意,像公驴那么爱吵架欺负人——

普瑞德　算了,算了,富兰克,别忘了他是你父亲。

富兰克　（站起来,扔下报纸）因为这个我也给他留几分地步。可是你想想,他会叫克罗夫把华伦夫人母女邀到这儿来！当时他一定喝得烂醉了。普瑞德,你知道,我母亲受不了华伦夫人那等人。一定得等华伦夫人回了伦敦,薇薇才能上这儿来。

普瑞德　你母亲并不知道华伦夫人的历史吧？（他捡起报纸,坐下看报。）

富兰克　我不知道。从她今天进城这事看起来,好像她知道。其实我母亲倒不像平常人那么瞧不起华伦夫人,她跟好些闹过乱子的女人来往得很亲热。可是那些女人都挺好。区别就在这上头。华伦夫人当然有长处,可是她说话行动很粗俗,我母亲简直受不了。所以——哦！（他喊这一声是因为他看见牧师慌慌张张又从屋里走出来。)

赛密尔牧师　富兰克,华伦夫人带着女儿跟克罗夫从荒坡上
　　走过来了。我从书房窗户里看见了。你说我该怎么替你
　　母亲解释?

富兰克　套上帽子,走出去,对她们说:你欢迎她们;富兰克在
　　花园里;母亲带着贝西进城上亲戚家探病去了,抱歉得
　　很,不能在家招待她们;再问问华伦夫人昨晚睡得好不
　　好;还有——还有——什么都可以说,就是别说实话,其
　　余的事就听天由命了。

赛密尔牧师　可是回头怎么把她们打发走呢?

富兰克　现在顾不得想那个了。嗨! (跳进屋去。)

赛密尔牧师　他这么莽撞。我简直拿他没办法,普瑞德先生。

富兰克　(拿着一顶牧师毡帽从屋里跳出来,把帽子往他父
　　亲头上一扣)好了,快走! (把他父亲推出栅栏门)普瑞
　　德和我在这儿等着,好像事先不知道。(牧师被他弄得
　　昏头昏脑的,可是很听话,急急忙忙走出去。)

富兰克　普瑞德,咱们好歹得想法子把老太太打发回伦敦。
　　喂! 说老实话,普瑞蒂,你愿意看见她们娘儿俩在一块
　　儿吗?

普瑞德　唔,为什么不愿意?

富兰克　(咬牙)你看着一点儿都不肉麻吗?那个老家伙,什
　　么坏事都干得出来,我敢赌咒,薇薇跟她在一块
　　儿——哼!

普瑞德　别说话。他们来了。(牧师和克罗夫顺着公路走过
　　来,华伦夫人母女跟在后面,样子很亲热。)

富兰克　瞧! 她真把胳臂搂着老太婆的腰。那是她的右胳

臂,是她主动的。嗳呀,她变得这么婆婆妈妈的了。哼!哼!现在你肉麻不肉麻?(牧师开了栅栏门,华伦夫人和薇薇擦身先进来,站在花园当中瞧房子。富兰克装出一副高兴的样子,笑嘻嘻向华伦夫人大声说)欢迎,欢迎,华伦夫人。这个教区牧师幽静古老的花园配你最合适。

华伦夫人　哪儿的话!乔治,你听见没有?他说我在教区牧师幽静古老的花园里样子很好看。

赛密尔牧师　(他还拉着栅栏门等克罗夫。克罗夫慢吞吞走进来,无聊至极的样子)华伦夫人,你走到哪儿都好看。

富兰克　说得好,老头子!喂,大家听我说,咱们玩会儿再吃午饭。咱们先去看教堂。这是谁都得看的。那是一座真正十三世纪的老教堂,老头子很喜欢它,因为他捐募过一笔钱,六年前把教堂彻底重修了。普瑞德可以带你们看那些古迹。

普瑞德　(站起来)当然,要是重修之后还有古迹留下来的话。

赛密尔牧师　(对客人迷迷糊糊献殷勤)要是乔治爵士和华伦夫人愿意赏光,我真是荣幸之至!

华伦夫人　哦,走吧,看完了算啦。

克罗夫　(转身向栅栏门走过去)我不反对。

赛密尔牧师　不走那条路。咱们走野地里穿过去,要是你们愿意的话。从这儿绕出去。(他带着大家走黄杨篱笆中间那条小路穿出去。)

克罗夫　好吧。(他和牧师先走。)

　　　　普瑞德和华伦夫人跟在后面。薇薇站着不动,脸上一副斩钉截铁的神气，一言不发，望着他们走远了。

富兰克　你不来吗？

薇　薇　不来。富兰克，我警告你一句话。刚才你说教区牧
　　　　师花园那句话是在取笑我母亲。以后不准你这样。请你
　　　　对待我母亲像对待自己母亲一样地恭敬。

富兰克　我的好薇薇，她未必能体会：她不像我母亲，这两个
　　　　人不能用一种待遇。可是我要问你，你怎么改了样儿啦？
　　　　昨儿晚上咱们俩对你母亲和她那帮人的看法完全一样。
　　　　今天我看你婆婆妈妈装腔作势，用胳臂搂着你母亲的腰。

薇　薇　（脸红）装腔作势！

富兰克　当时我有这感觉。这是我头一回看见你做第二流
　　　　的事。

薇　薇　（隐忍）不错，富兰克，我的态度有了改变，不过不见
　　　　得是往坏处变。昨天我是个自命不凡的小道学先生。

富兰克　今天呢？

薇　薇　（闪缩了一下，马上又定神瞧他）今天我看我母亲比
　　　　你看得清楚多了。

富兰克　没有的事！

薇　薇　这话怎么讲？

富兰克　道德极坏的人彼此都有一种气味相投的感觉，这是
　　　　你所不能了解的。你个性太强。你母亲和我就有那种相
　　　　同的气息，所以我了解她比你了解她更清楚。

薇　薇　这句话你说错了，你并不了解她。要是你知道了我
　　　　母亲艰苦挣扎的境遇——

富兰克　（轻巧地把话接过来替她说完）我就会明白为什么
　　　　她是现在这么个人，是不是？其实那有什么区别？不管

境遇不境遇,薇薇,反正你受不了你母亲的那一套。

薇　薇　（非常生气）为什么受不了?

富兰克　因为她是个老坏家伙,薇薇。往后要是你再当着我的面用胳臂搂她的腰,我立刻当场开枪打死我自己,表示抗议一桩我看不惯的事。

薇　薇　是不是我不丢下你,就得丢下我母亲,两个人里头只能挑一个?

富兰克　（温文尔雅）这么着,老太太要吃大亏了。薇薇,不管怎么样,你的着迷的小孩子反正得钉着你。可是他更关心的是不能让你把事情做错了。薇薇,你母亲这人没办法。她性格也许不错,可是是个坏东西,很坏的东西。

薇　薇　（生气）富兰克——! （他不让步。她转身走开,在松树底下长椅上坐下,竭力把火气压下去。接着她又说）是不是因为你说她是个坏东西,人人就都该不理她?难道她就不配活着吗?

富兰克　这你不必担心,薇薇,她不会没人理。（他挨着她坐在长椅上。）

薇　薇　大概你要我不理她,对不对?

富兰克　（小孩子似的,娇声媚气,偎倚温存）千万别跟她在一块儿过日子。母女同居的小家庭一定搞不好,倒会拆散咱们的小团体。

薇　薇　（被他迷住了）什么小团体?

富兰克　树林里的两个小孩子:薇薇和小富兰克。（他像个疲乏的孩子似的挨紧她）咱们去找点树叶子盖着吧。

薇　薇　（像保姆似的有节奏地摇晃他）手拉手儿,在树底下好好儿睡觉吧。

57

富兰克　聪明的小女孩儿带着她的傻男孩儿。

薇　薇　亲爱的小男孩儿带着他的蠢女孩儿。

富兰克　那么清静,摆脱了男孩儿的无用的父亲和女孩儿的靠不住的——

薇　薇　(用自己的胸脯把底下那两个字压住)嘘——嘘——嘘——嘘!女孩儿不愿意想起她母亲。(他们半晌不作声,互相摇晃。过了会儿,薇薇忽然跳起来,嚷道)咱们真是一对傻子!起来。嗳呀,看你的头发!(她用手给他理头发)我不知道,旁边没人的时候大人是不是也像小孩子这么玩儿。我小时候不这么玩儿。

富兰克　我也不。你是我第一个一块儿玩儿的伴儿。(他抓了她的手想接吻,可是先四面望望有人没有。不料他一眼看见克罗夫从黄杨篱笆里走出来)嗤,倒霉!

薇　薇　为什么倒霉,亲爱的?

富兰克　(低声)嘘!克罗夫那畜生来了。(他装作若无其事的样子把身子挪得离她远一点。)

克罗夫　薇薇小姐,我跟你说几句话行不行?

薇　薇　当然行。

克罗夫　(向富兰克)对不起,格阿德纳。他们在教堂里等你,要是你愿意去的话。

富兰克　什么都可以遵命,克罗夫——除了上教堂。薇芬,万一你有事叫我,敲栅栏门的铃。(他怡然自得进屋去了。)

克罗夫　(用一副狡猾的眼神把他送走了,然后装出自以为跟薇薇有特别交情的态度跟她说话)他倒是个讨人喜欢的小伙子,薇薇小姐。可惜他没有钱,是不是?

薇　薇　为什么可惜?

克罗夫　你想,叫他怎么办?没职业。没产业。他有什么
　　　　长处?

薇　薇　我知道他的不如人的地方,乔治爵士。

克罗夫　(心事让别人猜得这么透,有点吃惊)噢,我不是说
　　　　那个。可是咱们既然活在世界上,就得活下去;钱究竟是
　　　　钱。(薇薇不理他)天气很好,是不是?

薇　薇　(看他这么勉强找话说,禁不住露出鄙视他的神气)
　　　　很好。

克罗夫　(带着一股粗俗的兴致,好像他挺赏识她有胆量)我
　　　　不打算跟你谈这个。(挨着她坐下)听我告诉你,薇薇小
　　　　姐。我自己知道不是年轻女人的意中人。

薇　薇　真的吗,乔治爵士?

克罗夫　真的,并且,说老实话,我也不想做。可是我这人说
　　　　一句话算一句;用情从来不作假;心里喜欢的东西肯花现
　　　　钱买。我就是这么一等人。

薇　薇　这一点非常叫人佩服。

克罗夫　哦,我不是要夸奖自己。我有我的缺点,在这上头没
　　　　人比我更清楚。我知道自己并不十全十美:这是中年人
　　　　所具有的优点之一。我已经不是年轻人了,我自己知道。
　　　　可是我的信条非常简单,并且我觉得不坏。就是:男人对
　　　　男人要诚实,男人对女人要忠实。我不信这个宗教那个
　　　　宗教的口头禅,我只信一个道理,就是世界上的事整个儿
　　　　讲起来是在往好处走。

薇　薇　(挖苦他)"有一种力量,但不是咱们自己,正在向着
　　　　正义的方向走",是不是?

克罗夫 （信以为真）对，对，当然不是咱们自己。你明白了我的意思。现在谈谈实际事务。你也许觉得我乱糟蹋钱。其实我并没糟蹋钱。我现在比当初刚得产业的时候更有钱。我运用处世的经验把资本投在别人不注意的事业上；不论我在别的方面怎么样，从金钱方面说，我是个牢靠的人。

薇　薇　承你把这些事告诉我，非常感激。

克罗夫　噢，薇薇小姐，你不必假装不懂我这番话。我想找一位爵士夫人一块儿过日子。大概你觉得我说话太直了，是不是？

薇　薇　一点儿都不。我很感激你这么直截了当，实事求是。你说的金钱、地位、爵士夫人种种我一概心领。可是，请你别见怪，我还是不能答应你。我不愿意。（她站起来，走到日晷仪旁边，为的是不挨得他太近。）

克罗夫　（一点都不扫兴，反倒占了她让出来的地位，自己坐坐舒服，好像事先碰几个钉子是求婚必不可免的照例文章）我并不急。我不过把话先告诉你，免得小格阿德纳对你施展诡计。这事暂时搁起来不谈。

薇　薇　（不客气）我拿定主意不答应。我决不后悔。

　　　　克罗夫满不在乎。他咧着嘴笑。身子向前，两肘支在膝盖上，一边用手杖在草里戳弄一条倒霉的小虫子，一边很不老实地乜着眼瞧她。她不耐烦地回避他。

克罗夫　我岁数比你大得多。大二十五岁，一世纪的四分之一。我不会永远活下去。我一定想法子让你在我死后过好日子。

薇　薇　那也打不动我的心，乔治爵士。我看你还不如把心死了吧！我决不会变主意。

克罗夫　（站起来，把一朵野菊花又戳了一下，走近她）没关系。我本可以告诉你几件事，叫你马上变主意。可是我不愿意这么办，因为我要用真情换你的心。我是你母亲的好朋友：你问问她我究竟是不是。要不亏我又出主意又帮助她，更不用提我给她垫的钱，她决没有力量供给你教育费。没有几个男人肯像我这么帮她的忙。我前后放进去的资本至少有四万镑。

薇　薇　（瞪着眼瞧他）你是不是说，你跟我母亲合伙做买卖？

克罗夫　正是。你想，要是咱们做了一家人，不必让外人知道这档子事，就可以省掉多少麻烦去解释。问问你母亲愿意不愿意把她这些事一五一十都讲给生人听？

薇　薇　我觉得这里头没什么困难，因为我听说买卖已经歇手不干了，款子也都存起来了。

克罗夫　（突然站住，诧异）歇手不干了！最坏的年头儿也有百分之三十五的利息的好买卖歇手不干！不会吧。这话谁告诉你的？

薇　薇　（气得脸发白）你是不是说，现在还在——？（突然把话咽住，手撑着日晷仪，接着赶紧就在旁边那张铁椅子上坐下）你说的是什么买卖？

克罗夫　说老实话，这行买卖，照着我们这种大户人家的身份说——要是你答应了我，也就是咱们的身份——不能算很上等。我并不是说，这行买卖有什么告诉不得人的地方，不，千万别误会。不用说，只要看你母亲也有份儿，你就知道准是个规规矩矩的正经买卖。我认识你母亲不少年了，我敢担保，她宁可砍掉两只手，也不愿意干不正经的事。要是你愿意听，我把底细都告诉你。我不知道你旅行的时候有没有感觉到找一家真正舒服的私人旅馆①多么不容易。

薇　薇　（厌恶，背过脸去不看他）嗯，说下去。

克罗夫　话都在这儿了。你母亲经营这种行业是天生的一把好手。我们在布鲁塞尔有两处，俄斯坦②有一处，维也纳有一处，布达佩斯有两处。当然，除了我们，别人也有股份，不过大部分资本是我们的，你母亲是个缺少不得的总经理。你大概也注意到她常年东奔西跑的。可是在上等社会里不能谈这些事。只要你一提旅馆两个字，人人就说你开酒馆。难道你愿意别人说你母亲这种话？所以我们老是瞒着不肯说。这话你可别告诉人。既然这事一向瞒着人，还是瞒下去的好。

薇　薇　这就是你邀我入伙的那宗买卖？

克罗夫　喔，不。我的老婆不用在买卖上操心。将来你跟这买卖的关系不会比你一向跟它的关系更密切。

薇　薇　我一向？这话什么意思？

克罗夫　我只是说，你一向靠着这买卖过日子。你念书的学费，你身上穿的衣服，都是从那里头来的。别瞧不起做买卖，薇薇小姐，要是没有人做买卖，你们的牛纳和格登③怎么办得下去？

薇　薇　（站起来，几乎忍耐不住）小心点。我知道那是什么

---

① 这里说的私人旅馆只有熟人或是经过介绍的人才可以住。
② 俄斯坦是比利时西部滨海的一个休养和游览的地方。
③ 格登，和牛纳一样，也是剑桥大学一个女子学院。

买卖。

克罗夫　（吃惊,想骂没骂出来）谁告诉你的?

薇　薇　你的伙伴。我的母亲。

克罗夫　（气得脸发紫）那个老——

薇　薇　一点不错。

　　　　他把"老"字底下那个字咽住了,站在那儿气得对自己狠命发火。但他知道他应该对她采取同情的态度。他假装因为关怀她而大发脾气,以遮掩自己的心事。

克罗夫　你母亲应该多替你想想。我决不肯把这种事告诉你。

薇　薇　我想,要是咱们结了婚,你也许会告诉我,因为这是一件可以制伏我的很方便的武器。

克罗夫　（样子很诚恳）我从来没有这种打算。我敢用人格担保。

　　　　薇薇仔细打量他。她听他硬给自己这么无聊地辩护,心里越发冷静坚决。她答话时候脸上很安详,带着一副鄙视他的样子。

薇　薇　反正没关系。我想你大概也明白,今天咱们在这儿分了手,以后就断绝往来了。

克罗夫　为什么?是不是因为我帮过你母亲的忙?

薇　薇　我母亲当年是个极穷苦的女人,她没办法,不能不干那行当。你是个有钱的上流人,为了百分之三十五的利息也干那行当。你是个极常见的坏蛋。这是我对你的看法。

克罗夫　（瞪了一眼,一点都不生气,觉得现在这么打开窗户说亮话倒比刚才彼此装模作样、客客气气舒服得多)哈哈！哈哈！小姑娘，有话尽管说下去：我不生气，听着怪有趣儿。为什么我那么投资不应该？我跟别人一样放款吃利息。你不要以为我亲手干过那种肮脏事！你未必会因为我母亲的表兄倍尔格雷公爵有几笔租金来历不明，就不跟他来往。你也未必会因为国教事务委员会有几家租户是卖酒的和有罪孽的人，就跟坎特伯雷大主教绝交。你还记得不记得牛纳女子学院的克罗夫助学金？那就是我那当国会议员的哥哥捐助的。他开着一家工厂，年息百分之二十二，厂里六百个女工，挣的工钱没有一个够吃饭的。家里也没人津贴她们，你猜她们的日子是怎么过的？问你母亲就知道。别人都挺乖巧地拼命往自己口袋里塞钱，你要我把百分之三十五的利息扔下不拿？我不那么傻！你要是这么拿道德标准选择朋友，除非你跟上流社会断绝关系，要不然就趁早儿离开英国。

薇　薇　（良心难受）你还不妨说，我从来没问过自己花的钱是怎么来的。我觉得我跟你一样坏。

克罗夫　（大为放心）当然，并且也不算一桩坏事！究竟有什么不好？（打趣她）现在你不说我是坏蛋了吧？

薇　薇　我分润过你的利益。并且刚才我还不客气地把我对你的看法也告诉你了。

克罗夫　（诚意亲热）是的。以后你不会再把我当作坏人了；我并不想假充什么才智之士，可是我富于正义情感。克罗夫家的人的特点就是生来痛恨一切下流事物，这一点我想你一定跟我表同情。薇薇小姐，其实这个世界并不像那些怨天尤人的人说的那么坏。只要你不在众人面前明目张胆做，大家决不戳穿你的纸老虎。谁想戳穿别人

的纸老虎谁马上就倒霉。人人猜得出的事最容易守秘
密。在我可以给你介绍的社会里,无论男女都不会那么
没分寸谈论我的或是你母亲的买卖。别人决不能给你找
一个更安稳的地位。

薇　薇　(仔细打量他)你大概真以为跟我越说越投机了吧。

克罗夫　嗯,我可以夸句口,你现在对我的看法比开头好
多了。

薇　薇　(静静地)现在我觉得你这人几乎值不得放在我心
上。我只想到社会竟能容忍你这种人,只想到法律竟会
保护你这种人!我只想到在你和我母亲的手里,十个女
孩子倒有九个活倒霉!哼,那个下贱无耻的女人和给她
撑腰的流氓资本家——

克罗夫　(脸色发青)该死!

薇　薇　你用不着这么骂我。我自己也觉得我真该死。

　　　　薇薇拨开栅栏的插销,想开门走出去。他跟过去,用
手使劲按着栅栏第一道横档,不许她开门。

克罗夫　(气得直喘)你这么对待我,难道我能饶过你吗,你
这小魔鬼?

薇　薇　(不在乎)安静点。铃一响,就会有人来。(她一步
不退后,用手背去打铃,当啷啷一声响,他不由自主倒退
了一步。紧跟着铃响,富兰克带着枪就在门廊里出现。)

富兰克　(高高兴兴,客客气气)薇薇,你是不是要枪?还是
我替你打?

薇　薇　富兰克,你是不是在那儿偷听?

富兰克　(走进花园)我只是在听有没有铃声,为的是免得你
多等。克罗夫,我觉得我早把你这人看透了。

克罗夫　我恨不得把枪夺过来,在你脑袋上把它打成两截儿。

富兰克　(轻轻地一步一步逼近他)这可使不得。我弄武器
　　　　一向很粗心,准得闹大乱子,害我让验尸陪审委员骂一
　　　　顿,说我不小心。

薇　薇　把枪搁下,富兰克,完全用不着。

富兰克　不错,薇薇,设一个陷阱捉活的,显得更大方。(克
　　　　罗夫明白这是一句骂人的话,做出要动手的样子)克罗
　　　　夫,我这枪膛里有十五颗子弹。隔着这么远近,打你这么
　　　　大的东西,我的枪法是百发百中的。

克罗夫　哦,你别害怕,我不碰你。

富兰克　在这种情形之下你真大方! 谢谢你。

克罗夫　在我走之前,我只告诉你们一句话。你们俩既然这
　　　　么亲热,这句话也许有用处。富兰克先生,请让我给你介
　　　　绍你的同父姐姐、赛密尔·格阿德纳牧师的大女儿。薇
　　　　薇小姐,这是你的同父弟弟。再见。(他出了栅栏门顺
　　　　着公路走。)

富兰克　(愣了会儿,举起枪来)薇薇,你要在验尸官面前给
　　　　我做证,这是误杀。(他举枪瞄准克罗夫那越走越远的
　　　　影子。她把枪口抓过来,贴紧自己胸脯。)

薇　薇　放吧。现在你放吧。

富兰克　(赶紧松开自己的手)撒手! 小心! (她把手一撒,
　　　　枪掉在草地上)哦,你把你的孩子吓死啦。要是枪走了
　　　　火,怎么办! 嘿! (他倒在椅子上,精神颓唐。)

薇　薇　要是枪走了火,你焉知肉体上的剧烈痛苦不使我精
　　　　神上反倒轻松些?

富兰克　(安慰她)别放在心上,好薇薇。记着:即使我用枪

吓得那家伙生平第一次说了一句真话,那也无非使咱们真做了树林里的两个小孩子。(他伸出两只胳臂想搂她)来吧,再让树叶子把咱们盖起来。

薇　薇　(一声喊叫,表示反感)哦,使不得,使不得!我肉都麻了。

富兰克　啊,这是怎么回事?

薇　薇　再见。(冲着栅栏门走过去。)

富兰克　(跳起来)喂!站住!薇薇!薇薇!(她在栅栏门口转过身来)你上哪儿去?我们上什么地方找你?

薇　薇　法院巷67号,婀娜吕阿·富雷泽法律事务所,往后我一辈子都在那儿了。(她朝着和克罗夫相反的方向飞奔而去。)

富兰克　喂——忙什么——真讨厌!(他顺着她的方向追上去。)

第 四 幕

　　法院巷婀娜吕阿·富雷泽法律事务所。新石大楼最高一层楼上的一间办公室。涂色的墙上有一扇厚玻璃窗,屋里装着电灯,有一只新式火炉。这是一个星期六的下午。从玻璃窗望出去可以看见林肯法学协会的许多烟囱和西方的一片天空。屋子当中一张双人写字桌,桌上一盒雪茄,几只烟灰缸和一盏可以移动的电灯被整堆的书籍纸张几乎盖得看不见了。这张写字桌底下有可以容膝的窟窿,左右各有几把椅子。贴墙,靠近一扇通里屋的门,摆着一张书记用的写字桌,整整齐齐,桌盖关得严严的,前面有一张高凳。对面墙上是通公共走廊的门。门的上半截是毛玻璃,外面用黑字写着:"富雷泽—华伦"。一架呢子屏风把这扇门和玻璃窗之间的屋角遮住。

　　富兰克穿着一身浅色时髦衣服,手里拿着手杖、手套、白帽子,在办公室走来走去。有人在外头拿着钥匙想开门。

富兰克　（喊）进来。门没锁着。

　　　　薇薇戴着帽子,穿着短大衣,走进屋来,站住脚步,用眼瞪他。

薇　薇　（厉声）你在这儿干什么？

富兰克　等着见你呢。我等了好几个钟头了。你就在这儿办

68

公吗?(他把帽子、手杖搁在桌上,一纵身蹲在书记坐的高凳上,眼睛盯着她,脸上一副轻佻顽皮、非常轻浮的神气。)

薇　薇　我刚出去了二十分钟喝了杯茶。(她把帽子、大衣脱下来,挂在屏风后面)你怎么进来的?

富兰克　我来的时候这儿办公的人还没下班。那个书记上泼利姆洛士打板球去了。你为什么不雇个女职员,给女人一个机会?

薇　薇　你上这儿来干什么?

富兰克　(从高凳上跳下来,走近她)薇薇,星期六这半天假,咱们也像那些职员似的找个地方玩儿一下子。咱们先上吕齐门①,再上游艺场,末了儿痛痛快快吃一顿晚饭,你看好不好?

薇　薇　花不起那么些钱。我还得干六点钟活才睡觉。

富兰克　花不起?咱们怎么花不起?哈哈!你瞧。(他掏出一把金镑,在手里颠弄得叮当作响)金镑,薇薇,金镑!

薇　薇　什么地方弄来的?

富兰克　赌钱赢的,薇薇。我打扑克赢的。

薇　薇　呸!比偷人家的还下流。哼,我才不去呢。(她在写字桌前坐下,背朝着玻璃门;动手翻阅文件。)

富兰克　(苦苦央告)好薇薇,我一心想跟你正正经经说几句话。

薇　薇　好。坐在婀娜吕阿的椅子上说吧。喝过茶聊十分钟倒使得。(他嘴里嘟哝)嘟哝也没用。我这人没商量。

---

① 吕齐门是伦敦郊外的一个游览区。

把雪茄烟盒递给我。

富兰克　（把那盒烟往她这边一推）女人的坏习惯。正经男
人都不抽了。

薇　薇　不错，他们讨厌办公室的气味，所以我们就不得不抽
香烟。明白吗！（她打开烟盒，拿了一支香烟，自己点
上。预备递给他一支，可是他皱着眉，摇摇头。她把身子
移动了一下，坐得舒舒服服的，一边抽烟）说吧。

富兰克　我想听听你干了些什么——你的事是怎么安排的。

薇　薇　我来到这儿二十分钟之内，就把事情都安排好了。
今年婀娜吕阿事情太多，一个人忙不过来，她正要找我，
邀我合伙，恰好我就来了，我跟她说我一个钱都没有。我
就马上接手办事，打发她去休息两个星期。我走了之后
海西尔米那边有什么事没有？

富兰克　什么事都没有。我告诉他们你有要紧事上伦敦
去了。

薇　薇　喔？

富兰克　不是他们慌得无话可说，就是克罗夫事先告诉了你
母亲。反正你母亲一句话都没说，克罗夫也不作声。只
有普瑞蒂愣了一愣。喝完茶，他们站起来就走，以后我就
没看见他们了。

薇　薇　（静静地点点头，一只眼睛瞧着个烟圈儿）很好。

富兰克　（四面瞧瞧，不以为然）你打算老在这倒霉地方待下
去吗？

薇　薇　（使劲把烟圈儿吹散，身子坐直）是的。你看，回来
了才两天，我力气也恢复了，精神也安静了。这辈子我再
也不休假了。

富兰克　（扮个大鬼脸）嘻嘻！我看你挺快活。并且身子也
　　　　挺结实。

薇　薇　（冷冰冰）这样子对我挺合适。

富兰克　（站起来）薇薇,今天咱们一定得把话说明白。那天
　　　　咱们分手时候,我心里就有个大疙瘩。(他坐在桌子上,
　　　　靠近她。)

薇　薇　（放下烟)好,把它解开吧。

富兰克　你还记得不记得克罗夫说的话?

薇　薇　记得。

富兰克　他揭露的那件事好像把咱们彼此的感情完全改变
　　　　了,把咱们的关系变成姐妹兄弟了。

薇　薇　不错。

富兰克　你有过兄弟没有?

薇　薇　没有。

富兰克　这么说,你不懂得做姐妹兄弟是什么滋味儿。我的
　　　　姐妹可不少,做兄弟的情感我很熟悉。可是我对你的情
　　　　感跟那个完全不一样。我跟那些女孩子各走各的路,我
　　　　干我的,她们干她们的。我们永远不见面,彼此都不在
　　　　乎。这就是姐妹兄弟。可是你呢,我一星期不看见你,心
　　　　里就不舒服。这就不是姐妹兄弟了。克罗夫揭露那件事
　　　　之前一点钟,我心里正是那么个滋味儿。干脆一句话,亲
　　　　爱的薇薇,这就是恋爱的青春梦。

薇　薇　（尖刻)这就是当年引诱你父亲在我母亲身上着迷
　　　　的那股滋味,是不是?

富兰克　（听了这话,大起反感,从桌上跳下来)薇薇,我坚决
　　　　反对把我的情感跟赛密尔牧师心里那一套做比较,我尤

其反对把你比你母亲。(又跳上桌子)再说,我不信那件事。我追问过我父亲,他回答的话我觉得等于不承认。

薇　薇　他说什么?

富兰克　他说,他准知道这里头必有错误。

薇　薇　你信不信他的话?

富兰克　我打算相信他的话,不听克罗夫的那一套。

薇　薇　那实际有什么区别呢? 我意思是说,在你的想象中或是良心上有什么区别没有? 不用说,实际上毫无区别。

富兰克　(摇头)我觉得毫无区别。

薇　薇　我也觉得没有。

富兰克　(瞪着眼)啊,真想不到! 我还以为自从那句话从那畜生嘴里掉出来以后,咱们的关系,像你自己说的,在你的想象中和良心上已经完全改变了。

薇　薇　不,不是那么回事。我并不信他那句话。我还愿意他那句话是真的呢。

富兰克　是吗?

薇　薇　我觉得咱们做姐妹弟兄挺合适。

富兰克　这是你的真心话?

薇　薇　是真心话。即使咱们能做别的,我也只愿意跟你做姐妹弟兄。我这是真心话。

富兰克　(抬起双眉,好像大梦初醒,流露出一副十分慷慨的气概)我的好薇薇,你为什么不早说这话? 我很抱歉,我不该折磨你。我心里当然明白。

薇　薇　(莫名其妙)明白什么?

富兰克　噢,我不是平常人所说的那种傻子,我做的事只是《圣经》上的聪明人自己做够之后才扣上一个"傻"字的那一类傻事。我知道现在我不是薇芬的小情人了。别着急,往后我不再叫你薇芬就是了——至少要等你厌弃了你的新情人的时候再叫你——不管你的新情人是谁。

薇　薇　我的新情人!

富兰克　(深信不疑)你一定有一个新情人。准是那么回事。决不是什么别的原因。

薇　薇　别的原因是有的,幸而你不懂得。

　　　　有人敲门。

富兰克　不管敲门的是谁,我要咒骂他。

薇　薇　是普瑞德。他要上意大利,来给我辞行。我约他今天下午上这儿来。去给他开门。

富兰克　等他动身上了意大利之后,咱们再谈下去。我要等他走了才走呢。(他过去开门)你好,普瑞蒂?欢迎,请进。

　　　　普瑞德穿着旅行服装,高高兴兴走进来。

普瑞德　华伦小姐,你好?(薇薇跟他亲热地拉手,他虽然高兴,可是带着一股感伤情绪,使她觉得很不自在)再过一个钟头,我就从霍本桥动身了。我也想劝你上意大利走一趟。

薇　薇　要我去干什么?

普瑞德　当然是去把自己沉浸在美的浪漫的空气里。

　　　　薇薇打了个冷战,赶紧把椅子转过去对着桌子,好像桌子上等她处理的业务是她精神上的支持。普瑞德坐在她对面。富兰克搬一把椅子挨近她,随随便便一屁股坐下,扭过头来说话。

富兰克　你这话白说,普瑞德。薇薇是个小俗物。她不理会我的浪漫,她不懂得我的美。

薇　薇　普瑞德先生,归根一句话,在我看起来,生活里没有美,也没有浪漫。生活就是这样子。我准备照这样子过日子。

普瑞德　(热情地)只要你跟我先上维罗纳,再上威尼斯走一趟,你就不说这话了。在那么个美丽的世界里过日子,你会快活得流眼泪。

富兰克　这话真动听,普瑞蒂。接着说下去。

普瑞德　噢,老实告诉你,我从前真哭过——我希望到了五十岁能再哭一回。华伦小姐,像你这年纪,用不着走到维罗纳那么远。只要你一眼望见了俄斯坦,管保你的兴致马上就会提起来。你看见了布鲁塞尔那种欢乐、活泼、繁华的景象一定会着迷。

薇　薇　(讨厌这两句话,跳起身来)哦!

普瑞德　(站起来)什么事?

富兰克　(也站起来)怎么了,薇薇!

薇　薇　(向普瑞德,狠狠埋怨他)难道你就找不出比布鲁塞尔高明一点的例子跟我谈美、谈浪漫吗?

普瑞德　(莫名其妙)不用说,布鲁塞尔跟维罗纳很不一样。我绝不是说——

薇　薇　(尖刻地)说不定两个地方的美和浪漫归根结底是差不多的东西。

普瑞德　(头脑完全清醒了,非常担心)亲爱的华伦小姐,我——(使眼色追问富兰克)究竟是怎么回事?

富兰克　普瑞德,她觉得你热心得太无聊。她已经有很严肃的工作了。

薇　薇　（不客气）少说话，富兰克。别胡闹。

富兰克　（坐下）你说这算不算有礼貌，普瑞德？

普瑞德　（烦躁不安，同时极表关怀）华伦小姐，要不要我把他带走？我觉得我们在这儿搅得你不能工作。

薇　薇　坐下。暂时我还不工作。（普瑞德坐下）你们俩都以为我在发脾气。决不是的。可是有两件事我不愿意谈。一件是（向富兰克）恋爱的青春梦，不管它是什么形式；另外一件是（向普瑞德）生活的美和浪漫，尤其是俄斯坦和布鲁塞尔的繁华和欢乐。在这两件事上头，你们有什么幻想，那是你们的事，我管不着。我自己可没有。要是咱们三个人继续做朋友的话，你们一定得把我当作个职业妇女看待，（向富兰克）永远不结婚，（向普瑞德）永远不浪漫。

富兰克　我也永远不结婚，等到你改变了主意再说。普瑞蒂，换个题目吧。找个别的题目发发议论吧。

普瑞德　（没有自信心）恐怕世界上没有别的我能谈的事情了。我只会宣传"艺术福音"。我知道华伦小姐是"前进福音"的大信徒，可是，富兰克，要是咱们一谈这题目，就不能不触犯你，因为你是个打定主意不愿意上进的人。

富兰克　喔，别管触犯我不触犯我。说几句规劝我的话，对我有很大的好处。薇薇，再试一试吧，看能不能叫我做个有成就的人。对，薇薇，精力、俭朴、先见、自尊、品格，这一整套东西咱们都得有。你是不是讨厌没有品格的人，薇薇？

薇　薇　（闪缩）哦，算了，算了，别再说这些糊弄人的滥调了。普瑞德先生,要是世界上真是只有那两种福音,咱们倒不如死了干净,因为这两种福音里浸透了同样的毒素。

富兰克　(仔细打量她)薇薇,今天你有一股子诗意,这是你从前没有的。

普瑞德　(规劝)富兰克,你是不是有点存心跟别人过不去?

薇　薇　(不顾惜自己)没关系,这么着对我有好处,免得我受柔情的支配。

富兰克　(取笑她)这样可以压制你的强烈的自然的要求,是不是?

薇　薇　(几乎有点精神错乱)对,说下去。别顾惜我。我生平只有一次在月光底下动过柔情——很美的柔情,可是现在——

富兰克　(急忙)喂,薇薇,小心点儿。别把自己的心事露出来。

薇　薇　哦,你以为普瑞德先生不知道我母亲的底细吗?(转身向普瑞德)其实那天早晨你就该告诉我。你那份儿小心顾虑实在太陈旧了。

普瑞德　其实是你的成见有点陈旧了,华伦小姐。我觉得我不能不告诉你,我这人用艺术家的眼光看事情,并且认为法律绝对拘束不住人类最亲密的关系,所以虽然我明知你母亲是没结婚的女人,我并不因此就看轻她。我反倒更看重她。

富兰克　(轻松快活)好!好!

薇　薇　(眼睛瞪着普瑞德)是不是你知道的就是这一点儿?

普瑞德　当然就是这一点儿。

薇　薇　这么说,你们俩都还蒙在鼓里呢。把你们的猜度和事实对起来看,你们简直天真得可笑。

普瑞德　(站起来,又惊又怒,勉强保持着礼貌)恐怕不见得。
　　　　(再着重说一遍)恐怕不见得,华伦小姐。

富兰克　(打口哨)嘘!

薇　薇　你这态度使我难于出口把真情告诉你,普瑞德。

普瑞德　(看了他们俩那种深信不疑的态度,自己的勇气消
　　　　失了)要是还有什么更不好的事——也就是说,要是还
　　　　有什么别的事——你觉得应该让我们知道吗?

薇　薇　我要是有胆量,往后我要逢人就谈这件事——让大
　　　　家认清楚,在这桩丑恶事情里,像我似的,各人都有一份
　　　　儿责任。我最恨那种不许女人谈论这些丑事的坏习惯,
　　　　实际上就是给这些丑事打掩护。可是我还是不能跟你们
　　　　谈。描写我母亲是怎么一等人的那两个丑字眼在我耳朵
　　　　里转圈儿,在我舌头上打滚儿,可是我嘴里没法儿说出
　　　　来,因为丑得实在难出口。(她用双手捂着脸,两个男人
　　　　都愣住了,你看看我,我看看你,再一齐看看薇薇。她狠
　　　　命把头一抬,抢了一张纸和一支笔)瞧着:我拟一份业务
　　　　计划书给你们看。

富兰克　嗳呀,她疯了。薇薇,你听见我的话没有?你疯了。
　　　　喂,定一定神。

薇　薇　你们瞧吧。(她写)"已收资本:四万镑整,缴款人,
　　　　乔治·克罗夫爵士,准男爵,大股东。营业地点:布鲁塞
　　　　尔,俄斯坦,维也纳,布达佩斯。总经理:华伦夫人";别
　　　　忘了她的身份:这两个字。(她把那两个字写在纸上,把
　　　　纸往他们那边一推)哦!别看了,别看了!(她又把纸抢
　　　　回来,撕个粉碎。赶紧两手抱着头,伏在桌子上。)

　　　　富兰克先在她背后看她写,眼睛睁得圆圆地盯着那
　　　张纸,现在从自己衣袋里掏出一张名片来,把那两个字潦
　　　潦草草写在名片上,悄悄递给普瑞德。普瑞德看了吃一
　　　惊,赶紧把名片掖在自己衣袋里。

富兰克　(凑在她耳边低声温存)薇薇,亲爱的,没关系。你
　　　写的我看见了,普瑞蒂也看见了。我们都明白。我们永
　　　远像现在似的做你的忠实朋友。

普瑞德　这句话是真的,华伦小姐。我敢说,你是我生平见过
　　　的最有胆量的女人。

　　　　这句多情的恭维话使薇薇的精神又略为好了一些,
　　　她急躁地把身子一晃,想撇开那句恭维话,扶着桌子借了
　　　一把力,挣扎着站起来。

富兰克　薇薇,要是你不想动,就别动。别着急。

薇　薇　谢谢你。我有两件事你可以放心:我不哭,我不晕。
　　　(她冲着里屋的门走了几步,靠近普瑞德站住,向他说)
　　　我需要更大的胆量才敢跟我母亲说:咱们母女俩已经到
　　　了分手的时候了。对不起,现在我得上里屋静一会儿。

普瑞德　我们要不要走?

薇　薇　不必,我一会儿就出来。只要一会儿。(她走进里
　　　屋,普瑞德给她开门。)

普瑞德　这件事真想不到!我简直没想到克罗夫是那么个
　　　人,简直没想到。

富兰克　我一点都不觉得奇怪。我觉得这么一来倒把他的底
　　　细完全摸清楚了。可是这一下子把我难住了,普瑞蒂!
　　　现在我不能跟她结婚了。

普瑞德　(厉声)富兰克!(两人对看,富兰克神色自若,普瑞

德非常生气)我告诉你,格阿德纳,要是你现在把她丢开,你这人行为很卑鄙。

富兰克　好普瑞蒂!真有情义!可是你把事情看错了:这不是道德问题,这是金钱问题。现在我还愿意花那老太婆的钱吗?

普瑞德　是不是从前你想靠着那笔钱结婚?

富兰克　不靠那个靠什么?我没有钱,也丝毫没有挣钱的能力。要是现在我跟薇薇结了婚,她就得养活我,那她就得不偿失了。

普瑞德　像你这么个聪明人总可以用自己的脑子挣几个钱。

富兰克　对,可以挣点儿钱。(他又把刚才那些金镑掏出来)这是我昨天花了一点半钟工夫挣来的。可是那是一桩很没把握的投机买卖。喔,普瑞蒂,即使贝西和乔菊娜都能嫁个财主,老头子死后产业没她们的份儿,我还是一年只有四百镑。老头子活不到七十岁不会死,他的创造能力又有限。往后这二十年我老得过紧日子。可是只要我有办法,我决不能让薇薇过紧日子。我愿意客客气气从战场上退下来,把阵地让给英国的王孙公子。现在问题解决了。我也不再去麻烦她了。咱们走的时候我给她留个字条儿。她看了自然会明白。

普瑞德　(抓紧他的手)好朋友,富兰克!我错怪你了,请你原谅!可是以后你不再跟她见面了吗?

富兰克　不再跟她见面了!什么话!别胡说。我能来的时候还要来,跟她做姐妹弟兄。我不明白为什么你们这些浪漫朋友老担心极平常的事务会发生荒唐的结果。(有人敲门)这是谁呀?你去开门好不好?要是来的是一个主顾,你去比我像样些。

普瑞德　好。(过去开门。富兰克坐在薇薇的椅子上匆匆忙忙写字条儿)凯蒂,请进,请进。

　　华伦夫人走进来,怀着鬼胎,四面望望薇薇在不在。她竭力装出一副庄重的样子。原来那顶光彩夺目的帽子换了一顶颜色素净的,那件鲜艳的上身外头罩了一件重价的黑绸斗篷。她神色慌张,精神不宁——显然是受了惊。

华伦夫人　(向富兰克)怎么! 你在这儿?

富兰克　(停笔,在椅子里转过身来,可是不站起来)对了,并且很愿意看见你。你来得像一股春风。

华伦夫人　别胡说八道。(低声)薇薇在什么地方?

　　富兰克会意地指指里屋门,可是不说话。

华伦夫人　(突然坐下,几乎要哭出来)普瑞蒂,你看她肯不肯见我?

普瑞德　凯蒂,别难受。她为什么不肯见你?

华伦夫人　喔,你不会明白她为什么不见我。你这人太天真。富兰克先生,她跟你说过什么话没有?

富兰克　(把字条儿折起来)她一定会见你,只要(意味深长)你在这儿等她。

华伦夫人　(吃惊)我为什么不等她?

　　富兰克仔细打量她,一边把字条儿小心地搁在墨水瓶上,让薇薇蘸墨水的时候不会看见。然后他站起来,把全副精神放在华伦夫人身上。

富兰克　亲爱的华伦夫人,假如你是一只小麻雀——在马路上跳跳蹦蹦的一只美丽的小麻雀——要是你看见一部碾路机冲着你开过来,你会不会等着它?

华伦夫人　喔,你别跟我说什么麻雀不麻雀的。我问你,她为什么从海西米尔那么抬起脚就跑了?

富兰克　我想,要是你不管好歹硬等她来,她会把原因告诉你。

华伦夫人　你的意思是不是要我走?

富兰克　不,我倒愿意你在这儿待着。可是我还是劝你走。

华伦夫人　什么!再也不见她的面!

富兰克　一点不错。

华伦夫人　(又哭起来)普瑞蒂,别让富兰克对我那么狠心。(她赶紧忍住眼泪,擦擦眼睛)要是薇薇看见我哭了,她会发脾气。

富兰克　(假温柔里带点真怜惜)华伦夫人,你知道普瑞蒂是个心眼儿最好的人。普瑞蒂,你怎么说?走,还是等着?

普瑞德　(向华伦夫人)我实在不愿意给你增加不必要的痛苦,可是我想也许你还是不必等。是这么个情形——(说到这儿,听见薇薇到了里屋门口。)

富兰克　嘘!来不及了。她来了。

华伦夫人　别告诉她我哭过的。(薇薇走进来。她一看见华伦夫人马上就严肃地站住,华伦夫人带着一副精神不正常的笑脸招呼她)宝贝,你到底还是在这儿。

薇　薇　你来了,很好。我有话跟你说。富兰克,我记得你刚才不是说要走吗?

富兰克　是。华伦夫人,你跟我一块儿走,好不好?咱们先上吕齐门,晚上再看戏,你看怎么样?吕齐门是个安全地方,没有碾路机。

薇　薇　　别胡说,富兰克。我母亲不走。

华伦夫人　　(发愣)我不知道究竟该走不该走,也许我还是走
　　　　的好。我们在这儿打搅你做事。

薇　薇　　(镇静坚决)普瑞德先生,请你把富兰克带走。妈
　　　　妈,坐下。(华伦夫人无可奈何只好坐下。)

普瑞德　　走吧,富兰克。再见,薇薇小姐。

薇　薇　　(握手)再见。一路平安。

普瑞德　　谢谢!谢谢!但愿如此。

富兰克　　(向华伦夫人)再见。你要早听我的话就好了。(他
　　　　跟她拉手。转过来轻浮地向薇薇)再见再见,薇薇。

薇　薇　　再见。(他高高兴兴走出去,没跟她拉手。)

普瑞德　　(伤心)再见,凯蒂。

华伦夫人　　(假装心酸吸鼻涕)再——再见!

　　　　　　普瑞德出去。薇薇在婀娜吕阿的椅子上坐下,安详
　　　　严肃,等她母亲说话。华伦夫人恐怕冷场,赶紧说话。

华伦夫人　　薇薇,你为什么不告诉我一声就那么走了?你怎
　　　　么那么胡闹!你把乔治怎么整治的?我叫他跟我一块儿
　　　　来,他推托着不敢来。我看他很怕你。你想想,他居然还
　　　　劝我也别来。好像(发抖)我也怕你似的,宝贝。(薇薇
　　　　的神气越发严肃了)我当然告诉了他,咱们的事儿已经
　　　　都说明白了,咱们现在挺和气了。(她说不下去了)薇
　　　　薇,这件事什么意思?(一边问,一边拿出个银行用的信
　　　　封,手指头发抖,摸索信封里的东西)这是今天上午银行
　　　　给我寄来的。

薇　薇　　这是我的月费。前天他们照常给我寄来了,我把钱
　　　　退了回去,叫他们收在你账上,把登账收据寄给你。往后

我自己养活自己了。

华伦夫人 （不敢信这句话）你是不是嫌数目太少？为什么
不早告诉我？（闪出一股狡猾的眼神）我可以把数目加
一倍；我本打算加一倍。只要你告诉我究竟要多少。

薇　薇 其实你心里很明白，这不是数目多少的问题。从今
以后，我跟我自己的朋友干我自己的事，你跟你的朋友干
你的。（站起来）再见。

华伦夫人 （吃惊，站起来）再见？

薇　薇 不错，再见。咱们不必白白地再吵架。你心里很透
亮。乔治·克罗夫把事情全告诉我了。

华伦夫人 （生气）这个老——（把底下两个字咽住了，想起
差点儿没出口，脸都吓白了。）

薇　薇 一点儿都不错。

华伦夫人 他应该割舌头。可是我只当事情已经结束了，因
为你说过你不在乎。

薇　薇 （坚决）对不起，我在乎。

华伦夫人 我已经解释过——

薇　薇 你解释的是事情的起因。你没告诉我，现在你还在
干那件事。（她坐下。）

　　　　华伦夫人半晌不作声，无可奈何地瞧着薇薇，薇薇愣
着不说话，心里估计这场恶战大概是结束了。可是过不
多时狡猾的神气又在华伦夫人脸上出现了。她隔着桌子
把脸凑过来，口气很狡猾，逼得也很紧，低声耳语。

华伦夫人 薇薇，你知道不知道我多么有钱？

薇　薇 我知道你很有钱。

华伦夫人 可是你不懂得有钱是怎么回事，你年纪太小。

有钱就能每天穿件新衣服;有钱,每天晚上要看戏就看戏,要跳舞就跳舞;有钱就能让欧洲的头等阔人奉承你;有钱就能住好房子,使唤一大群用人;有钱就能吃喝最讲究的东西;有钱,你喜欢什么、要什么、想什么,就有什么。现在你在这儿待着算什么?无非是当一名苦工,从早累到晚,只是为了每天混几顿饭吃一年做两件不值钱的衣服。你再仔细想想。(温言抚慰)我知道你精神上受了刺激。我能体会你的心思。你有这种心思正是你有出息。可是你放心,没有人会埋怨你,我这话决不是哄你。我懂得女孩子的脾气,我知道,只要你仔细想想,你就会回心转意。

薇　薇　哦,原来你就是这样劝导别人的!母亲,这套话你一定跟好些女人说过了,所以说得这么熟练。

华伦夫人　(气愤)难道我是教你干坏事吗?(薇薇转身走开不理她,华伦夫人挣扎着往下说)薇薇,你听我说,你不明白:人家故意用错误思想教育你。你不明白这个社会的真情实况。

薇　薇　故意用错误思想教育我?这话我不懂。

华伦夫人　我意思是说,你把自己的机会白白扔掉了。你以为社会上的人真是他们外表装的那个样儿;你以为学校里教给你的那套正经道理就是世事的真面目。实际上满不是那么回事,那只是一套装门面的假幌子,让胆小没出息的人安分守己不乱动。你是不是愿意像别的女人似的,到了四十岁,机会完全错过了,才明白这道理?你还是愿意趁早听你自己母亲的真话?——你母亲是爱你的,她告诉你的话句句是真理。(急切地)薇薇,社会上的聪明人、经营事业的大人物,全都明白这道理。他们的做法跟我一样,他们的想法也跟我一样。那种人我认识得很不少。我跟他们有来往,我可以把你介绍给他们,跟他们交朋友。我对你没什么歹意,这个道理你不懂,你不了解我,你对我的想法都是糊涂隔膜的。教你读书的那批人懂得什么叫生活?他们怎么懂得像我这种人是怎么回事?他们什么时候碰见过我?他们什么时候跟我谈过话?他们什么时候让别人在他们面前提过我?那些傻瓜!要是我不给他们钱,他们会不会给你什么帮助?难道我没跟你说过要你做个上等人?难道我没把你教养成上等人?要是没有我的钱、没有我的支持、没有利慈的朋友帮忙,你这上等人的身份怎么保得住?难道你看不出,现在你掉过头去不理我,简直好像拿刀子一边自己抹脖子一边扎我的心窝?

薇　薇　母亲,我看出这是克罗夫的人生观。那天在格阿德纳家里他都告诉我了。

华伦夫人　你以为我要逼你嫁给那糟老头子,那个醉汉!薇薇,我没有这意思,我赌咒没有这意思。

薇　薇　有也没关系。反正你办不到。(华伦夫人身子一哆嗦,看着薇薇对待自己的一片好心肠那么冷冰冰,心里很难受。薇薇不懂得也不理会母亲的心事,只顾接着说下去)母亲,你完全不明白我是怎么一等人。我并不觉得克罗夫比他同类的庸人俗物更讨厌。说老实话,我倒还佩服他主意拿得定,按照自己的心愿挣钱享福过日子,而并不只因为他的同类都爱打靶、打猎、上馆子、讲究穿衣服,他也跟着照样来一套。我心里很明白,要是我处在利慈阿姨的境地,我干的事会跟她干的完全一个样。我不觉得我比你更固执、更拘泥。我觉得我比你固执拘泥得差一些。我确实知道我不像你那么婆婆妈妈一片假情意。我很清楚,时髦的道德是个骗人的幌子。我也很清楚,要是我拿了你的钱,往后一辈子过着时髦日子,即使我像世界上最无聊的女人那么没出息、那么不道德,也不会有人在我面前提起一个字。可是我不愿意那么没出息。我不愿意在公园里来回地晃,给我的裁缝和造马车的商人做广告,我也不愿意在歌剧院里泡时候,只为卖弄我身上戴的首饰店里一橱窗的金刚钻。

华伦夫人 （摸不着头脑）可是——

薇　薇 别忙,我的话还没完。我请问你,现在你不用靠做买卖过日子了,为什么还要干下去?你告诉过我,你姐姐已经洗手不干了。你为什么不学她?

华伦夫人 哦,这在利慈容易办:她喜欢结交上流人,自己也像个上流女人。可是你替我想想,住在那种城市里叫我怎么办! 就算我能勉强对付那种闷日子,树上的乌鸦也能把我的根儿刨出来。我一定得有事做,有热闹日子过,要不然我就会闷死。除了那个,叫我去干什么? 那种生活跟我挺合适:我干那个最合适,干别的不合适。要是我不干,反正别人也会干,所以我干那个并没有什么真害处。再说,干那个可以挣钱,我喜欢挣钱。不行,说什么也不中用,谁说也不行,我决不放手。其实你用不着过问这件事。我永远不提它。我把克罗夫打发开。我也不会多打搅你,你知道我得时常各处来回跑。我一死,你就跟我满不相干了。

薇　薇　不行,我是我母亲的女儿。我像你:我一定得有事做,并且挣的钱一定得比花的多。不过我的事跟你的事不一样,我的办法也跟你的办法不一样。咱们一定得分手。其实这在咱们没什么大区别:从前咱们是二十年里头也许见几个月的面,以后是永远不见面:就是这点儿区别。

华伦夫人　(声音被眼泪塞住了)薇薇,我本打算跟你在一块儿多住几天,这是我的真心话。

薇　薇　这话算白说,母亲:我这人也像你似的,几句软话和几滴不值钱的眼泪恐怕不能打动我的心。

华伦夫人　(发狂)哦,你说母亲的眼泪不值钱?

薇　薇　你的眼泪不花本钱:你是想用眼泪跟我做交易,换取我一辈子的安静日子。即使你这桩交易做得成,我跟你在一块儿过日子,你又有什么好处?咱们俩有什么相同的地方,在一块儿谁能过快活日子?

华伦夫人　(一不留神,土音又出来了)咱们是娘儿俩。我要跟你在一块儿。我有权利说这句话。我老了谁照顾我?好些女孩子像女儿似的孝顺我,临走时候哭着舍不得离开我,可是我把她们都放走了,因为我有你可以指望呢。我一个人孤孤单单过日子为的是等着你。现在你不该掉过头去不理我,不肯尽做女儿的本分。

薇　薇　(听了她母亲的粗俗音调,耳朵里不舒服,心里有反感)做女儿的本分!我早就料到咱们快说到这上头来了。母亲,现在我跟你痛痛快快说了吧:你要一个女儿,富兰克要一个老婆。我不要母亲,我也不要丈夫。我把

87

富兰克打发开的时候,我没顾惜他,也没顾惜我自己。难道我会顾惜你?

华伦夫人　(暴躁)哦,我认识你这人了,你对自己、对别人,都是一副硬心肠。我认识你了。好歹这是我从经验里学来的。以后我再遇见这种装好心、说假话、硬心肠、只顾自己的女人,我就认得出来了。算了,你把自己留着给自己吧。我不要你了。可是我还有句话:你知道不知道要是你现在是个刚生下地的孩子的话,我会怎么处置你?嗯,我一定那么处置你!

薇　薇　也许会把我勒死。

华伦夫人　不,我要把你教养成真正是我的女儿,不是像你现在这么个人,脾气这么骄傲,成见这么深,还从我手里偷了个大学教育。我说你的大学教育是偷来的,能赖你只管赖。不是偷的是什么?我要把你安置在自己家里受教养,我一定那么办。

薇　薇　(静静地)把我安置在你在各处开设的那种门户里。

华伦夫人　(叫起来)听听她的话!听听她怎么欺侮她的白发老母亲!哼,你这么作践我,但愿你自己的女儿将来也照样作践你。你准有这一天!你准有这一天!一个女人受了母亲的咒骂不会不倒霉。

薇　薇　我劝你别胡说,母亲。你说这种话无非使我心里更坚决。在你手里调理过的女孩子恐怕只有我一个人得过你的好处。现在别把这点好处白白地糟蹋了。

华伦夫人　不错,这倒是真话,只有你一个人忘恩负义对不起我。哦,真冤枉!真冤枉!真冤枉!我老想做个正经女人,我也曾想做点正经事,直到我给别人当奴隶吃够了苦的时候,我才听见了正经事就咒骂。我是个好母亲,可是因为我把女儿教养成了个好女人,她就把我撵出去,好像我是麻风病人。喔,但愿我能从头再做人! 到那时候我要教训教训学校里那个撒谎的牧师。从今天起,到我死的那一天,我对天发誓,我要做坏事,除了坏事什么也不做。我还要靠着坏事发财。

薇　薇　对,认定一条路、一直走到底,倒也是个办法。母亲,假如我是你,我的做法也许会跟你一样,可是我不会像你似的每天过的是一种日子,心里相信的却是另一种。你实在是个拘泥守旧的女人。现在我要跟你分开手就是为这个。我应该这么办,你说是不是?

华伦夫人　(吃惊)应该把我的钱都撵出去!

薇　薇　不是。我应该把你撵出去。要不然,我就是傻子,你说是不是?

华伦夫人　也罢,你既然这么说,也许你应该撵开我。可是,要是人人都照你这么办,这世界可了不得了! 现在你既然用不着我,我还是走的好。(她转身要出去。)

薇　薇　(和和气气)你不跟我拉手吗?

华伦夫人　(狠狠瞧了她一会儿,恨得几乎想打她)不,对不起。再见。

薇　薇　(平平淡淡)再见。(华伦夫人出去,砰的一声使劲关上门。薇薇的绷紧的脸松开了。她那副严肃神气化为一股心满意足的表情。她痛痛快快松了口气,一半儿笑,一半儿呜咽。她轻松地走到书桌前自己的座位边坐下,把电灯往外一推,把一大摞文件往里一拉,正要用笔蘸墨水的时候,看见了富兰克留下的字条儿。她随随便便把字条儿打开,很快地看了一遍,看到有个古怪的句子笑了一笑)富兰克,再见。(她把字条儿扯碎,毫不思索地往字纸篓儿里一扔。她马上就埋头工作,不多会儿全副精神都贯注到数目字里去了。)

英国佬的另一个岛

（1904）

朱光潜 译

第　一　幕

　　杜侬尔和博饶本土木工程公司的地址是伦敦威斯敏区大乔治街。从门口牌子上可以看到,这家公司是劳伦斯·杜侬尔和汤玛斯·博饶本两人合开的,设在二层楼上。公司房间多数是私人住家用的,因为两位东家都是单身汉,彼此又是好朋友,都住在公司里面。办公室隔壁那间门上写着"私人住家用"的字样,就是他们的家庭起坐间,兼做接待顾主的客厅。假想这间房子窗台上立着一只麻雀,从这只麻雀的观点来看这间房子,它的布置大致是这样:通外面的门就是在窗台对面那面墙壁右角开的。这道门和墙壁左角中间有一个衣帽架,还有一张用几根支柱撑起几块大画图版所拼凑成的桌子,桌子上面摆着设计图,几卷绘图纸,计算仪器以及其他绘图用具。靠窗台左首那面墙壁上有个壁炉,在壁炉与正在观察的麻雀之间,有一道门通到里面的房间。靠窗台右首那面墙壁有一个文件柜,柜上面搁着一个碗橱。柜这边摆着一张办公桌和一张单人凳子。在房子正中横摆着一张双人大写字台,两边各摆着一张椅子,这是两位东家坐的。这间房子,没有一个女人能够看得下去,里面一股叶子烟味,到处都需要重新裱糊油漆,地毯也得换过。不过这种情形只是由于单身汉马虎，不讲究整洁，倒不是由于他们出不起钱。其实，凡是这两位东家亲自买来的东西没有不是讲究的，而且应有尽有。墙壁上挂的是一张南美洲大地图，一张轮船公司的彩画广告，一张很神气的格莱斯敦的画像，以及几张法兰西斯·卡鲁托斯·哥尔德的讽刺画，这些画把贝尔福画成兔子、张伯伦画成狐狸。①

一九〇四年夏天某日下午四点四十分的时候，这间房子里没有人。马上通外面的门打开了，进来了一个仆人，提着一个旅行大提包和一捆铺盖卷往里面那间房间里走。这个仆人外表很像样，年纪相当老，一点也不活泼了，还由于习惯，养成了一副神气，好像对于艰难困苦和自己的衰老都能耐心忍受似的。行李是博饶本的，他本人也跟着仆人进来了。他把大衣脱下，连同帽子一起挂到衣帽架上，随后就走到写字台边去拆看等着他看的信件。他年富力强，身材魁梧，有时热烈而轻信，有时很机警狡猾，有时像煞有介事地严肃，有时又热热闹闹，急躁任性，通常总是活泼英俊，在多数场合中他很逗人喜欢，可是在他最认真的时候，却又非常可笑。他一面跟仆人说话，一面用指头拆信，很快地浏览过去，把信封乱扔到地板上。

博饶本　（叫喊）霍德生。

~~~~~~~~~~~~~~~~

① 格莱斯敦（1809—1898），英国自由党的领袖；贝尔福（1848—1930），英国保守党的领袖；张伯伦（1836—1914），原是自由党，但与格莱斯敦政见不同；哥尔德（1844—1925），英国漫画家。剧中主角博饶本属自由党，所以崇拜格莱斯敦而鄙视贝尔福和张伯伦。

霍德生　（在卧室里）来了，老爷。

博饶本　不要把行李打开了，只把穿过的衣服拿出来，放些干净衣服进去。

霍德生　（走到卧室门口）是，老爷。（转身要回卧室。）

博饶本　喂！（霍德生又转过身来）你记不记得我把手枪放在哪里了？

霍德生　手枪吗，老爷？对了，杜依尔老爷绘图的时候，还拿它做镇纸用哩。

博饶本　把手枪打在行李包里。我记得哪里还有一盒子弹，把它找出来，也打到行李包里去。

霍德生　是，老爷。

博饶本　想起来了，把你自己的铺盖也打起来，这次我要带你走。

霍德生　（踌躇）老爷，你去的地方危险吧？我是不是也要带支手枪？

博饶本　也许带一支好。我要到爱尔兰去。

霍德生　（放了心）是，老爷。

博饶本　我想你不会害怕吧？

霍德生　一点也不害怕，老爷，我要冒一冒这个险。

博饶本　你到过爱尔兰没有？

霍德生　没有，老爷，听说那里天气很潮湿，我最好把你的橡胶雨衣也打进行李包里去。

博饶本　好。杜依尔老爷到哪里去了？

霍德生　我指望他五点钟回来。他吃过午饭就出去了。

博饶本　有没有人来找我？

霍德生　一个叫哈费干的来找过两回，老爷。

博饶本　嘻！他为什么不等我？我告诉过他，要是我不在家，就请他等我一会儿哩。

霍德生　嗯，老爷，我原来不知道你指望他来，所以我想最好不——不劝他等着。

博饶本　他为人不坏。他是个爱尔兰人，不大讲究外表。

霍德生　老爷说得对，我看他是有些爱尔兰人的脾气。

博饶本　如果他再来找，就让他进来。

霍德生　老爷，你开车回来的时候，我仿佛看见他就在附近等着，要不要把他找来？

博饶本　去把他找来，霍德生。

霍德生　是，老爷。（向通外面的门走去。）

博饶本　客人也许要喝茶，准备一壶茶。

霍德生　（停住）老爷，我看他要喝的不是茶。

博饶本　那么，你想他爱喝什么，就拿什么来吧。

霍德生　是，老爷。（电铃响）这就是他了，老爷，他看见你回来了。

博饶本　对，领他进来。（霍德生出去了。在他还没有把客人领进来的时候，博饶本看剩下没有看的信件。）

霍德生　哈费干先生来了。

　　　　哈费干的年纪在三十左右，像没有发育完全似的，短颈项，小脑袋，红头发，红鼻子，一对偷偷摸摸看人的眼睛。他穿着一身破旧的黑衣服，很像牧师打扮，又像是一个第十流的小学教师，因为爱喝酒，穷得不像样了。他赶忙和博饶本握手，摆出一副极端和蔼，兴高采烈的样子，加之他说一口舞台上插科打诨式的爱尔兰土语，使得这副样子更显得突出。他摆出这种样子，也许可以略自宽解,因为他心里时常在暗自害怕快要害酒疯了。

哈费干　我叫丁姆·哈费干,来听你的吩咐。祝你顶呱呱的
　　　早安,博饶本先生。

博饶本　(很高兴这位爱尔兰客人)祝你午后安好,哈费干
　　　先生。

哈费干　已经是午后了吗?老天爷,我把早饭以后空着肚子
　　　的时间都叫作早晨。

博饶本　你还没有吃过午饭吗?

哈费干　午饭么,算了吧!

博饶本　很抱歉,我打布拉伊敦回来迟了,来不及请你吃午
　　　饭;但是——

哈费干　别再提了,先生,别再提了。你要请我吃午饭,明天
　　　还是可以奉陪。不瞒你说,我是个爱尔兰人,饭量很差,
　　　喝倒很有劲。

博饶本　刚才你到的时候,我正准备按铃叫茶。请坐,哈费干
　　　先生。

哈费干　假如神经强,能受得住,茶倒是一种好饮料;不过我
　　　的神经可不行。

　　　　哈费干在写字台旁边坐下,背向文件柜。博饶本和
　　　他对面坐着。霍德生空手进来,从碗橱里取出两个玻璃
　　　杯,一支吸管和一架酒瓶,摆在博饶本面前的写字台上。
　　　霍德生毫不留情地瞅着哈费干,哈费干不敢正视他那副
　　　眼色。霍德生随即退出。

博饶本　请喝点汽水掺威士忌。

哈费干　(清醒过来了)博饶本先生,提到酒,你碰到我们爱
　　　尔兰人的弱点啦。(虔诚地)这并非说我自己也有这个

弱点,酒的危害我看得很够啦。

博饶本　（斟威士忌）斟够了,就请你说一声。

哈费干　酒可不要掺得太多。(博饶本不再斟,使眼色问他斟够了没有)就说一半兑一半吧。(博饶本听他要求一半兑一半,有点吃惊,再斟了一点,又停住,看看哈费干)请再斟一点点,酒杯下面窄,下一半实在装不到一半。多谢,多谢。

博饶本　（笑）你们爱尔兰人真会喝酒。(替自己斟了一点威士忌)咱们英国人所谓汽水掺威士忌,就不过这个样子。

哈费干　你们很对。我那个不幸的国家就坏在这个酒字上。我自己也喝酒,那是因为我的心脏衰弱,消化不良。但是在原则上我是个主张戒酒的。

博饶本　（突然严肃紧张起来）主张戒酒,我当然和你站在一起。我是本地禁酒会的一个忠实会员。哈费干先生,你想象不到,酒馆老板、主教、保守党和《泰晤士报》那个不神圣的四角联盟①,给咱们英国带来了多大的灾祸。我们必须不顾一切,叫所有的酒馆都关门。(他喝酒。)

哈费干　我明白,那实在是糟透了。(他喝酒)博饶本先生,我看你也是个忠实的自由党员,像我自己一样。

博饶本　我是个爱护自由的人,像每一个真正的英国人一样,哈费干先生。我的名字是博饶本,假如我的名字是布里

①　不神圣的四角联盟,一八一五年俄罗斯、奥地利和普鲁士成立所谓"神圣联盟",在维护基督教国家统一的名义下,推行反动的侵略政策。本文这个名词是从这里来的。

希坦，长的是鹰钩鼻子，在公园路有座大房子①，我也会拿一块画着英国国徽的手帕，用一个便士买个喇叭筒，号召在老百姓的粮食上抽税，来支援海军促进会，把英国的最后一点自由都毁掉——

哈费干　用不着多说。咱们来握握手吧。

博饶本　不过我还想说明一下——

哈费干　你只要一张口，我就知道你要说什么话。我了解你这种人。听说你有意到爱尔兰去走走，是吗？

博饶本　除掉爱尔兰，我还有什么地方可去呢？我是个英国人，又是个自由党。现在整个南非洲都让人家奴化了，毁了，除掉爱尔兰，就没有什么别的国家可以使我关心啦。请别误会，我并非说，除掉爱尔兰，英国对别的国家就不该负责任了。英国人对芬兰有一份责任，对马其顿也有一份责任。不过英国人的首要责任是对于爱尔兰的。只要是头脑清楚的人，谁能否认这一点呢？不幸得很，我们有些政客，比波布里考夫还更无耻不讲理，比亚布杜尔"魔王"还更杀人不眨眼，②爱尔兰现在所以痛苦不堪，就是这班家伙的毒手搞出来的呀。

哈费干　说句实在话，他们对于波布里考夫那个老家伙总算是报够了仇啦。

---

①　布里希坦不必实有其人，他代表当时的大资本家，名字和相貌都像是犹太人，公园路是伦敦富户住宅区。

②　尼古拉第二时代，俄国对芬兰施行压迫，任波布里考夫（1839—1904）为芬兰总督，他的残酷引起芬兰人的极大仇恨。一九〇四年他被芬兰爱国志士萧曼刺死。亚布杜尔"魔王"，指当时土耳其的暴君亚布杜尔·哈密德二世（1842—1918）。

博饶本　我并不赞成暗杀,我绝对不赞成。那位不幸的芬兰
　　　爱国青年为着替祖国报仇,把那位俄国压迫者暗杀了,尽
　　　管我们深深感觉到,从他的那个观点来看,他这样做是完
　　　全正当的,可是每一个文明人对于暗杀都应该切齿痛恨。
　　　即使为着保卫自由贸易,我也决不肯伸手去杀一个政敌,
　　　尽管他很该死。

哈费干　我敢说你做不出这样的事,因此,我很钦佩你。你要
　　　到爱尔兰去,是出于同情,是不是?

博饶本　我这次去,是要给土地开拓联营公司开拓出一份产
　　　业,我跟那家公司有点关系。我相信,一份产业只要经营
　　　得好,像在咱们英国那样经营,那就一定会赚钱。哈费干
　　　先生,你知不知道英国的办法?

哈费干　老天爷,我怎么不知道? 把爱尔兰的一切能拿走的
　　　东西都拿走,拿到英国去花。这就是英国的办法。

博饶本　(不大欢喜这话)哈费干先生,我的办法是要把英国
　　　的钱拿到爱尔兰去花。

哈费干　愿你的胳膊多长一股劲! 愿你的影子永远不变小!
　　　你真正是男子汉中间的肉汤![1] 你说,我有什么可以效
　　　劳的地方? 我愿意牺牲最后一滴血,来供你指使。

博饶本　你听说过花园城没有?

哈费干　(犹疑)你指的是天堂吗?

博饶本　什么天堂! 不,花园城就在希镇[2]附近。如果你肯

---

[1]　哈费干在冒充爱尔兰人,把捡到的爱尔兰语拿来蒙混博饶本。“胳膊多
　　　长一股劲”,怂恿人加劲去做一件事情的勉励语;“影子永远不变小”,
　　　永远保持健康;“男子汉中间的肉汤”,模范男子。
[2]　希镇,在距伦敦北二十二英里处,十九世纪末建筑了所谓“花园城”。

花半点钟的工夫,我可以和你谈一谈这花园城。

哈费干 我说这么办:给我一份说明书,让我拿回去好好地想一想。

博饶本 你说得对。我可以照办。(拿出一本艾本尼佐所写的关于花园城的书和几本小册子)你知道,花园城的这张地图所画的圆形结构只是一个建议。

哈费干 是,这一点我要仔细记住。(心迷眼花地看地图。)

博饶本 我说,为什么不在爱尔兰也建一个花园城?

哈费干 (兴奋地)我要问你的正是这句话,为什么不在爱尔兰也建一个花园城?为什么?(挑战似的)请你告诉我,为什么?

博饶本 有些困难。我要克服它们,但是有些困难。我初到爱尔兰,人们看见我是个英国人,就会仇恨我。我又是个新教徒,爱尔兰所有的天主教徒就会攻击我。说不定还有生命危险。不过我准备迎接这种危险。

哈费干 不用怕,博饶本先生。我们爱尔兰人倒知道尊重有勇气的敌人。

博饶本 我真正怕的倒还是怕引起误会。我想这一点是你可以帮助我避免的。那天晚上你在民族协会的大会上演说,我一听到,马上就看出你是个——我坦白地说,你不会见怪吧?

哈费干 我有什么毛病,请你坦坦白白地告诉我,我一切都受得了,就是受不了恭维话。

博饶本 我可不可以这样说?当时我马上就看出你是个道地的爱尔兰人,有爱尔兰人的一切毛病和一切优点:鲁莽,顾今天不顾明天,但是勇敢,性情好;靠自己来做生意也许不会成功,但是会说话,富于幽默感,爱自由,是我们伟大的格莱斯敦的忠实信徒。

哈费干　别叫我害臊吧。我不能坐在这里听人当面恭维我。不过我承认你说的性情好那一点。这是爱尔兰人的弱点。我会把最后一文钱拿出来与朋友共之。

博饶本　我相信你是会这样做的,哈费干先生。

哈费干　(冲动地)别叫我什么哈费干先生,就叫我丁姆好了。一个人谈起爱尔兰来,像你那样,称呼我什么都可以。请把酒瓶递给我。(他替自己斟酒。)

博饶本　(带从容的神色微笑)好,丁姆,你愿不愿陪我到爱尔兰去? 你们爱尔兰人热情而任性,你去可以帮助我打破隔阂。

哈费干　问我愿不愿陪你到马达加斯加或是交趾支那吧。他妈的,即使要我陪你到北极去,我都情愿,只要你肯替我出路费;他妈的钱我可是一个都没有,我得买一张三等票哩。

博饶本　我想到了这一点,丁姆。处理这件小事,我们必须用结结实实的英国办法,尽管其他的事可以随你的意,用爱尔兰的办法。你这次去,应该作为我的——我的——嗯,我不知道怎样称呼你才好。管你叫我的代理人吧,他们会把你打死。管你叫我的管事吧,他们会把你抛到水里淹死。至于秘书,我已经有了一个了,而且——

哈费干　那么,把那一位叫作本国秘书,把我叫作爱尔兰秘书①,好不好?

---

① 当时英国内阁中管理爱尔兰政务的大臣叫作"爱尔兰秘书",管内务的大臣叫本国秘书,哈费干提议称自己为爱尔兰秘书,是开玩笑。

博饶本　（勉强地笑）好极啦！你的爱尔兰人的机智已经把第一个困难解决了。现在来谈谈你的薪水。

哈费干　薪水吗？为你效劳，我本来可以分文不要。不过我这身衣服对于你怕不很体面，我怕逼得要向你的朋友们借钱，我生性最讨厌的就是借钱。我每年只要一百镑，多一文都不要。（用一副焦急而狡猾的神色打量博饶本，想猜测他究竟能给多少钱。）

博饶本　如果一百镑就可以使你满意的话——

哈费干　（大放其心）为什么不可以使我满意呢？一百镑一年，就是十二镑一月，是不是？

博饶本　不对，八镑六先令八便士一月。

哈费干　嘻，糟透了！我得把五镑寄给我的老母亲。不过不要紧，我说过一百镑，就只要一百镑，哪怕我得挨饿都算数。

博饶本　（用生意人的谨慎口吻）好吧，暂且说头一个月十二镑吧。以后我们再看事行事。

哈费干　博饶本先生，你真是个君子人。等到我母亲死了，你可以减去五镑。你得把手放紧一点，不能浪费，如果——

（博饶本的合伙股东走进来了，打断了他的话。）

　　劳伦斯·杜依尔年纪三十六岁，冷淡的灰色眼睛，紧绷绷的鼻子，显得爱吹毛求疵的细腻的嘴唇，眉毛显得尖刻，脑袋显得聪明，大体上很文雅漂亮，但是有一点容易生气和不满的样子，和博饶本的那种只有消化良好的人才能有的快活样子，恰好成一个强烈的对比。

　　他进来时倒像很自在，但是一看到有生客，马上就畏缩起来了，正要退出，博饶本招呼了他，他才放了心。他于是走到写字台旁，站在博饶本和哈费干两人中间。

杜依尔　（往后退）你们有事在谈。

博饶本　没有什么事，没有什么事。请进来。（向哈费干介
　　　　绍）这位朋友和我都住在这里，他是我的合伙股东，杜依
　　　　尔先生。（向杜依尔介绍）这位是我的新朋友，爱尔兰
　　　　人，丁姆·哈费干先生。

哈费干　（站起来，满腔热情）会见博饶本先生的朋友，无论
　　　　是哪一位，我都觉得荣幸。祝你顶呱呱的早安，杜依尔先
　　　　生！我对你们两位都很钦佩，在盎格鲁－撒克逊民族中
　　　　找到像你们两位这样的榜样，真不容易呀。

博饶本　（咯咯笑）这一回你可看错啦。丁姆，我这位朋友杜
　　　　依尔先生是你的同乡呀。

　　　　　哈费干听到这话，显然有些窘，马上就萎缩下来。他
　　　　猜疑地皱着眉头看杜依尔，表面上却装作亲热，可是这亲
　　　　热的伪装也逐渐消失了；他对杜依尔怕极了，所以也显出
　　　　一点摇尾乞怜的样子。

杜依尔　（带着冷淡的厌恶神色）晚安！（他退到壁炉旁，向
　　　　博饶本说话，声调中非常明显地给哈费干一个暗示，说他
　　　　不受欢迎）你们的事就快谈完了吧？

哈费干　（他的爱尔兰土语逐渐变成普通要充高贵身份就应
　　　　该用的那种英国腔调，可是出人意料地带点格拉斯哥那
　　　　地方的口音）我该走了，在西区还有个重要的约会①。

博饶本　那么，你跟我一道去，就一言为定啦。

哈费干　博饶本先生，能陪你去，我是非常高兴的。

---

①　伦敦西区是最富最时髦的区域。

博饶本　什么时候去呢？你可以今晚就从帕丁顿车站动身么？我们打算从密尔津海港上船。

哈费干　（迟疑）不过——我恐怕——我——（杜依尔猛然走进卧室，把门砰的一声关上，哈费干的最后一点镇静给这么一来全完了。这个可怜虫几乎要哭出来，可是拼命装出爱尔兰人不顾一切的样子，才没有放声哭出来。他赶忙跑到博饶本身边，用抖颤的手拉住博饶本的袖子，把他所能驾驭的爱尔兰土语全搬了出来向他哀求，声音却放得很低，怕杜依尔听见了又要回来）博饶本先生，别叫我在本国人面前丢脸呀。瞧，我这身衣服破旧不堪了，请给我一张五镑的票子，下星期二我有了办法，就还给你——要不然，你就在我的月薪里扣除也行。我会准时到帕丁顿车站，把一切准备妥当。快点把票子给我，趁他还没有出来。我这样请求，你该不见怪吧？

博饶本　不见怪。我本来打算让你预支一些路费。（他给了哈费干一张钞票。）

哈费干　（把钞票放进口袋里）谢谢你。我在火车未开之前半点钟准到车站。（听见劳伦斯到了卧室门口，正要回来）唏，他要回来啦。再见，愿上帝赐福给你。（他赶忙跑出去，几乎要哭出来，那张五镑钞票以及这笔钱所能买到的酒使他太兴奋了，他那个空肚皮和过度紧张的神经都有些支持不住。）

杜依尔　（从卧室里出来）你在哪里捡得了那么一个破破烂烂的骗子？他来这里干吗？（他走到摆设计图的桌子旁，在一张设计图上用笔记下一点什么，一边参看他的笔记簿。）

博饶本　你又是那个老脾气！你一碰见爱尔兰人,待他就毫
　　　　不客气,特别是他穿得有点破旧,这是什么缘故？本国人
　　　　当然可以向本国人说一声顶呱呱的早安,这不能算是得
　　　　罪了你,尽管他的衣缝已经有点儿磨光了。

杜依尔　(鄙夷地)哼,顶呱呱的早安！他还向你说过"男子
　　　　汉中间的肉汤"没有？(他走到写字台。)

博饶本　(兴高采烈)说过呀。

杜依尔　还说过"愿你的胳膊多长一股劲"吧？

博饶本　不错。

杜依尔　还说过"愿你的影子永远不变小"吧？

博饶本　对呀。

杜依尔　(提起喝干了的酒瓶,摇摇头)他喝掉了你一斤
　　　　多酒。

博饶本　他喝了并不觉得难受,连眼睛都没有眨一下。

杜依尔　他借了多少钱去？

博饶本　严格地说,那并不算借。在金钱上他表现得很大方。
　　　　我相信,他会把他的最后一文钱拿出来给朋友用。

杜依尔　毫无疑问,他会把朋友的最后一文钱拿去给自己用,
　　　　如果那位朋友够傻瓜,让他拿。他究竟向你借去了多少？

博饶本　没有什么,只是预支了一些薪水,做路费。

杜依尔　薪水！老天哪,为什么给他薪水？

博饶本　他做了我的本国秘书,他很诙谐地这样称呼他的
　　　　职位。

杜依尔　我看不出诙谐在哪里。

博饶本　无论什么诙谐,一到你手里,就糟蹋了,你对它那么
　　　　冷淡。哈费干说的时候,我倒觉得他说得顶俏皮。本国

秘书,还有爱尔兰秘书,说得真有趣,真有趣。不管怎样,我到爱尔兰去,要找一个人替我打破隔阂,很显然,他是最合适的。他可以取得那里人们的信任,使他们对我表示友好。是不是?(他坐到凳子上,朝后倾斜,幸亏背靠到桌边上,要不然,就要向后倒下去了。)

杜侬尔　多么好的介绍人,我的老天!你以为爱尔兰人全都是些贪酒、写信求人救济的人吗?若真如此,你想他们肯彼此接受这样的人作保吗?

博饶本　你这全是废话!他不过是个爱尔兰人。再说,难道你以为哈费干能骗我吗?

杜侬尔　不,他太懒了,犯不着花气力来骗你。他只消坐在那里,喝着你的酒,瞧着你骗你自己。不过我们无须在哈费干身上多费唇舌。第一,你的钱已经到了他的腰包,沿途酒馆太多,他就决不会到帕丁顿车站去啦。第二,他并不是一个爱尔兰人。

博饶本　他不是爱尔兰人!(他听到这话,大吃一惊,本来是仰靠着桌子坐的,现在突然把身子坐直,凳子也就放正了。)

杜侬尔　生在格拉斯哥,一生也没有到过爱尔兰,他的底细我全知道。

博饶本　但是他说的话,他的举止动静,都像个爱尔兰人呀。

杜侬尔　哼,像个爱尔兰人!难道你不知道,什么"祝你顶呱呱的早安"呀,"男子汉中间的肉汤"呀,"愿你的胳膊多长一股劲"呀,这一套鬼话只有在英国才可以听到,正如伦敦阿尔伯特厅所演奏的爱尔兰音乐也只有在英国才可以听到,难道你不知道?无论是在现在,在过去,或是在未来,在爱尔兰本地就压根儿没有一个爱尔兰人说话像他那样。但是一个爱尔兰的没出息的人一到了英国,看到英国到处都是些像你这样想入非非的笨蛋,只要他扮演丑角,丢他自己的脸,丢他祖国的脸,教你们感到自己在道德方面比他们强,你们这批笨蛋就肯让他游手好闲,吃喝撞骗,乱吹一阵;于是他就很快学会那些怪腔怪调来骗你们。他是从戏院或是杂耍场里学来那些玩意儿的。哈费干从他父亲那里也学会了几句简单的爱尔兰话。他父亲倒是爱尔兰人,是我的乡亲。我认识他的伯叔父,就是住在罗斯库伦的玛太·哈费干和安德·哈费干。

博饶本　（还不大相信）不过他说得一口爱尔兰土腔呀。

杜侬尔　哼,他说的一口爱尔兰土腔,你对于爱尔兰土腔倒很内行! 有一次我听见过你把很重的都柏林音叫作爱尔兰土腔①。说起来很可怜,你连康纳玛拉和腊特曼因斯也辨别不出②。（极端恼怒）滚他妈的哈费干吧! 别再谈他了,他不值得我们去辩论。

博饶本　劳伦斯,你今天怎么啦? 为什么这样不高兴?

　　　　杜侬尔很为难地瞧着博饶本,慢慢地走到写字台边,坐在靠壁炉的那一头,然后回答。

杜侬尔　嗯,单提一件事吧,你那封信使我太糟心了。

博饶本　为什么?

---

① 都柏林是爱尔兰的都城,那里的语音不能算土腔。
② 康纳玛拉在爱尔兰的极西,腊特曼因斯在爱尔兰的极东,这句话的意思是"你在爱尔兰连东和西都辨别不出来"。

杜依尔　罗斯库伦①田庄典押给公司,你把庄主的赎典权剥夺掉了,把那位可怜的尼克·莱斯屈朗基赶走,叫他无家可归,这件事叫我很糟心。过去我很喜欢那个老混蛋,那时我还小,老是在他家花园里走道上玩,我是在那个庄子上长大的。

博饶本　可是他不给利息。我不得不代表联营公司取消他的赎典权。我这次去爱尔兰,就是要到罗斯库伦去,亲自照管那笔产业。(他坐在写字台的另一头,和杜依尔对面,随便地补充一句,同时很担忧地看了杜依尔一眼)你当然和我一道去,是不是?

杜依尔　(很焦心,站了起来,又踱来踱去,神情不安)麻烦就在这里。我怕的就是要回爱尔兰,叫我糟心的也就是这一点。

博饶本　但是你离家十八年了,不想回去看看祖国,看看家里人,尝尝回到老家的风味吗? 还——

杜依尔　(很不耐烦,打断了他的话)对,对,那一套我懂得,用不着你说。

博饶本　哎,当然啰,(耸一耸肩)如果我的话叫你这样发脾气,我就很抱歉。

---

① 罗斯库伦是本剧的主要场所,代表爱尔兰的农村。它在经济上极落后,但正在经历剧烈的转变。先是土地掌握在大地主手里,莱斯屈朗基便是旧式大地主的代表。这班大地主在英国压榨之下,加上生产方式落后,大半破产了,把土地典押给英国资本家。于是政府颁布土地购买法令,使富裕中农可以购买土地,土地因此日益分散。由于上述原因,这班新式小地主仍然不能维持下去。结果英国资本家进来进行"土地开拓",就是把爱尔兰农民的土地拿过来经营工商业,使农民放弃他们落后的农业,或是贫穷饿死,或是转到美洲去找生路,或是在英国人办的企业中当奴隶。本剧所写的就是这种转变的过程。

杜依尔　　别管我发脾气,我的脾气不是为你发的,咱们相处这
　　　　么久了,你该明白这一点。(他又坐下,想到自己的脾气
　　　　躁,有点不好意思,很难过地想了一会儿,大声说)我有
　　　　一种天生的厌恶,不愿回爱尔兰,这种天生的厌恶很强
　　　　烈,我宁可陪你到南极,也不愿陪你到罗斯库伦去。

博饶本　　这才是怪话!你身为爱尔兰人,你们爱尔兰民族具
　　　　有极强烈的爱国心,具有世界上最根深蒂固的恋家本能!
　　　　而你却说你什么地方都可以去,就是不愿回爱尔兰。难
　　　　道你以为我能相信吗?在你的内心里——

杜依尔　　别管我的内心:爱尔兰人的心里不过是些幻想。几百
　　　　万人离开了爱尔兰,其中有几个人回去了或是想回去呢?
　　　　不过跟你说这些也没有用处。你这人宁可相信关于爱尔兰
　　　　流亡者的那种无聊的歌,或是英国城市中爱尔兰人区的三
　　　　个钟头的爱国演讲,也不肯相信摆在眼前的一切事实。哼,
　　　　你这长着眼睛的人,且瞧瞧我的情形吧!我整天嘀咕、焦急、
　　　　发牢骚、吹毛求疵,瞧不起这、瞧不起那,没有个满意或安静
　　　　的时候,叫最好的朋友看着也不耐烦,这些都是你所知道的。

博饶本　　得了吧,劳伦斯!别冤枉你自己。你对于生人,倒是
　　　　顶有趣,顶和蔼的。

杜依尔　　对,对于生人倒顶和蔼。要是我像英国人那样,在生
　　　　人面前比较古板一点,在家里比较随便一点,我和你也许
　　　　更合得来些。

博饶本　　咱们在一块儿还是合得来呀。当然,你有些凯尔特族①

————————————————————

①　凯尔特族是英伦三岛上的较古的民族,散居在爱尔兰、苏格兰和威尔
　　士。英国人属盎格鲁-撒克逊族。

110

的伤感——

杜依尔　（从椅子上跳起来）我的老天爷!!!

博饶本　（冷嘲地）——还有凯尔特族的另一个习惯,无缘无
　　　故地说些剌耳话的那种习惯。

杜依尔　无缘无故！听到人们谈起凯尔特族,我就要冒火,觉
　　　得非把伦敦烧掉不可。这一类的废话比十个强制法令①
　　　还更坏。你以为一个人一定要是凯尔特族,才会在罗斯
　　　库伦起伤感吗？告诉你,爱尔兰人和英国人就种族来说,
　　　并没有两样,都同样是些外来民族的混血种②。

博饶本　说得对。凡是能干的爱尔兰人都是英国血统。有一
　　　件事我时常觉得顶值得注意,就是在英国议会里,唯一能
　　　表现出真正老牌的英国人性格和精神的政党就是爱尔兰
　　　党。你看,爱尔兰党的独立性、坚决的精神、对于坏政府
　　　的反抗,以及对于全世界被压迫民族的同情,这一切多么
　　　像英国人！

杜依尔　不消说,爱尔兰党还有一个习气,爱郑重其事地谈论
　　　一些陈腐荒谬的东西,而他们心里明明知道那些东西都
　　　是落后了一百年的。如果说出来你不见怪,这也是英国
　　　人的习气。

博饶本　不然,劳伦斯,不然。你指的是现在霸占着英国的那
　　　些混血种的新牌英国人。这批人都是些伪君子、骗子、德
　　　国人、犹太人、美国人、外国人、公园路的住户,还有那些

① 强制法令,是英国政府以强制方式统治爱尔兰,剥夺爱尔兰人种种自由
　的法令,这是爱尔兰人最痛恨的。
② 英伦三岛在中世纪前半期遭受过一系列的北欧民族的侵袭,这些外来
　民族中有些人住下来,和土著民族通婚。

没有国籍的在世界上东飘西荡的渣滓。别把这批人叫作英国人。他们并不属于我们这个亲爱的古老的岛国，只属于他妈的新牌帝国。这批人倒很配这个新牌帝国，他妈的，我倒愿他们能享受它的好处！

杜依尔　（听到这番慷慨激昂的话，无动于衷）瞧你！现在你心里舒服了一点吧？

博饶本　（傲慢地）对，舒服多了。

杜依尔　我的亲爱的汤姆，你只消沾一沾爱尔兰的气候，就可以变成和我一样的大傻瓜。可是如果把我全身的爱尔兰血液都输到你的血管里去，你的体质和性格都不会因此有丝毫的改变。再说，如果你去找一个最道地的英国女子结婚，然后把生下来的儿子送到罗斯库伦去教养起来，你那个儿子的性格就会像我而不像你，人家看见他，都会疑心他是我的儿子。（突然苦痛起来）哎，罗斯库伦呀！天哪，罗斯库伦呀！想一想那里的沉闷！绝望！愚昧！顽固！

博饶本　（平淡地）乡下地方照例都是那样，劳伦斯，在英国也是一样。

杜依尔　（匆忙地）不，不然，英国的气候却不一样。在英国这里，如果生活枯燥，你也就跟着枯燥就是了，坏不了什么事。（进入热烈的梦想）但是在爱尔兰，在那种湿润的空气里，在那些白色的、软绵绵的大路上，在那些烟雾迷茫的芦苇和褐色的湖沼里，在那些长着紫红色石楠花的花岗岩山坡上，一个人的精神就凝聚不起来，时常处在散漫流动的状态。在你们英国这里，天上没有那样的色彩，望到的远远的景致没有那样的魔力，夜晚也没有那样凄

凉的情调。啊,那里的梦想!梦想!那种叫人痛苦伤心
而永远不能叫人满意的梦想,梦想,梦想!(蛮野地)淫
荡生活使你们英国人粗俗横蛮,但是还不像那种梦想能
把一个人的价值和用处完全毁掉。一个爱尔兰人的幻想
永远叫他不得安宁,没有信心,不能满意;叫他既不能面
对现实、应付现实,又不能征服现实,只能嘲笑那些有这
种能力的人,并且(尖刻地嘲笑博饶本)像街上的烂婊子
一样,"对生人倒是顶和蔼的"。(对着坐在桌子那头的
博饶本嘀咕下去)那都是梦想呀,那都是幻想呀。爱尔
兰人是和宗教无缘的。一个悟道的传教士向他宣讲人生
的神圣和德行的重要,他就请他走开,一文钱也不施舍;
但是一个不像样的乡村传教士向他演一个奇迹,或是说
一段关于圣徒的感伤性的故事,他就把穷人的一分一毛
的小钱搜括来,给这位传教士盖大礼拜堂。在政治上爱
尔兰人也是个糊涂虫,他还梦想"老太婆"①在一七九八
年所说的话,你要使他关心爱尔兰,你就得把这个可怜的
岛国叫作卡德林·尼·户立汉,说她是个小老太婆。这
样办,就用不着思想,用不着工作,用不着一切,只消幻想
来,幻想去;而幻想是叫人这么痛苦,你要不喝酒就没法
忍受。(痛恨自己,浑身发抖)最后到了这步田地,你就
简直不能应付现实,你宁可挨饿,也不愿烧饭;宁可穿得

① 爱尔兰语 Shan Van Vocht 的意思是"老太婆",即下文所说的卡德林·
尼·户立汉。她是传说中爱尔兰人民的救星,所以爱尔兰人就用她的
名字来称呼爱尔兰。"老太婆在一七九八年所说的话",即"爱尔兰人
在一七九八年的主张",爱尔兰人在一七九八年举行了一次大起义,反
对英国政府,但是失败了。那时的主张当然早已过时。

破烂，显得肮脏，也不肯下个决心，去洗一洗，拾掇一下。你在家里吵吵闹闹，因为你老婆不是一个天使，而她也瞧不起你，因为你不是一个英雄。你痛恨你周围的一切人，因为他们都是些肮脏懒散的废物，和你自己一样。（放低声调，像一个人暗下向朋友招供一件丑事一样）同时，到处都听到那些讨厌的无聊的存心不善的嘻笑声。要是你还年轻，你就和旁的年轻人互相请客、喝酒、谈淫秽故事。你既然没有本领帮助他们、鼓舞他们，你就责骂他们、冷笑他们、嘲弄他们，因为你自己所不敢做的事他们也没有做到。而同时你却常在嘻笑，嘻笑，嘻笑！永无止境的嘲弄，永无止境的妒忌，永无止境的愚蠢，永无止境的胡作非为、拆烂污、丢丑，等到你到了另外一个国家，看见人们认真地考虑问题，认真地解决问题，你就嘲笑他们，说他们没有幽默感，自己无用，反而以此自豪，仿佛正因为你无用，你倒比他们高明些。

博饶本　（听到杜依尔的这番议论，非常认真起来）决不要绝望，劳伦斯，爱尔兰的前途还是大有可为。在英国领导之下的自治是会创造奇迹的。

杜依尔　（突然被他弄得无可奈何，脸上肌肉抽动，勉强苦笑）汤姆，你为什么偏要趁我心里最难过的时候，来开这么一个大玩笑，叫人招架不住？

博饶本　玩笑！我说的是百分之百的真心话。你这是什么意思？你疑心我说自治，不是真心吗？

杜依尔　你说在英国领导之下，我相信这倒是真心话。

博饶本　（放了心）我说的当然是真心话。我们英国的领导当然是最重要的。我们英国人应该毫不吝惜地把自己的统治才能拿出来,为那些不大有统治才能的民族服务,这样就可以使他们完全自由自在地发展到够得上英国标准的自治。你明白我的意思么?

杜依尔　我完全明白。而且罗斯库伦的人也会明白。

博饶本　(欣然)他们当然会明白。所以这方面是没有问题了。(他把椅子挪过来,舒舒服服地坐下,来教训杜依尔)我说,劳伦斯,你谈到爱尔兰的话,我都仔细听过了。我丝毫看不出你有什么理由不跟我一道去爱尔兰。你那番话归根结底是什么呢?那只说明你从前在爱尔兰的时候,还是个年轻小伙子。你所说的骂人、闹酒、糊涂那些情形在爱尔兰可以看见,在英国任何一个地方也可以看见。你过去是用年轻人的眼光去看爱尔兰的,所以只看到一些幼稚的东西。这回你跟我回去,用成年人的眼光去看看爱尔兰,你对于祖国的看法就会不同啦。

杜依尔　我敢说你那话有一部分是对的。我知道得很清楚,假如我是个雇农的儿子而不是乡村地产经纪人的儿子,我的勇气就会大些。可是,不幸得很,我回爱尔兰,不是去看爱尔兰人民,而是去看我的父亲、纠德姑姑、娜拉·越莱,以及敦卜赛神父之流的人物。

博饶本　嗯,去看他们为什么不对呢?英国把你教养成这么大的人了,他们看到你,一定很欢喜呀。

杜依尔　(这话打动了他)呃,你这一着可猜中了,汤姆,算是你有英国人的灵感。

博饶本　你指的是常识。

杜依尔　(很快地)不,我指的不是常识。说到常识,你和一个大笨蛋差不多。英国人从来没有什么常识,现在没有,将来也不会有。你这次上爱尔兰去,是心血来潮,你的理由是很荒谬的,你那满脑子的政治的瞎话就连一个普通的聪明驴子也欺骗不了,不过你所说的关于我和我父亲的话却摸到了我的底。

博饶本　（吃惊）我并没有提到你的父亲呀。

杜依尔　（不理睬他插嘴说话）我父亲住在罗斯库伦,做一个地产经纪人,老是受委屈,因为他是个天主教徒,而地主们多半是新教徒。自从地产处理局减了地租,地产购买法令把大庄业分成了许多小庄业以来,他幸亏根据地产购买法令,自己买了个小庄业,否则他就要饿死啦。这二十年以来,我猜想他没有出过门,至多也不过到附近的亚敦磨勒镇上走走。而我哩,像你所说,让英国把我教养成了一个大人了。

博饶本　（道歉）请你相信,我并没有什么坏的——

杜依尔　得了吧,用不着道歉!你说的一点也不错。我敢说,我在美国和其他一些较落后的辽远的地方也学得了一些东西,但是我学会了面对现实而不徒凭幻想,却大半是因为和你住在一起,和你合作。我从你那里领教来的比从任何一个爱尔兰人那里所领教来的都要多。

博饶本　（摇摇头,但是眼睛里却闪出一道光）你太客气啦!老朋友,不过这全是些奉承话。我也爱听奉承话,不过奉承话究竟无聊。

杜依尔　不,不是奉承话。没有你,我什么事也做不成;尽管我时常觉得你那个老脑瓜子真邪门,把所有的思想都分门别类摆在一些水泄不通的小抽屉里,而这些小抽屉都保险很严密,凡是不宜于你懂得的东西怎么也钻不进去。

博饶本　（不可战胜）告诉你，这些都是不折不扣的废话，劳伦斯。

杜依尔　不过无论如何你得承认，我的朋友不是英国人，就是世界各大国大场面中的人物。我这一生大半都是在那种大场面中混过来的，我的重要的工作也是跟大场面中人物一起做的。请想一想，要我这样的人回到罗斯库伦去！回到那个渺小而单调的地狱去！想一想那位乡村地产小经纪人，靠他的百分之五的经纪费，加上一个小庄业和附近镇上一点房产，才能勉强维持生活，想一想，我怎样能和他这样的人相处？我对他有什么可谈的？他对我又有什么可谈的？

博饶本　（觉得这番话不成体统）不过你们究竟是父子呀！

杜依尔　是父子又怎样？如果我提议要去看看你的父亲，你怎么说？

博饶本　（带着孝顺父母的端正态度）我过去经常去看父亲，总是把它当作一件大事，一直到他的神志失常为止。

杜依尔　（关切）他疯了吗？你从来没有告诉过我呀。

博饶本　他加入了关税改良协会①，如果他的神志没有失常，就决不会干出这种事来。（开始用演说姿态）他让一个招摇撞骗的政客灌上了迷魂汤，那个政客——

杜依尔　（打断了他的话）你的意思是说，你不愿见你父亲，是因为在自由贸易的问题上，他的主张和你的不同，而你又不愿跟他争吵。那么，就请你想一想我和我的父亲的

------

① 自由党主张贸易自由，保守党主张关税保护，即通过关税，限制进口货物，来保护本国货物的生产不被外货排挤。博饶本是自由党，他的父亲既加入关税改良协会，显然是保守党，所以两人不和。

关系。他是个民族主义者和分离主义者①,我是个冶金化学家,改了行,做土木工程师。不管冶金化学是个什么玩意儿,决不是民族的,它是国际性的。作为土木工程师,你我的任务是沟通各国,而不是使它们分离。我们这一行所教给我的唯一的真正的政治信念就是:国界都是障碍,国旗也是一种非常讨人厌的东西。

博饶本 (张伯伦的经济邪说仍然使他痛心)只有在实行保护关税政策的时候,你所说的才对——

杜依尔 (坚决地)瞧你的,汤姆,你要发表一篇关于自由贸易的演说啦,可是我不许你来这一套,我受不了。我父亲要把圣乔治海峡定为爱尔兰的国境线,在学院草坪②上悬一面青色的国旗;而我哩,却要设法办到只要花三小时就可以从加尔威到科却斯特③,花二十四小时就可以从加尔威到纽约。我要叫爱尔兰成为一个大联邦的思想和想象的中心,不要叫它成为一个鲁滨孙的孤岛。此外,还有宗教上的纠纷。我所信的天主教是查理大帝或诗人但丁的天主教,不过在近代科学和民俗学的影响之下,有所变通。这种近代科学和民俗学在敦卜赛神父看来,却是无神论者的胡说八道。不过,我父亲所信的天主教正是敦卜赛神父的天主教。

博饶本 (油滑地)我不是要打断你的话,劳伦斯,不过你要知道,这些全是废话。这一类的纠纷哪家都有,但是家里

---

① 分离主义者主张爱尔兰脱离英国的统治而独立。
② 圣乔治海峡是隔开爱尔兰南部与英国北部的海峡。学院草坪在都柏林大学外面,常用作公众集会场所。
③ 加尔威是爱尔兰西岸要镇,科却斯特是英格兰东岸要镇。

人彼此还可以勉强相安无事。(突然严肃起来)当然,有些问题是要牵涉道德基础的,在这些问题上,我承认,即使在至亲骨肉面前,也决不能妥协或是马马虎虎。比方说——

杜依尔　(不耐烦,跳起来,踱来踱去)比方说,自治问题、南非洲问题、自由贸易以及教育捐税。在这些问题上,我的主张和我父亲的都不同,或许正像和你的不同一样。

博饶本　是的,不过你是个爱尔兰人,看这些问题并不像英国人看得那么严重。

杜依尔　什么! 连自治问题也是如此吗?

博饶本　(毫不动摇)对,连自治问题也是如此。自治并不是爱尔兰人搞起来的,而是我们英国的格莱斯敦搞起来的。劳伦斯,你不肯回爱尔兰,这些都不是真正的理由,我怕背后还有别的原因。

杜依尔　(激烈地)背后还有什么原因呢? 难道你还以为我在骗你吗?

博饶本　别那样对我生气,老朋友,我不过在猜想——

杜依尔　你猜想什么?

博饶本　嗯,刚才你提到了一个人,是我从来没有听到过的,一位叫作娜拉·越莱小姐的,好像是这个名字。(杜依尔突然愣住,带着惊奇的神色呆看他)我并不想多嘴多舌,劳伦斯,你也明白,不过你不肯跟我到爱尔兰去,是不是与这位小姐有关呢?

杜依尔　(又坐下,被征服了)汤姆斯·博饶本,我向你投降。我这个貌似聪明而实在糊涂的爱尔兰人,向你这位上帝骄子英国佬脱帽致敬。一个人能像煞有介事地说出你刚才所说的关于自治和格莱斯敦的那一套话,他只能是世界上天字第一号的大笨蛋。可是就是这个人在下一句话里,马上就能把我所说的理由一齐撇开,一针见血地看出我的真正的动机,这就非天才不能办到。奇怪的是你这个人既是笨蛋,又是天才!这怎么可能呢?(跳起来)老天呀,我明白了。我要写一篇论文,投到《自然界》去发表。

博饶本　(瞪眼看他)你要写什么——

杜侬尔　很简单。你知道,一个毛虫——

博饶本　一个毛虫!!!

杜侬尔　对,一个毛虫。请你仔细听我说,因为这是关于英国民族性格的一个崭新的重要的科学理论。一个毛虫——

博饶本　喂,劳伦斯,别这样卖傻吧。

杜侬尔　(坚持)我说一个毛虫,就是一个毛虫。你马上就会明白。一个毛虫(博饶本嘀咕了一声,稍微表示抗议,但不坚持)爬上了一棵树,它就本能地把自己变得恰像一片树叶,所以无论是它的敌人还是它要捕获的东西都把它看成一片树叶,以为不值得去管它。

博饶本　那和我们英国民族性格有什么相干?

杜侬尔　等我告诉你。世界上到处都是傻瓜,正如树上到处都是树叶。英国人的办法正是毛虫的办法,他本能地装得恰像一个傻瓜。这样,他的敌人就随他去,讥笑他,说他和旁人一样傻瓜,可是他就趁着这个机会,从从容容地把所有的真正的傻瓜都吞吃了。啊,自然真是巧妙,巧妙!(坐下,玩味这"巧妙"二字所引起的形象。)

博饶本　(心悦诚服)呃,劳伦斯,我怎么想也不会想到这上面来。你们爱尔兰人真是绝顶聪明。你所说的当然都是些胡说八道,可是说得真妙!你怎么就想得到呢?真的,你得写一篇论文,可以得一笔稿费。如果《自然界》不登,我可以帮你设法登上《工程杂志》,我和它的编辑是熟人。

杜依尔　我们言归正传吧。我最好把娜拉·越莱的事情跟你谈谈。

博饶本　不必,别提她吧,我刚才本不该提起她。

杜依尔　我还是要谈谈她。娜拉有一笔财产。

博饶本　(感到浓厚的兴趣)有一笔财产?有多少?

杜依尔　每年收入四十。

博饶本　四十万吗?

杜依尔　不,四十,四十镑。

博饶本　(大失所望)在罗斯库伦,那就算得一笔财产吗?

杜依尔　在罗斯库伦,一个姑娘要是有五镑钱的陪嫁,就算有一笔财产啦。而且四十镑一年,在那里也确实是一笔财产。娜拉就凭这笔财产,取得了当地人们的尊敬,人家都把她当作一个产权继承人看待哩。我父亲碰到手边很紧的时候,也就靠她这笔财产渡过许多难关。我父亲过去替她父亲当经纪人。她父亲死后,她来看望我们,从此就在我家里住下来了。

博饶本　(细心倾听,就怀疑起来,以为杜依尔和娜拉有过暧昧关系,想把其中底细弄清楚)从什么时候起?我是要问她到你家里来的时候,你有多大年纪了?

杜依尔　当时我十七岁,她也是十七岁。要是她年纪大一点,她就该懂事一点,不住在我们家里了。我们在一起待过十八个月,后来我就上都柏林读书去了。每逢圣诞节和复活节我回家的时候,她总在家里。我猜想我的回家对她是件大事,尽管我当时当然还没有想到这一点。

博饶本　你当时是否爱上了她呢?

杜侬尔　说真话,并没有。当时我心里只有两个打算:第一就是想学会做点什么事,第二就是想离开爱尔兰,找个机会去做事。她算不得什么。我对她也存过一些幻想,那正如我对拜伦作品中某些女主角或是罗斯库伦的圆塔存过一些幻想一样;但是这些女主角或圆塔对于我算不得什么,她对于我也算不得什么。我从来没有为了她渡过圣乔治海峡回家去看看;甚至经过皇后镇也不肯上岸,先回爱尔兰看看,再回伦敦。

博饶本　你从前是否向她说过一些话,让她有理由等着和你结婚?

杜侬尔　没有,绝对没有。不过她确实在等我。

博饶本　你怎么知道呢?

杜侬尔　她每逢过生日,就写信给我。每逢我自己过生日,她也老是写信,并且还寄些小礼物给我。但是我告诉了她不要再寄,对她说了句假话,说我东西流浪,寄信给我是没有用的,信在外国邮局里难免遗失。(他念"邮局"两字把重音放在"局"字上,不像英国人把重音放在"邮"字上。)

博饶本　你回不回她的信?

杜侬尔　不很按时。不过迟早总要通知她,说收到了她的信。

博饶本　你看到她的亲笔信,心里有什么感觉?

杜侬尔　很不自在。要是能逃脱她的一封信,即使花五十镑钱,我也情愿。

博饶本　（板着面孔,把身子往后一歪,靠到椅背上,表示这
　　　　次审问已告结束,结果对于被审问人很不利)哼——哼!

杜依尔　你哼什么?

博饶本　爱尔兰的道德规矩和我们英国的很不同,这一点我
　　　　当然明白。在我们英国,拿女人的爱情开玩笑是件很不
　　　　漂亮的事。

杜依尔　你是否说,要是一个英国人处在这种情境,就会和另
　　　　外一个女子订婚,把信件和礼物都退还给娜拉,附上一封
　　　　信告诉她,说自己配不上她,祝她将来结婚快乐,是不是
　　　　这样?

博饶本　呃,就这样办也可以叫那位可怜的姑娘安心点。

杜依尔　她会安心吗? 我倒不敢断定。有一点我可以告诉
　　　　你:娜拉宁愿等到老、等到死,也不愿问我有没有结婚的
　　　　意思,或是肯降低身份,稍微对我暗示一下这种可能性。
　　　　爱尔兰人的自尊心是你所不能了解的。我的自尊心也许
　　　　已经让英国磨去了很多。但是娜拉从来没有到过英国。
　　　　假如我只有两条路可走,一条是伤她的自尊心,一条是干
　　　　脆打她一个耳光,那我会毫不迟疑地打她一个耳光。

博饶本　（摸着膝盖思索,显然很得意)呃,这番话听起来倒
　　　　挺有趣,很有点爱尔兰的风韵。你最糟糕的地方就在这
　　　　里,你简直不能欣赏爱尔兰的风韵。

杜依尔　我倒也能欣赏。不过那种风韵只是梦想的风韵。要
　　　　是你凭梦想过生活,你就会尝到一些梦想的风韵;要是你
　　　　凭事实过生活,你就会尝到一些事实的粗暴性。我倒想
　　　　找到一个国度去住,在那里事实并不粗暴,而梦想也并不

虚幻。

博饶本　（态度变过来,带着很深的信心去应付杜依尔的严肃态度,两肘支在桌子上,双手握成拳头）劳伦斯,不要绝望,老朋友,情形看来也许很坏,但是到了下一次大选之后,就会有很大的变动啦。

杜依尔　（跳起来）你这笨蛋,简直是胡说八道!

博饶本　（也站起,一点也不感到挨了骂）哈!哈!你尽管嗤笑,但是等着瞧吧。这一点我们且不必辩论。让我问你,关于越莱小姐的事,你要我出个主意么?

杜依尔　（红了脸）不,我不要你的主意。把你那鬼主意收起来吧。（软了下来）不过你且说出来,让我听听也好。

博饶本　呃,根据你谈的一切,我对越莱小姐的印象倒很不坏。她好像很有上流女子的情感,不过我们得面对一个事实,就是她的收入在英国还不够她维持下层中等阶级的生活——

杜依尔　（打断他的话）听我说,汤姆,你提醒了我一件事。你到了爱尔兰,千万别再谈什么中等阶级,也别再吹自己是中等阶级。爱尔兰只有两等人,有社会地位的和没有社会地位的。如果你存心要得罪娜拉,你把她叫作教皇党倒可以,千万别把她叫作中等阶级的妇女,否则你就得求老天保佑,她决不会饶你。

博饶本　（杜依尔的话压他不住）不用担心。我知道你们爱尔兰人全是古代皇帝的子孙。（自鸣得意）我还不至于像你所想的那样不知分寸,老朋友。（又热切起来)我指望看到越莱小姐是一个道地的上等女子,并且劝你回去再看她一眼,然后再决定你和她的关系。趁便问你一声,你有她的相片没有？

杜依尔　从二十五岁那年起,她就不寄相片给我了。

博饶本　(难过)嗯,是,我想是这样。(激动地,严厉地)劳伦
　　　　斯,你对待那位可怜的姑娘,太不成体统啦。

杜依尔　老天爷,要是她知道有两个男子这样在谈论她——!

博饶本　她一定不高兴,是不是? 当然是不高兴,我们两人应
　　　　该惭愧,劳伦斯。(他心里有个新念头,逐渐使他入迷
　　　　了)你知道,我有一种预感,这位越莱小姐是个很高尚的
　　　　女子。

杜依尔　(眼睛紧盯着他)哼,你有这种预感吗?

博饶本　对,我有这种预感。这位漂亮姑娘的身世很有些令
　　　　人动心的地方。

杜依尔　漂亮! 哈哈! 娜拉有了好机会,我也有了好机会啦。
　　　　(叫喊)喂,霍德生。

霍德生　(走到卧室门口)你叫我吗,杜老爷?

杜依尔　把我的行李也打起来。我要跟博老爷一道到爱尔
　　　　兰去。

霍德生　好,老爷。(回到卧室。)

博饶本　(拍拍杜依尔的肩膀)谢谢你,老朋友,谢谢。

第 二 幕

　　罗斯库伦。西边有座花岗岩的小山,横望过去,是从南到北斜升上去的,山坡上长着石楠花。山上有一块大石头,它不可能天然地立在那个地方,仿佛是由一个巨人扔到那里去的。从山顶望过去,在山后荒凉的山谷里有一座圆塔。一条冷清的白色的公路弯弯曲曲地向西伸去,经过圆塔,到了远山的脚下,就看不见了。时间是傍晚。爱尔兰天空上浮着几大片闪亮的青霞。太阳快要落山。

　　那块大石头旁边站着一个人,面孔像一位年轻的圣徒,可是一头白发,从后面看来,大约有五十岁光景了。他正在出神默想,面容十分愁惨,眼睛凝望着远山,好像要透过落日的光辉,看到天国的大路。他穿着一身黑衣,看外表,比起目前一般英国牧师还更像一个牧师,可是并没有穿牧师服。石缝里一丛小草中有个蚱蜢在叫,这叫声把他从出神默想中惊醒过来。他的面孔不像原来那样紧张了。他悄悄地转过身来,郑重其事地脱帽,向那蚱蜢说起话来,用的是爱尔兰的土腔土调,但不是农民的自然腔调,而是要装出上流人士的腔调,不免有点滑稽。

那　人　是你吗,蚱蜢先生? 在这么晴朗的晚上,我希望你过
　　　　得好。

蚱　蜢　(立时回答,声音尖脆)唧嘶,唧嘶。

那　人　(奖励口吻)那就对了。我猜想你现在出来,是要欣
　　　　赏落日的景致,好引起一阵清愁,是不是?

蚱　蜢　(愁惨地)唧嘶,唧嘶。

那　人　对,你是一个道地的爱尔兰蚱蜢啊。

蚱　蜢　(声音洪亮)唧嘶,唧嘶,唧嘶。

那　人　这是为古老的爱尔兰欢呼三声,是不是? 这样就可
　　　　以使你忍受艰难、贫穷和痛苦,是不是?

蚱　蜢　(哀伤地)唧嘶,唧嘶。

那　人　啊,没有用,我的可怜的小朋友。你尽管像袋鼠跳得
　　　　那么远,也跳不出你自己的心,跳不出你心中的苦楚。你
　　　　只能从这里望着天国,可是你到不了那里。瞧! (用手
　　　　杖指落日)那就是天国荣光的大门,是不是?

蚱　蜢　(同意)唧嘶,唧嘶。

那　人　你既然明白这一点,一定是个有智慧的蚱蜢。我问
　　　　你,超凡轶俗的有智慧的先生,你我看见天国,心就像魔
　　　　鬼看见圣水①那样绞着痛,这是什么道理? 你造了什么
　　　　孽,遭到上帝那样惩罚? 喂! 你要跳到哪儿去? 正在做
　　　　忏悔,你那样朝天冲跳,要跳出忏悔坛,你的礼貌到哪里
　　　　去了? (用手杖威胁蚱蜢。)

蚱　蜢　(忏悔似的)唧嘶!

那　人　(放下手杖)我接受你的道歉,下回可不能这样无礼

①　圣水,基督教中牧师祝福过的水,据说可以"辟邪和洗罪"。

啦。趁你还没有回家睡觉之前,我要问你一个问题:咱们的爱尔兰,是地狱还是炼狱①?

蚱　蜢　唧嘶。

那　人　你说是地狱!说句老实话,我想你说得很对。我想要知道你和我在被谪到这个世界来之前,前生干了些什么事。

蚱　蜢　(尖声地)唧嘶,唧嘶。

那　人　(点头)你说得对,这是个微妙的问题,我也不勉强要你答复。去吧。

蚱　蜢　唧嘶,唧嘶。(它跳走了。)

那　人　(挥手杖)上帝保佑你!(他走开,经过大石头向山顶走去。马上有一个年轻的雇农,吓得面孔抽搐,从大石头后面偷偷地溜出来。)

雇　农　(再三在胸前画十字)哎呀,光荣归于上帝,光荣归于上帝啊!哎呀,圣母和一切圣徒啊!哎呀,救命啊!救命啊!(吓慌了,叫喊)克干神父!克干神父!

那　人　(转身)是谁?什么事?(他往回走,看见雇农,雇农跪下抓住他的膝盖)啊,是巴泽·法越尔!你在这儿干吗?

巴　泽　求求你,看在上帝的面上,别把我丢在这里,跟那个蚱蜢在一起呀。我听见了它和你说话。别让它害我呀,亲爱的神父呀!

克　干　起来,你这蠢人,起来吧。我假装听蚱蜢向我说话,

----

① 炼狱,洗清罪过的世界。依基督教的说法,人罪孽不深重,死后灵魂不至堕地狱者先入炼狱洗罪,然后升天堂。

你就怕起它来了吗？

巴　泽　哎呀，那不是假装，亲爱的神父。它不是欢呼了三声，然后说它是从地狱里出来的魔鬼吗？神父，请你答应我，送我平安回家，还给我念句祝福的话。（吓得呜呜咽咽地哭叫。）

克　干　巴泽，你在那里干吗？偷听我和蚱蜢说话吗？你在暗地里侦探我的行动吗？

巴　泽　不，神父，我凭老天爷发誓，我并不是在侦探你的行动，我是在等劳伦斯大少爷，准备把他的行李从车上搬回来。刚才我在草地上睡着了，你和蚱蜢说话，才把我吵醒。我听见了那蚱蜢的小声音。神父，请问你，我怕活不到今年年底了吧？

克　干　巴泽，你这真是丢人！看见一个漂漂亮亮的小蚱蜢也怕起来，你的宗教到哪里去了？即使它是个魔鬼，你有什么理由要怕它？假使我能把那蚱蜢捉住，我一定把它放在你的帽子里，让你带回家去，作为一种赎罪的苦行。

巴　泽　神父，只要你不让它害我，我就不怕它啦。（他站起，稍稍放心了。他是一个少不更事的小伙子，麻黄色头发，光滑面孔，下巴长满了细毫毛，虽已成年，但是还没有长得丰满，一双蓝眼睛，本能地学会装出一副无用的笨蛋相，这并不足以表明他的真正的性格，只表明他经常对敌意的统治怀着恐怖，所以养成了一种机诈本领；他经常装傻，设法对付那种敌意的统治，要解除它的武装，揭开它的面具。英国人都把他当作一个糊涂虫，这正是他所想装的。他穿着灯芯绒裤子，敞开的背心和蓝条纹的粗布衬衫。）

克　干　（责备）巴泽，你把我叫作什么神父，我是怎样告诉你的？敦卜赛神父又是怎样告诉你的？你忘记了吗？

巴　泽　是，神父。

克　干　还是神父！

巴　泽　（不顾一切）那么，叫你什么才好呢？敦卜赛神父说你不是神父，而我们都知道你并不是一个平常人；要是我们不尊敬你，谁知道会惹出什么祸事呢？而且他们说的也很对，做了一次神父，就永远是神父呀。

克　干　（严厉地）巴泽，像你这种人根本不配暗地里去琢磨教区神父的指示，说教会的长短。

巴　泽　那个我倒知道，先生。

克　干　过去教会认为我配当神父，才叫我当神父。后来教会把我的证件撤回去了，你就该知道，我只是个可怜的疯子，不配照管人民的灵魂啦。

巴　泽　不过那只是因为你懂得拉丁，比敦卜赛神父懂的还多，所以敦卜赛神父妒忌你，是不是？

克　干　（想笑，借骂巴泽来忍住笑）巴泽·法越尔，你这又妒忌又愚蠢的东西，怎么胆敢以小人之心，度君子之腹？我准去把你今天说的话告诉敦卜赛神父。

巴　泽　（用好话哄克干）你当然不会——

克　干　哼，我不会吗？上帝赦宥你，你这家伙简直就是个邪教徒！

巴　泽　我比邪教徒还好一点，神父，你是在说我那位住在都柏林的锡匠兄弟。他学会了一套手艺，就跑到城里去住啦，他当然是个不信宗教的。

克　干　巴泽，你那位兄弟还会比你先上天堂，要是你不当心的话。现在你得静听我的话,我就只说这一回啦。以后你和我说话,或是为我祷告,都只许管我叫彼得·克干。你如果生了气,要伸手去打驴子,或是拿脚去踹小蚱蜢,你就该记住,驴子就是彼得·克干的弟兄,蚱蜢就是彼得·克干的朋友。你如果想捡块石头去砸有罪的人,或是咒骂一个乞丐,你就该记住,彼得·克干是个更坏的罪人,更坏的乞丐,你得把那块石头和那句咒骂留着,等到下次碰到彼得·克干的时候,好拿来砸他骂他。现在趁我还没离开这里之前,你且向我说句"上帝保佑你,彼得",先练习练习。

巴　泽　那可不行,神父,我不会——

克　干　会,你会。现在就照我的话办吧。要不然,我把这根手杖放在你手里,你拿来打我一顿也行。

巴　泽　(马上跪下,虔诚膜拜)克干神父呀,我要的是你的祝福,你不给我祝福,我就要倒霉啦。

克　干　(骇然)起来,别来这一套,你这家伙。别向我下跪,我又不是一个圣徒。

巴　泽　(带着坚强的信念)说实在话,先生,你是个圣徒呀。(蚱蜢叫了起来。巴泽吓坏了,紧紧抓住克干的双手)别指使那个蚱蜢来害我呀,神父,你要我干什么,我就干什么吧。

克　干　(拉巴泽起来)你,你这笨蛋! 蚱蜢只是在吹口哨,报告越莱小姐来啦,你不知道吗?瞧! 她来了,振作起来,别丢人。快点动身,要是不赶快,你就赶不上车子啦。(推他下山)车子打那边山洼里跑过去,扬起的灰尘已经可以望见了。

巴　泽　哎呀,老天保佑我们!(他奔下山,朝公路跑去,像鬼魂附了体似的。)

　　　娜拉从山上走下来。她是个瘦弱的女子,穿着一件漂亮的印花布衫(她的最好的一件)。在爱尔兰人看来,她的身材是很平凡的;但是住在拥挤扰攘的国度里的吃肥鱼大肉的人们,对她却会有一种很不相同的印象。她没有一点粗俗气,也没有一点嗜好的迹象。她的举止很温柔,感觉也很灵敏,双手细腻,身材苗条,说起话来,腔调很别致,带着爱尔兰语所特有的那种妩媚和谐,缠绵悱恻。这一切都使她具有一种魔力;因为她一向没出过门,自己不觉得有这种魔力,也不像在英国的爱尔兰女子们那样存心要卖弄或利用这种魔力,所以这种魔力尤其动人。因此在汤姆·博饶本看来,她是个很有诱惑力的女子,他甚至夸她是个没有尘世烟火气的人物。可是对于劳伦斯·杜依尔,她不过是个平凡的女子,只配生在十八世纪;她显得毫无办法,毫无用处,而且几乎毫无性感,没有病而是一个废人,总之,她就是使杜依尔不愿留在爱尔兰的一切事物的化身。这两种看法,本来都没有多大价值,也不是最后定评;不过在目前,娜拉的命运就悬在这两种看法上面。克干看见她,没有脱帽,只是举手碰了一下帽檐。

娜　拉　克干先生,我想跟你谈一会儿,行吗?

克　干　(不再用跟巴泽说话用的那种土腔土调)谈一点钟也行,娜拉小姐,对你总是欢迎的。我们坐下来谈谈,好不好?

娜　拉　**谢谢**。(他们坐在石楠花地上。她又羞怯,又焦急,心里只想着要说的话,所以开门见山地就说)听说你过去到许多地方去旅行过。

克　干　嗯,你知道我不是姆努兹的人(他的意思是说,他不是梅努兹神学院的学生)。我年轻的时候,很羡慕老一辈的僧侣们,他们都是在莎拉曼卡①受过教育的。所以我当初决定了当神父的时候,我就到了莎拉曼卡。后来我从莎拉曼卡步行到罗马,在一个修道院里住了一年。朝圣罗马给了我一个教训,就是要旅行,乘火车还不如步行,所以我又从罗马步行到巴黎大学;若是可能,我倒愿意再从巴黎步行到牛津,因为我在海上晕船。在牛津待了一年,染了一身牛津大学的习气,我得步行到耶路撒冷,才能把这种习气摆脱干净。从耶路撒冷我回到帕特磨斯,在亚陁斯山②的修道院待了六个月。从那个修道院回到爱尔兰,我就住下来当教区神父,一直到我发疯为止。

娜　拉　(吃惊)别说那样的话。

克　干　为什么不说?你还不知道这件事的经过吗?有一次我为一个黑人举行忏悔仪式,向他宣告赦罪,他就对我施行魔术,使我着了迷,从此我就发疯啦。

娜　拉　你对于你自己,怎么这样瞎说?真丢人!

克　干　并非瞎说,倒是真话——从某一个意义来说。别管

①　梅努兹神学院在都柏林附近。莎拉曼卡在西班牙,有很古的大学一座,以神学著名。

②　耶路撒冷,耶稣墓地所在;帕特磨斯在希腊,据说圣约翰在此地写成他的《启示录》,《新约》的最后一卷;亚陁斯山在希腊,有修道院一座,以藏经典抄本著名。

那个黑人吧。现在你知道我有些游历经验了,你看我能帮你什么忙呢?(娜拉踌躇,精神恍惚地采石楠花,克干轻轻地拦住她的手)亲爱的娜拉小姐,别采那棵小花。假如它是个清秀的小孩,你就不会把他的头扯下来,放在水瓶里来玩赏呀。(蚱蜢叫起来了,克干掉过头用土语向蚱蜢)我的孩子,你放心,这位小姐不会损害你那棵小树。(改用城市腔调向娜拉)你看,我简直是疯啦;请不要介意,我不会伤害人。再回到你的问题吧,你要我帮忙的究竟是什么呢?

娜　拉　(难为情)不过是一点无聊的好奇心。我要问你的是:你从罗马和牛津那些大城市回来之后,是不是觉得爱尔兰很渺小,很落后呢?我指的是爱尔兰乡下。

克　干　我到了那些大城市,倒看到了一些了不起的东西,都是我在爱尔兰没看到过的。不过我一回到爱尔兰,我就发现在爱尔兰了不起的东西还多着哩。这些了不起的东西当然本来就在那里,但是我从前是视而不见。这就像我老待在屋里,就连自己的房子是个什么样子,也不知道一样。

娜　拉　你以为旁人也都是这样么?

克　干　要是旁人不仅头上长了眼睛,灵魂里也长了眼睛的话,他就会有同感。

娜　拉　不过请你还是说句真心话,这里的人恐怕有些令人失望吧?照我想,到外国见过许多公主皇后之类的人物,就会觉得这里的姑娘们有些粗俗。不过你是个神父,我猜想你对这些事情不大注意。

克　干　做一个神父,就应该对一切事情都要注意。关于女人的事情,我不便把我所看到的都讲给你听,但是只告诉你一点:一个男子知道的愈多,游历愈广,以后他就愈有可能宁愿娶一个乡下女子。

娜　拉　（脸绯红,但很高兴)克干先生,我敢说你是在开玩笑。

克　干　我的玩笑就是真话,这才是世间最有趣的玩笑。

娜　拉　（不大相信)去你的吧!

克　干　（很灵活地站了起来)我们下山到公路上接车去,好不好?（她把手伸给他,他把她拉起来)巴泽·法越尔告诉过我,你们在等小杜依尔回家哩。

娜　拉　（马上把头一昂)我并不是在特别等他。他居然回来了,这倒是一件奇事。在外面一直待了十八年之久,他就不该指望我们急于要和他会面,是不是?

克　干　嗯,不急于要和他会面,也许;不过这些年来,他究竟改变了多少,你当然想知道知道。

娜　拉　（猛然辛酸起来)我猜想他这次回来,目的就只是要看看我们究竟改变了多少。哼,让他等一等,等到夜里在烛光之下见我吧。我出来本不是要去迎接他,我是要到圆塔那边去散散步。（向西翻过小山。)

克　干　今晚天气这么好,出来走走,是再好不过的了。（郑重其事地)回头我告诉杜依尔,说你上那儿去了。（娜拉转过身来,好像要请克干不要告诉杜依尔,可是从克干的眼色里,她见出他已经看透了自己的心事,就不好再说下去了,只热切地看了他一眼,又走开了。他望着她走到山那边,等到望不见她了,才说)哎,他这次回来,是要使你受痛苦的,而你现在已经不得不使他受痛苦了。（他摇摇头,朝相反的方向慢慢走下山,聚精会神地默想。)

这时车子到了,在山脚公路上下来了三个乘客。这是一辆乌黑破旧的不像样的二轮便车。这个类型的公用马车久已过时,剩下来的已寥寥无几了。前几辈子的人管它叫比羊克涅车,因为它的设计工程师是一位热心企业的意大利人,叫作比羊柯尼,爱尔兰人就把它胡乱念成比羊克涅了。那三位乘客是本教区的敦卜赛神父、劳伦斯的父亲柯尼里斯·杜依尔和博饶本。三人都穿着大衣,全身僵硬,也只有爱尔兰的马车才能使人冻成这种样子。

这位神父身材魁梧,神父气派十足,比起代表神父阶级特殊精神的那种最好的乡村神父固然差得很远,但是比起由顽强横暴的乡下佬出身的、利用教会来争权夺利的那种最坏的神父,却要好得多。他之所以当神父,并非要完成什么使命,或是成就什么大志愿,只是因为神父生活对他很合适。他在教区群众中拥有无上的权威,向他们征收很重的捐税,所以成了一个富翁。过去新教的优势已经完全打垮了,所以他不再因此糟心。在大体上他是个随随便便、和和气气,甚至于相当谦虚的人,只要人家缴清他的捐税,完全承认他的权威和尊严就行。

柯尼里斯·杜依尔是个短小精悍的长者,皮肤坚韧,面容有些发愁,面孔刮得很光,只留下一撮淡茶色的胡子,胡子在逐渐变白,淡茶色已变成无光彩的浅黄色,而胡根却已全白了。他是乡镇生意人的打扮,穿一身半旧的猎装,但是脚上是双长筒橡胶靴,与打猎毫不相干。他在博饶本面前有点羞怯,显得有些急性,想借此装出爽快

136

的样子。

　　博饶本只带了一副望远镜和一本指南,没有带行李,
理由待下文再交代。其余两人都把行李交付给那个倒霉
的巴泽·法越尔。巴泽跟在他们的后面,很吃力地爬上
山,背了一袋白薯,一个大网篮,一只肥鹅,一条老大的鲑
鱼,还有几个纸包。

　　柯尼里斯走在前面带路,博饶本跟在后面,第三是神
父,巴泽掉在最后,走得很吃力。

柯尼里斯　这段路够爬的,博饶本先生,但是比从公路绕弯
　　走,却要近得多。

博饶本　（站住,细看那块大石头）请等一小会儿,杜依尔先
　　生,我要看看这块石头。这一定就是芬尼安掷的骰子①。

柯尼里斯　（茫然）什么?

博饶本　指南上说到这块石头。你们有一个伟大的民族英
　　雄,我不会念他的名字,我想是叫芬尼安什么的。

敦卜赛神父　（又茫然,又骇然）你指的是芬恩·麦库尔吧?

博饶本　我想就是他。（翻看指南）指南上说,有块大石头,
　　或许是古代德鲁伊巫师的遗迹,仍然被人们指点出来,说
　　这就是芬恩在和魔鬼打那个有名的赌时,所掷的那颗
　　骰子。

柯尼里斯　（怀疑）我从来也没有听过这样的话!

敦卜赛神父　（很严肃,甚至有点严厉）别听这些胡说八道,
　　博饶本先生,根本就没有这回事。要是有人向你谈什么

①　芬尼安即芬恩·麦库尔,又称芬嘉尔,爱尔兰民间传说中的英雄,他的
　　儿子即莪相(Ossian)。十八世纪麦克佛生所伪造的《莪相诗集》,即是
　　歌咏芬嘉尔的丰功伟绩的。

芬恩·麦库尔之类东西,别听他们的。那是无稽之谈,全是迷信。

博饶本 （有些生气,因为让一个爱尔兰神父骂他迷信,是他受不了的)难道你以为我相信那些话吗?

敦卜赛神父 呃,我当是你真信呢。瞧,那里有座圆塔,你望见了没有? 那倒是一个值得看看的古迹。

博饶本 （大感兴趣)圆塔原来是干吗用的? 关于这一点,你们有没有什么学说?

敦卜赛神父 （微微生气)学说? 哼! (在他的心目中"学说"与死去不久的丁德尔教授①以及一般科学的怀疑论有关;也许还与圆塔象征生殖器那个说法有关。)

柯尼里斯 （抗议)博饶本先生,敦卜赛老人家是本教区的神父,他和学说有什么相干?

敦卜赛神父 （温和地强调)如果你指的是知识,我对于圆塔的知识倒有一点。圆塔就是古代教会的手指,指点我们所有的人向往上帝。

　　　　　巴泽背的太重了,歪了一下,就不由自主地跌倒在地上,背的东西七零八落地摔在山坡上。柯尼里斯和敦卜赛神父都大发雷霆地转身去对付巴泽,让博饶本一个人留在那里喜笑颜开地看大石头和圆塔,看得发呆了。

柯尼里斯 哎哟,糟啦,鲑鱼破成两段啦! 笨蛋,你这是什么意思?

敦卜赛神父 你喝醉了吗? 巴泽·法越尔,我没有告诉过你,

━━━━━━━━━━

① 丁德尔教授(1820—1893),英国著名的自然科学家,曾著文,从自然科学观点讨论基督教的一些问题,所以为基督教僧侣们所痛恨。

那个网篮要仔细地背着吗？我告诉过你没有？

巴　泽　（摸着后脑勺,因为它碰上一块石头,几乎碰凹下去了）我的脚滑了一下。我怎么能同时背三个人的行李呢？

敦卜赛神父　早就告诉过你,一趟背不动,就留下一些,回头再背呀!

巴　泽　我把谁的东西留下来呢？要是把你那个网篮搁下放在湿草里,神父,你乐意吗？要不然,把鲑鱼和鹅搁下,放在路边,好让旁人捡去,老板又会不高兴。

柯尼里斯　哼,你强辩的理由真多,你这笨蛋!等到纠德姑姑看见鲑鱼弄成这个样子,她才会和你啰唆哩。喂,把鱼和鹅交给我,你先把敦卜赛神父的网篮送到他家里,然后再回来取其余的东西。

敦卜赛神父　就那么办吧,巴泽,这回可不准再跌跤啦。

巴　泽　我,我——

柯尼里斯　（催他上山）唏!纠德姑姑来啦。

　　　巴泽背着敦卜赛神父的网篮,一边走,一边埋怨,满腔委屈。

　　　纠德姑姑从山上走下来。她年纪五十岁,没有什么特别的地方;活跃忙碌,却没有精力或干劲;不声不响,却不很宁静;为人和蔼,却不关心别人,其实也并不大关心自己;窄狭的安逸生活把她造成了这样一个心满意足的女人。她梳着分头,头发很光滑,脑后拖着一个馒头髻。她穿着一件简朴的茶色上衣,肩上搭着黑紫花格的羊毛披肩,特意打扮得整整齐齐,去迎接她的侄儿。她四面看看,想认出劳伦斯,但是摸不着头脑,于是将信将疑地瞪着眼看博饶本。

纠德姑姑　哎哟,我的老天,劳伦斯,这就是你吗?

柯尼里斯　嗐,你这个人,他怎么能是劳伦斯呢?劳伦斯好像
　　　　并不急于要回家,我还没有和他见面哩。这位是他的朋
　　　　友,博饶本先生。博饶本先生,这是我的妹妹纠德。

纠德姑姑　(殷勤待客,走上去和博饶本亲热地握手)博饶本
　　　　先生,瞧我把你认成劳伦斯了。我们有十八年没有看见
　　　　他的影子啦,他出门时还是个小孩子呢。

博饶本　劳伦斯还没有回来,这倒不是他的过错。他本来打
　　　　算比我先到这里。杜依尔先生到达车站之前一点钟,劳
　　　　伦斯就驾驶我的汽车先走了,打算在亚敦磨勒镇上和我
　　　　们会齐,并且打算比我先到家哩。

纠德姑姑　上帝保佑我们!你想他是不是出了事故呢?

博饶本　没有,他打过电报来,说汽车出了毛病,停下来了,只
　　　　要他能走,他就马上动身回来。他指望十点钟左右可以
　　　　到这里。

纠德姑姑　瞧,他坐上一辆汽车,让我们大家在这里等他!就
　　　　像他那个老脾气,无论干什么,都要和别人不同。哼,碰
　　　　到没有办法的事,只好忍耐着吧。请你们都进去,博饶本
　　　　先生,你一定急着要吃茶了。

博饶本　(微惊)吃茶!我怕吃茶是太迟啦。(看表。)①

纠德姑姑　一点也不迟,我们吃茶向来不比这时刻早。我希
　　　　望你在亚敦磨勒镇吃过一餐好饭了。

博饶本　(想到坐了这么久马车,没有饭吃,大为惊慌,竭力

———————————
①　在爱尔兰和苏格兰,吃茶就是吃晚饭,博饶本是英国人,不懂这个规矩。

想不表露出来)嗯——呃——那餐饭好极了,好极了。趁便请问一句,我该到旅馆去找一个房间才好吧?(他们瞪眼看着他。)

柯尼里斯　旅馆!

敦卜赛神父　什么旅馆?

纠德姑姑　你当然不能下旅馆。你就住在咱们这里。我本来可以让你睡在劳伦斯的房间里,只是他的床垫太短了。不过我们可以把客厅里的沙发铺成一张很舒服的床。

博饶本　杜依尔小姐,你这太客气了。为了我,这样麻烦你,我心里真不安。我一点也不怕住旅馆。

敦卜赛神父　哎呀!罗斯库伦这地方根本没有旅馆呀。

博饶本　没有旅馆!赶车的人明明告诉过我,说这里的旅馆是爱尔兰最漂亮的。(他们兴致索然地看着他。)

纠德姑姑　你相信他那种人的话吗?只要他说着便当,你听着高兴,他就信口开河。这对他一点不费事,他指望你多给几个酒钱呀。

博饶本　酒馆也许有。

敦卜赛神父　(冷淡地)酒馆倒有十七家。

纠德姑姑　哎哟,你怎么能住酒馆呢?即使你以为合适,他们也没有地方。得了吧!你是怕睡沙发吗?要是那样,我可以把我自己的床让给你,我去和娜拉睡。

博饶本　不必,不必。我顶欢喜睡沙发,不过这样打搅你们——

柯尼里斯　(急于想结束这番讨论,因为这种讨论使他对自家的房屋有点惭愧;他对博饶本的生活舒适的标准比他妹妹所猜想的要比较精确些)不要紧,这毫不费事。娜拉哪里去了？

纠德姑姑　我怎么知道？她溜出去有一会儿了，我原来还以为她是接车去了。

柯尼里斯　（不满）她真有些古怪，这大晚上还跑出去。

纠德姑姑　是呀，这丫头简直古怪。你们请进去，请进去。

敦卜赛神父　我要告辞了，博饶本先生。你如果在本教区有事要我帮忙，请通知我一声就行了。（他和博饶本握手。）

博饶本　（热情洋溢）多谢你，敦卜赛神父。见到你，我真觉得万分荣幸。

敦卜赛神父　（走到纠德姑姑面前）祝你夜晚安好，杜依尔小姐。

纠德姑姑　你不留下吃茶吗？

敦卜赛神父　今晚不打搅了，多谢你，我家里还有事哩。（他正转身要走，碰见巴泽回来了，巴泽肩上没有背东西）你把那个网篮替我送到了没有？

巴　泽　送到了，神父。

敦卜赛神父　这才是好孩子。（动身走。）

巴　泽　（向纠德姑姑）克干神父说——

敦卜赛神父　（马上转身向巴泽）你说的是什么？

巴　泽　（吓到了）克干神父——

敦卜赛神父　我告诉过你不知多少遍了，你称呼克干先生，要用他的正当的名字，我怎样称呼他，你也就得怎样称呼他，你忘记了吗？哼，什么克干神父！你连你自己的神父和一个不三不四的穿黑衣的疯子也辨别不出来吗？

巴　泽　我怕他在我身上行魔术，使我着迷。

敦卜赛神父　（大发雷霆）记住我的话,要不然,我就要在你身上行魔术,让你发疯乱跳看看。记住了没有？（他回家去了。）

　　　　巴泽也准备下山去取鱼、鹅和口袋。

纠德姑姑　哎哟,巴泽呀,你在敦卜赛神父面前,为什么乱开口呢？

巴　泽　叫我怎么办呢？克干神父叫我告诉你,娜拉小姐到圆塔去了。

纠德姑姑　为什么不等敦卜赛神父走了再说呢？

巴　泽　我怕搞忘了,要是搞忘了,克干神父就要在深更半夜里打发蚱蜢或是小黑鬼来提醒我啦。（小黑鬼就是普通的灰色四脚蛇,据说睡觉的人只要不当心,四脚蛇就会爬到他喉咙里去,让他慢慢地衰弱下去,以至于死。）

柯尼里斯　哼,你,你这大笨蛋！什么蚱蜢！什么小黑鬼！快来把这些东西拿起,别再胡说八道了。（巴泽听命）你把这条大鲑鱼夹在胳肢窝下。（他把鲑鱼塞到巴泽的胳肢窝里。）

巴　泽　那只肥鹅我也拿得了,老爷,把它放在我肩膀上,把它的颈子放在我嘴里,让我把它衔住。（柯尼里斯不加考虑,打算照办。）

纠德姑姑　（觉得博饶本在跟前,在礼貌细节上要讲究一点）这成什么话,巴泽！你要先用嘴衔鹅,然后让我们去吃它！老板可以亲自把鹅提回去。

巴　泽　一只死鹅还会计较我的嘴？（把东西拿起,上山去了。）

柯尼里斯　娜拉到圆塔去干吗？

纠德姑姑　哼，天知道！胡思乱想去了，我看。也许她指望劳伦斯去找她，陪她回来。

博饶本　我们不能让越莱小姐在那里老等，夜里一个人走回来。我去把她找回来，好不好？

纠德姑姑　（鄙夷地）哼，她出不了什么岔子！快点进去，柯尼，请进去，博饶本先生。我把茶放在炉子上了，我们要是不早点进去喝，茶就要太浓啦。

　　他们上山。这时天气黑了。

　　博饶本在纠德姑姑的餐桌上吃的还是不坏。他不但有茶和黄油面包，还有很丰富的羊肉排，他从来也没有想到这么多的羊肉排一餐就可以吃完。此外还有一种最易饱人的东西，叫作白薯饼。他原先怕要挨饿，现在怕的是吃得太饱，到第二天不受用，心里正在嘀咕着，又来了一瓶私酿的威士忌，他的胃口于是又旺盛起来了。这种酒叫作"波青"，博饶本把它念成"波丁"。他老早就在书上读到关于这种酒的话，时常念念不忘，现在居然可以尝到了。在柯尼里斯还没有喝得昏昏欲睡的时候，博饶本的兴致越来越好，几乎有些情不自禁。纠德姑姑的烹调，比起他在伦敦常去消遣周末的那些东南海边上的旅馆里的烹调，显得大不相同，在他看来，这种爱尔兰的特别风味真叫人吃得畅快。柯尼里斯整天都在为一些琐屑俗事操心，只有在抽烟，喝老酒，碰上早晨天气晴朗，或是在买卖上占得一点小便宜的时候，心里才开畅一点；他几乎没有什么享乐的感觉，甚至没有什么享乐的欲望，甚至决不相信有办法使生活过得更好。在他的客人博饶本看来，他是个很机灵的爱尔兰幽默家，一个不可救药的浪费金钱的人，上面所说的那些表现不过是他的轻浮任性的装模作样罢了。至于纠德姑姑，在博饶本看来简直是滑稽的化身。他丝毫没有想到，这个滑稽有趣的人过了个把月也许就会叫人厌烦，在罗斯库伦土生土长的人们也许从来就不觉得她滑稽有趣，而且他自己的那种离奇古怪的英国人性格和错误的英语发音也许在不知不觉中显得滑稽有趣，让纠德姑姑开心。后来他太高兴了，不想去睡觉，也许是怕梦见枯燥无味的英格兰，所以坚持要出去抽一支雪茄，并且到圆塔去找娜拉。其实，他也不必怎么坚持，因为罗斯库伦的人们好像并没有英国人的那种爱阻止人的本能。就拿娜拉来说吧，她爱歇一餐不吃饭，待在圆塔那里，这就是充足的理由，让她可以这样做，让家里人先睡，把门开着等她回来。正是因为这个道理，博饶本心血来潮，要在深夜里出去走走。人们也不会因为好客，就加以劝阻，或是大惊小怪。说真的，纠德姑姑还巴不得他出去走走，让她来替他铺沙发床。于是他就扬长而去，吃得饱饱的，心满意足，兴致勃勃，要去窥探月光下的山谷。圆塔离罗斯库伦约莫有半英里多路，离北面小山丘上的那条路约莫有五十码。小山丘上面有一块圆圆的荒野的青草地。那条路在过去穿过小山丘，但是自从近代工程为着适应比羊克涅式马车的需要，把路基改了，使那条路一部分绕着这小山丘，另一部分通过一个壑口；因此从这条路到圆塔，要走大堤上一条小径，要穿过一些金雀花和荆棘。

　　就在这个斜坡坎上的小径上面，娜拉在月光下引目张望，瞧劳伦斯来了没有。因为望不见，最后她就不再望了,心里焦急,流了一阵泪,就回到那苍白的塔脚下,垂头丧气地坐着,又流起泪来。随后她无可奈何地安下心来等待,一面哼一首歌——不是爱尔兰的调子,而是两个季节以前在英国客厅里流行的一首俗滥的民歌调子——一直哼到仿佛听到了脚步声,她就热切地跳起来,又跑到斜坡坎上。接着又有些时候那声音听不见了,叫人心里悬悬不定。但是那脚步声无可怀疑地又响起来了,她望见一个男子走来,自己喘了一小口气。

娜　拉　是你吗,劳伦斯?(有点害怕)谁在那里呀?

博饶本　(声音从下面小径传来)请不用惊慌。

娜　拉　哎哟,你说得一口英国音啦!

博饶本　(走上来,看得见了)我得向你做自我介绍——

娜　拉　(大吃一惊,往后退)原来不是你! 你是谁? 你到这里干吗?

博饶本　(向前走)越莱小姐,我惊动了你,真正抱歉! 我叫博饶本,和劳伦斯是朋友,你知道。

娜　拉　(寒心)杜侬尔先生没有跟你一道来吗?

博饶本　没有,他没有来,我来了。我希望你不至于不欢迎我。

娜　拉　(大为懊丧)杜侬尔先生让你费事,我很抱歉! 说句实在话。

博饶本　你知道,我是个外方人,是个英国人,所以我心里想,趁月夜来看看圆塔,一定很有趣。

娜　拉　是,你原来是来看圆塔的。我还以为——(心里乱了,竭力想镇静下来,维持礼貌)呃,当然。我刚才吓了一大跳——夜色很美,是不是?

博饶本　美极了。我得向你说明劳伦斯为什么没有亲自来。

娜　拉　他为什么要来呢？这座圆塔他看够啦,不能引起他的兴趣啦。(有礼貌地)博饶本先生,你看爱尔兰怎样?从前到过这里没有?

博饶本　没有来过。

娜　拉　你喜欢爱尔兰么?

博饶本　(猛然现出特别多情的样子)我多么喜欢爱尔兰,恐怕不是言语所能形容出来的。爱尔兰的这种迷人的风景,以及——越莱小姐,这并不是我要恭维你个人——你的这种迷人的声音——

娜　拉　(对男子的殷勤也看惯了,丝毫不觉得这话有什么要紧)呸,去你的吧,博饶本先生!你看到我才不过两分钟,而且还是在黑暗里,我敢说,你已经为我神魂颠倒啦。

博饶本　在黑暗里,声音还是一样美呀。况且,我从劳伦斯那里听到过很多关于你的话。

娜　拉　(辛酸地满不在意)你听到过吗?哼,那倒是非常荣幸,我敢说。

博饶本　我到爱尔兰,头一个指望就是要会见你,其他一切都还在其次。

娜　拉　(讥讽地)哎哟!真的吗?

博饶本　千真万确的。我倒希望你对我有我对你一半的关心。

娜　拉　当然啰,我盼望你盼望得要死啦。我敢说你可以想象得到,像你这样一个英国人,在我们这些可怜的爱尔兰人中间,会引起多么大的轰动。

博饶本　啊,你在嘲笑我,越莱小姐,你知道你是在嘲笑我。

别嘲笑我吧,我对于爱尔兰以及爱尔兰的一切是真心诚意的,我对于你和劳伦斯也是真心诚意的。

娜　拉　博饶本先生,劳伦斯和我不相干。

博饶本　要是我早就知道这一点,越莱小姐,我就会——呃——我就会对于我刚才所说的那种迷人的地方,感到更深刻些——我会——我会——

娜　拉　你在跟我谈恋爱吗?

博饶本　(惊吓,张皇失措)说句良心话,我想我是在谈恋爱,越莱小姐。如果你再这么说,我就管不住我自己啦,爱尔兰所有的琴音都在你那声音里啊。(她嗤笑他。他猛然神魂颠倒,抓住她的胳膊,她气愤极了)别再笑啦,听见了没有? 我是真心诚意的——这是英国人的真心诚意。我既然向一个女人说出刚才的那番话,我说的就是真心话。(他放开她的胳膊,竭力恢复平时的样子,尽管他还有些神情恍惚)对不起,请你原谅吧。

娜　拉　你怎么胆敢对我动手动脚呢?

博饶本　为着你,还有许多事我都敢做哩。这话听起来也许不对,但是我真正——(他停住,用手摸摸额头,不知道说什么好。)

娜　拉　我想你应该知道自重。我想你如果是个上流人,我一个人在深更半夜和你待在这里,你就会宁死也不肯做出这种事来。

博饶本　你的意思是说我这种举动对不起劳伦斯吗?

娜　拉　这与劳伦斯有什么相干? 你这种举动是对我粗暴无礼,足见你把我当作什么样的人看待。现在你走你的路,我走我的路吧。再见了,博饶本先生。

博饶本　别那么说,我请求你,越莱小姐。请稍等一会儿。请
　　　　听我说。我是真心诚意的,绝对真心诚意的。你如果告
　　　　诉我,我妨害了劳伦斯,那么,我马上就离开这地方回伦
　　　　敦去,和你永不再见。我可以对天发誓,我一定这样办。
　　　　我是不是妨害了劳伦斯?

娜　　拉　(回答时不由自主地突然感到一阵酸辛)你是否妨
　　　　害了他,我想你应该比我知道还更清楚些。你和他见
　　　　面的时候比我多,你了解他也比我了解他更清楚。你来
　　　　看我,比他抢先了一步,是不是?

博饶本　越莱小姐,我应该告诉你,劳伦斯还没到罗斯库伦
　　　　哩。他本来打算比我早到,但是他的汽车出了毛病,恐怕
　　　　要到明天才能到呢。

娜　　拉　(容光焕发起来)是真的吗?

博饶本　是真的。(她放了心,叹了一口气)你听到很高
　　　　兴吧?

娜　　拉　(马上戒备起来)高兴! 我为什么要高兴? 我们等
　　　　他已经等了十八年了,现在再多等一天,我想我们也经得
　　　　起的。

博饶本　你对他的感情如果真是那样的话,另外一个人就还
　　　　有机会,是不是?

娜　　拉　(大生气)博饶本先生,我猜想你们英国人也许不
　　　　同,所以你的话也许没有什么坏意思。在爱尔兰,没有人
　　　　会介意一个男子在开玩笑时说的话,也没有人因为一个
　　　　女人在这开玩笑时回答了什么话,就抓住把柄,乘机欺负
　　　　她。如果一个女人和一个男人初次见面,还没有谈上两
　　　　分钟的话,就要遭到你所给我的那种待遇,那么,就没有

一个正派女人肯和一个男人说话了。

博饶本　你这话我不懂,也不承认。我是真心诚意的,我的意图完全是正当的。我是个英国人,我想你应该懂的,这就可以保证我不会鲁莽从事,或是单凭感情冲动;虽然我要承认,你刚才很奇怪地问我是否在跟你谈恋爱,那时候你的声音对于我确实产生了异乎寻常的效果——

娜　拉　(红脸)我没有想到——

博饶本　(很迅速地)你当然没有想到。我还不至于那样笨。不过你的声音触动了我的感情,而你却还在嗤笑我,这个我却受不了。你——(又和一阵涌上来的感情挣扎)——你不了解我的——(他哽住了一会儿,接着带着很不自然的镇定,冲口而出)你愿不愿做我的妻子?

娜　拉　(应声而答,毫不迟疑)我不愿。这算什么话!(更仔细地看看他)得了吧,回家去吧,博饶本先生,让你的头脑清醒清醒。晚茶后喝波青酒,你还不大习惯,我看。

博饶本　(骇然)你是说我——我——我——哎呀,我的天——我喝醉了酒吗?

娜　拉　(可怜他)你喝了几大杯?

博饶本　(无可奈何地)两大杯。

娜　拉　那酒有泥煤的香味,使你没有注意到它的力量。你最好回家上床休息休息去吧。

博饶本　(非常激动)这可使我疑心起来啦,真可怕——真——真——越莱小姐,请你看在老天爷的面上,告诉我真话,我真喝醉了吗?

娜　拉　(安慰地)你是否喝醉了,明天早上就可以断定。现在跟我一道回去吧,别再想那些了。(她用母亲般的关切,扶着他的胳膊,轻轻地扶他走上小径。)

博饶本　（无可奈何,只好让她扶着走）我一定是醉啦,醉得很厉害;因为你的声音使我神魂颠倒啦——（给石头绊倒）不,我敢发誓,我敢对天发誓,越莱小姐,我让那块石头给绊倒了,偶然碰得不巧,真的,偶然碰得不巧。

娜　　拉　对,当然是偶然碰得不巧。拉住我的胳膊,等到我们由小路走上大路,你就可以不用人扶了。

博饶本　（顺从地拉住她的胳膊）我现在情况这样讨人厌,越莱小姐,我真不知道怎样才能表示我的抱歉,或者说,怎样才能感谢你的厚道。我怎么就这样出丑呀——（又绊倒了）嗐,这石楠花真够他妈的! 我的脚给绊住了。

娜　　拉　走稳一点,稳一点。走吧,走。（他以一个已受判决的醉汉身份,让娜拉把他扶上大路。要是一个英国女人看到他真是像他自己所假定的那么烂醉,她就会对他又恼怒又厌恶,而娜拉给他的却是同情的宽容,他在这中间看出了一点神圣的品质。他没有猜想到,一个英国男子在钟情的时候,他的举动正和一个爱尔兰男子在喝醉酒的时候一模一样;他更没有猜想到,娜拉不知道这个事实。）

第 三 幕

　　第二天早晨，杜侬尔家门前小草坪中间摆着一张早餐桌，博饶本和劳伦斯在桌子两头对面坐着。他们刚吃完早饭，正在埋头看报纸。大部分碗碟都挤在一个上漆的金属制的大四方黑茶盘里。茶壶是褐色陶器的。没有银器。放在菜盘里的黄油是一大整块。这早餐场面的背景就是住房，一座用石板盖的粉白的小屋，进屋的门上半截嵌着玻璃。假如有人从这道门走出来，走到花园，他就会看见迎面的就是那张餐桌，右首边在花园半腰地方就是一道前门，朝大路开着；如果他不进花园，马上向左转，他就会穿过一段没有修剪的矮树篱笆，绕过房子的尽头。一座巨大石膏像的残骸立在篱笆里，没有人管。经过一百来年的风吹雨打，这座石膏像几乎风化了，还隐约可以见出它是一座庄严的女像，罗马服装，手里捧着一个花环。这种石膏像虽然分明是艺术品，它们在爱尔兰的花园里却像是天生自在的。年纪最老的住户们也说不出它们的来历；无论就他们的经济能力还是就他们的艺术趣味来说，这些石膏像跟他们都毫无缘分。

　　靠近那道小小的前门有一张粗木凳，上面落了好些鸟粪，由于风雨剥蚀，已经破烂不堪了。粗木凳对面躺着一个藤筐,没有人去管它,它躺在那里或是躺在别处,反正都是一样。餐桌旁还有一张空椅子,原来是柯尼里斯坐的,他吃过早饭,就回到家里人都把它叫作"办公室"的那间收租、记账、存钱的屋子里去。这张空椅子跟劳伦斯和博饶本坐的那两张一样,都是硬木架子,中间嵌着黑马尾的坐垫。

　　劳伦斯站起来,拿着报纸,穿过篱笆走开了。霍德生从花园前门走进来,愁眉苦脸的。博饶本面对前门坐着,看到霍德生的脸色,就猜到事情不妙。

博饶本　你到村子里去过没有?

霍德生　去也没有用处,老爷。我们要什么东西,都得从伦敦用邮包寄来。

博饶本　我希望他们昨晚把你安顿得还舒适吧。

霍德生　也不比你睡沙发更坏。到了这种地方,老爷,就得凑合一点。

博饶本　我们还要另想办法才行。(忍不住高兴)这里究竟怪好玩的。霍德生,你喜欢爱尔兰人么?

霍德生　哼,爱尔兰人在别的地方都好,就是在他们本国不好。在英国的爱尔兰人我认识的倒很不少,一般地说,我都很喜欢他们。但是在这里,不瞒老爷说,我好像简直恨他们。自从我们在考克下船的时候起,我就有这种感觉。我用不着说假话,老爷,我讨厌他们。一看见他们的生活方式,我就生气;我觉得他们横竖都不对劲儿。

博饶本　他们的毛病都只在表面,就心肠说,他们却是世界上最好的民族。(霍德生转身走开,不想假装出附和博饶本的热情）还有一件事，霍德生——

霍德生　（转过身来）是，老爷。

博饶本　昨晚我和那位小姐回来的时候，你注意到我有什么
　　　　特别的地方没有？

霍德生　（惊讶）没有，老爷。

博饶本　没有什么——是吗——？你可以直率地说。

霍德生　我没有注意到什么，老爷。你指的是哪一方面呢？

博饶本　嗯——呃——呃——干脆地说，我是不是喝醉了？

霍德生　（吃惊）老爷并没有醉呀。

博饶本　你看准了吗？

霍德生　我倒该说是醉的反面，老爷，通常你在喝酒快活的时
　　　　候，都有一点兴奋，可是昨晚你好像兴致不高，假如要说
　　　　有什么特别的话。

博饶本　我的确没有觉得头痛。你尝了波丁酒没有，霍德生？

霍德生　我只喝了一口，老爷。味道就像泥煤，噢，真难喝！
　　　　这里人把泥煤叫作"草皮"①。他们爱喝的就是波青和顶
　　　　厉害的焦麦酒，我真不明白他们怎样受得住。我宁愿喝
　　　　点啤酒。

博饶本　趁便问你一句，你向我说过，早餐弄不到麦粥吃，可
　　　　是杜依尔先生却吃到了麦粥呀。

霍德生　是，老爷。很抱歉，老爷。他们把它叫作什么糟糕
　　　　粥，就是糟糕，比这再好的粥他们就没有，老爷。

博饶本　对，明早替我预备一点。

----

①　泥煤（peat），植物浸水腐烂，又经过炭化的煤，用作燃料，有一种香味。
　　爱尔兰人把它叫作 turf，这词在英文里是"草皮"的意思。

霍德生走进房子里去,推开门时,正碰见娜拉和纠德姑姑走到门口来,于是就站在一边等她们过去,他摆出一个久经训练而且备尝艰苦的老仆人的神气。接着他就进了房子。博饶本站了起来。纠德姑姑走到餐桌旁收拾茶盘里的碗碟。娜拉走到粗木凳背后,从前门向外眺望,像个经常无事可干的女人。劳伦斯从篱笆边走回来。

博饶本　早安呀,杜侬尔小姐。

纠德姑姑　(想起说"早安",时间已经太晚了)哦,早安。(还没有挪开碗碟)你吃完了没有?

博饶本　吃完了,谢谢你。对不起,我们没有等你。乡下空气好,所以我们起来很早。

纠德姑姑　这还叫早吗? 我的老天!

劳伦斯　纠德姑姑也许六点半就吃过早饭啦。

纠德姑姑　唏,你这人! ——把客厅的椅子搬到花园里来,让博饶本先生在这样冷的空气里吃饭,害他冷得要死。(向博饶本)博饶本先生,你为什么纵容他干这没头脑的事呢?

博饶本　请你放心,我喜欢户外的空气。

纠德姑姑　得了吧! 你怎么能喜欢这样违反自然的事呢? 我希望你昨晚睡得好。

娜　拉　夜里三点钟,有什么东西扑通响了一声,你惊醒了没有? 当时我怕是房子塌下来了。不过我通常睡得不熟。

劳伦斯　我仿佛记得十八年前,客厅里那张沙发有一只腿老是突如其来地脱下来,是不是沙发脱了腿,汤姆?

博饶本　(赶忙地)哦,不要紧,我并没有受伤——至少——呃——

纠德姑姑　哎哟,真丢人! 我吩咐过巴泽钉上一个钉哩。

博饶本　他倒是钉了,杜依尔小姐,是有一个钉,的确的。

纠德姑姑　哎,哟,哟! 嘻!

　　　　　一个稍显老相的农夫从花园的前门走进来。他身材短小,皮肤坚韧,面孔像泥煤捏的;声音很沉重,有些粗鲁,像有意向人挑战似的,但其实只能引人怜悯,因为那是个饱经艰难困苦的人的声音。他的年龄相当大了,过去也许穿过长后襟的粗绒衫和短套裤;但是他现在的穿着却很像样,黑色上衣,高顶帽,鹿毛色长裤。他的脸洗得要多干净有多干净,不过这话的含意并不很多,因为洗脸的习惯是近来才养成的,还不太合口味。

新来客　(站在前门口)上帝保佑在座的诸位! (他向花园走了几步。)

劳伦斯　(施恩宠似的,在花园里隔着些路向他说)是你吗,玛太·哈费干? 你还记得我吗?

玛　太　(故意粗鲁直率)不记得,你是谁?

娜　拉　哦,我敢说,你一定还记得他,哈费干大爷。

玛　太　(不大愿意地承认了)我猜想这就是从前那位年轻小伙子劳伦斯·杜依尔。

劳伦斯　对了。

玛　太　(向劳伦斯)听说你在美国很走运啦。

劳伦斯　还好。

玛　太　我想你在美国看见过我的兄弟安德吧。

劳伦斯　没有。美国地方那么大,在那里找一个人,就像在一捆草里找一根针。听说你兄弟在美国是个大人物啦。

玛　太　他的确是个大人物,谢谢上帝。你父亲在哪里?

纠德姑姑　他在屋里办公室里,哈费干大爷,他在跟巴涅·杜元和敦卜赛神父商量什么事哩。

　　　　玛太一声不响,毫不客气地就往屋里走。

劳伦斯　(瞪眼望着他进去)老玛太有了什么毛病吧?

娜　拉　没有。他一向就是这样。你为什么这样问?

劳伦斯　他一向对我并不是这样。从前他对劳伦斯少爷是很客气的,我老是以为他太客气了。可是现在他那样粗鲁、冷淡,像一只狗熊似的。

纠德姑姑　当然啰,人家在土地购买法令颁布以后,买了一个庄业啦,人家不靠别人啦。

娜　拉　变化可大啦,劳伦斯。遇着老佃户们,你简直不认识他们啦。跟他们说句话,就太冒昧啦,至少他们有些人是这样。(她走到餐桌旁,收拾桌布,帮助纠德姑姑把它折起。)

纠德姑姑　我不知道他要找柯尼里斯干吗。自从他上次缴清了租金的旧欠,他就没有上过咱们的门了。他缴钱的时候,一点也不客气,就像把钱扔到你爸爸脸上似的。

劳伦斯　原来如此!他们这批人当然都恨我们,像恨恶鬼似的。哼!(不高兴)我亲眼看见过他们在那间办公室里,对我父亲夸奖我是多么乖的孩子,对父亲满口奉承,左也是您老爷,右也是您老爷,但是同时他们的手指却在发痒,想捏住父亲的脖子。

纠德姑姑　真不懂他们为什么要存心害柯尼里斯?多亏了他,玛太才租到了他那个庄业。柯尼里斯看玛太是个刻苦耐劳的正派人,总是支援他呀。

博饶本　他能刻苦耐劳吗?对于一个爱尔兰人来说,这可难得。

劳伦斯　刻苦耐劳！我还年轻的时候,那家伙的刻苦耐劳就叫我看着难受。我告诉你,爱尔兰人的刻苦耐劳是不近人情的,简直比珊瑚虫还更厉害。英国人才算懂得怎样对付工作,不得不干,他才干,干起来叫他不敷衍塞责是很不容易的;爱尔兰人却不然,他要一直干下去,好像不干就活不了似的。玛太·哈费干那家伙和他的兄弟安德把山坡上一块石头地垦成了一块耕地,用手指头把地挖好刨好,等到第一季马铃薯收了,才有钱买锹。从前只能长一根麦子的地方,他们说要叫它长两根;从前石头缝里连杂草也不生的地方,他们弟兄俩居然叫它长上一大片的麦苗。

博饶本　那真了不起。只有伟大的民族才能产生这样的人。

劳伦斯　你是说,才能产生这样的傻瓜!那些工作对他们有什么好处呢? 他们把地垦出来了,地主就叫他们每年出五镑钱的地租,他们出不起,地主就把他们赶走了。

纠德姑姑　他们走后,比勒·波恩就把那块地承租了下来。波恩出得起地租,哈费干他们为什么就出不起呢?

劳伦斯　(气愤)你明明知道,波恩从来就没有出过地租,他只是答应出地租,想把那块地弄到手再说。可是他从来就没有出过地租。

纠德姑姑　那是因为安德·哈费干用砖头砸他,把他砸伤了,他以后就没有恢复过来。因为这件事,安德才被逼得逃到美国去了。

博饶本　(义愤形于色)谁能怪安德呢? 杜依尔小姐,谁能怪安德呢?

劳伦斯　（不耐烦）呸,废话！一个人迫于饥饿,不得不放弃他的庄业,碰到另一个人也是迫于饥饿,不得不把那个庄业接种下来,他就要把那接种的人谋杀掉,这种人怎么要得？你会干出这样的事来吗？

博饶本　是。我——我——我——我(气愤得说不出话来)——我要把那混账的地主枪毙掉,把那该死的经纪人的脖子扭掉,用炸药把那块耕地连同都柏林宫堡①一齐炸光。

劳伦斯　哼,对！你倒做过一些了不起的事情,而且从中也得过不少的油水！这是彻头彻尾的英国人的作风！你们定了坏法律,把土地全卖出去,到了你们在经济方面的无能产生了天然不可避免的坏结果,你们就现出满腔义愤,把执行你们亲手制定的法律的那些人杀掉。

纠德姑姑　博饶本先生,劳伦斯的话请你不必介意。无论如何,现在并不要紧了,因为现在这里已经没多少地主,不久就会完全没有地主了。

劳伦斯　恰恰相反,不久就会到处是地主,到了那个时候,瞧着爱尔兰遭殃吧！

纠德姑姑　劳伦斯,你总是满腹牢骚。(向娜拉)来,快点,我们去和面,好做饼,让他们谈下去,他们不欢迎我们留在这里。(她拿起茶盘,走进屋里去。)

博饶本　（站起来,殷勤阻止）哎哟,杜依尔小姐,说实在话,说实在话——

　　　　娜拉手里拿着折好的桌布,跟纠德姑姑进屋去,临走时看了博饶本一眼,使他哑口无言了。他望着她走进去

———————
①　都柏林宫堡,英国统治的政权机构所在地,有著名的监狱一所。

了,然后走到劳伦斯跟前,突然一本正经地和他说话。

博饶本　我说,劳伦斯。

劳伦斯　说什么?

博饶本　昨晚我喝醉了,向越莱小姐求过婚。

劳伦斯　你——真的??? 哈,哈,哈!(他放声大笑,笑出的是爱尔兰语音中的假嗓音,在英国通常不用这种假嗓音发笑。)

博饶本　你笑什么?

劳伦斯　(马上止笑)我不知道。你这种事情是要惹爱尔兰人发笑的。她答应了你没有?

博饶本　我永远不会忘记,尽管爱尔兰人向来仗义,尽管我完全在她的支配之下,她居然拒绝了我。

劳伦斯　那么,她就太不明智了。(想了想)喂,我问你,你什么时候喝醉了的? 你和她从圆塔那里回来的时候,是很清醒的呀。

博饶本　不,劳伦斯,我确实是喝醉了,说起来很抱歉。我喝了两大杯老酒,回来得靠她扶着走。这是你一定注意到的。

劳伦斯　我并没有注意到。

博饶本　她的确扶了我回来。

劳伦斯　我可不可以问你一句,你过了多久就求起婚来呢? 你那时候认识她还不过两个钟头。

博饶本　恐怕还不到两分钟。我到达这里的时候,她不在家。我是在圆塔那里和她初次见面的。

劳伦斯　哼,你就像个三岁小孩,放你在爱尔兰乱撞,不加约束,可真有点危险! 想不到波青酒那样快就上了你的头!

博饶本　不是上了头,我想。我并没有觉得头痛,而且我说话
　　　还是清清楚楚的。不,波青酒走的是心,不是头。我该怎
　　　么办才好?

劳伦斯　不必怎么办。你还要办什么呢?

博饶本　这里牵涉一个很微妙的道德问题。问题是:我当时
　　　是否醉得够厉害,对于这次求婚可以不负道义上的责任
　　　呢?还是我当时本来很清醒,而且现在毫无疑问地是清
　　　醒的了,在道义上应该再去求她一次呢?

劳伦斯　我说应该对她多观察观察,再做决定。

博饶本　不,不,那可不对。那未免不漂亮。有道德责任,还
　　　是没有道德责任,我只有这么一个选择。所以我想知道
　　　当时我究竟醉到了什么程度。

劳伦斯　不过有一点至少是很明显的,你当时确实又多情,又
　　　多嘴。

博饶本　你这话说得对,劳伦斯,我承认。她的声音对于我实
　　　在产生了异乎寻常的影响。啊,那一口爱尔兰音!

劳伦斯　(同情地)是,我懂的。我初到伦敦的时候,差一点
　　　没有请一个饭馆女招待跟我私奔,因为她的一口伦敦白
　　　教寺区口音太高贵了①,太动人了,太漂亮了——

博饶本　(生气)娜拉小姐又不是女招待,是吗?

劳伦斯　得了吧! 我那位女招待还是一个很好的姑娘。

博饶本　你把每一个英国女人都看成一个天使。在这方面,
　　　劳伦斯,你的趣味却不大高明。娜拉小姐是属于比较高

---

①　白教寺区,又译"白教堂区",东伦敦工人区,犹太人较多。在统治阶级
看来,这区的语音"不登大雅之堂"。

尚的一种类型的,在英国要想找到她这种类型的女人可不容易,除非在贵族阶级的最好的女人中去找。

劳伦斯　去他妈的贵族阶级!你知道娜拉吃的什么吗?

博饶本　怎么扯上吃的!你这是什么意思?

劳伦斯　早餐哩,茶,黄油面包,偶尔有一薄片咸肉,在特别的时节,比如说,她过生日那天,有一个鸡蛋。午餐只有一样菜,别的什么也没有。到了晚上,又是茶和黄油面包。你们英国女人每天狼吞虎咽地吃上三餐到五餐肉食,你拿娜拉来比她们,当然觉得娜拉是个窈窕的仙女了。不同的不在类型,而在一种女人吃得不合理,但是吃得太好;另一种女人也是吃得不合理,但是吃得太少。

博饶本　(发火了)劳伦斯,你——你——你真使我作呕,你这该死的笨蛋!(他气得一屁股坐到粗木凳上,几乎把凳子都坐垮了。)

劳伦斯　把稳一点!把稳——一点。(他大笑,坐到餐桌上。)

　　柯尼里斯·杜依尔、敦卜赛神父、巴涅·杜元和玛太·哈费干从屋里出来。杜元身材魁梧,短胳膊,圆脑袋,红头发,靠近中年,性情乐观,最会开讥嘲的、淫秽的、侮神的或只是恶毒的无聊玩笑,对于和他不同的性情和见解都表示一种狂暴鲁莽的不能容忍,这一切都说明他的精力和能力都被浪费了,糟蹋了,其原因在于缺乏充分的训练和社会压力,来使这种精力和能力用于有益的活动方面,培养出一个好性格来;因为他本来并不愚笨或是软弱。他毫无顾忌地不修边幅,不过因为他满身是磨坊里的粉和灰,他的不整洁就不大显得出来;他穿的那身衣服虽没有洗刷,却是用时髦裁缝用的粗麻布做的,他选了这种材料,显然是为着好看,并不是怕花钱。

　　玛太·哈费干很不自在,偷偷地从篱笆那边绕着花园边缘走,走到藤筐附近才站住,他觉得在那里才不碍旁人的事。神父走到桌旁,拍了拍劳伦斯的肩膀。劳伦斯猛回头,看见是敦卜赛神父,就从桌子上跳下来,很热情地和他握手。杜元夹在敦卜赛神父和玛太中间,走到花园来。柯尼里斯站在餐桌的另一边,转身向博饶本,博饶本很和蔼地站了起来。

柯尼里斯　我想我们大家昨晚都在这儿会过面,用不着介绍了。

杜　元　我还没有那个荣幸。

柯尼里斯　啊,对了,巴涅,我搞忘了。(向博饶本)这是杜元大爷,你在车上望见的那个漂亮磨坊就是他开的。

博饶本　(逢人都高兴)会见你,我高兴极啦,杜元大爷,真是荣幸得很。

　　杜元拿不稳对方对他是奉承还是表示恩宠,带着独立自主的态度点了点头。

杜　元　劳伦斯,你过得好?

劳伦斯　顶好,谢谢你。你是用不着问的啦。(杜元露着牙齿笑笑,然后两人握手。)

柯尼里斯　劳伦斯,给敦卜赛神父搬把椅子来。

　　玛太·哈费干赶忙跑到桌子的最近的一头,拿了一张椅子,摆在藤筐附近;但是劳伦斯已经从桌子的另一头取了一张椅子,摆在桌子前面。敦卜赛神父接受了这个比较靠中心的位置。

柯尼里斯　请坐,巴涅;你也坐下,玛太。

玛太还在请神父坐他拿的那张椅子,杜元就抢着坐上去了。可怜的玛太让磨坊老板吓唬住了,低声下气地把藤筐翻转过来,坐在上面。柯尼里斯把自己坐着吃饭的那张椅子挪到神父右边坐下。博饶本回到粗木凳上。劳伦斯走过去打算和他并坐,博饶本慌张地拦阻他。

博饶本　这张凳子经得起两个人吗,劳伦斯?

劳伦斯　大概不行。请别让,我站着好了。(他站在凳子后面。)

　　　除掉劳伦斯,他们都坐下来了;场面很严肃,很像有什么重要的事情要发生。

柯尼里斯　敦卜赛神父,也许还是请你说明一下。

敦卜赛神父　不,不,还是请你说,教会向来不管政治。

柯尼里斯　劳伦斯,你有没有意思要当国会议员?

劳伦斯　我吗?

敦卜赛神父　(鼓励他)对,说的就是你。为什么不能是你呢?

劳伦斯　我恐怕我的主张不会受到大家欢迎。

柯尼里斯　我不明白这是什么意思。巴涅,你明白吗?

杜　元　爱尔兰的政治确实是乌黑一团糟,太糟了。

劳伦斯　你们的现任议员怎么样,他要退休了吗?

柯尼里斯　不,我看他还不打算退休。

劳伦斯　(疑问神气)那么,怎么样?

玛　太　(鲁莽而辛辣地喊)现任议员说了许多怪话反对地主,我们再也不能容忍了。他一生都坐在城里办公室里,从来没出过门,有什么资格配谈土地问题?

柯尼里斯　他叫我们都厌烦了。他简直不知道分寸。不能每

一个人都占有土地呀,总要有些人来占有土地,好雇用别
人才是。要是杜元和玛太这样的殷实户不能占有土地,
这个世界可就糟啦。但是像巴泽·法越尔那一班人,哪
个有头脑的人主张过要分地给他们呢?

博饶本　　不过哈费干大爷过去所受的那些苦,当然要归咎于
爱尔兰的地主制度。

玛　太　　别管我受的什么苦。我受了什么苦,我自己明白,用
不着你来告诉我。我要的只是我亲手垦出的那块地,我
多要了一分吗?柯尼里斯·杜依尔,你是知道的,请你说
一说。我对于我的一份责任,担负得起,还是担负不起?
(很气愤地向柯尼里斯咆哮)巴泽·法越尔什么也不懂,
我能同他比吗?他受过什么苦,我倒要知道知道。

柯尼里斯　　我说的正是你那话。我并没有拿你和什么人打
比,把你比坏了。

玛　太　　(气还不平)那么,你说拿地给巴泽,是什么意思?

杜　元　　安静一点,玛太,安静一点。你就像一只烂脊梁的狗
熊一样。

玛　太　　(气得发抖)你是什么东西,敢教训我?

敦卜赛神父　　(责备)喂,喂,玛太!别来这一套。人家并非
故意要得罪你,你就生气,这话我告诉过你多少遍了。你
不懂的,柯尼里斯·杜依尔所说的话正是你要说的话呀。
(向柯尼里斯)你说下去吧,别管他。

玛　太　　(站起来)要是你们把我的地拿给巴泽那批人,我就
走了。我——

杜　元　　(极不耐烦)呸,谁要把你的地拿给巴泽,你这蠢
家伙?

敦卜赛神父　安静一点,巴涅,安静一点。(严厉地向玛太)玛太,我告诉过你,柯尼里斯·杜依尔并没有说什么反对你的话。你的神父说的话你偏不相信。那我就走开吧,免得待在这里惹得你对教会犯罪。再见吧,诸位。(他站起,大家跟着站起,除掉博饶本。)

杜　元　(向玛太)瞧!你这爱闹脾气的笨蛋,该这样对付你。

玛　太　(吓坏了)敦卜赛神父,请别说走的话。我原来没有丝毫的意思要得罪你或是教会。我知道,我一谈到土地,就有点儿性急。对不起,请你原谅。

敦卜赛神父　(威风凛凛地回到座位)好吧,这一次我姑且包涵一点。(他坐下。大家都坐下,除掉玛太。敦卜赛神父正要叫柯尼里斯说下去,想到玛太,转过头来向他表示一点恩惠)坐下吧,玛太。(玛太弄得垂头丧气,忍辱坐下,一声不响,显出一副可怜相,把眼光从这一个说话的人转到另一个说话的人,非常专心地而又将信将疑地想明白他们说的是什么)说下去吧,杜依尔先生。说得不周到的地方我们可以原谅。说下去吧。

柯尼里斯　劳伦斯,情形你该明了了。在这个地区,我们这批人终于得到土地了,我们不愿再受政府干涉啦。我们要派一种新派人到议会去,这种人要知道庄业主才是国家的支柱,他要不顾城里那些乱七八糟的人乱喊,也不顾乡下雇农们的愚蠢的主张。

杜　元　对,他还要能够自己花钱,住在伦敦,等到爱尔兰实行自治的时候再说,不要找我们捐什么款。

敦卜赛神父　对,巴涅,你这点提得很好。在政治上花钱太多,教会就要挨饿。一个国会议员对于教会,应该是一种帮助,而不是一种负担。

劳伦斯　汤姆,这议员的事对你倒是个好机会,你的意思如何?

博饶本　(反对似的,但是自觉重要了,微笑)我可没有资格得这个议席。还有一层,我是个撒克逊人。

杜　元　一个什么人?

博饶本　一个撒克逊人。一个英国人。

杜　元　一个英国人。我从来没有听见过英国人还叫作那个。

玛　太　(机灵地)如果我可以冒昧说句话,神父,我说一个英国新教徒在土地问题上,比一个爱尔兰天主教徒也许想得比较公道些,而且比较敢于说话些。

柯尼里斯　不过劳伦斯也差不多就等于一个英国人呀?劳伦斯,是不是?

劳伦斯　爸爸,请你别再打算要我去当议员了。

柯尼里斯　为什么呢?

劳伦斯　我有些坚决主张,对于你们怕不合适。

杜　元　(嚷着嘲笑他)劳伦斯还是从前那样勇敢的芬尼安党人①吗?

劳伦斯　不,那位勇敢的芬尼安党现在年纪大了一些,也许比从前更傻了。

柯尼里斯　你有什么主张,跟我们有什么相干?你知道你父

---

① 芬尼安党,又译芬尼亚党或芬尼党,在美国的爱尔兰人的爱国组织,目的在鼓吹爱尔兰革命,推翻英国统治。

亲买到了庄业,玛太也买到了庄业,巴涅也买到了磨坊。我们这些人现在只要求旁人不要干涉我们。这一点你不至于反对吧?

劳伦斯　我当然反对。我不赞成对任何人,或是对任何事情,不加干涉。

柯尼里斯　(生气)呸,你这蠢小子,这是什么话。我替你找到一个机会,让大家提议派你去当议员,你却站在那里当着我的面说些傻话,还自以为很聪明。你究竟是干还是不干呢?

劳伦斯　好吧,如果你们要我干,我就引为荣幸,去干吧。

柯尼里斯　(气消了,还不大高兴)那么,你原先为什么不马上就答应下来呢?幸亏你终于打定了主意。

杜　元　(疑心)别忙,别忙。

玛　太　(又抱怨,又怕神父,弄得愁眉苦脸)不能因为他是你的儿子,就让他去当议员。还要问问他对于土地究竟有什么主张,敦卜赛神父,你看对不对?

劳伦斯　(马上向玛太开火)我来回答你,玛太。过去把土地交给那些老地主们,至于土地如何利用,在地里做工的人们情形如何,却不责成地主们严格负责,我一向认为这种办法是愚蠢的无益的懒办法。我亲眼看见过,那些地主们一心一意只想从土地上尽量榨取,好拿到英国去花。他们把土地辗转典押,押到后来没有一个人是真正的业主,或是有力量把它好好地经营,尽管他有这个心愿。不过我可以干干脆脆地告诉你,现在如果有人主张把这些土地转到一大批像你这样的小农手里,也不责成你们负责,以为这样办就可以使情况好转,我敢说这样的看法是

168

错误的。

玛　太　（不高兴）你有什么资格小看我？我猜想因为你父亲做过土地经纪人，你就自以为了不起。

劳伦斯　你又有什么资格小看巴泽·法越尔呢？我猜想因为你有几块地，你就自以为了不起。

玛　太　巴泽·法越尔吃过我所吃过的苦头吗？你说说看。

劳伦斯　他将来会吃到苦头，如果他落到你们这批人权力之下，就像你们过去落到老地主们的权力之下那样。难道你以为你自己穷苦、愚昧、日夜辛苦劳动到昏头昏脑，你对于完全没有土地的人们，就不会像老地主尼克·莱斯屈朗基那样贪婪，那样压迫人吗？莱斯屈朗基还是个受过教育、见过世面的人，他看见一百镑钱，还不至于像你看见五个先令那样眼红。他的地位比巴泽·法越尔高得多，不至于妒忌他；而你的地位只比巴泽高那么一点，你会拼命不让巴泽升到和你一般高。这一点你自己是很明白的。

玛　太　（面孔气得发黑，低声嘀咕）我走啦。（他打算站起，杜元拉住他的上衣，强迫他坐下）让我走呀，我说。（提高嗓音）别拉我的衣服，巴涅·杜元。

杜　元　坐下来，你这糊涂蛋！（低声）你不愿留一会儿，好投票反对他吗？

敦卜赛神父　（举起一个手指）玛太！（玛太萎缩下来）瞧你！得了吧！这套关于巴泽·法越尔的话有什么意思？你为什么为他这样吵吵闹闹？

劳伦斯　因为过去利用了巴泽这样人的贫穷，以廉价商品在世界市场上和英国竞争，才逼得英国人来毁灭爱尔

169

兰。如果我们现在凭贱价劳动力做买卖,只要我们从穷困中稍微抬起一点头来,英国人就会又来毁灭我们,我们也就活该倒霉! 如果我当了议员,我就要提出一个法令,不准你们每星期给巴泽的工钱在一镑以下,(他们都吓了一跳,几乎怀疑没有把话听真)而且不准你们强迫他做的工作,比强迫花五十多镑买来的马做的工作还更重。

杜　　元　什么!!!

柯尼里斯　(吓呆了)一镑钱一星——老天爷,这小子发疯啦!

　　　　玛太觉得真是无法容忍了,张着大嘴望着神父,好像希望他马上就干脆把劳伦斯的教会会籍开除掉。

劳伦斯　没有一镑钱一星期,一个人怎么能结婚,怎么能过像样的生活呢?

敦卜赛神父　哎呀,这些年来你都在哪里过的? 你做着什么梦? 哼,在座的这几位老实人自己从土地上还挣不到一镑钱一星期,哪能把那么多钱给雇工?

劳伦斯　(浑身发火)他们既然出不起这么多的工资,那就只好请他们让位给出得起的。爱尔兰就不该有个抬头的机会吗? 从前把爱尔兰抛给有钱人,现在有钱人既然把她的肉吃光了,就得把她的骨头抛给穷人,穷人没有别的可吃,就只好吸她的骨髓啦。如果找不到有面子的人去占有土地,就得找有能力的人;如果找不到有力的能人,我们至少也要找有资本的人。总之,谁也比玛太强,他既没有面子,又没有能力,又没有资本,有的只是畜生般的劳动力和贪财好利,老天保佑他吧!

杜　　元　我们并不都是像玛太那样衰弱的老废物呀。(开玩

　　　　笑似的向他所描写的对象说)玛太,你说是不是?

劳伦斯　就近代工业用途来说,你和玛太也只是半斤八两,巴
　　　　涅。你们全都是些小孩子,我在里面活动的那个大世界
　　　　已经走得很远,把你们落在老后啦。无论如何,咱们爱尔
　　　　兰人生来就不是当庄业主的,咱们在这方面永远做不出
　　　　什么大好处来。咱们就像犹太人,上帝给咱们的是头脑,
　　　　叫咱们在头脑方面下耕种培养的功夫,不要去管那些泥
　　　　土和蚯蚓。

敦卜赛神父　(略带讥讽)哦! 你原来还是要把我们都变成
　　　　犹太人哟。我想我也得考问你一下,你要提议的第二件
　　　　事当然就是把所谓爱尔兰教会的独立废除掉,把它变成
　　　　国教啰①。

劳伦斯　对呀,为什么不那样办呢?(大家惊惶。)

玛　太　(怨恨)他是个宗教叛徒。

劳伦斯　咱们的天主教,是用圣彼得做基础建筑起来的,圣彼
　　　　得从前倒钉在十字架上钉死了,罪状就是他是个宗教
　　　　叛徒②。

敦卜赛神父　(用安详的有权威的尊严气派,止住杜元发火)
　　　　这话倒是真的。玛太·哈费干,你什么也不知道,就不要
　　　　开口,让你的神父去对付这个年轻人。劳伦斯·杜依尔,
　　　　上帝赐福的圣彼得之所以被钉死,不管是因为什么理由,

①　英国从十六世纪起,把新教定为国教,受政权控制。爱尔兰人多半信天
　　主教,天主教不能纳入崇奉新教的国教,所以爱尔兰教会离开政权而独
　　立,权力特别大。爱尔兰教会反对定国教,也就是因为这个缘故。

②　圣彼得是耶稣最大的门徒,是天主教所特别崇拜的。耶稣被捕后,彼得
　　三次否认自己是耶稣的门徒,希望免遭牵累,后来才追悔。他的受刑不
　　见《新约》。

也决不是因为他是个新教徒。你是个新教徒吧？

劳伦斯　不，我是个天主教徒，还不太糊涂，所以还能认识到
　　　　新教徒如果和国家政权完全割断了联系，他们对于我们
　　　　爱尔兰人就更加危险。所谓爱尔兰教会在今天比在过去
　　　　任何时候都更巩固些。

玛　太　敦卜赛神父，请你告诉他，在那次教税①战争中，我
　　　　母亲的姑母就在罗斯库伦大街上被一个兵士用枪打死
　　　　了。(疯狂地)哼，他现在又来要我们出教税。他——

劳伦斯　(带着傲慢和鄙夷的态度打断了玛太的话)哼，又要
　　　　你们出教税！你免过教税吗？从前你把教税交给神父本
　　　　人，后来你把同样多的钱作为地租交给地主，地主又把它
　　　　交给教会维持基金会。从前你的地更值钱些吗？要多缴
　　　　些教税吗？议会的法令并没有改变什么，只是改变了剥
　　　　削你的那个人的领带②，难道你就让这种法令骗住了吗？
　　　　玛太·哈费干，我告诉你，对你这样的人我要怎么办，我
　　　　要你把教税缴给你自己的教会。我要把天主教定为爱尔
　　　　兰的国教，这就是我要做的事。我由于教养，一向把自己
　　　　看作伟大的神圣的天主教会中的一分子，眼看这个教会
　　　　向你这种愚昧、迷信的人伸手讨饭吃，你以为我能够容忍
　　　　下去吗？我要教会超于世俗的需要，正犹如我要教会超
　　　　于世俗的骄傲和野心。对，我还要爱尔兰去跟罗马争教
　　　　皇的位置，争天主教的首都，因为罗马过去尽管有许多殉

---

①　教税是在政教不分立的条件之下由法律规定要教徒缴纳维持教会用度
　　的税款，直接交给教会。如果教会脱离政权而独立，则经费由教会向教
　　徒征募，实际上还是由地主作为租税的一部分来征收。

②　意思说，从前剥削者是不戴领带的神父，现在剥削者是戴领带的地主。

道烈士在那里流过血,一直到今天它在内心里还是信奉多神教的,而在爱尔兰哩,人民就是教会,教会就是人民。

敦卜赛神父 (惊骇,但是并不因此不高兴)呸,你这人! 你比彼得·克干还疯得更厉害呀。

博饶本 (一直非常惊讶地听着这席话)劳伦斯,你真使我大为惊讶,真没有想到你初上台就出这样的风头! (严肃地)不过我虽然很佩服你那真正了不起的口才,我却要请你不要背弃咱们自由党的大原则,就是不定什么国教。

劳伦斯 我并不是一个自由党,绝对不是! 一个没有定为国教的教会是个最暴虐的制度,叫一国人民痛苦呻吟。

博饶本 (愁眉苦脸)别说似是而非的话,劳伦斯,我听着胃都痛起来啦。

劳伦斯 你在爱尔兰不久就会看出我的话是真的。瞧瞧敦卜赛神父! 他就是不受国教拘束的,对于国家政权,他用不着希望什么,也用不着害怕什么,因此他在罗斯库伦这里是个天字第一号的有势力的人。只要敦卜赛神父看着他不顺眼,罗斯库伦派去的议员会吓得发抖。(敦卜赛神父微笑,劳伦斯这样承认他的权威,他倒毫不讨厌)再瞧瞧你自己,汤姆,你对受国教拘束的坎特伯雷大主教①一天内冒犯十次也不要紧,但是你不敢说一句话去得罪一个不皈依国教的教徒! 在今天,保守党才是唯一的不受僧侣骑在头上的党——神父,我说"僧侣骑在头上",请你别见怪(敦卜赛神父大度包涵地点点头)——因为保守党是唯一的把教会定成国教的党,如果一个僧侣只站

<hr />

① 坎特伯雷大主教是英国教会中的最高权威。

在教会一边而不同时站在国家政权一边,保守党就可以不让他当主教。

　　　他停住了。大家哑口无言地呆看着他,等着神父去回驳他。

敦卜赛神父　（法官断案气派）年轻人,你当不成罗斯库伦的议员啦;但是你脑子里真有一套,连用梳子也梳不清。

劳伦斯　爸爸,我很抱歉,使你失望了。不过我早就告诉过你,要我去当议员是不行的。现在我这位候选人最好退场,让你们去商量继任人选吧。（他从桌子上拿起一份报纸,在鸦雀无声中穿过篱笆走开了,在场的人都转眼瞟着他走,一直到他绕过屋角,看不见了。）

杜　元　（发呆）这家伙究竟是什么样的一个人,什么样的一个人呢?

敦卜赛神父　他是个聪明小伙子,前途还未可限量哩。

玛　太　（惊惶）你是不是要派他去当议员?让他把老地主莱斯屈朗基弄回来对付我,要我出教税,把我的土地抢去给巴泽·法越尔那批人?你要抬举他,就因为他是柯尼里斯的独子,是不是?

杜　元　（凶狠地）呸,别再说废话啦!谁要派他去当议员?也许你希望我们把你派到议会里去,好把你对于你那块臭马铃薯地的忧虑说给他们听听,让他们开开心。

玛　太　（悲伤）我受了一辈子的苦,还要来受你的气吗?

杜　元　呸,你那些受苦的话我听够了。从我们小时起,一直就只听到受苦。不是你的苦,就是别人的苦;不是别人的苦,就是爱尔兰这个老国家的苦。见鬼,就仗着彼此受苦,咱们怎么能活下去呢?

敦卜赛神父　你倒说得对,巴涅·杜元。只是你有点太爱说鬼
　　　　了。(向玛太)如果你多想一点上帝赐福的圣徒们受的苦,
　　　　少想一点你自己受的苦,你就会发现从你那个小庄子到天
　　　　堂,路程要缩短好些啦。(玛太正要答话)瞧,你又来了! 够
　　　　啦,甭说啦! 我们知道你存心是好的,我也并不生你的气。

博饶本　哈费干大爷,这一切道理很简单,你一定看得出。我
　　　　的这位朋友劳伦斯·杜依尔是顶会说话的,可惜他是个
　　　　保守党,而且还是个彻头彻尾的旧式保守党。

柯尼里斯　我可不可以问你,博饶本先生,你怎见得他是个保
　　　　守党?

博饶本　(镇定下来,准备做一次政治演说)呃,杜依尔先生,
　　　　你知道,爱尔兰人性格中本来就有点顽强的保守主义。
　　　　劳伦斯本人就说过,威灵顿公爵是个最典型的爱尔兰人。
　　　　这话固然很离奇,但是也很有些道理。我是个自由党,你
　　　　们都知道我们自由党的大原则是什么,是和平——

敦卜赛神父　(虔诚地)赞成,赞成!

博饶本　(受到了鼓励)谢谢你。还有节流——(他停下来,
　　　　等再有人表示赞成。)

玛　太　(畏缩地)节流是个什么意思呀?

博饶本　节流的意思就是大大裁减捐税的负担。

玛　太　(恭恭敬敬地表示赞同)很对,很对,先生。

博饶本　(敷衍地)当然啰,还有改革。

柯尼里斯
敦卜赛神父｝　(照例地同声说)当然。
杜　元

玛　太　(仍然有些猜疑)改革是个什么意思,先生? 它是不

是说要改变现状？

博饶本 （气派十足）哈费干大爷，这就是说，要保持自由党以前所带给人类的那些改革，至于将来的发展，就要信任自由的人民在那些改革的基础上采取自由的行动。

杜　元　那就对，不再有什么干涉。我们现在都很好，我们要求的只是让我们搞我们的。

柯尼里斯　关于爱尔兰自治，你是怎样看法？

博饶本 （站起来，好把话说得更有气派）如果不用夸张的辞句，我就真无法说出我对于自治的感想。

杜　元　怕在敦卜赛神父面前不好说，是不是？

博饶本 （没有懂得杜元的意思）不错——呃——哦——对。我所能说的只有一句，作为一个英国人，对于英爱联邦，我真感到羞愧万分。这是我们英国史上的一个大污点。我期望有这么一个时候——这个时候不会很远，诸位，因为人类也都在期望着它，而且用毫不含糊的语气在坚持争取它的到来——我说，我期望有这么一个时候，那时候爱尔兰议会又要在学院草坪的碧绿的草地上巍然耸立，而联邦国旗，那个衰颓帝国主义的可恨的徽帜，要用一面青旗来代替，这面旗要和它在上空飘扬的那个岛国一样青。在这面旗上，我们只给英国要求留下一小块记号，来纪念我们的伟大的自由党，和我们伟大的老领袖的不朽英名①。

杜　元　（热情地）说实话，他真说得漂亮。（拍自己的膝盖，

—————

① 老领袖指格莱斯敦。格莱斯敦对爱尔兰施行过高压手段，采用了强制法令。对他的赞美就是讽刺。

向玛太使眼色。）

玛　太　望你多加一把劲,先生!

博饶本　诸位,我不再说下去了,好让你们商量商量,我本来
　　　很想多谈谈自由党对于大多数爱尔兰人民的宗教信仰所
　　　做的贡献,不过现在我只说这一点,依我的愚见,你们所
　　　选的议员——无论他的个人信仰如何——必须热烈地拥
　　　护宗教自由,而且为着证明他拥护宗教自由,必须尽他的
　　　能力,提出大量的捐助,来帮助敦卜赛神父为罗斯库伦人
　　　民所做的伟大的慈善工作。（敦卜赛神父鞠躬）此外,人
　　　民体育活动的问题虽然比较小,但是仍然顶重要,也不能
　　　忘掉。地方板球俱乐部——

柯尼里斯　什么俱乐部?

杜　元　如果你指的是板球,这里却没有人打板球。

博饶本　那么,就说掷铁环吧。我想,昨晚我看见有两个
　　　人——不过这些都只是细节问题,暂且不谈吧。主要的
　　　是你们的议员候选人,不管他是谁,必须有点财产,能帮
　　　助地方,不至成为地方的负担。如果他是我们英国人,他
　　　对于众议院的精神影响就会很大,就会无比地巨大! 请
　　　原谅我说了这几句话,我自己比任何人都更感觉到,这实
　　　在是冒昧之至。再见吧! 诸位。

　　　　　他气派十足地转身向前门,很快地走开了,头微偏,
　　　眼睛向上扬起,自庆在政治勾当中做了一件得意的事。

玛　太　（凛然敬畏）再见,先生。

其余的人　再见。（他们茫然望着他走开,直等到他听不见
　　　他们的话声了。）

柯尼里斯　敦卜赛神父,你看如何?

敦卜赛神父　（宽容地）嗯，他没有什么头脑，愿上帝保佑他，和我们的现任议员也差不多。

杜　元　我看他当议员还行。议会里有什么事可做？不过乱吹一阵牛，和政府捣捣乱，跟着爱尔兰党投票罢了。

柯尼里斯　（有所思索）我还没有碰见比他更奇怪的英国人。今早他打开报纸一看，头一条新闻就是英国讨伐军在印度什么地方吃了一个败仗，他看到了却高兴得什么似的。劳伦斯对他说，假如滑铁卢的捷报传来的时候，他已经在世了，他会伤心得如丧考妣。老天，我看他的神志有点不大正常。

杜　元　管他妈的神志怎样，只要他钱多。他干议员一定行，没有错的。

玛　太　（深受博饶本的感动，不懂得他们谈到博饶本，为什么那样轻薄）你还记得他说的节流吧，我想那话倒顶不错。

敦卜赛神父　柯尼里斯，你最好向劳伦斯打听打听，看博饶本到底有多少财产。上帝赦宥我们！掠夺埃及人是件不大体面的事，尽管我们有正当的理由①。所以我先要知道可掠夺的东西究竟有多少，然后再做决定。（他站起，大家都恭恭敬敬地站起。）

柯尼里斯　（懊丧地）我本来打算让劳伦斯得这个议席，不过我想现在已经没有办法了。

---

①　"掠夺埃及人"，希伯来民族遭灾荒，迁到埃及就食，后来摩西率领他们回巴勒斯坦，临行前掠夺了埃及人的财宝（见《出埃及记》第十二章）。本文"埃及人"指英国人，敦卜赛神父的意思是说，找英国人要钱不是体面事，虽然有摩西的先例可援；钱少就不必要，钱多就要。

敦卜赛神父　（安慰他）他还年轻,可是他很有头脑。再见吧,诸位。(他从前门走出去。)

杜　元　我也要走了。(他叫柯尼里斯看大路上的情形)瞧,那位勇敢的英国佬在跟敦卜赛神父握手,简直就像一个议员候选人在大选的日子一样。再瞧敦卜赛神父,他捏了捏博饶本的手,对他使了一个眼色,仿佛说:"事情成啦,老兄。"你瞧着吧,他还要跟我握手哩,瞧,他在那里等着我。我要告诉他,他就等于当选啦。(他一面走,一面顽皮地咯咯笑。)

柯尼里斯　跟我进来,玛太。我想我还是把那只猪卖给你。进来喝一杯,润润咱们的交易。

玛　太　（马上用佃农发牢骚的那个老调)我怕出不起那个大价钱。(他跟柯尼里斯往屋里走。)

　　　　　　劳伦斯手里还拿着报纸,从篱笆那边走回来。博饶本从前门走回来。

劳伦斯　怎么样?经过如何?

博饶本　（非常自满)我想我这次搞对了。我向他们说了一点老实话,打中了他们的心,他们都大受感动。他们个个都信任我,到了选举的时候,都会投票选我啦。说到究竟,劳伦斯,不管你怎么说,他们是欢喜英国人的。他们觉得英国人可靠,我想。

劳伦斯　啊! 他们原来把这个荣誉转奉给老兄了,是不是?

博饶本　（自满地)呃,我看他们显然该这么办。你知道,这些家伙尽管有些爱尔兰人的怪脾气,究竟还是很精明。(霍德生从屋里出来。劳伦斯坐在杜元坐过的那张椅上看报)呃,想起来了一件事,霍德生——

霍德生　（走到博饶本和劳伦斯两人中间）什么事，老爷？

博饶本　我希望你对待这里的人们要特别仔细一点。

霍德生　我还没有对待过什么人哩，老爷。如果我必须接受他们给我的一切对待，我老早就要垮啦，老爷。

博饶本　告诉你，别那样冷冷淡淡的，霍德生。我希望你对人要和悦些。如果要费一点儿事，我对你自有报酬。起初有点看不惯，不顺意，倒不碍事，他们会因此更欢喜你。

霍德生　你倒是好意，我敢说，老爷。不过对我来说，他们欢喜我也好，不欢喜我也好，没大关系。老爷，我又不想当他们的议员哟。

博饶本　你不想当，我可想当呀。现在你明白了吧？

霍德生　（马上明白过来）哦，实在对不起。我现在明白了，老爷。

柯尼里斯　（同玛太走出到门口）今晚我叫巴泽把猪赶过去，玛太。再见。（他回到屋里去。玛太朝前门走。博饶本拦住他。霍德生瞧着那个破藤筐不顺眼，把它捡起提到屋后去了。）

博饶本　（喜笑颜开，议员候选人的气派）哈费干大爷，我要特别感谢你今早对我的支持。我把你的支持看得很重要，因为我知道一个国家真正的支柱就是你所代表的那个阶级，自由民。

玛　太　（骇然）自由民！！！

劳伦斯　（在看报，抬起头来）当心一点，汤姆！在罗斯库伦这地方，自由民就是强盗帮伙里面的人。玛太，在英国，他们管自耕农叫自由民。

玛　太　（怒气冲冲地）用不着你教我，劳伦斯·杜依尔。有些人以为只有他们自己才懂事,旁人什么也不懂。(恭恭敬敬地向博饶本)我当然明白,像你这样一个君子人决不会拿我来比自由民。我的祖父就在亚敦磨勒镇大街上叫自由民们打过一次。他们把枪暗地里藏在我们的屋顶上,然后来搜查,那班天诛地灭的!

博饶本　(同情地关心)那么,你在你府上还不是第一个受害的人了,哈费干大爷,是不是?

玛　太　我亲手在本地那座小山上石头地中间垦出一块耕地来,他们把我赶走了。

博饶本　我听说过,现在一想到这件事,我还气得热血沸腾呀。(叫喊)霍德生——

霍德生　(从屋角后面)来了,老爷。(他赶忙走过来。)

博饶本　霍德生,这位大爷所受的苦值得每个英国人想一想。这样不公平的事真给社会丢脸,与其说是由于人们没有心肝,倒不如说由于人们没有头脑,才会发生这种事。

霍德生　(冷淡地)是,老爷。

玛　太　我要走了,再见,先生。

博饶本　你还有一大段路要走,哈费干大爷,让我开车送你回去好不好?

玛　太　哎哟,那就太麻烦阁下啦。

博饶本　我一定要送你去。这对我是件最荣幸的事,请你相信。我的车停在马棚里,只要五分钟我就可以把它开过来。

玛　太　那么,如果阁下不见怪,咱们还可以把我刚才从柯尼里斯那里买来的那只猪带着走——

博饶本　(热情地)当然可以,哈费干大爷,开车送猪很有趣,这么一来,我就会觉得自己很像一个爱尔兰人啦。霍德生,留在这里陪着哈费干大爷,如果有必要,帮忙把猪弄上车。劳伦斯,请你来帮我一个忙。(他匆忙地穿过篱笆跑走了。)

劳伦斯　(不高兴,把报纸扔到椅子上)喂,汤姆,我说!真见鬼!(他追博饶本。)

玛　太　(瞧不起似的瞪眼看着霍德生,一屁股坐到柯尼里斯坐过的椅子上,表示要肯定自己的社会地位)嗯,你就是陪人吗?

霍德生　陪人?哦,我明白你的话了。是,我就是博饶本先生的仆人。

玛　太　你这差事倒很轻巧呀,看样子你多么油光水滑的。(带着一副勉强忍住的凶狠相)瞧我!我油光水滑的吗?

霍德生　(愁惨地)我倒希望我有你那样的好身体,像铁钉一样结实。我有尿酸过多的毛病,真受苦。

玛　太　溜蒜算得个什么病?你遭受到不公平,挨过饥饿吗?这是爱尔兰病。你们也配谈受苦,实际上你们刮我们的地皮,过着顶奢侈的生活。

霍德生　(突然放弃刚才那种很熟练的仆人口吻,用他的伦敦土调喊出来)怎么啦,老家伙?有人做了什么对不起你的事吗?

玛　太　对不起我!你那位英国老板不是说过吗?他听到我亲手垦出了一块耕地,他们就要我出地租,并且把我赶走,把我垦好的地租给了比勒·波恩,他听到这话,就气得热血沸腾起来啦。

霍德生　哼,博饶本的热血是很容易沸腾的,只要事情不是发生在英国。别受我那位老板的骗吧，痞娃子①。

玛　太　（气愤）你才是痞娃子！你怎么胆敢这样叫我？

霍德生　（无动于衷）别生气，好好听我说吧。你们爱尔兰人
　　　　真太舒服啦，你们的毛病就在这里。（突然激昂起来）你
　　　　在谈你那小块鬼耕地，因为你开垦它，捡了几块石头扔下
　　　　山去！我的祖父在伦敦开了一个头等的铺子，经营头等
　　　　的布匹生意，辛辛苦苦地干了六十年，到了房租满期的时
　　　　候，就被人赶了出去！一个大子儿也没有得到。我问你，
　　　　他受到的是多么大的损失？你们不欠上一年半的田租，
　　　　人家就赶你们不动，你们也埋怨撤佃！有一年冬天我失
　　　　了业，在兰伯兹那地方欠了四个星期的房租，他们就把我
　　　　的门窗都卸下，让我的老婆得了肺炎。我现在是个鳏夫
　　　　了。（咬牙切齿）老天呀，我一想到咱们英国人所受的痛
　　　　苦，听到你们爱尔兰人在叫喊一些无聊的小冤屈，又看到
　　　　你们爱尔兰人跑到英国去做工，接受低廉的工资，睡顶坏
　　　　的宿舍，因此把我们英国的情形弄得更糟，我就恨不得把
　　　　我们那个倒霉的老英国拿来做一件礼物，奉送给你们，好
　　　　让你们尝尝真正的艰难困苦。

玛　太　（惊跳起来，与其说是愤怒，倒不如说是觉得这话骇
　　　　人听闻，难以置信）说到不公平、冤屈、灾难和痛苦，你居
　　　　然有脸拿英国来比爱尔兰吗？

霍德生　（非常嫌厌和鄙视）别吵，痞娃子，安静一点。你们
　　　　在爱尔兰，实在不懂得什么叫作艰难困苦，你们只懂得叫
　　　　苦，而且都争着叫得最响亮，你们的确是这样。我很赞成

━━━━━━━

①　"痞娃子"，原文是 Paddy，爱尔兰人的诨号，有轻视意味。

让爱尔兰自治,你知道这是为什么缘故?

玛　太　(也鄙视他)你知道,你?

霍德生　我知道。因为我希望咱们英国多让人瞧得起一点,但是只要你们爱尔兰人还在国会里叫喊,好像只有你们这批该倒霉的家伙才重要,就没有人瞧得起英国啦。我很赞成我们英国老克伦威尔说的话,他说,把爱尔兰人送回到地狱里去或是送回到康牢特①去。我对于爱尔兰真看厌了。让它自生自长去。把两国的联系割断。把它当作礼物送给德国也好,让老凯撒②去忙一阵子,给我们英国一个机会。这就是我的主张。

玛　太　(非常瞧不起他,因为他无知到了这个地步,连康涅特这个地名也不会读,这字在爱尔兰实际上读“厄”韵,而他却读成“奥”韵)有一天我们爱尔兰人总要脱离英国独立,你当心,到了那一天,你们可就要倒霉了!我问你,你们在英国有“强制法令”吗?有英王任免的长官吗?你们有都柏林宫堡勒令凡是替祖国说话的报纸都一齐停刊吗?

霍德生　我们英国人用不着这些东西,也能安分守己。

玛　太　嗯,你说得对,要把羊的口堵住不让它叫,那是白费时间。哎哟,我的猪到哪里去了?和你这种无知的可怜虫胡聊,真是得罪了上帝。

霍德生　(很开心地恶意狞笑,十分相信自己的优越,所以玛太骂了他,他也不介意)你的猪放在那辆汽车里才会闹

---

①　康牢特,爱尔兰西北部一个省,“送回到康牢特”就是送回到爱尔兰。

②　老凯撒,指威廉第二。

出好把戏来哩,瘄娃子。在那条窄狭的石头路上一点钟
跑上四十英里,保管把猪弄得半死不活。

玛　太　（鄙夷地）撒谎也要撒得圆,什么马一点钟能跑四十
英里?

霍德生　马!你这愚蠢的老废物,不是马,是汽车。你以为博
饶本亲自去了,是为着套马吗?

玛　太　（惊慌）我的老天!他该不是用汽车送我回家吧?

霍德生　不是汽车是什么车?

玛　太　你这该死的混蛋,为什么不早点告诉我? 我今天才
不上他那鬼汽车。（他听到突嗤突嗤的声音来了）哎呀,
救命呀!它追我来啦,我听到扑哒扑哒地响啦!（他走
出前门,一溜烟跑走了,霍德生看见很开心,汽车声停住
了,霍德生知道老板要回来了,于是把政治活动家的派头
丢掉,又回到仆人的样子。博饶本和劳伦斯从篱笆那边
走过来。霍德生站开,走到前门。)

博饶本　哈费干大爷哪里去了?是不是取猪去了?

霍德生　老爷,他逃啦,他怕汽车。

博饶本　（大失所望）这可讨厌。他留了话没有?

霍德生　他跑得匆忙,来不及留话了。他跑回家去,把猪丢下
了,老爷。

博饶本　（热切地）把猪丢下了!那么,不要紧,有猪就行了,
猪会替我把每一个爱尔兰人都争取过来。我们要用汽车
把猪送到哈费干的庄上去。这会产生很大很大的效果。
霍德生!

霍德生　老爷有什么吩咐?

博饶本　想想看,你能不能吸引一批群众来看汽车?

霍德生　嗯,我可以试一试,老爷。

博饶本　**谢谢你**,霍德生,去试试看。

　　　　霍德生从前门走出去。

劳伦斯　(无可奈何地)汤姆,我再说一遍,你听不听我的话?

博饶本　**废话!** 我告诉你,一切都会很顺利。

劳伦斯　你今早才对我说,你发现这里人没有什么幽默感,你
　　　　觉得很奇怪。

博饶本　(突然很严肃)对,爱尔兰人的幽默感都潜伏起来
　　　　了。自从我们上岸的时候,我就注意到这一点。爱尔兰
　　　　人本来都是天生的幽默家,现在情形却是这样,这是值得
　　　　想一想的! 想一想这究竟是什么缘故! (神气十足地)
　　　　劳伦斯,缘故就在于我们看到的是一种严重的民族痛苦。

劳伦斯　什么东西使他们痛苦呢?

博饶本　这个我早就猜中了,我从他们的脸上就看出来了。
　　　　自从格莱斯敦去世,爱尔兰的希望便和这位老领袖一起
　　　　埋葬到坟墓里去了,从此他们就没有开过笑脸。

劳伦斯　嘻! 和你这种人说话简直是白费气力! 喂,我说,汤
　　　　姆,如果你能够认真一点,我希望你暂时认真一点才好。

博饶本　(茫然)认真一点! 说的是我!!!

劳伦斯　对,说的就是你。你说爱尔兰人的幽默感都潜伏起
　　　　来了,现在你如果把哈费干的猪放在汽车里,在罗斯库伦
　　　　开着走,爱尔兰人的幽默感可就不会再潜伏啦。这是我
　　　　给你的警告。

博饶本　(快活地)不潜伏,那就更好啦! 对这个玩笑,我自
　　　　己就会比谁都更开心。(叫喊)喂,巴泽·法越尔在
　　　　哪里?

巴　泽　（从篱笆那边出现）我在这里,老爷。

博饶本　你去把猪捉来放在汽车里,我们要把它送到哈费干大爷家里去。（他拍劳伦斯的肩膀,这一拍就把他拍得踉踉跄跄地走出前门。他一面兴高采烈地跟劳伦斯出去,一面喊着）劳伦斯,你这老不说好话的家伙,跟我来! 我让你瞧一瞧争取做爱尔兰的议员的诀窍。

巴　泽　（若有所思）哎哟我的天,要是那只猪抓住车轮盘的话,那就——（他摇摇头,预兆凶多吉少,慢慢地向猪栏那边走去。）

第 四 幕

　　柯尼里斯·杜侬尔家的客厅,门朝花园开着,上半截嵌着玻璃。壁炉和门窗相对,建筑师原来没有理会到穿堂风。桌子是从花园里挪回来的,摆在客厅正中。这间很拥挤的房子里的中心人物是克干,坐在这张桌子左边。娜拉坐在桌子的一头,靠克干的左首,背对着壁炉,和克干斜对面在桌角上下棋。纠德姑姑坐在更里面一点,面对着壁炉做针线,脚踏在炉挡儿上。靠克干的右首一点,在桌子右边站着,几乎坐在桌子上面的是巴涅·杜元。他有五六个朋友,都是男的,站在他和敞开的门之间,门外还有一些人帮腔。杜元这批人背后那个屋角里摆着一张硬木嵌马尾的沙发,铺起来做了博饶本临时用的床。克干背后有一张硬木站橱,靠着左壁。通到里面去的门靠近壁炉开着,就在纠德姑姑背后。靠左壁摆了几张椅子,站橱两边各摆一张。克干的帽子摆在最靠近里门的那张椅子上,他的手杖就靠在旁边。另外一张椅子也靠着左壁,靠近通到花园的那扇门。

　　这间客厅里左右两边的情感气氛成了一个鲜明的对照。克干的样子非常严峻,下棋的人从来也不能像他那样板起阴森的脸。纠德姑姑很安详地在忙着做针线。娜拉想尽量不理睬杜元,专心下她的棋。

　　在另一边,杜元在非常开心地顽皮地嘻笑,笑得晃来晃去,他的朋友们也受了他的感染。他们哄堂大笑,腰都笑弯了,一会儿倒到家具上,一会儿倒到墙壁上,尖声怪气地笑个不休。

纠德姑姑　(趁笑声稍停)喂,巴涅,别再吵闹啦。有什么可笑的?

杜　元　猪把脚插到那个小轮盘里去了——(他又忍不住大笑,其余的人也都笑得止不住。)

纠德姑姑　啐,也该懂一点儿事,你们简直就像一群小孩子。娜拉,在他背心上打一拳,他笑得要抽搐啦。

杜　元　(笑得眼睛挤成一条缝,喘不过气来)朋友们呀,他在杜兰酒馆门前向人说,我在开车陪这位缴租税的大爷去玩玩。

纠德姑姑　他指的是谁?

杜　元　他们英国人管猪叫缴租税的大爷。他们就只会开这样的玩笑。

纠德姑姑　要是他们就只会开这样的玩笑,请上帝保佑他们吧!

杜　元　(又有要笑的样子)试想——

纠德姑姑　呸,别又再说一遍,惹得你又傻笑啦,巴涅。

娜　拉　杜元大爷,我听你说过三遍了。

杜　元　呃,不过我一想起它——!

纠德姑姑　那么,就别再想它啦。

杜　元　巴泽·法越尔坐在后面,用两条腿把猪夹住,那位大胆的英国小伙子坐在前面,掌着车盘。劳伦斯·杜依尔站在大路上用根铁棍开动机器。汽车扑嘟一响,猪就吓得魂不附体地乱蹦,它鼻子上的铁圈就把巴泽的鼻子碰出血来啦。(哄堂大笑,克干瞪眼看着他们)博饶本还不知道是怎么回事,猪就冷不防地跳到他的背上,又从他的头上跳过去,跳到他怀里了。我的老天,那只可怜的畜生倒没有辜负柯尼里斯的训练,它用右蹄一拨,就把汽车拨到最高速度,好像它要夺得汽车赛跑的锦标。

娜　拉　(责备)劳伦斯就在汽车前面呀!这不是该笑的事情,杜元大爷。

杜　元　老天呀,越莱小姐,劳伦斯往旁一跳,一下就跳了六码路,好像只跳了一寸那么轻便,要不是杜兰的祖母冷不防地和他撞个满怀,他还可以跳出七码哩。(笑得非常开心。)

纠德姑姑　哎哟,真丢人,巴涅!那位老太太真可怜!上次她在楼梯上滑倒,已经跌伤啦。

杜　元　夫人,我告诉你,她这次伤的是屁股啦,劳伦斯一撞,就把她撞个屁股蹲儿。(爱尔兰式笑谑中的得意之笔,引起了普遍的欢笑。)

娜　拉　幸亏那小伙子还没有撞死。

杜　元　说句老实话,当时我们担心的倒不是劳伦斯,问题是在车载着猪,在赶集的热闹日子,打罗斯库伦大街开着走,一分钟就要跑一英里。博饶本有猪拦在前面,什么也够不着,只够得着那块脚踏的闸门,而猪尾巴就压在那闸门下面,因此,博饶本以为自己是在踹闸门,而实际上他只是把猪尾巴压得痛得要命。他愈踹闸门,猪就叫得愈凶,而他的车也就开得愈快。

纠德姑姑　他为什么不把猪扔到路上去呢？

杜　元　他当然办不到,因为后面是座位,前面是一个像轮盘
　　　　的东西顶在他两条腿中间的那根棍子上,他紧紧地挤在
　　　　中间,动弹不得呀。

纠德姑姑　哎哟,我的老天!

娜　拉　我不懂得你碰到这样事怎么能笑。克干先生,你懂
　　　　得么?

克　干　(冷酷地)为什么不懂?那里有危险,有毁灭,有痛
　　　　苦呀!这还不够使咱们开心吗?巴涅,说下去吧,最后一
　　　　点滴快活还没有从你那个故事里挤出来哩。我们弟兄是
　　　　怎样弄得血肉横飞的,你再说给我们听听。

杜　元　(茫然)谁的弟兄?

克　干　我的弟兄。

娜　拉　杜元大爷,他指的是猪。这是他的说法①。

杜　元　(随机应变,说起漂亮话来)老天,提起你那位可怜
　　　　的弟兄,我很难过,克干先生;我劝你明天早晨用两个炒
　　　　鸡蛋和它在一起做早餐,尝一尝它的滋味吧。那个志气
　　　　不小的畜生是要步步高升的,从后座跳到前座,它还不满
　　　　足,还要从前座跳上大路,跳到汽车的前面去。于是——

克　干　于是人人都笑起来啦!

娜　拉　请别反复地说啦,杜元大爷。

杜　元　说句老实话,到了汽车在那只猪身上反复地轧过,就
　　　　没有什么剩下来可以让我反复地说啦,除非用刀叉去反

---

① 十二世纪有一个神父叫作圣佛朗西斯,常把猪叫作自己的弟兄,表示基
　　督教徒对于"上帝造的"动物的友爱。

复地吃它。

纠德姑姑　猪跑走了,博饶本先生为什么不刹车呢?

杜　元　哼,刹车!那要比拦住一条发疯的牛还难。起初那
　　　　汽车朝前直跑,把冒勒·莱因的一摊子陶器打个稀巴烂,
　　　　然后转了一个弯,又把公家牛马房的墙撞倒一丈多。
　　　　(对这事非常欣赏)老天,那辆汽车把整个的镇市都闹得
　　　　翻天覆地,把他妈的整个市场也毁掉了。(娜拉生气,站
　　　　起来。)

克　干　(气愤)杜元大爷!

杜　元　(赶快地)对不起,越莱小姐和克干先生。好吧! 我
　　　　一句话也不再说了。

娜　拉　杜元大爷,没想到你是这样。(她又坐下。)

杜　元　(若有所思)不管怎么说,那个英国家伙真有点鬼运
　　　　气,他们把他扶起来的时候,他居然一块皮也没有伤,只
　　　　是他的衣服让猪扯破了。巴泽有两个手指头脱了榫,铁
　　　　匠把它们又安上了。哎呀,我从来也没有看见过那样吵
　　　　吵闹闹的。冒勒叫喊着,我的磁器呀! 我的漂亮磁器呀!
　　　　老玛太叫喊着,我的猪呀! 我的猪呀! 警察跑来,把汽车
　　　　号码记下来了。全镇市上没有一个人笑得说得出
　　　　话来——

克　干　(用极沉重的语调)那是地狱,那简直是地狱! 除了
　　　　在地狱里,那种事情决不能叫人们拿来当笑话讲的。

　　　　　　柯尼里斯匆忙地从花园里跑进来,从这小群人中间
　　　　挤到屋里去。

柯尼里斯　别再笑啦,小伙子们! 他回来啦。(他把帽子摆
　　　　在站橱上面,走到壁炉前,背向炉台站着。)

纠德姑姑　　现在你们要当心点,不要失礼呀。

　　　　在座的每个人都默不作声,态度严肃,表现出关怀和同情。博饶本进来了,他的开车穿的上装虽然弄得肮脏不整齐,他自己却显得非常神气,故作正经。他挤到桌子的最靠近花园门的那一头,陪着他进来的劳伦斯把开车穿的上装扔到沙发床上,坐下来,瞧着全场的动静。

博饶本　　(带着尊严的样子脱下皮帽,把它放在桌子上)诸位该没有为我担忧吧,我希望。

纠德姑姑　　我们实在为你担忧呀,博饶本先生。幸亏上帝仁慈,没有让你撞死。

杜　元　　哼,撞死! 还有两根骨头连在一起,就得感圣恩啊。你怎么居然,居然脱了险? 我绝对没有想到还能看到你平安无事地活着回来呀。镇上没有一个人指望你还能活呀。(大家低语,好心好意地赞成这句话)咱们到杜兰酒馆里去喝一杯白兰地吧,好让你镇定一下心神,好不好?

博饶本　　你们都真是太善心了,不过我的心神已经镇定下来了。

杜　元　　(快活地)没关系。咱们还是去喝一杯,你把经过说给朋友们听听。

博饶本　　自从我出了事故以后,你们对我的厚意真是使我感激万分。说句真心话,碰到了这次事故,我倒很高兴,因为它把爱尔兰人性格中的厚道和同情,表现到我从来没有想象到的高度。

在场的几个人　　{我们当然欢迎你。
这当然是自然的。
你当然差一点儿就会撞死了。

一个年轻的小伙子要笑得忍不住,赶快跑出去了。

巴涅脸上装得一本正经。

博饶本　我想说的只有一句话,我倒希望我能举杯祝你们每一个人健康。

杜　元　那么,咱们就去喝一杯吧。

博饶本　(很严肃地)很抱歉,我戒了酒。

纠德姑姑　(不大相信)嗄,打什么时候起的?

博饶本　打今天早晨起,杜依尔小姐。我受到过一次教训,(意味深长地看了娜拉一眼)那是我忘不了的。也许就是因为完全没有喝酒,我这条命今天才救住了,今天我面临着死路一条的时候,我的神经非常镇定,我自己也觉得很奇怪。所以我请求诸位原谅。(抖擞精神,来做一次演讲)诸位,咱们今天都经过了一场危险——我知道,站在汽车外面旁观的人和坐在汽车里面的人都是一样危险——我希望这次严重的危险可以保证咱们中间将来建立起更密切而且更重要的关系。我们今天过了一个很激动的日子:一个很有价值的无辜的畜生牺牲了性命,一座公家房屋撞倒了,一个衰弱的老太太也挨了一撞,虽然首先遭到她的合乎情理的怒骂的是我的这位老朋友,劳伦斯·杜依尔先生,撞倒她的过错却应由我个人承担。我很抱歉,巴泽·法越尔大爷的手指头也受了伤,我当然已经照顾到了,不叫他为这次不幸的事故感到经济的困难。(一阵低语,钦佩他的慷慨,还有人说:"先生,你真是个君子人。")我很高兴向诸位报告,巴泽对这次事故的态度真不愧为一个爱尔兰好汉,他不但没有一句怨言,反而说,为了我,他即使把十个手指和十个脚趾全打断了也心甘情愿,只要我仍旧肯出医药费。(不大响亮的赞扬声,还有人说:"祝巴泽成功啊!")诸位,我一开始就觉得在爱尔兰就像在家里一样。(听众逐渐激昂起来)在每个爱尔兰人的心里,我都发现到自由的精神,(一个人欢呼:"好,好!")对于政府的生来的不信任,(一个细小而虔诚的声音激昂地说:"祝上帝保佑你,先生!")对于独立自主的酷爱,(一个顽强的声音说:"对呀,独立自主!")对于国外受压迫民族的事业的同情,(全体哄堂喝彩,这是一阵爱国热情的巨浪)以及在我们英国早就看不见的对于国内人权的坚决保卫。假如法律允许,我一定要请求入爱尔兰国籍;如果我运气好,当上爱尔兰的议员,我第一件要做的事,就是提出一个法案,准许英国人可以入爱尔兰国籍。我相信英国自由党里会有很多人要利用这个法令。(暂时间听众有些疑心)我一定这样做。(欢呼声震天)诸位,我的话说得很够了。(听众喊:"还请说下去!")不,我现在还没有资格向诸位谈政治问题,而且我们也不能辜负杜依尔小姐的爱尔兰式的殷勤好客,把她的客厅变成一个公众会场。

杜　元　(精神抖擞地)向我们罗斯库伦未来的议员,汤姆·博饶本欢呼三声呀!

纠德姑姑　(挥舞还没有打成的短袜)嗨,嗨,哈啦!

　　　　　欢呼声是喊得很热烈的,好像到了这个时候,对于在场的比较幽默的人来说,不呼喊就忍不住笑破肚皮。

博饶本　朋友们,我从心坎里感谢诸位的厚意。

娜　拉　(低声告诉杜元)杜元大爷,你把这批人带走吧。
　　　　　(杜元点头。)

杜　　元　　博饶本先生,再见了。希望你永远不会为今天开汽车送猪的事,觉得后悔!(他们握手)再见,杜依尔小姐。

　　　　　　大家互相握手,博饶本热情地跟每一个人握手。他送他们到花园,从那里传来他用议员候选人所能用到的一切语调说"再见"。娜拉、纠德姑姑、克干、劳伦斯和柯尼里斯都还留在客厅里。劳伦斯走到门口,瞧着花园里的场面。

娜　　拉　　这样拿他开心,太不成体统啦。他比巴涅·杜元究竟要好得多。

柯尼里斯　　他的候选算是完蛋啦。大家会把他从这镇上嘲笑跑了。

劳伦斯　　(很快地从门口踱回来)不,不会,他不是一个爱尔兰人,不会明白人们是在笑他;正在人们笑他的时候,他却把议员弄到手了。

柯尼里斯　　可是他没法防止这个故事传出去。

劳伦斯　　他并不怕故事传出去,而且他还要亲自去传,把它当作英爱两国历史中最足见天意安排的一个插曲哩。

纠德姑姑　　我敢说,他不会那样拿自己当傻瓜去卖弄。

劳伦斯　　姑姑,你以为他当真是个傻瓜吗?假如你有一张选票,碰着这么两个人,一个人按照杜元的方式来说哈费干家猪的故事,另一个人按照博饶本的方式来说,在这两人之中你究竟选哪一个呢?

纠德姑姑　　说句老实话,我根本不选男的。议会里也该有几位女议员,免得他们在那里尽说些无聊的废话。

博饶本　　(匆匆忙忙地走进来,把让猪撕坏了的开车上衣脱下,放在沙发上)呃,事情算是过去了。杜依尔小姐,我该向你道歉,我不该讲了那一大套;不过他们听了倒很欢喜。什么事情对于竞选都是有帮助的。

　　劳伦斯把门口那张椅子挪到桌旁,跨坐在上面,两只胳膊叉起,放在椅背上。

纠德姑姑　想不到你还是这样一个大演说家哩,博饶本先生。

博饶本　哈哈,那只是一点窍门。从讲台上谁都能学会它。倒是把他们的热情掀起来了。

纠德姑姑　哎哟,我搞忘了。你还没有会过克干先生,我来替你介绍。

博饶本　(热情地握手)克干先生,见到你,我高兴极啦。久闻大名,可惜过去还没有那个荣幸和你握手。我想向你请教请教——因为我看谁的意见都比不上你的有价值——你看我这次希望如何?

克　干　(冷淡地)你的希望很大,先生。你当得成议员。

博饶本　(很高兴)我希望如此,我想会如此。(拿不稳)你真是这样想吗?是不是因为你热心赞成我的原则,你的判断就受了影响呢?

克　干　我对于你那些原则并不热心,先生。你当得成议员,因为你非常想当,所以不惜采取一些必要的步骤,来勾引人们选你。凡是钻进那个荒唐议会的人通常都是运用你那套办法。

博饶本　(惶惑)当然。(停了一会儿)不错。(又停了一会儿)呃——对。(又乐起来了)我想他们是会选我的。你看如何?会选我吧?

纠德姑姑　嗯,他们为什么不选你?瞧瞧他们选的都是些什么人!

博饶本 （得到了鼓励）这话倒对，这话倒对。每逢我看到那些空口说废话的人们，政治贩子们，招摇撞骗的人们，还有那些——那些——那些愚蠢无知的人们专会拿钱去收买群众，或是说大话去欺骗群众，我一看到这批人，心里就想，一个丝毫虚假也没有的老实人，说的是入情入理的老实话，站的是坚持原则和为公众尽责的坚稳立场，就应该得到一切阶级的人们拥护。

克　干 （平静地）在从前我年轻无知的时候，我一定把你叫作伪君子。

博饶本 （红了脸）伪君子！

娜　拉 （赶快插上）克干先生，我敢说你并不这样想。

博饶本 （着重地）谢谢你，越莱小姐，谢谢你。

柯尼里斯 （愁惨地）在政治上我们都得把尺寸打宽一点，否认这个事实有什么用处呢？

博饶本 （强硬地）杜依尔先生，我希望我从来没有说过什么话，或是做过什么事，可以引起人们说出你这种话来。我生平最痛恨的，而且我的整个政治生涯都在反对的，就是伪君子的毛病。我几乎宁愿前后不一致，也不愿虚伪。

克　干 请别生气，先生，我知道你很真诚。《圣经》里有一句话说——正确的字句，像我这样年龄记性坏了的人，可记不清——别让你右边脑子知道你左边脑子在干什么。从前我在牛津大学的时候，就早已看出英国人就凭这句诀窍，才有他们那种奇怪的本领，能尽量利用今世和来世。

博饶本 《圣经》原文说的是右手和左手呀。我很奇怪，你们天主教徒也引用那个基本上属于新教的文件——《圣经》;但是你至少也该不把原文引错才好。

劳伦斯　汤姆,你这是好心好意地拿自己当傻瓜。你不懂得这是克干先生所特有的幽默劲儿。

博饶本　(信心马上恢复了)哦,原来还是你那逗人欢喜的爱尔兰式的幽默哟,克干先生。当然,当然。我真笨!很抱歉。(拍了拍克干的背,表示安慰)英国佬的头脑还是迟钝,你瞧。而且你把我叫作伪君子,这个玩笑可开大啦,叫我一下子不大能受得住,你知道。

克　干　你得包涵一点,我是个疯子。

娜　拉　哎哟,别说那样的话,克干先生。

博饶本　(鼓励地)一点也不疯,一点也不疯。只是一个有点怪想法的爱尔兰人,是不是?

劳伦斯　克干先生,你真是疯子吗?

纠德姑姑　(骇然)啐,劳伦斯,你怎么问出这样的话?

劳伦斯　我想克干先生不会介意。(向克干)据说有一个黑人临死的时候,找你去行忏悔仪式,经过情形究竟是怎样?

克　干　你听到的是怎样呢?

劳伦斯　我听说,魔鬼来捉那个黑人的时候,把你的头取了下来,转了三次,然后又把它安上,从此以后,你的头脑就颠倒过来了。

娜　拉　(责备)劳伦斯!

克　干　(温和地)事情经过并不完全如此。(他抖擞起精神来说一番大道理,他们都不由自主地倾听)当时我听说有个黑人生命垂危,旁人都怕接近他,我就走到他那里,看见他是个上了年纪的印度人。他把他生平无辜受祸,碰到残酷的厄运,受到命运的无情的迫害之类的故事告诉了我,那些惨痛的遭遇照理不是一个神父口头常用的一些话语所能安慰的,但是这个人对于他的苦难毫不抱怨。他说,那些苦难都是前生作孽的报应。随后,我还没有来得及说句安慰话,他就断了气。他临死的时候清清楚楚地体会到听天由命的道理,我平时苦口规劝,也难得使一个基督教徒懂得这个道理。我坐在他的床边,突然得到了启示,认清楚了这个世界的秘奥。

博饶本　你这个故事对于我们大英帝国的印度百姓所享受到的宗教自由,倒是一篇很好的颂歌。

劳伦斯　当然啰,但是我们可不可以冒昧地问一句:这个世界的秘奥究竟是怎么一回事?

克　干　这个世界么,很显然,它是一个受苦刑和赎罪孽的地方。在这个地方,得势的是愚人,好人和聪明人都要受到仇恨和迫害;在这个地方,男人和女人在恋爱的名义下使彼此受痛苦;儿童们在父母职责和教育的名义下受到鞭挞和奴役;身体孱弱的人们在医疗的名义下受到毒害和宰割;而性格孱弱的人们则在法律的名义下受到监禁的苦楚,不是监禁几个钟头,而是监禁许多年。在这个地方,最苦的劳作还是很受欢迎的避难场所,来逃避享乐生活的可怕和无聊;慈善事业只是做来替掠夺者和穷奢极欲者赎回该打下地狱的灵魂。先生,我的宗教只知道一个恐怖和痛苦的场所,那就是地狱。所以我看得很清楚,咱们住的这个世界一定就是地狱,而咱们之所以生在这个世界里,像那位印度人所启示给我的——也许上帝遣他来,为的就是要向我启

示这个道理——咱们之所以生在这个世界里,就是要
赎我们前生所犯的罪过。

纠德姑姑 　(惊骇)老天保佑我们,这是什么话!

柯尼里斯 　(叹气)这个世界的确是个古怪的世界。

博饶本 　你那个想法倒很聪明,克干先生,真正了不起,我就
绝对想不到这上面来。不过在我看来——如果你允许我
这样说——你忽略了一个事实,就是你所描绘的那些祸
害之中,有些是维持社会所绝对必需的,也有些是由于保
守党当权,它们才受到提倡。

劳伦斯 　我想你前生一定是个保守党,所以你今生才生在这
个世界里。

博饶本 　(信心十足)绝对不是,劳伦斯,绝对不是。不过撇
开政治来说,我倒觉得这个世界对于我倒是很好的,其
实,它是个顶有趣的地方。

克　干 　(既镇静而又惊讶,看着博饶本)你满意吗?

博饶本 　作为一个讲道理的人来说,对,我满意。我看不出世
界上有什么不能用自由、自治和英国制度来挽救的祸
害——天然的祸害当然是例外。我这样看,并不是因为
我是个英国人,而是因为这是情理之常的事。

克　干 　那么,你在这个世界里觉得很自在吗?

博饶本 　当然呀,你觉得不自在吗?

克　干 　(从深心里吐出来)不。

博饶本 　(快活地)试一试磷酸丸。我每逢脑筋疲倦的时
候,就吃磷酸丸。在伦敦牛津街可以买到,我把地址开
给你。

克　干 　(莫名其妙地,站起来)杜依尔小姐,我的昏迷的毛

病又发作啦,我要走了,你会原谅吧?

纠德姑姑　当然。在咱们这里,你可以随意来去,你知道。

克　干　越莱小姐,那盘棋要等下次再下完了。(他去取帽和手杖。)

娜　拉　用不着下完了,我陪你出去。(她把棋子弄乱,站起来)前世我太坏了,不配和你这样的好人下棋哟。

纠德姑姑　(向娜拉低语)嘘,别说啦,孩子,别惹他的老毛病又发作起来。

克　干　(向娜拉)我只要看到你,就想到爱尔兰究竟也许只是炼狱。

娜　拉　得了吧!

博饶本　(低声问柯尼里斯)他有没有选举权?

柯尼里斯　(点头)有。还有许多人都听他的话投票哩。

克　干　(在通花园的门口,温和而庄重地)再见,博饶本先生。你引起了我思索,谢谢你。

博饶本　(很高兴,赶忙走过去和他握手)不,是真的吗?你发现接触到英国思想,很能启发人,是不是?

克　干　听你谈话,我简直不感到厌倦,博饶本先生。

博饶本　(谦虚地抗议)哈,得了吧!得了吧!

克　干　的确,请你相信。你是个顶有趣的人。(他走出去。)

博饶本　(热情地)多么和气的人!尽管是个宗教家,他多么聪明!多么有趣!多么大方!呃,想起来了,我最好去洗洗脸。(他拿起上衣和帽子,从里门进去了。)

　　　　娜拉回到她原先坐的椅子,把棋盘收起。

纠德姑姑　克干今天很古怪,他的疯病又发作了。

柯尼里斯　（焦急,酸辛)我看他的话到底是对的。这个世界真有点反常。(向劳伦斯)你为什么那样傻,让他把议员从你手里夺去了?

劳伦斯　（瞟娜拉一眼)在他离开这里之前,恐怕他要从我手里夺去的东西还不止这个哩。

柯尼里斯　我倒宁愿他没有进我家的门,他那肥头胖脑该倒霉才好! 劳伦斯,你看他肯不肯借我三百镑,拿庄业做抵押? 我手头很困难,这个庄业既然由我买到手了,不拿去押点钱用,很不上算。

劳伦斯　你拿庄业做抵押,我可以借三百镑给你。

柯尼里斯　不,不,我不要你借。到我死的时候,把庄业传给你,我希望能觉得这个庄子是完全由我一手挣起来的,而不是自从开始就有你的一半本钱在内。我敢打赌说,巴涅·杜元要去向博饶本借五百镑,用磨坊做抵押,好安置一个新水磨,因为旧的已经坏得不堪了。至于哈费干哩,他老在想他的草坪边杜兰家的那一角地,想得连觉都睡不着。他要买那块地,也得靠典押。落在人后不如抢在人前。你看博饶本是否肯借一点钱给我?

劳伦斯　我敢肯定地说,他会借给你。

柯尼里斯　他那样爽快吗? 你看他肯不肯借五百镑给我?

劳伦斯　他借给你的数目还可以略微超过你的土地的价值;所以你千万要谨慎一点。

柯尼里斯　（经过斟酌地)不要紧,不要紧,儿子,我会小心的。我要到办公室里去一下。(他朝里门走进去,显然是去准备向博饶本借款的手续。)

纠德姑姑　（气愤地)好像他从前当经纪人的时候,借钱的事还没有看够,非要自己也去尝尝借钱的滋味不可!(她站起)我要去和他说说这个理,我要去。(她把针线放在桌上,跟着柯尼里斯出去了,样子很坚决,预兆柯尼里斯要有麻烦。)

　　劳伦斯从回家到现在,还是第一次和娜拉两人在一起。她带着微笑看着他,但是她的笑容马上消失了,因为她看到他坐在椅子上,漫无目的地摇来摇去,噘着嘴唇,好像在吹口哨似的,心里在想什么,显然不是在想她。她喉头像有东西哽住,伸手拿起纠德姑姑的针线,假装去做。

娜　拉　我猜想你以为时间还不算很长。

劳伦斯　(吃了一惊)什么?什么时间?

娜　拉　你出门后的十八年。

劳伦斯　哦,那个!并不算长,好像还不过一个星期哩。我一向忙着——没有时间来想。

娜　拉　我这些年来,没有事情可干,只是想。

劳伦斯　那对于你很不好。为什么不把它丢开不想呢?为什么还住在这里?

娜　拉　没有人请我到旁的地方去,所以我还住在这里,我想。

劳伦斯　是,一个人老是舍不得离开老地方,除非有外面的力量来逼他走。(他微微打呵欠,但是娜拉很快地看了他一眼,他就振作了一下,站起来,样子像刚醒过来,高高兴兴地装模作样,好使人家觉得自己还和蔼)这些年来你过得怎么样?

娜　拉　还好,谢谢你。

劳伦斯　那就对了。（猛然发现没有别的可说，觉得很窘，于是就在房里踱来踱去，心烦意乱地嘴里哼着一个调子。）

娜　拉　（勉强忍住眼泪）你要和我谈的话不过如此吗，劳伦斯？

劳伦斯　嗯，有什么可谈的呢？你知道，我们相知很深呀。

娜　拉　（得到了一点安慰）对，我们相知当然很深。（他没有搭腔）你居然回来了，我倒觉得奇怪。

劳伦斯　我不能不回来呀。（她亲热地看着他）是汤姆拉我回来的。（她赶快垂下眼帘，不叫人看见这一个打击所引起的反应。他又哼了一段乐调，于是又说起话来）我有点怕回爱尔兰。我仿佛觉得，如果我回来，就要转坏运。可是现在我回来了，也还不见得有什么坏运。

娜　拉　也许你觉得这里有点沉闷。

劳伦斯　不，我常到那些熟悉的老地方去散步，回忆，而且幻想，觉得趣味无穷哩。

娜　拉　（满怀希望）哈！那么，你还记得那些老地方吗？

劳伦斯　当然，那些地方引起一些联想。

娜　拉　（以为那些联想是与她有关的）我猜想是会引起一些联想。

劳伦斯　嗯，对。我还记得起一些地方，从前我在那里想得很久，揣摩着我如果离开爱尔兰，究竟到哪些国家去才好。美国啦，伦敦啦，有时候还想到罗马和东方。

娜　拉　（心冷了一大截）你从前就只想到这些吗？

劳伦斯　呃，此外这里可想的东西就很少了，我的亲爱的娜拉，除非有时在太阳下山的时候，一个人有些伤感，把爱尔兰叫作爱林①,幻想自己是在悠然怀古,以及诸如此类的事情。(他吹着《让爱林记住》那首歌调。)

娜　　拉　去年二月里我写过一封信给你,你收到了没有?

劳伦斯　哦,对了,我本来想写回信,但是没有一刻空闲,而且我知道你不会见怪。你知道,我如果写信给你讲些你不明了的事情和你不认识的人物,又怕你看着不耐烦!可是此外还有什么可写的呢?我老是动手来写信,没等写完,就把它撕掉了。事实是这样:咱们两人虽然很要好,娜拉,咱们究竟没有多少共同的地方——我指的当然是可以写在信里的那些东西——因此,通信就很容易变成一个极难的课题。

娜　　拉　对,你不写信把你的情形告诉我,我就很难知道你呀。

劳伦斯　(有点不高兴)娜拉,一个男子汉不能坐下来天天写他自己的生活呀!他过这个生活已经过得够累的啦。

娜　　拉　我并不是在怪你。

劳伦斯　(看着她,微露关切)你精神好像很差呀。(走近她一点,关心地,温柔地)你该不是得了神经痛吧?

娜　　拉　没有。

劳伦斯　(放了心)我碰到身体不舒服的时候,就有一点神经痛。(心不在焉,又踱来踱去)对,对了。(他从门口眺望爱尔兰的景致,几乎不自觉地,但是很富于表情地,歌唱着奥芬巴侯的歌剧《惠丁敦》里面的一个调子。)

①　爱林,爱尔兰的古称。

尽管 这里 夏天 永远 微笑,尽管 这里 树叶 四季 常

青, 啊 英格兰 我 永 不 会 忘记她。

他的歌调温柔,娜拉听着起先很感动,后来这句怀念英格兰的话,出乎她的意料,于是放下针线,瞪眼看他。他仍然唱下去,但是调门太高了,于是降低声音,下半截是用《让爱林记住》的调子哼出来的。

从海上吹 过来的风, 啊 英格兰我 永 不 会

(吹口哨)

忘记 她,从海上吹过来

劳伦斯　娜拉,我怕这调子你听着不耐烦,虽然你很客气,不肯说出来。

娜　　拉　怎么,你已经又在想回英国吗?

劳伦斯　没有的事,没有的事。

娜　　拉　那么,你在我面前唱那首歌,可有点奇怪。

劳伦斯　那首歌!哦,那首歌并无所指。它是一个德国犹太人作的,就像许多表现爱国情调的英国歌一样。别管我吧,亲爱的,你做你的针线吧,别让我使你不耐烦。

娜　　拉　(辛酸地)罗斯库伦并不是个很热闹的地方,可以使我在十八年久别之后和你第一次在一起谈话,就对你不耐烦,尽管你好像并没有什么要对我说的。

劳伦斯　十八年是个老长的时间呀，娜拉。要是只有十八分钟，甚至于十八个月，我们还可以把以往的断线头接起来，就像一对鹊儿似的，唠叨得没有完的。可是隔的是十八年，我就简直没有什么话可说，你哩，好像更没有什么话可说哩。

娜　拉　我——（哭得说不出话来了，但是她拼命保持体统。）

劳伦斯　（毫不觉得自己残酷）过一两个星期，咱们又会是很好的老朋友啦。目前我觉得自己不大能讨你喜欢，只好走开吧。请告诉汤姆，我到山上散步去了。

娜　拉　你那样称呼他，足见你好像很欢喜汤姆。

劳伦斯　（话音突然不像刚才那样随随便便）对，我很欢喜汤姆。

娜　拉　那么，你去找他吧，别让我绊住你的脚。

劳伦斯　我走了，你心里可以轻松一点，我知道很清楚。这十八年久别后的第一次会谈算是一场失败，是不是？也不必介意，这些情感方面的大场面总归失败，幸亏最糟糕的局面总算是过去了。（他从通花园的门走出去。）

　　只剩下娜拉一人了，她拼命压制情感，免得放声大哭，可是她把头伏在桌上，终于忍不住呜咽起来了。她哭得浑身哆嗦，什么也听不见。她没有料到现在房子里已经不只她一个人了，冷不防地被博饶本把她的头和胸膛扶了起来。博饶本刚洗了脸，梳了头，从里门回到这间客厅来，就看到娜拉的情况，起初很惊讶，很关切，后来情绪上骚动起来，就弄得神魂颠倒了。

博饶本　越莱小姐,越莱小姐,怎么啦? 别哭,我看着难过,
　　　　你不该哭。(她拼命想说话,可是哽住了,说不出来,样
　　　　子很痛苦,所以他带着冲动的同情说下去)不,不要勉
　　　　强说话吧,现在好啦。要哭就哭出来吧,我在这里无
　　　　妨,请信任我。(把她抱起,絮絮叨叨地说安慰话)就躺
　　　　在我胸膛上哭吧,一个女人要哭,最舒服的地方就是一
　　　　个男人的胸膛——一个真正的男子汉好朋友的胸膛。
　　　　我这个胸膛很宽大,是吧? 四十二英寸宽,一点也不
　　　　少——不,别大惊小怪,别管那些俗套,我们两人本是
　　　　好朋友,是不是? 来,来,来! 现在好啦,舒服啦,快活
　　　　啦,是不是?

娜　　拉　(连哭带说)放开我,我要去找手帕。

博饶本　(一只手摸着她,另一只手从口袋里掏出一块很大
　　　　的丝手帕来)我这里有手帕,让我替你来揩吧。(用手帕
　　　　替她揩眼泪)用不着去找你自己的手帕,那块太小了,只
　　　　是一块很不像样的麻纱小手帕——

娜　　拉　(呜咽)嗯,不过是一块普通的棉纱手帕,真的。

博饶本　当然是一块普通的棉纱手帕——一块傻里傻气的棉
　　　　纱小手帕——不配拿来揩娜拉·克鲁纳的亲爱的小
　　　　眼睛——

娜　　拉　(神经质地唧唧咯咯地笑了起来,激动得抽搐着,用
　　　　手指抓住博饶本,紧贴着他的锁骨,想止住傻笑)哎呀,
　　　　别惹我笑吧,请你别惹我笑吧。

博饶本　(惊骇)我不是故意的,凭良心说。有什么可笑的?
　　　　有什么可笑的?

娜　　拉　该念娜拉·克里纳①。娜拉·克里纳。

博饶本　（轻轻地拍拍她）对，对，当然是娜拉·克里纳——娜拉·阿卡希拉。（他把第二个字读成"啊"韵，读成"卡"。）

娜　　拉　阿库希拉②。（她把第二个字读成"乌"韵，读成"库"。）

博饶本　啐，这爱尔兰语真胡闹！娜拉亲爱的——我的娜拉——我所爱的娜拉——

娜　　拉　（觉得这太不像话，拘起礼来）你对我说话，不该那样。

博饶本　（突然异常严肃，把她放开）不，当然不该这样。我并不是有意的——可是至少我是诚意的；不过我知道时机还没有成熟。刚才你情绪有点波动，我不该钻你的空子，不过我一时控制不住自己。

娜　　拉　（打量他，想了解他）我想你这人心肠是好的，不过我看你好像简直不能控制自己，（她很惭愧地把脸侧到旁边去，补充了一句）和我也差不多。

博饶本　（坚定地）不然，我很能控制自己，可惜你没有看到过我真正激动的时候，那时候我的自制的能力才大极哩。请不要忘记我们两人过去只有一次在一起，说起来我很抱歉，那次我是在醉得讨人嫌的情况之下。

娜　　拉　不，你当时并没有什么讨人嫌的地方。

博饶本　（无情地）不，我当时实在讨人嫌；没有理由可以辩

① 克里纳（Creena），爱尔兰语，本义为"老"，用作表示亲爱的字样。

② 阿库希拉（Acushla），爱尔兰语，意思是"爱人"。

护,简直恶劣不堪。让你一定产生了顶坏的印象。

娜　拉　没有什么要紧。别再提它吧。

博饶本　我非提不可,越莱小姐,这是我的责任。我不再多耽搁你了。可不可以请你坐下。(带着一副逼人的严肃气,指着她的椅子。她坐下,不知道他要说什么。他还是用非常古板的态度,挪一张椅子靠近她坐下,接着就解释)头一层,越莱小姐,我今天却没有喝什么酒。

娜　拉　你不像爱尔兰人,喝酒不喝酒好像并没有什么分别。

博饶本　也许是如此。也许是如此。我从来不至于弄得昏头昏脑的。

娜　拉　(安慰的口吻)无论如何,你现在是很清醒的。

博饶本　(热烈地)谢谢你,越莱小姐,我的确是清醒的。现在我们可以好好地谈一谈了。(温柔地,放低声音)娜拉,昨晚我是真心真意的。(娜拉动了一动,好像就要站起来)别走,请等一小会儿。你不要以为我要催你给我一个答复,你认识我还不到二十四小时哩。我是个讲道理的人,我希望这样说并不过分,我情愿等,你要我等多久,我就等多久,只要你给我一点小小的保证,使我心里有个把握,知道你的答复不会是拒绝。

娜　拉　假如我给了保证,我怎么能反悔呢?博饶本先生,我有时想,你的头脑恐怕有点毛病,说些很奇怪的话。

博饶本　对,我知道自己有很强的幽默感,有时不免叫人怀疑我是否很认真。也就是为了这个缘故,我要娶一个爱尔兰女人。一个爱尔兰女人总会懂得我开的玩笑,比如说,你就懂的,是不是?

娜　拉　(不自在)博饶本先生,我却没有那样本领。

博饶本　（安慰的口吻）等一等，让我来把私心话好好地告诉你，越莱小姐，请你听到底。我敢说，你已经看出了，我和你说话，总是尽量在压制自己，不把自己的情感很突然地表示出来，免得使你觉得难为情。现在我觉得时机已经成熟了，应该开诚布公，坦坦白白了，应该把话说得爽爽快快了。越莱小姐，你在我心里已经引起了一种很强烈的爱慕。凭女人的直觉，你也许猜出了这一点。

娜　拉　（心烦意乱地站起来）你和我说话，为什么那样冷酷，那样不讲理呢？

博饶本　（也站起来，很惊惶）冷酷！不讲理！

娜　拉　你还不知道吗？你向我说的那些话，不是一个男人应该说的——除非——除非——（她又突然哭起来，像原先那样把头伏在桌子上）哎，你走开吧，我根本不想结婚，结婚除了伤心和失望，还有什么呢？

博饶本　（愤怒和悲伤的最可怕的征候渐渐出现了）你是说你要拒绝我吗？说你不欢喜我吗？

娜　拉　（很狼狈地看着他）哦，别为这件事难过吧，博——

博饶本　（发火了，几乎说不出话来）我不愿人家拿花言巧语来哄我。（带着孩子气的狂热）我爱你。我要你做我的妻子。（绝望地）你拒绝，我也没有什么办法，我就毫无办法，毫无办法。你不该把我这一生毁了。你——（一阵神经质的激动使他说不下去了。）

娜　拉　（几乎吓慌了）你要哭吗？想不到一个男子汉也哭。别哭吧。

博饶本　我并不是在哭。我——我——我把哭哭啼啼的把戏留给你们爱尔兰的那些爱落泪的倒霉的男子们。你以为

我没有情感,因为我是个直率的冷静的英国人,不会
　　　表情。

娜　拉　我看你并不认识你自己。不管你的毛病在哪里,却
　　　不在没有情感。

博饶本　(觉得人家得罪了他,悻悻然)你才没有情感哩。你
　　　是个木石心肠,就像劳伦斯一样。

娜　拉　你指望我怎么办呢?是不是你那句话一说出了口,
　　　我马上就该向你献媚撒娇呢?

博饶本　(用拳头打自己的傻脑袋)嘻,我真笨! 真粗野! 原
　　　来还只是由于你们爱尔兰人的细心眼儿。当然是这样,
　　　当然是这样。你的意思是答应了,是不是? 什么? 答应
　　　了,答应了,答应了吧?

娜　拉　我想你应该能了解,虽然我也许终身不出嫁,如果出
　　　嫁,那就只能嫁给你了。

博饶本　(猛烈地把她搂到怀里,放了心,兴高采烈,叫了一
　　　声)哈哈,成了,成了,好极了。我早就知道你会明白,这
　　　对于咱们两人都是再好不过的事呀。

娜　拉　(被他热烈地拥抱,并不感到狂欢,反而有些不舒
　　　服)你的力气太大了,你使用力气又不很当心。我从来
　　　就没有想到这件事对你我好不好的问题。刚才你在这里
　　　碰见我,我让你待我好,躺在你怀里哭,因为当时我太伤
　　　心了,只觉得躺在那里舒服,没有想到别的。从此以后,
　　　我怎么能还让别的男子亲近我呢?

博饶本　(受了感动)这足见你这人真好,娜拉,真正有最细
　　　腻的女人品质。(他殷勤地吻她的手。)

娜　拉　(热切地但是有点怀疑地看着他)你如果让一个女

人伏在你胸膛上哭过,你也当然就永远不会让另外一个
女人亲近你了。

博饶本　（诉诸良心似的）那就不应该,亲爱的,那就不对。
不过就真正的事实来说哩,一个男人如果能讨人喜欢,他
的胸膛就成了一种堡垒,免不了要时常受到进攻,至少在
英国是如此。

娜　拉　（很讨厌这话,干脆地说）那么,你最好去娶一个英
国女子吧。

博饶本　（做苦脸）不,不,英国女子太干燥无味了,不合我的
胃口,太现实了,太像活牛排了。我欢喜的是理想的女
子。劳伦斯的胃口和我的恰恰相反,他欢喜的女人要很
茁壮,蹦蹦跳跳的,要对他很热烈。这个差别倒是一种方
便,因为我们两人从来没有为同一个女子争风吃醋。

娜　拉　你这是不是要当着我的面说,你从前已经爱过别的
女子呢?

博饶本　老天! 事实却是如此。

娜　拉　我并不是你的初恋吗?

博饶本　所谓初恋,那不过是一点傻气加上大量的好奇心,一
个真正自重的女人决不会在初恋问题上挑一个男人的岔
子。不,亲爱的娜拉,我久已不闹什么初恋了。恋爱的结
局往往是吵闹。我们要的不是吵闹,我们要的是个结实
牢靠的家庭:夫妻两口,过舒服日子,按照常识来相
处——再加上无限的恩爱,是不是? （他伸手去搂她,表
示出满有信心的占有权。）

娜　拉　（冷淡,想脱身）我不愿捡别的女人剩下来的货。

博饶本　（搂着她不放）没有人要求你捡,小姐。从前我并没

有要求过别的女人和我结婚呀。

娜　拉　（严厉地）你为什么不要求，要是你是个正派人
　　　　的话？

博饶本　告诉你老实话，那些女人大半都是已经结过婚的。
　　　　不过请你不必介意！那些事并没有什么不对。得了吧！
　　　　别那样不大方，找我的小岔子。说到究竟，你自己也难免
　　　　有一两次闹过恋爱，是不是？

娜　拉　（问心有愧）是，我猜想因此我就没有资格挑剔了。

博饶本　（谦卑地）我知道我配不上你，娜拉。但是没有一个
　　　　男子配得上一个女子，如果她真正是个好女子。

娜　拉　哎，我也并不比你强。我不妨说给你听听。

博饶本　不，不用。我们不用算旧账，最好不。我不向你报旧
　　　　账，你也不用向我报旧账。彼此绝对信任，不算旧账，只
　　　　有这样，才可以免得吵闹。

娜　拉　别以为我过去有什么值得害羞的事。

博饶本　我并没有那样想。

娜　拉　情形只是这样：我从来没有碰见过别的男子叫我中
　　　　意，有一度我很傻，以为劳伦斯——

博饶本　（马上撇开这个话题）劳伦斯！那可不成功，绝对不
　　　　能成功。亲爱的，你了解劳伦斯，还不如我了解他清楚。
　　　　他简直没有享受生活的本领，任何女人跟他都不会有幸
　　　　福。他比鬼还聪明，但是他把生活看得太平凡，他不把任
　　　　何东西或是任何人放在心上。

娜　拉　我也看出他是这样。

博饶本　你当然看出了，亲爱的，请你相信我的话，你和他吹
　　　　了，倒是一件大幸事。瞧！（搂着她打转）我的胸膛对你

比较舒服些。

娜　拉　（带着爱尔兰人的恼怒相）哎哟,你不能一直像这样,我不欢喜这样。

博饶本　（不害臊）你会逐渐学会欣赏这个滋味。你务必不要见怪,我有时要拉一个女人来拥抱拥抱,这是我生性中一个绝对不可少的要求。而且这对于你也很有益,可以使你的筋肉长得肥壮些,有弹性些,这样一来,你的身材就更好看啦。

娜　拉　哼,我相信!英国规矩好像就是这样!你谈这些话也不害臊吗?

博饶本　（兴高采烈）一点也不害臊。说老实话,娜拉,有办法让自己享受享受,这是再好不过的事呀。这间小房子里很闷,咱们出去散散步。我要在户外好好伸展伸展。跟我来,跟——我——来呀。（他夹住她的胳膊,一下就把她拖到花园里,像暴风扫落叶似的。）

　　当晚稍微晚一点,蚱蜢又在小山上那块大石头边欣赏落日,不过这回既没有克干的谈话给它刺激,也没有巴泽·法越尔的恐惧使它开心。它孤零零地独自在那儿,一直到娜拉和博饶本两人手挽着手走过来。博饶本还是那样快快活活,满怀信心的,而娜拉却把头侧到一边不看他,差不多要流泪。

博饶本　（站住,呼吸山上的空气）啊!我真欢喜这个地方。我欢喜这个景致。这地方要是开一个旅馆,办一个高尔夫球场,倒顶适宜。从星期五到下星期二,车票和旅馆费都一齐包在内。娜拉,我告诉你,我要开拓这个地方。（看看她）喂!怎么啦!疲倦了吗?

娜　拉　（忍不住眼泪）哎！我真羞死了。

博饶本　（吃惊）羞！羞什么？

娜　拉　哎！你这样拖着我到处跑,逢人就说咱们要结婚了,
　　　　介绍我认识一些不三不四的人,让他们跟我握手,还鼓励
　　　　他们对咱们随随便便的,这成什么体统呢？我原来没有
　　　　想到,我活着的时候会有这么一天,大白天里在罗斯库伦
　　　　的大街上,和酒馆老板杜兰握起手来。

博饶本　亲爱的,杜兰既然是个酒馆老板,就是个顶有势力的
　　　　人。还有一句话要告诉你,我问过杜兰,问他的老婆明天
　　　　是否可以在家见客,他说可以,所以你得坐汽车去拜访她
　　　　一次。

娜　拉　（骇然）要我去拜访杜兰的老婆吗？

博饶本　对,这是当然的事。那些人的老婆你都得去拜访才
　　　　行。我们要找一份选民单,印一些运动选举的名片。没
　　　　有选举权的人就用不着去拜访。娜拉,你去替我运动选
　　　　举,一定非常成功。他们都把你叫作产权继承人,你去拜
　　　　访他们,他们就会觉得这是赏了个大面子,特别是你过去
　　　　从来没有降低过身份去和他们谈一句话,是不是？

娜　拉　（气愤）哼,跟他们谈话,不大可能。

博饶本　可是你得知道,咱们不能要架子,对他们冷淡。咱们
　　　　必须彻底民主,向每个人施点恩惠,不分阶级。我告诉
　　　　你,我的运气真不差,娜拉·克鲁拉,我和爱尔兰的一个
　　　　顶逗人欢喜的女子订了婚,现在从竞选的角度看来,不能
　　　　有比这更好的一着棋啦。

娜　拉　只是为了使你当成议员,你就不惜让我干那样下流
　　　　的事吗？

博饶本　（快快活活地）啊！你等着瞧吧，你会看出竞选这玩意儿是怪热闹的，你会拼命要把我选上。还有一层，人家会说，汤姆·博饶本这次成功，全亏他的太太，是她才把她丈夫弄进议会的——也许还要弄进内阁哩。你听到这话也会开心吧，是不是？

娜　拉　老天爷知道，替你花点钱，我倒在所不惜！不过要我降低身份去迁就那些普普通通的人——

博饶本　对于一个议员的太太来说，娜拉，一个人只要在选民单上有名字，就不能看作普普通通的啦。听我的话吧，亲爱的！没有错儿，你想想看，要是错的话，我还能让你去干吗？身份最高贵的人也这样干，每个人都这样干呀。

娜　拉　（一直在咬着嘴唇看山，郁郁不乐，心里不相信）英国人怎样做，也许你知道得最清楚。他们一定不大自重。我想我得回去了。我望见劳伦斯和克干先生上山来了，我这副样子不好跟他们谈话。

博饶本　等一等，你向克干说句好听的话。听说他能控制的选票并不比敦卜赛神父少哩。

娜　拉　你不大了解彼得·克干，他一眼就会把我看穿，好像我是块玻璃一样。

博饶本　不过他不会因此就不乐意呀。你觉得一个人还值得奉承，他就觉得这是真正的奉承。这并非说，我要奉承任何人，没有这回事。我且去迎接他。（他走下山去，带着热切期待的神气，好像要会见一个素所敬重的熟人一样。娜拉揩干眼泪，转身要走，这时候劳伦斯已经上山走到她的跟前了。）

劳伦斯　娜拉。（她回头很严厉地看着他，一言不发。他用

218

最和解的语调,很关切地说下去)今天我丢了你走开的
时候,我和你一样,心里非常难过。当时我真不知道说什
么才好,嘴里尽管在唠唠叨叨地讲,目的只是不要露窘
相。从那时到现在,我一直在想,现在我明白当时应该对
你说的话了,特地来对你把它说出来。

娜　　拉　那么,你来得太迟啦。过去你以为十八年并不算长,
你还可以让我再多等一天。可是你想错了。我已经和你
的朋友博饶本先生订了婚啦,我和你从此一刀两断啦。

劳伦斯　(很天真地)我本来要劝你的就是这么办。

娜　　拉　(不由自主地)哼,你这坏东西! 当着我的面说出这
种话来。

劳伦斯　(慌张地,回到他的最道地的爱尔兰人样子)娜拉,
亲爱的,我是个爱尔兰人,他是个英国人,难道你不知道
吗? 他想你,他就把你抓到手里。我也想你,而我一方面
和你争吵,一方面还是照旧想你。

娜　　拉　那你就想吧。你最好还是回到英国去,找你欢喜的
那些活牛排去。

劳伦斯　(惊讶)娜拉! (猜出了她从哪里学来这个比喻)他
在跟你谈到我,我明白了。不过请不必介意,你我还应该
做好朋友。我不愿你和他结了婚,就和我疏远起来了。

娜　　拉　你欢喜他,比你过去欢喜我强多啦。

劳伦斯　(干脆地说真心话)不错,我当然是这样,干吗要跟
你说谎呢? 过去的娜拉·越莱对于我,或是对于这个可
怜的小地方以外的任何人,都是无足轻重的。但是汤
姆·博饶本的太太就是个很重要的人物啦。只要你把这
个新角色扮演得好,就不愁人家不理睬,不愁寂寞,也不

用傍晚到圆塔那里去发无聊的惋惜,存空头的希望啦。今后你面临着的是真正的生活、真正的工作、真正的忧虑和快乐、跟真正的人打在一起,在世界中心的伦敦过结结实实的英国式的生活。你会发现你的工作都已经安排好了,替汤姆管家、替汤姆招待朋友、替汤姆竞选议员,不过卖这种气力是值得的。

娜　拉　照你那样说,仿佛他娶了我,我还得感激他才是。

劳伦斯　我怎么想就怎么说。告诉你,你这门亲事是结对啦。

娜　拉　当真的!哼,别人也许会说,他也并没有吃亏。

劳伦斯　你如果以为他把你当宝贝,他现在倒是如此;如果你情愿,你也有办法叫他永远把你当宝贝。

娜　拉　我根本就没有想到我自己。

劳伦斯　你想到过你的钱没有,娜拉?

娜　拉　我并没有说起钱呀。

劳伦斯　在伦敦,你那点钱还不够打发一个厨子的工钱。

娜　拉　(发火了)假若这是真话——当着我的面说这种真话,你就更可耻——靠我那点钱至少可以不要依靠人;如果情形不好,我们随时可以回到爱尔兰来,靠我那点钱过活。如果我必得替他管家,我至少可以给你吃闭门羹,因为我和你已经一刀两断了,我从前就不该碰见你。再见吧,劳伦斯·杜依尔先生。(她转身走开。)

劳伦斯　(望着她走)再见,再见。嗯,真是爱尔兰人的脾气!我们两人都是彻头彻尾的爱尔兰人脾气,爱尔兰人脾气,爱尔兰人脾气——

　　　　博饶本来了,和克干在谈得很起劲。

博饶本　高尔夫球场带旅馆这笔生意是再赚钱不过的了,要

是你掌握的是土地而不是股票,家具商人又肯帮忙,再加
上你有做生意的本领。

劳伦新　娜拉回家去了。

博饶本　(确信不疑地)劳伦斯,你今早说的话很对。我应该
把娜拉喂胖一点。她很娇弱,因此就不免心眼儿多。喂,
趁便告诉你,我和娜拉订婚啦,你还不知道吧?

劳伦斯　娜拉亲自告诉我了。

博饶本　(自鸣得意)她脑子尽在想我们订婚的事,你可以想
象得到。傻丫头! 克干先生,我刚才说,我开始看出我在
爱尔兰的前途了,看出我的前途了。

克　干　(彬彬有礼地弓一下腰)吃征服饭的英国人就是这
样,先生。你来这里还不到二十四小时,就把这里唯一的
有财产继承权的女子抢走了,国会议员也等于弄到手了。
就拿我来说吧,我傍晚常到这里来,沉浸于我的狂想里,
静观落日中逐渐拖长的圆塔的影子,在苍茫的暮色中凭
吊这个圣徒们的岛国,凭吊她已死了的心和昏沉了的灵
魂,发出一些无聊的哀感,而现在你博饶本先生来了,却
答应要用另一套东西来安慰我,要我尝一尝大旅馆的喧
哗嘈杂,看一看儿童们给旅客们背着球杆儿,作为他们将
来生活的准备。

博饶本　(深深感动,默默地送上一支雪茄去安慰克干,克干
看着雪茄笑了笑,摇摇头)对,克干先生,你说得不错。
什么东西里面都有诗意,(心不在焉地朝雪茄盒里看一
下)就连这些最近代最平凡的东西里面也还是有诗意,
只要你会把它抽取出来。(他自己抽取出一支雪茄,另
外送一支给劳伦斯,劳伦斯接受了)我在这方面很迟钝,

你就要我的命,我也不会抽取诗意。这就要靠你啦,克干先生。(刁滑地,从梦想中醒过来,很开心地推动克干)你有了诗意,我再来把你唤醒过来。这就是我的作用啦,是不是?你明白了没有?明白了没有?(他开玩笑地拍了拍克干的肩膀,又羡慕他,又怜悯他)就是这么一回事,就是这么一回事。(言归正传)想起来了,我看还有一个办法,比筑轻便铁路更好。汽船现在时兴起来了,一定站得住脚。你瞧,那条河多漂亮,不用就要荒废掉啦。

克　干　(闭目朗诵)

　　　　啊,冒伊尔河啊,让你的波涛汹涌的吼声停息吧!

博饶本　汽船的吼声还是怪好听,你知道。

克　干　只要它不压倒早晚祷的钟声。

博饶本　(保证)不,不会,一点也不用怕。你知道,礼拜堂的钟声闹起来也够吵人的。

克　干　先生,你对每个问题都有答案,但是你那些计划还有一个问题要解决:从狗嘴里怎样可以抢回来肉骨头呢?

博饶本　什么意思?

克　干　你不能把高尔夫球场和大旅馆都筑在半天空里。你得有土地。玛太·哈费干那批人把土地抓得紧紧地不放,你有什么办法把它夺过来呢?柯尼里斯做了小地主,因此很自豪,你怎么能叫他放弃这种自豪感呢?还有巴涅·杜元那批开磨坊的人会赞成你的汽船吗?酒馆老板杜兰会帮你的旅馆请卖酒执照吗?

博饶本　我的老好先生,实际上罗斯库伦已经有一半在我所代表的联营公司的手里啦。杜兰的酒馆已经典押了,酿酒坊都掌握在联营公司的手里。至于哈费干的庄子、杜元的磨坊、杜依尔先生的土地以及其他五六块地,不到这个月底,就都要抵押给我啦。

克　干　对不起,他们拿土地向你抵押,你借给他们的钱不会超过所押土地的价值,好让他们付得出利息。

博饶本　哈哈,你是个诗人,克干先生,不懂生意经。

劳伦斯　我们借给他们每个人的钱,要超过所押土地的价值一半哩。

博饶本　你要记得,凭着我们的资本、我们的知识、我们的组织能力,我还可以说,凭着我们英国人做生意的本领,我们在土地上赚上十镑钱或是赔上十镑钱,都满不在乎;可是哈费干单凭他的勤劳,在这块土地上赚十个先令不容易,赔十个先令就受不住啦。杜元的磨坊太过时,太落后啦,我要利用它来发电。

劳伦斯　拿土地给他们这批人有什么用处?他们太渺小了,太穷了,太无知无识了,头脑太简单了,简直没有办法把土地守住,来抵挡像咱们这样的人;拿土地给他们,就等于拿一个公爵给一个清道夫。

博饶本　是的,克干先生,这地方大有前途,不是工业区的前途,就是住宅区的前途,究竟是哪一种,我现在还不敢断定;不过决不是由杜元、哈费干那班穷光蛋们所掌握的前途。

克　干　它也许根本没有前途,你想到这一点没有?

博饶本　这一点我倒不怕。我对于爱尔兰倒有信心,有很大的信心,克干先生。

克　干　我们却没有信心,我们只有空洞的热情和爱国心,以及更空洞的回忆和惋惜。啊,对,你们倒有理由相信,爱尔兰如果有前途,那前途一定是你们英国人的,与我们无分:因为我们的信心好像死了,我们的心好像冷了,没有勇气了。这个岛国上全是些梦想者,等到你们把他们关到牢里去,才会醒过来;再就是一些批评者和懦夫们,让你们收买去养驯了好替你们服务;还有一些大胆的流氓,帮助你们来劫掠我们,接着就劫掠你们自己。是不是这样?

博饶本　(对这种违背生意经的看法有一点不耐烦)对,对;不过你这番话应用到哪一国都行。事实上,世界上只有两种品质:有效率和无效率;也只有两种人:有效率的人和无效率的人。不管他们是英国人还是爱尔兰人,情形都是一样。我将来会把这地方全抓到手里,倒不是因为我是英国人,而哈费干之流是爱尔兰人,而是因为他们是笨蛋,而我知道什么事该怎么办。

克　　干　哈费干会有怎样的结果,你考虑到没有?

劳伦斯　我们可以雇用他做点事,给他的工钱也许比他现在靠自己去挣的还要多些。

博饶本　(怀疑)你是那样想吗?不然,不然,哈费干太老啦。而今雇四十岁以上的人来做不用技巧的劳作,实在不合算,据我猜想,哈费干也只能做不用技巧的劳作。不,哈费干最好转到美洲去,或是进贫民收容所,可怜的老家伙!他的筋力用完啦,你分明可以看得出呀。

克　　干　倒霉的可怜虫,那样机巧地被无形的监狱监禁住了!

劳伦斯　哈费干没大关系,眼看他就要死啦。

博饶本　(骇然)嘘,劳伦斯!别那样狠心。哈费干可怜。无效率的人都是可怜的。

劳伦斯　呸！一个衰老无用的人无论在哪里等死，无论他在银行里有一百万存款，还是只有贫民收容所的一点救济，都没有什么要紧。要紧的是年轻人，能干人。哈费干的真正悲剧就在于他把年轻时代空过了，头脑没有得到充分的发育，整天都忙他的土地和他的猪，直到他自己也变成了一块土、一只猪——直到他的灵魂都闷死了，只剩下一肚子的怪脾气，损害他自己，也损害他身边的一切人。依我说，让他死去吧，让我们不要再见到这种人吧。让年轻的爱尔兰人当心不要再遭受到哈费干那样的命运，免得再去空埋怨一场。让你的联营公司进来——

博饶本　联营公司是我的也是你的，老朋友，你还是有点股份。

劳伦斯　对，也是我的，如果你爱那么说。不过咱们的联营公司是没有良心的；它对于哈费干、杜兰和杜元一类的家伙，和对于一批中国苦力，是一样不管死活的。这个公司要利用你们国内那些爱说空话的爱国者来夺取议会权力，借此控制你们，正像在打鼠机安上肉来诱杀老鼠一样冷酷无情。这个公司会制订计划、组织力量、收集资本，而你就像蜜蜂一样替它劳作；你们要发泄自己的怨恨，就从你们那点微薄工资中抽出钱来，给写政治文章的人和廉价的报纸，请他们写文章、登演说词，来攻击公司的恶毒和残暴，来吹你们自己的爱尔兰好汉气，就像哈费干过去花钱请巫婆，请她行法术去害比勒·波恩的耕牛那样。到最后，这个公司会把你们原来的那些荒谬思想磨得一干二净，让你们学聪明一点，长强壮一点。

博饶本　（不耐烦）劳伦斯，不用那一套爱尔兰式的夸张和空话，你就不能用简单的话把简单的事说清楚吗？咱们的公司是个十分正派的组织，里面全是些地位很高、有肩膀能负责的人。我们要照管爱尔兰，并且用直截了当的生意办法，根据自由党的正确原则，把效率和自助的道理教给爱尔兰人。克干先生，你赞成我的主张么？

克　干　先生，我甚至可以投你一票。

博饶本　（诚心诚意地受了感动，热烈地和克干握手）你选举我，包管不叫你后悔，克干先生。我要拿些钱到爱尔兰来，提高工资，建立些公共机关，比如说，图书馆、工业学校（当然是容纳一切宗教信仰的）、体育馆、板球俱乐部，也许还要办一个艺术学校。我要把罗斯库伦变成一座花园城，要把圆塔彻底重修过，恢复到它的老样子。

克　干　那么，我们这个受苦受难的地方就要比得上爱尔兰最整洁的地方啦，说起这地方，名称倒很有诗意，叫作"欢喜冈"监狱。呃，我投票时，与其选一个既没有明确意图又没有办事才能的愚蠢的爱国者，倒不如选一个有明确意图、会办事、有效率的魔鬼。

博饶本　（硬板地）在这个地方用"魔鬼"这字眼，未免过分一点吧，克干先生。

克　干　在知道这个世界就是地狱的人看来，这并不过分。不过你既然不喜欢听"魔鬼"这字眼，我就说委婉一点，只把你比成一头驴吧。（劳伦斯脸气得发白。）

博饶本　（红了脸）一头驴！

克　干　（温和地）你可以接受这个称号，用不着生气，因为我是个疯子，向来把驴叫作弟兄——而且还是个很诚实、很有用、很忠心的弟兄。先生，驴在畜生中是最有效率的。它实事求是,吃苦耐劳。你要是把它当人看待,它也很和善,你虐待它,它才顽强;它只有在两种场合才显得滑稽可笑,一种是在恋爱的时候,它就伸着脖子大叫,一种是在搞政治的时候,它就在公路上乱打滚,本来没有什么事,却闹得乌烟瘴气。你也有这些品质和习惯,你能否认吗?

博饶本　(很和气地)嗯,对,我恐怕不能承认。

克　干　那么,你也许要承认你有驴的一个毛病。

博饶本　也许,什么毛病?

克　干　驴的毛病就在它浪费它的好品质——这就是你所谓有效率——去服从它的贪婪主子的意志,而不服从就在它本身的那个上天的意志。它在为财神服务的时候才有效率,在作恶的时候气力才大,在毁灭的时候才有才能,在破坏的时候才显出英雄气概。它跑到爱尔兰来吃草,毫不明白它的蹄子所践踏的是块圣地。先生,无论就好的方面或是就坏的方面来说,爱尔兰都和世界其他各地不同,一个人只要踏过爱尔兰的土地,呼吸过爱尔兰的空气,就一定要改变,变好或是变坏。爱尔兰出两种人,很奇怪的是这两种人都登峰造极,一种是圣徒,一种是卖国贼。爱尔兰本来叫作圣徒们的岛国,不过近年来,它也许可以更恰当地叫作卖国贼的岛国,因为我们在这方面的出产,在全世界的寡廉鲜耻的人群之中,要算是最出色的。但是将来总会有一天,爱尔兰靠着生存的将不只是它的矿产的丰富,而是它的人民品质的优良。到了那个时候咱们再看吧。

劳伦斯　克干先生,你如果要发挥你对于爱尔兰的痴情妄想,我就要向你告别啦。你那套话我们听够啦,你那样俏皮地证明爱尔兰以外的人都是驴,我们更是听够啦。这番话既没有常识,又没有礼貌。它阻挡不住我们的公司进来,也不如我这位朋友的效率主义那样能打动爱尔兰年轻的一代人。

博饶本　对,对,主要的是效率。克干先生,你骂我的话我一点也不介意,不过在主要问题上劳伦斯说得对。这个世界是属于有效率的人们的。

克　干　(用很洗练的讽刺)两位先生,我愿意接受你们的谴责。但是请相信我的话,我对于你们和你们公司的效率是十分钦佩的。听说你们两位都是顶有效率的土木工程师,我相信高尔夫球场会是你们技术的大胜利。博饶本先生会有效率地钻进议会,这连圣帕特里克①也办不到,假如他还在人间的话。你们甚至可以很有效率地把大旅馆修建起,只要你们找得到足够的有效率的泥水匠、木匠和铅铁匠,关于这一层我倒有点怀疑。(不再用讽刺口吻了,开始采取神父谴责罪恶的态度)到了大旅馆破产的时候,(博饶本把衔在嘴里的雪茄放下,有一点吃惊)你们英国人的生意办法在清算破产中会达到极高的效率。你们会很有效率地把旅馆计划重新安排一下,到了第二次破产,你们还是很有效率地进行清算,(博饶本和劳伦斯很快地互相看了一眼,因为这位神父显然是个金融老手,否则他对清理破产的看法一定是上帝启示给他

－－－－－－

①　圣帕特里克,欧洲各国往往各有一个特别崇奉的基督教圣徒,在英国为圣乔治,在爱尔兰为圣帕特里克。

的）你们很有效率地先把原来的股东弄得倾家荡产了，于是很有效率地把他们扔在一边，最后，在折盘变卖旅馆之中，每镑本钱中捞回几个先令，你们又很有效率地赚上一批钱。（越来越严厉）除掉这些有效率的勾当之外，你们还会最有效率地剥夺债户的赎典权，把产权掠夺过来；（他不由自主地举起一个手指，表示谴责）你们会很有效率地把哈费干赶到美洲去；你们会利用杜元的那张肮脏嘴巴和爱欺压人的脾气，雇他来很有效率地鞭策你们的雇工；到了最后，（声音低沉，辛酸）这块可怜的乡村荒凉地方就要变成一座很忙的"造币厂"，我们全要在这里面当奴隶，替你们挣钱；有我们的工业学校来教我们如何很有效率地挣钱，有我们的图书馆来麻醉那些少数还没有被你们酿酒坊麻醉过的有些想象力的人们，还有我们重修的圆塔来卖六个便士的门票，再加上饮食部啦，丢一个铜钱到自动机里去就可以看到的电影啦，使这地方可以吸引游客来；然后，你们英国和美国的股东当然就把我们替他们挣的钱拿去，很有效率地花去打猎、动手术割毒瘤、割盲肠，去大吃大喝、去赌博，剩下来的钱你们又花去进行新的土地开拓计划。这个世界在做效率的迷梦，已经做了四百年之久啦；末日还没有到来，但是末日是终于要到来的。

博饶本 （郑重其事地）不错，克干先生，一点儿也不错，而且说得非常动听。我因此想起了一位大人物，罗斯金。请你相信，我同情你，赞成你。劳伦斯，你别嗤笑我，多年前我就读过很多雪莱的作品。让咱们不要辜负咱们青年时代的梦想吧。（他随意走上山坡，一路吸着雪茄烟。）

克　干　杜依尔先生，我请问你：这种英国人的作风比起咱们
　　　　爱尔兰人的作风，是否更有效率呢？博饶本先生花费精
　　　　力去赞赏大人物的思想，不大有效率。但去满足那些卑
　　　　鄙龌龊、唯利是图者的贪婪，却很有效率。我们花精力，
　　　　很有效率地去嘲笑那英国人，但是自己什么事也没有做。
　　　　这两种人谁有资格责备谁呢？

博饶本　（从山上走回来，走到克干的右边）不过你知道：总
　　　　要做些事才成。

克　干　对，我们停止做事就停止生活，不过我们做什么呢？

博饶本　做我们手边应做的事呀。

克　干　那就是办高尔夫球场、开大旅馆、勾引些游手好闲的
　　　　人到这个国家来，而这个国家的工人却有成千成万都离
　　　　乡别井，跑到外国去了，因为这是饥饿贫穷的国家，是愚
　　　　昧无知、深受压迫的国家。

博饶本　但是，管他妈的，那些游手好闲的人会把钱从英国带
　　　　到爱尔兰来。

克　干　就像许多世纪以来，我们这里游手好闲的人把钱从
　　　　爱尔兰带到英国去一样。可是这挽救了英国没有？英国
　　　　贫穷和堕落的情形之骇人听闻，是我们梦想不到的。从
　　　　前我到英国的时候，我是恨英国，现在我却怜悯英国了。
　　　　（博饶本万想不到一个爱尔兰人也配怜悯英国，但是劳
　　　　伦斯既然很气愤地插嘴说话，他就又上山抽烟去了。）

劳伦斯　你那种怜悯对英国有屁大用处！

克　干　杜依尔先生，在天堂的那本账簿上，一颗洗净仇恨的
　　　　心，比起英国化的爱尔兰人和格莱斯敦化的英国人合开
　　　　的土地开拓联营公司，价值也许还要高一点。

劳伦斯　哦,在天堂上,当然啰! 我从来没有到过天堂,你可以告诉我它在哪里吗?

克　干　地狱在哪里,你今天早上能说出来吗? 可是现在你知道了,地狱就在此地。别愁找不到天堂,也许它并不比地狱更远。

劳伦斯　(讽刺地)就在这块你所谓圣地上,是不是?

克　干　(非常激昂地)对,也许就在被你这样的爱尔兰人弄成笑柄的这块圣地上。

博饶本　(来到两人中间)当心呀! 你们马上就要吵起来了。哎,你们这些爱尔兰人,你们这些爱尔兰人! 老是唠叨个不休,是不是?(劳伦斯耸了耸肩,有些觉得可笑,也有些不耐烦,走到山上去,但是马上又踱回来,走到克干的右边。博饶本用说知心话的样子向克干补了一句)克干先生,紧靠着英国人吧,英国人在这里声名固然不好,但是你是个爱尔兰人他至少还能原谅呀。

克　干　先生,你在向我谈英国人和爱尔兰人的时候,你忘记了我是个天主教徒。我的国家既不是爱尔兰,也不是英国,而是天主教会的整个的广大领域。对于我来说,只有两个国家:天堂和地狱,人的情况也只有两种:得救和造孽。你们两人一个是英国人,在愚蠢中又那么聪明;一个是爱尔兰人,在聪明中又那么愚蠢。我在这里站在你们两人中间,实在很愚昧,不能断定你们之中谁的罪孽更深重,可是我如果对你们不是一样地开诚布公,我就对不起我的使命。

劳伦斯　无论是对他还是对我,你这种话都很放肆,克干先生,我们毫不稀罕你的赞成不赞成。你想想看,你这番荒

231

唐话对于负有重要实际任务的人们有什么用处呢？

博饶本　我却不赞成你这话，劳伦斯。我以为克干先生说的
　　　　那些话应该时常有人说说，可以把社会的道德风气维持
　　　　住。你知道，在宗教问题上，我也有资格有自己的想法；
　　　　事实上我很乐意承认我有一点是——有一点是——嗯，
　　　　我也不怕人知道——我有一点是个唯一神格论者①；但
　　　　是英国国教里面如果有几个像克干先生这样的人，我就
　　　　一定会参加国教。

克　干　你这话太恭维我啦，先生。（向劳伦斯，带着神父的
　　　　谦虚）杜依尔先生，是我的过错，无意中惹起你讨厌我，
　　　　请你原谅。

劳伦斯　（不受影响，仍怀敌意）我没有跟你讲礼貌，你也不
　　　　必跟我讲礼貌。在爱尔兰，好礼貌和好言语都是不值钱
　　　　的，你把它们留着款待我的这位朋友吧，他还可以受受这
　　　　些玩意儿的骗。我却知道它们的价值。

克　干　你是说，你不知道它们的价值。

劳伦斯　（生气）我说的是什么就是什么。

克　干　（很安详地转向博饶本）博饶本先生，你看，我向我
　　　　本国人说教，结果反而使他们的心肠更硬，地狱的门比我
　　　　的力量更大。我要和你告别了。我还是一个人在圆塔那
　　　　里梦想天国，比较好些。（他上山去了。）

劳伦斯　对，对，你就是那样，梦想，梦想，一辈子梦想！

<hr>

①　唯一神格论和三位一体论相对立。基督教中关于神格问题有两说，一
　　说以为神格是父上帝、子耶稣和圣灵的统一，即三位一体说；另一说以
　　为神（上帝）只有一体，即唯一神格论。英国国教承认三位一体说，博饶
　　本采取唯一神格论，则违反英国国教的教义，所以吞吐其词。

克　干　（站住，最后一次回头看他们）每一个梦想都是一个预言，每一句笑话都是一个预兆。

博饶本　（若有所思）我小时候有一次梦见到了天堂。（另外两个人都瞪眼看他）天堂是一种浅蓝缎子似的地方，我们教区里那些虔诚的老太婆全坐在那里，好像在做礼拜似的；大厅另一头有一间书房，里面有一个威风凛凛的家伙。我并不欢喜那地方，说老实话。你梦想的天堂是什么样儿呢？

克　干　我梦想的天堂是一个国家，里面政权就是教会，教会就是人民，三位一体，一体三位①。它是一个共和国，里面工作就是游戏，游戏就是生活，三位一体，一体三位。它是一座大庙宇，里面祭司就是礼拜者，礼拜者就是受礼拜者，三位一体，一体三位。它也是一种神格，里面一切生命都有人性，而一切人都有神性，三位一体，一体三位。总而言之，它是一个疯人的梦想。（他上山走了。）

博饶本　（亲热地望着克干）他这老家伙是个主张政教一体的保守党！他是一个角色，在这地方是能吸引人的。真的，他几乎比得上罗斯金和卡莱尔②。

劳伦斯　是，他们说了那么多的话，有屁大用处。

博饶本　啐！啐！劳伦斯！他们启发了我的思想，大大地提

① “三位一体，一体三位”，参看第232页注。克干的看法多少代表萧伯纳自己的看法。他认识英国人侵略爱尔兰的意图，看出资本主义的末路，对于未来理想世界存着一些空洞的幻想。

② 罗斯金和卡莱尔两人都是十九世纪中叶英国改良派的思想家，一方面批评当时政治、经济和文化的弊病，一方面所提出的挽救办法却是开倒车“回到中世纪”。这两人都是萧伯纳所瞧不起的，所以这句话讽刺意味很深。他对于未来世界的理想竟被博饶本看作与罗斯金和卡莱尔两人的相同。

高了我的风度。说真话,我感觉到克干先生的益处,他使我自觉有了长进,有了很显著的长进。(真正激昂起来)我现在比过去更相信,我把我这一生投到爱尔兰的事业里去,是正确的。跟我来,劳伦斯,帮助我来选择修建大旅馆的地基。

芭巴拉少校

（1905）

英若诚　译

第 一 幕

这是一月份晚饭后的夜间,地点在薄丽托玛夫人的威尔顿新月住宅的图书室里。屋子中央是一张宽大、舒适的长沙发,包在上面的是深色的皮子。如果有人坐在上面(现在没人),他会看到在他右边薄丽托玛夫人的写字台,这时夫人正坐在台前忙着写什么。在他身后左边是一张较小的写字台;在他身后,薄丽托玛夫人那边是门,在他正左边是窗户,窗下是可以坐的窗台。在窗附近有一把扶手椅。

薄丽托玛夫人五十岁上下,她穿着讲究,但又好像对服装并不在意,很有教养,但又似乎对教养毫不在乎,她很懂礼貌,但对和她交往的人又坦率得吓人,毫不尊重别人的意见,叫人下不来台。她态度和蔼,但同时又主观、武断,固执己见到令人难以承受的地步。总的来说,她是上流社会中那种颐指气使的女强人,从小就被家人认为是个任性胡来的孩子,最后成长为一个看什么都不顺眼的母亲。她现在已经是一位实际经验丰富、饱经世故的人物。奇怪的是,她同时还被家族和阶级的偏见所限制,在她眼里整个宇宙不过就是威尔顿新月街的一所大房子,而她根据这一假定很有效地管理着属于她的这个角落,至于她在图书室里的藏书,墙上挂的画,存放的乐谱,报纸上的文章,这些都是很开明、自由派的。

她的儿子,斯蒂文走进屋中。他是个不到二十五岁,严肃正统的青年。他颇为自命不凡,但在母亲面前仍有三分紧张。这不是因为他性格懦弱,而是从小养成的习惯和未婚男青年的羞怯。

斯蒂文　什么事?

薄丽托玛夫人　马上就好,斯蒂文。

　　　　　　斯蒂文听话地走过去坐在长沙发上,他拿起《演说家》杂志看。

薄丽托玛夫人　不要拿起书就看,斯蒂文,我需要你全部的注意力。

斯蒂文　我不过是在等的时候——

薄丽托玛夫人　不要找借口,斯蒂文。(斯蒂文放下《演说家》)好了!(她写完了,站起来,走到长沙发旁)我总还没让你等得太久吧?

斯蒂文　一点也没有,母亲。

薄丽托玛夫人　把我的软垫子拿过来。(他从写字台旁椅子上拿过来软垫,并当她在长沙发上坐下时替她铺垫好)坐下。(他坐下,不安地摆弄领带)不要摆弄你的领带,斯蒂文,领带没毛病。

斯蒂文　请您原谅。(他改而摆弄表链。)

薄丽托玛夫人　现在,你是认真地听着我的话吗,斯蒂文?

斯蒂文　当然了,母亲。

薄丽托玛夫人　不,想当然是不行的。我要的不是你平常那种想当然的注意力,那远远不够,我必须和你进行一次严肃的谈话,斯蒂文,我希望你把表链放下。

斯蒂文　(连忙放开表链)我是不是惹您不高兴了,母亲? 如果有的话,我可完全是无意的。

薄丽托玛夫人　(吃了一惊)荒唐! (带些歉意)可怜的孩子,难道你觉得我生你的气了吗?

斯蒂文　那么是什么事,母亲? 您叫我很不安。

薄丽托玛夫人　(对他摆出一本正经的架势,咄咄逼人)斯蒂文,你打算到何年何月才面对现实,承认你是个成年的男子汉,而我不过是个妇女!

斯蒂文　(出乎意料)您不过是个——

薄丽托玛夫人　请你不要重复我的话,这种习惯非常不招人喜欢,你必须学会认真地对待生活,斯蒂文。这个家里大事小事都由我一个人负担,我实在干不下去了,你必须帮我拿主意,你要负起责任来。

斯蒂文　我!

薄丽托玛夫人　是的,你,当然是你。你去年六月就满二十四岁了,你在哈罗中学、剑桥大学读过书,你去过印度和日本,你现在应该很懂事了;除非是这些年你一直不像话地浪费时间。好吧,帮我拿主意吧。

斯蒂文　(完全摸不着头脑)您知道,家里的事我一向都不过问——

薄丽托玛夫人　对,你本来不该过问,我又不是要你安排每天晚餐的菜谱。

斯蒂文　我指的是家族里那些事。

薄丽托玛夫人　那,你现在非过问不可了。因为我已经无能为力了。

斯蒂文　(进退两难)我倒是想过,我也许应该过问一下;不过,母亲,我太不了解情况了;而我了解到的一点点,又实在叫人难堪!有些事简直没法向您提——(他说不下去了,羞愧难当。)

薄丽托玛夫人　你指的大概是你的父亲吧。

斯蒂文　(嗫嚅)是的。

薄丽托玛夫人　亲爱的,咱们也不能一生一世永远不提到他啊。当然了,在我没有向你提出要求以前,你避开这个话题是完全正确的;但是你现在长大成人了,我可以和你讲讲心里话了,也可以要求你帮助我出主意。关于你的两个妹妹的事,我该怎么和他打交道。

斯蒂文　我的两个妹妹没问题嘛,都订婚了。

薄丽托玛夫人　(颇为得意地)不错,我给莎拉找了个好丈夫,洛玛克斯到三十五岁的时候就是百万富翁了,可是那还得十年哪,在这期间,他的那些监护人,根据他父亲的遗嘱,每年顶多给他八百英镑。

斯蒂文　不过,根据遗嘱上的条件,如果他出于自己的努力,增加了收入,监护人还应该按照增加的数目再给他加一倍。

薄丽托玛夫人　洛玛克斯自己的努力大概只会减少他的收入,不会增加。今后十年里,莎拉每年至少还得想法弄到另外八百镑,就那样他们也只能过穷光蛋的日子。还有芭巴拉呢?我原来以为,在你们当中她在事业上一定最飞黄腾达,可是结果她干了什么? 参加了救世军①;辞掉了女用人;一个星期只肯花一镑钱;然后忽然一天晚上把一个希腊文教授带回家来了,说是在大街上认识的,这位教授冒充也是救世军的信徒,甚至于在大庭广众之下为她敲大鼓,其实他不过是不要命地爱上了芭巴拉就是了。

斯蒂文　我听说他们订了婚的时候确实很意外,库森斯这个人很不错,没问题;要是不说,谁也猜不到他是在澳大利亚出生的;可是——

薄丽托玛夫人　咳,库森斯将来准是个好丈夫,说到底,谁也不能看不起希腊文,一听就知道是个受过教育的上等人,又何况,谢天谢地,我的家族可不是那种老顽固的保守党。我们是自由党,我们相信自由,随那些势利眼说去吧! 芭巴拉要嫁的,不是他们喜欢的人,是我喜欢的人。

斯蒂文　当然了,我只是考虑他的收入,不过,他倒不像是个大手大脚的人。

---

① 救世军(Salvation Army),国际基督教慈善善组织,遍布八十多个国家。其国际总部设在伦敦。救世军的缔造者是循道会牧师 W. 布斯。他从1865 年开始在伦敦东区进行福音传道,创立一些救济所,向穷人提供饭食和住所。1878 年他自己建立的组织易名为"救世军"。他和他的儿子 W. B. 布斯逐步将救世军改成了军队的形式。救世军的最基层是团队,由军衔最小为中尉最大为准将的一名军官指挥,这位军官属师部领导。若干个师组成军(通常在一个国家只有一个军)。希望加入救世军的信徒必须在"军队法规"上签字,并自愿提供服务。救世军的军官相当于其他基督教会的牧师。女教徒享有与男教徒完全平等的权利。尽管救世军并不介入教派间的论战,它的教义中却包括着大多数福音派新教会所信奉的基本原则。W. 布斯认为拯救灵魂并不需要行圣礼。他努力在宗教活动中造成一种不拘礼节的气氛,让新入教的信徒不感到拘束。教徒们可以愉快地唱歌、用乐器演奏音乐、鼓掌、做见证,自由祈祷、公开忏悔。

薄丽托玛夫人　这一条你还不要太有把握,斯蒂文。库森斯这样的温文尔雅、不声不响的老实人,我太清楚了——从来没有过分的要求,一切都是最好的就行了!这种人比你说的大手大脚的人要费钱多了,因为大手大脚的人不但是二流货,而且每一个都是守财奴。不行,芭巴拉每年至少需要两千镑,这一下子就得增加两个家,你明白吧。还有,亲爱的,你也该成家了,现在时髦的那种花天酒地的单身汉,老了才结婚,我不赞成;我正在努力为你安排呢!

斯蒂文　谢谢您的好意,母亲;不过这种事还是交给我自己安排吧。

薄丽托玛夫人　胡说!你还太年轻,哪里懂得做媒这种事,你碰上个一钱不值的漂亮丫头马上就会昏头。当然了,我不是说这事不征求你本人意见,你知道我不会的。(斯蒂文闭上嘴,无话可说了)斯蒂文,不要生闷气嘛!

斯蒂文　我没有生闷气,母亲。可是这些事跟他——跟我父亲有什么关系?

薄丽托玛夫人　我亲爱的斯蒂文,钱从哪儿来啊?如果咱们都住在一块儿,那么靠我的收入,你跟两个妹妹都够用;可是要是成了四个家,四所房子,我养活不起。你很清楚我父亲多么穷:他现在一年的收入将将才七千镑,说实话,要不是他还有斯蒂文乃支伯爵的头衔,他连社交活动都没办法参加了。他帮不了我们的忙。他说,而且他说得有道理,要他来养活一个腰缠万贯的人的子女,这太荒唐了。你知道吗,斯蒂文,你父亲一定阔得要死,因为世界上总有地方在打仗啊!

斯蒂文　您用不着提醒我,母亲。我这一辈子差不多每一次
　　　　打开报纸都会看见咱们家族的大名。安德谢夫鱼雷!安
　　　　德谢夫速射炮!安德谢夫十英寸口径炮!安德谢夫炮
　　　　台!安德谢夫潜水艇!现在又来了安德谢夫空中堡垒!
　　　　在哈罗中学,同学们管我叫军火神童,到剑桥也是一样。
　　　　在剑桥皇家学院的时候,有一个讨厌的家伙,一天到晚折
　　　　腾事儿,把我那本《圣经》毁了——那还是您送给我的头
　　　　一次生日礼物——他在我名字底下写上"死亡与破坏经
　　　　营者:安德谢夫与拉杂路斯之子和继承人;地址:基督徒
　　　　世界和犹太区"。更叫我受不了的是,到处大家都奉承
　　　　我,因为我父亲生产枪炮成了亿万富翁。

薄丽托玛夫人　不光是枪炮,还有拉杂路斯用安排军火贷款
　　　　的名义放出去的高利贷。你知道吗?斯蒂文,简直太不
　　　　像话了。这两个人,安德谢夫和拉杂路斯,把整个欧洲就
　　　　攥在他们手心里。所以你父亲才敢这样肆无忌惮。法律
　　　　管不了他。你想想,不管是俾斯麦,还是格莱斯敦,还是
　　　　迪斯累利,他们哪一个敢像你父亲这样,一辈子公然把所
　　　　有的社会责任、道德义务都踩在脚底下?他们根本不敢。
　　　　我找过格莱斯敦首相,请他过问;我找过《泰晤士报》;我
　　　　找过宫务大臣,那就像要求他们向土耳其苏丹宣战一样。
　　　　他们不干,他们说他们管不了他,我看他们是怕他。

斯蒂文　他们能把他怎么样?他又没有真的犯法。

薄丽托玛夫人　没犯法!他一天到晚犯法,他生下来的时候
　　　　就犯了法。他的父母没有结婚。

斯蒂文　母亲!这是真的吗?

薄丽托玛夫人　当然是真的了。我们就是为这个才分居的。

斯蒂文　他和您结婚的时候隐瞒了这一条!

薄丽托玛夫人　(对他这样的推理,倒也没想到)噢,那倒没有。说句公道话,你父亲不干这种事。再说,你也知道安德谢夫的格言:"理直气壮。"这件事大家都知道。

斯蒂文　可是您刚才说是为这个才和他分居的。

薄丽托玛夫人　是的,因为他自己是个弃婴还不满足,他要取消你的继承权,把产业留给另一个弃婴,我不能容忍的是这个。

斯蒂文　(感觉羞耻)您是说,就为——为——为——

薄丽托玛夫人　不要结结巴巴,斯蒂文,把话说清楚。

斯蒂文　可是这对我来说太可怕了,居然要和您议论这种事情!

薄丽托玛夫人　对我来说这也不是什么愉快的事,尤其是如果你还要像个孩子似的,动不动就伤自尊,那就更不愉快。斯蒂文,只有那些没出息的中产阶级才这样,他们一旦发现世界上的确有恶人,就吓得六神无主,一句话也说不出来。在我们这个阶级,我们必须决定怎么处理这些恶人;我们不能叫任何事影响我们的冷静沉着。好吧,像个大人似的提你的问题吧。

斯蒂文　母亲,难道您就不替我考虑吗?我求求您,要不就把我当个孩子,什么都不告诉我,反正您一向就是这么干的;要不就什么都告诉我,让我自己去判断是非。

薄丽托玛夫人　把你当孩子!什么话!你这样说实在是无情无义。你很清楚,我从来没有把你们三个当孩子对待。我一向都把你们当伙伴,当朋友,我一向都给你们充分的自由,你们说什么,干什么,完全由你们自己决定嘛,只要是我同意的决定就行了嘛。

斯蒂文 （不顾一切地）我只能这么说,我们都是一个完美无
　　　缺的母亲的三个不像样子的子女;不过,这一次请您让我
　　　们自己拿主意吧,请您告诉我,我父亲要把我踢开,把产
　　　业传给他另一个儿子,这么可怕的事到底是怎么回事?

薄丽托玛夫人 （吃惊）另一个儿子!我从没这么说过,我做
　　　梦也没想过这样的事,老打断我的话,结果就是这样。

斯蒂文 可是您刚才说——

薄丽托玛夫人 （打断他）好了,斯蒂文,乖孩子,请你耐心听
　　　我把话说完。安德谢夫家族的祖先是伦敦城里的圣安德
　　　鲁·安德谢夫教区里一个捡来的孩子。那是三百年前,
　　　詹姆斯一世的时候。这个弃儿被一个制造盔甲和火枪的
　　　工匠收养了。以后就继承了这份买卖;不知道是出于某
　　　种报恩的念头,还是因为他许过这样的愿,他又收养了一
　　　个捡来的孩子,最后把产业也传给了他。这个捡来的孩
　　　子也这样做了。从那时候起,这个制造枪炮的买卖从来
　　　都传给一个捡来的孩子,名字也一律叫安德鲁·安德
　　　谢夫。

斯蒂文 难道他们都从不结婚?难道就没有合法的儿子?

薄丽托玛夫人 结了,他们像你父亲一样都结过婚;他们有的
　　　是钱,可以给亲生子女买地,叫他们不愁吃穿。可是他们
　　　总是要收养一名捡来的孩子,加以训练,然后让他继承这
　　　家买卖;当然了,为这件事他们的妻子总是要跟他们吵翻
　　　了天。你父亲当初就是这样被收养的;他现在又装模作
　　　样地说他有义务坚持这个传统,他也必须收养个什么人
　　　来继承这个买卖,这我当然不能容忍。当初这种做法也

可能还有点道理,那时候的安德谢夫只能找到他们本阶级的女人,那些女人生的儿子没有资格管理这么大的产业。可是现在没有任何借口不考虑我的儿子。

斯蒂文　(信心不足)让我去管理一家兵工厂,恐怕我玩不转吧。

薄丽托玛夫人　胡说!你可以雇一个经理,给他工资就是了,容易得很。

斯蒂文　父亲对我的能力显然看不上眼。

薄丽托玛夫人　荒唐,孩子!你那时候还是抱着的孩子呢,这跟你的能力毫无关系。安德鲁要这么干是出于原则,就像他干的每一件违反常情的坏事一样,都是出于原则。当时我父亲就提出抗议,可是安德鲁居然当面跟他说,历史证明,只有两个机构是经得起考验的:一个就是安德谢夫公司,另一个是安东尼王朝的罗马帝国。那是因为安东尼王朝每一个皇帝都是自己选择继承人的。简直是胡说八道!我相信我们斯蒂文乃支家族哪点也不比安东尼差,而你就是斯蒂文乃支家族的后人。可是安德鲁这个人一贯就这样,他就是这么个人!每当他要为一件荒谬、邪恶的事辩护的时候,他总是才华横溢,振振有词,叫你没法回答;而每当他不得不做点有道理、体面的事的时候,他总是别别扭扭,愁眉苦脸!

斯蒂文　这么说,都是因为我才叫您的家庭生活出现了裂痕。母亲,我很过意不去。

薄丽托玛夫人　当然了,亲爱的,我们之间也还有别的分歧。我实在不能容忍一个不讲道德的人。我想,我还不至于是个伪君子;而且,如果他不过是做些错事,我也不会在乎;人嘛,谁又是完美无缺的呢?问题是,你父亲,严格地说,并没干什么错事;问题是,他心里想的,嘴里说的,就是错的,要命的就在这儿。他简直是把错误当作他信仰的宗教。本来嘛,有些人尽管干的是不道德的事,可是只要他们宣扬道德,也就是承认自己干的是错事,大家也就无所谓嘛。我呢,正因为安德鲁嘴里宣扬的是不道德的事,可是他干的又是道德的事,所以我不能原谅他。要是他一直待在家里,你们长大成人之后,一定是毫无原则,根本不明白什么是对的,什么是错的。你要明白,亲爱的,你父亲在某些方面是个非常有吸引力的人。孩子们没有讨厌他的;他就利用他这点优势,给他们灌输各种邪恶的思想,结果谁也管不住这些孩子了。我本人也并不是不喜欢他,正相反;不过,道德观上的分歧是不能妥协的。

斯蒂文　母亲,您说的这些只能让我困惑不解。人与人之间可能有见解上的不同,甚至于有宗教信仰上的分歧;但是,什么是对的,什么是错的,这怎么可能有分歧呢?对的就是对的,错的就是错;如果一个人连这一点都分不清楚,那他不是傻瓜就是坏蛋;就这么回事嘛。

薄丽托玛夫人　(感动)这才是我的孩子!(轻拍他的脸)对这样的问题你父亲从来回答不上来!他的办法就是哈哈大笑,然后用两句"亲爱的,宝贝儿"之类的胡言乱语搪塞过去。好了,你现在了解情况了,你打算给我出什么主意呢?

斯蒂文　那,您又能怎么样呢?

薄丽托玛夫人　反正,我得弄到这笔钱。

斯蒂文　我们不能接受他的钱。我宁可搬到一个便宜地方去
　　　住，比方说贝得福广场吧，哪怕是汉普斯德呢，反正我们
　　　不能要他的一个铜子儿。

薄丽托玛夫人　可是斯蒂文，我们现在所有的收入毕竟都是
　　　安德鲁掏钱的啊。

斯蒂文　（震惊）我从来都不知道。

薄丽托玛夫人　怎么，你总不会以为你外公还有钱给我吧？
　　　我们斯蒂文乃支家族也不能对你有求必应啊。我们提供
　　　的是社会地位。安德鲁总也得做点贡献吧。照我看，他
　　　在这笔交易当中一点也没有吃亏。

斯蒂文　（辛酸地）这么说，我们完全是靠他跟他的枪炮过
　　　日子？

薄丽托玛夫人　当然不是，我们的钱是早就签了协议的。不
　　　过钱是安德鲁掏的。所以你明白了吧，问题不是要不要
　　　他掏钱，是要他掏多少钱，我本人多一点也不要。

斯蒂文　我也不要。

薄丽托玛夫人　可是莎拉要哇，芭巴拉也得要。换句话说，她
　　　们要养活洛玛克斯和库森斯得多花钱哪。所以，我看，我
　　　得撇开我的自尊心，伸手向他要呗。这就是你要帮我拿
　　　的主意，斯蒂文，是不是？

斯蒂文　不是。

薄丽托玛夫人　（严厉地）斯蒂文！

斯蒂文　当然了，如果您已经拿定了主意——

薄丽托玛夫人　我没有拿定主意，我要你帮我拿主意，我等着
　　　哪。让我负担全部责任，我不干。

斯蒂文　（顽固到底）反正我宁死也不能再跟他要一个铜

子儿。

薄丽托玛夫人 （无可奈何地）你是说,必须由我出面向他伸手要钱。那好吧,斯蒂文,就照你的意思办。你一定很高兴,你的外公也同意这样办。可是外公觉得我应该请安德鲁到这里来,和两个女孩子见见面。不管怎么说,他总应该有点父女之情嘛。

斯蒂文 请他到这里来!!!

薄丽托玛夫人 不要重复我的话,斯蒂文。我还能请他到哪里去?

斯蒂文 我根本没想到您会请他来。

薄丽托玛夫人 斯蒂文,现在不是开玩笑的时候。怎么了,你! 你也明白,现在必须让他来一次,是不是?

斯蒂文 （勉强地）大概是吧,既然我的两个妹妹没他的钱不行。

薄丽托玛夫人 谢谢你,斯蒂文,我早知道,只要把情况对你说清楚了,你一定会帮我出好的主意。我已经约好了,让你父亲今天晚上就来。（斯蒂文大惊,从座位上蹦起来）不要一跳老高,斯蒂文,我的神经受不了。

斯蒂文 （手足无措）您是说,父亲今天晚上就要来——就是说,他马上就会出现?

薄丽托玛夫人 （看了一眼手表）我定的是九点钟,（斯蒂文愕然,倒抽一口气。夫人站起来）请你打一下铃。（斯蒂文走到小写字台前,按了一下上面的电钮,然后在台前坐下,胳膊肘撑在桌上,双手抱头,垂头丧气,不知所措）还有十分钟才到九点;我还得让那两个丫头有点心理准备呢。我是故意约了洛玛克斯跟库森斯来吃晚饭的,这样他们就可以在场了。也好让你父亲亲眼看看，以后他就不胡思乱想，以为他们还能养活老婆了。（男仆人进屋来，薄丽托玛夫人走到长沙发后和他讲话）摩里森，到楼上客厅去告诉大家马上到这里来。（摩里森退出，薄丽托玛夫人转向斯蒂文）好了，斯蒂文，别忘了，我现在需要你的全部精神支持，还有你的权威。（斯蒂文站起身，拼命想不辜负母亲对他性格中这些品质的期望）给我搬来把椅子，亲爱的。（他从墙边推过一把椅子，一直推到她站立的地方，靠近那张小写字台。她坐下，他则走到带扶手的椅子旁，没好气地坐下）我不知道芭巴拉会怎样看待这件事。自从那个救世军封她当了少校，她越来越独断独行，对谁都下命令，有时候真叫我有点怵她。这也太不高雅了嘛。我真不明白，她这一套是从哪儿学来的。不管吧，我绝不让她欺侮我；再说，等不到她拒绝见他啊，大闹一场啊，你父亲就到了，这倒是好事。别那么紧张，斯蒂文，你这样只不过是给她个机会闹一通。天知道，我也紧张得要死；可是我不露相。

莎拉与芭巴拉，带着她们各自的情人，查尔斯·洛玛克斯与阿道尔夫·库森斯同上。莎拉身材苗条，一副厌倦人生的模样，又颇为世故，而相比之下，芭巴拉则更健壮、乐观，而且精力充沛。莎拉穿着入时，芭巴拉则穿着一身救世军的制服。洛玛克斯是个游手好闲的少爷，与当时不少其他的游手好闲的少爷没什么两样。他的毛病是他具有一种轻浮的幽默感，使他往往在最不恰当的场合也忍不住、压不下几声怪声怪气的大笑。库森斯是个戴着眼镜的年轻学者，身体瘦弱，头发稀疏，说话婉转动听。他的幽默感不比洛玛克斯差,但是要复杂得多,更有书卷气,也更含蓄,其中夹杂着暴躁的脾气,使这个问题更加复杂了。他一生都被这两种倾向所折磨。一方面,他生性善良,有高尚的道德心;另一方面却有不近人情嘲弄人的冲动和烟熏火燎的急躁劲儿。这两种倾向的斗争显然削弱了他的体格。一方面他固执己见,一旦下定决心就从不动摇,坚持到底,对人们荒唐之处毫不宽容,不能容忍。而同时他的天性又使他对别人体贴,温情,善于解释复杂的问题,甚至于态度随和,带着三分抱歉。他有可能是杀人的凶手,但是绝不可能残忍或粗俗。他的某种不那么宽厚的本能,使得他不致因爱情的幻觉而盲目,而又出于这种本能,他拿定了主意要与芭巴拉结婚。至于洛玛克斯,他不过是觉得如果能把莎拉娶到手,那倒是很"逗"的,因此,他对薄丽托玛夫人有意的撮合倒也并不反对。

　　四个人似乎在客厅里正玩得高兴,两个女孩子走进来,把两个男朋友留在外面。莎拉走到长沙发旁,芭巴拉跟在后面,停在门口。

芭巴拉　　要查利跟道利也进来吗?

薄丽托玛夫人　　(严厉地)芭巴拉,我不允许你把查尔斯叫作查利。这种粗俗的称呼简直让我受不了。

芭巴拉　　没事儿,妈妈。查利这些天非常检点。要不要他们进屋来?

薄丽托玛夫人　　要,不过告诉他们,都放规矩点。

芭巴拉　　(对门外)进来吧,道利要放规矩点。

　　　　芭巴拉走到母亲的写字台旁。库森斯微笑着走进来,漫步走向薄丽托玛夫人。

莎　拉　（呼唤）进来吧,查利。（洛玛克斯上,努力但不成功地控制自己的表情,他心不在焉地站在莎拉与芭巴拉中间。）

薄丽托玛夫人　（命令地）坐下,你们都坐下。（他们坐下。库森斯走到窗边,在那里坐下。洛玛克斯坐在一把椅子上。芭巴拉坐在写字台旁,莎拉坐在长沙发上）我完全不明白你在笑什么,库森斯。没想到你会这样。要是洛玛克斯这样表现我倒不会意外。

库森斯　（语调异常温柔）芭巴拉刚才正教我演奏西汉姆救世军进行曲呢。

薄丽托玛夫人　我不觉得这有什么可笑;如果你是真的信奉了救世军,你也不应该觉得可笑。

库森斯　（和颜悦色）可是您不在场啊。确实很可笑。

洛玛克斯　逗死人了。

薄丽托玛夫人　不要出声,洛玛克斯。孩子们,听我说,你们的父亲今天晚上要到这里来。（全体愕然。）

洛玛克斯　（抗议）哟嗬,我说!

薄丽托玛夫人　洛玛克斯,没人请你说话。

莎　拉　您不是当真吧,母亲?

薄丽托玛夫人　我当然是当真的了。这完全是为了你,也是为了洛玛克斯。（沉默。洛玛克斯手足无措,一副痛苦地表示不屑的模样）我希望你不至于反对吧,芭巴拉。

芭巴拉　我,我为什么反对?我父亲和别人一样,也有灵魂,也需要拯救。就我来说,我欢迎他来。

洛玛克斯　（仍然表示异议）可说真格的,怎么闹的嘛! 嘿,我说!

薄丽托玛夫人 (冷冷地)洛玛克斯,你要表达什么意思?

洛玛克斯 那,您也得承认,这家伙够呛。

薄丽托玛夫人 (转向库森斯,语调表面平和,其实带着威胁)库森斯,你是希腊文教授,请你费心把洛玛克斯这些感想翻译成让人听得懂的话,好吗?

库森斯 (谨慎地)薄丽托玛夫人,请允许我说,洛玛克斯所表达的恰好是我们共同的感觉。荷马史诗里提到奥托里库斯的时候,用了同样的说法,$\pi\nu\kappa\iota\nu\grave{o}\nu\ \delta\acute{o}\mu o\nu\ \grave{\epsilon}\lambda\theta\hat{\epsilon}\hat{\iota}\nu$ 的意思就是够呛。

洛玛克斯 (大方地)要是莎拉没意见,其实我倒无所谓。

薄丽托玛夫人 (盛气凌人地)谢谢你。库森斯,我是不是得到了你的许可,把我自己的丈夫请到我自己的家里来呢?

库森斯 (一副尊重女权的样子)我无条件地支持您所做的一切。

薄丽托玛夫人 莎拉,你怎么一句话也不说呢?

莎 拉 您是不是说以后他就在这儿定居了?

薄丽托玛夫人 当然不是。他如果想住上一两天,多跟你们见见面,那间客房反正是准备好了的;不过事情得有个限度。

莎 拉 咳,我看他也不能把我们吃了。我没意见。

洛玛克斯 (忍不住咯咯笑起来)真想知道老头子会怎么反应。

薄丽托玛夫人 一定跟老太婆的反应差不多,洛玛克斯。

洛玛克斯 (无地自容)我不是那意思——至少——

薄丽托玛夫人 你没想,洛玛克斯。你从来不想,结果呢,你也从来不知道自己是什么意思。现在,孩子们,请注意听我的话,你们的父亲对我们来说,简直是个陌生人。

洛玛克斯　他最后一次跟莎拉见面,她大概还是个小蹦豆呢。

薄丽托玛夫人　莎拉还是个小蹦豆呢。洛玛克斯,你随时随地都那么善于用典雅的语言表达出高尚的思想。由于这种情形——呃——(不耐烦地)这一下子我想不起来我正要说什么了。都是你,洛玛克斯,都是因为你惹得我要拿话刺你两句。库森斯,请你告诉我,刚才我说到哪里了。

库森斯　(态度极好地)您正在说,由于安德谢夫先生最后一次见到子女的时候,他们还都在婴儿时期,因此他会根据他们今天晚上的表现,来断定您多年来是如何教育他们的;因此,您要求我们每个人都要特别当心,要表现得好些,特别是洛玛克斯。

洛玛克斯　喂,薄丽托玛夫人没这么说。

薄丽托玛夫人　(斩钉截铁地)我说了,洛玛克斯。库森斯记得一点都不差。你们一定要有好的表现;还有,我求求你们,当我跟你们父亲说话的时候,千万别又两人一堆往两头屋角一扎,小声说话,咯咯地傻笑。

芭巴拉　行,母亲。我们一定要为您争气。

薄丽托玛夫人　别忘了,洛玛克斯,莎拉希望为你感到骄傲,不是丢人。

洛玛克斯　好家伙! 我这儿实在拿不出什么可骄傲的玩意儿来,没错儿。

薄丽托玛夫人　那,至少别叫人家看出来。

　　　　摩里森脸色苍白,失魂落魄地闯进屋里,掩盖不住慌乱之情。

摩里森　夫人,我能向您禀报一件事吗?

薄丽托玛夫人　荒唐!请他上楼来。

摩里森　是,夫人。(他退下。)

洛玛克斯　摩里森知道他是谁吗?

薄丽托玛夫人　那还用说。摩里森一直在我们这儿。

洛玛克斯　那,他一定又是吓傻眼了,没错儿。

薄丽托玛夫人　请你不要用这种粗俗的语言刺激我的神经,
　　现在不是时候。

洛玛克斯　可这是一件很不寻常的事,确实——

摩里森　(在门口)那个——呃——安德谢夫先生到。(慌里
　　慌张退下。)

　　　　安德谢夫上。大家站起。薄丽托玛夫人和他在屋子
中间长沙发后面相会。

　　　　从外表看,安德谢夫是个身体开始发胖、举止随便的
上了年纪的人。他态度和蔼,性格招人喜欢地单纯。但
是从他脸上却可以看出,他善于观察,善于思考,而且总
是在等待、倾听。他宽阔的胸膛和高高的前额中蕴藏着
畏人的力量,体力方面和脑力方面都是如此。他现在待
人接物时轻手轻脚,这一部分是由于多年的经验使他明
白,他如果按照他的本性去抓住别人的手,而不是当心地
控制自己,他可能伤害一个普通人;另一部分原因则是年
龄和事业上的成就使他更成熟。眼下,他微妙的处境,也
使他略感局促。

薄丽托玛夫人　晚上好,安德鲁。

安德谢夫　你好,亲爱的。

薄丽托玛夫人　你比原来老多了。

安德谢夫　（抱歉地）我的确上年纪了。（带着一些对女性的恭维）你可是一点也没变。

薄丽托玛夫人　（迅速打断他的话）胡说！这是咱们这一家人。

安德谢夫　（吃了一惊）这么大的一家子！我很抱歉，我的记忆力在某些方面是越来越不行了。（他以一个父亲的姿态向洛玛克斯慈祥地伸出手去。）

洛玛克斯　（慌里慌张地与他握手）您好。

安德谢夫　我看得出来，你是我的长子。我非常高兴再次和你见面，孩子。

洛玛克斯　（分辩）不，不，您听我说，是这么回事——（实在说不下去了）哎哟，我说！

薄丽托玛夫人　（总算是从张口结舌的状态恢复过来）安德鲁，难道你真不记得你有几个孩子了？

安德谢夫　是这样，恐怕我——他们长得这么大了——呃。我是不是犯了什么荒唐的错误？我还是老老实实地承认吧，我记得我只有一个儿子。可是，这么多年过去了，当然了——呃——

薄丽托玛夫人　（断然）安德鲁，你胡扯些什么。你当然只有一个儿子了。

安德谢夫　那么，亲爱的，是不是给我介绍一下？

薄丽托玛夫人　这位是洛玛克斯，莎拉的未婚夫。

安德谢夫　亲爱的先生，实在对不起。

洛玛克斯　没事儿。挺高兴，说真的。

薄丽托玛夫人　这个是斯蒂文。

安德谢夫　（鞠躬）我非常高兴认识您,斯蒂文先生。(转向库森斯)这么说你一定就是我的儿子喽。(拉起库森斯的双手)你好哇,孩子?（对薄丽托玛夫人）他长得很像你,亲爱的。

库森斯　安德谢夫先生,您过奖了。我姓库森斯,是芭巴拉的未婚夫。(清清楚楚地说明)这位是救世军的芭巴拉·安德谢夫少校。那位是莎拉,您的二女儿。这是斯蒂文·安德谢夫,您的公子。

安德谢夫　亲爱的斯蒂文,请你原谅。

斯蒂文　没关系。

安德谢夫　库森斯先生,非常感谢您做的清清楚楚的说明。(转向莎拉)芭巴拉,亲爱的——

莎　拉　（提醒）我是莎拉。

安德谢夫　莎拉,当然了。(父女握手。他走到芭巴拉面前)芭巴拉——我这次对了吧,但愿如此。

芭巴拉　完全正确。(父女握手。)

薄丽托玛夫人　（重新发号施令）坐下,都坐下。安德鲁,坐下。(她走向前面,在长沙发上坐下。库森斯也把自己的椅子往前搬,坐到她左面。芭巴拉和斯蒂文在原地就座。洛玛克斯把自己的座椅让给莎拉,自己又去搬了一把。)

安德谢夫　**谢谢你,亲爱的。**

洛玛克斯　（一边搬一把椅子到写字台和长沙发中间,请安德谢夫坐,一边闲谈式地说）费了不少劲儿才弄清楚谁是谁,是不是?

安德谢夫　（接过椅子）叫我不安的还不是这个,洛玛克斯先生。我感觉为难的是,如果我扮演父亲的角色,结果可能叫人觉得我是个干预别人生活的陌生人;而如果我扮演一个轻手轻脚的陌生人,又可能叫人认为我是个毫无心肝的父亲。

薄丽托玛夫人　安德鲁,你根本就用不着扮演任何角色。你最好是实心实意,自自然然。

安德谢夫　(顺从地)是的,亲爱的。我敢说这是最好的办法。(他舒舒服服地坐下)好吧,我已经来了。那么,我能为大家干点什么呢?

薄丽托玛夫人　你什么也不用干,安德鲁。你是这个家庭的一员。你不妨和大家一道坐坐,高高兴兴。

　　　　洛玛克斯拼命忍住不笑的时间太长了,这时终于像受尽折磨般的马嘶般爆发出来。

薄丽托玛夫人　(大伤尊严)查尔斯·洛玛克斯,你要是懂规矩,就放规矩点。不然,就请你出去。

洛玛克斯　我实在抱歉,薄丽托玛夫人;不过,说实话,实在要人命啊!(他坐在长沙发上,在薄丽托玛夫人和安德谢夫中间,狼狈不堪。)

芭巴拉　查利,你要是想笑就笑出来;硬憋着不笑伤气。

薄丽托玛夫人　芭巴拉,你受过上等教育,要让你父亲看得到这一点;请你不要像街上的下等姑娘那样讲话。

安德谢夫　不必考虑我,亲爱的。你很清楚,我就不是上等人;我也从没受过教育。

洛玛克斯　(鼓励地)您放心,谁也看不出来,您的外表挺不错的,没事儿。

库森斯　那请允许我建议您学希腊文,安德谢夫先生。希腊文学者有特权。他们当中真懂希腊文的没几个;别的学问更是一窍不通;可是没人敢看不起希腊文学者。懂其他语言的顶多是餐厅跑堂的,走码头的生意人;一个有地位的人懂希腊文就像银器打上了钢印,保证成色好。

芭巴拉　道利,不要言不由衷。查利,去把你的手风琴拿来,给我们演奏一段。

洛玛克斯　(犹疑地对安德谢夫)这种玩意儿恐怕您不怎么欣赏吧?

安德谢夫　我特别喜欢音乐。

洛玛克斯　(喜出望外)是吗?那我就去拿。(他上楼去取乐器。)

安德谢夫　芭巴拉,你也演奏乐器吗?

芭巴拉　我只会铃鼓。不过查利正在教我手风琴。

安德谢夫　查利也是救世军的成员吗?

芭巴拉　不是,他说参加这种邪门歪道的团体在上流社会吃不开。不过我对查利还抱希望。昨天我拉着他去参加了一次我们在码头上的集会,他还用自己的帽子帮我们敛钱呢。

薄丽托玛夫人　安德鲁,这不能怪我。芭巴拉已经长大成人了,可以自己拿主意了。她没有父亲,没有人开导她。

芭巴拉　她有父亲。在救世军里没有孤儿。

安德谢夫　你们那儿的父亲有数不清的孩子,而且也经验丰富,是不是?

芭巴拉　(忽然对他发生了兴趣,点着头)一点不错。您怎么会明白这一条的?(这时大家在室内可以听到洛玛克斯在门外试奏他的小手风琴。)

薄丽托玛夫人 进来吧,洛玛克斯,马上给我们演奏点什么。

洛玛克斯 来喽!（他在他原处坐下,开始前奏曲。）

安德谢夫 请等一下,洛玛克斯先生。我对救世军很感兴趣。救世军的格言我完全可以采用:血和火。

洛玛克斯 （震惊）人家说的可不是您的那种血和火,我说。

安德谢夫 我的那种血净化世界;我的那种火锻炼灵魂。

芭巴拉 我们的也一样。明天到我的大棚来吧——我们在西汉姆的大棚——来看看我们干些什么。我们要游行到迈尔恩德的礼堂去召开大会。来看看大棚,然后参加我们的游行,会对您很有好处。您会演奏乐器吗?

安德谢夫 我年轻的时候,靠了我天生的跳踢踏舞的本事,曾经在大街上,在酒馆里挣铜子儿,有时候还能挣到银币呢。后来我参加了安德谢夫管弦乐团,高音拉管我吹得还可以。

洛玛克斯 （骇然）哎哟,我说!

芭巴拉 有不少罪孽深重的人就是靠吹拉管进了天堂,这还要感谢我们救世军里的军乐队哩。

洛玛克斯 （对芭巴拉,他依然没有从骇然的状态解脱出来）是啊,可是别忘了军火生意,明白吗?（向安德谢夫）我是说,进天堂什么的大概不是您的专长吧?

薄丽托玛夫人 洛玛克斯!!!

洛玛克斯 反正,就是这么个道理嘛,对不对? 军火生意嘛,不能没有,这不在话下,没有大炮不行;可不管怎么说,这事不对头。另一方面呢,这个救世军也有些玩意儿够胡说的——我本人是英国国教成员——可不管怎么说,救世军也是宗教啊;总不能反对宗教吧,是不? 除非你根本不讲道德,是这么回事吧。

安德谢夫　洛玛克斯先生,您大概根本不了解我的立场——

洛玛克斯　(急忙地)我说这些绝对不是攻击您个人,您明白。

安德谢夫　我明白,完全明白。不过请您考虑一下,我这个人呢,是生产破坏、杀人武器的。我现在心情特别好,因为今天早晨在铸造厂试验,我们一炮就轰散了二十七个士兵模型,而过去一炮只能轰掉十三个。

洛玛克斯　(开明、宽大地)明白,战争的破坏力越大,就越能更早地废止战争,是不是?

安德谢夫　完全不是。战争的破坏力越强,我们就越被它吸引。不行,洛玛克斯先生,我很感谢你用这些老生常谈的借口为我的行当辩解;可是我呢,我并不为我的行当脸红。有些人把自己的道德观念和自己的生意完全隔绝起来,互不干扰,我不是那样的人。我的那些生意上的竞争对手每年都要拿钱来捐给医院、教堂和其他慈善机构,好安慰自己的良心;我赚来的钱我都拿来做试验,搞研究,来改进我们毁灭财产和生命的方法。我一向是这样干的,今后也要干下去。所以你们那套祝贺圣诞节的卡片上说的道德,什么和平降临大地啊,人类永远亲善啊,对我丝毫不起作用。你们那些基督教义,要求你们宽恕恶人,人家打你的左脸,还要把右脸递上去,我要信这一套,早就破产了。我的道德观——我的宗教——当中必须有大炮和鱼雷的地位。

斯蒂文　(冷冷地——几乎愠怒地)照您这么说,好像世界上有好多种道德观和宗教可以供人选择似的。应该只有一种道德观、一种宗教才是真理。

安德谢夫　对我来说,只有一种道德观才是真理,但它对你可能不适合,因为你并不制造空中堡垒。对每个人来说,只有一种道德观才是真理,但每个人又都不会具有相同的道德观。

洛玛克斯　(实在跟不上这么绕脖子的道理)我说,您再说一遍行不行? 刚才我有点跟不上。

库森斯　很简单。就像欧里庇得斯说过的,你吃着是肉,他吃着可能是毒药,生理上是这样,道德上也是这样。

安德谢夫　一点不错。

洛玛克斯　噢,这么回事。是,是,是,很对很对。

斯蒂文　换句话说,有些人是老实人,有些人是无赖。

芭巴拉　胡说,根本不存在无赖。

安德谢夫　是这样吗? 那么有没有好人呢?

芭巴拉　没有,一个也没有。根本不存在好人或者无赖,只有同一位天父的子女;而且人们早就该停止互相贴标签了。你用不着告诉我,我了解他们。几十个,上百个,都从我手里过过:恶棍、罪犯、不信上帝的、慈善家、传教士、县参议员,什么人都有。其实都是一样的罪人,而且都可以得救。

安德谢夫　我可以问问吗,你有没有拯救过一个造军火的?

芭巴拉　没有,愿意让我试试吗?

安德谢夫　这样吧,我愿意和你做一笔交易,如果我明天到你们那个救世军大棚去看你,你是不是愿意后天到我的军火厂来看我?

芭巴拉　您要当心,很可能您会放弃大炮,投奔救世军。

安德谢夫　你有把握结果不是你放弃救世军,投奔大炮吗?

芭巴拉　我愿意冒这个险。

安德谢夫　我也愿意冒那个险。(两个人握手表示郑重的许诺)你们那个大棚在什么地方?

芭巴拉　在西汉姆,有十字架标志的地方。到坎宁镇上一问就知道。您的工厂在什么地方?

安德谢夫　在安德鲁区的佩里维尔。有刀剑标志的地方,在欧洲问谁都知道。

洛玛克斯　我是不是演奏点什么?

芭巴拉　好啊,就演奏《基督的士兵,前进》吧。

洛玛克斯　一上来就演奏这个,分量太重了,明白吗?要不,我唱那个《兄弟,你刚从人世走过》,曲调差不多。

芭巴拉　那太低沉了。查利,你肯定会得救;然后,你也要从人世走过,兄弟,可那也用不着这么大喊大闹的啊。

薄丽托玛夫人　真是的,芭巴拉,你说上没完了,就好像宗教是个叫人高兴的话题似的。总得讲点规矩啊。

安德谢夫　我倒觉得这个话题挺叫人高兴的,亲爱的。现在有本事的人只有对这个话题还关心。

薄丽托玛夫人　(看了看手表)那好吧,你们如果一定要讨论宗教,那我就坚持一定要规规矩矩地,像个样子地讨论。
洛玛克斯,请你打铃通知,我们要先祈祷。(大家一惊,斯蒂文神色慌乱地站起。)

洛玛克斯　(站起来)噢哟,我说!

安德谢夫　(也站起来)恐怕我得先走一步了。

薄丽托玛夫人　安德鲁,你现在不能走,这很不得体,你坐下。下人们会怎么想?

263

安德谢夫　亲爱的,这样做违背我做人的原则。我建议来个
　　　妥协好不好? 还是让芭巴拉在客厅里主持个仪式,洛玛
　　　克斯先生可以代替风琴手,我也高高兴兴地参加。我甚
　　　至于可以参与,如果能找到个拉管的话。

薄丽托玛夫人　不要玩世不恭,安德鲁。

安德谢夫　(吃惊——对芭巴拉)亲爱的,你总不会觉得我是
　　　玩世不恭吧?

芭巴拉　没有,当然不会了;再说,哪怕你就是玩世不恭也没
　　　关系。救世军里有一半人头一次参加集会无非是寻开心
　　　嘛。(站起来)来吧,来吧道利,来吧查利。(她与安德谢
　　　夫一道走出去,安德谢夫为她开了门。库森斯站起
　　　身来。)

薄丽托玛夫人　谁都不听我的话,这我不答应。库森斯,坐
　　　下。洛玛克斯,你走吧。参加祈祷你也不合适,你管不住
　　　自己,不定出什么丑呢。

洛玛克斯　瞧您说的!(他也出去了。)

薄丽托玛夫人　(继续说)可是你,库森斯,只要你愿意,你还
　　　是会规规矩矩的。我要你一定留下。

库森斯　亲爱的薄丽托玛夫人,您要朗读的那本教会规定的
　　　家庭祷文里有些话,我实在听不下去。

薄丽托玛夫人　请问,是哪些话呢?

库森斯　那,您就得说,而且当着所有下人的面,说我们做了
　　　多少我们不该做的事,又有多少该做的事我们没有做。
　　　还有,我们个个都是不健全的人。听到您这样不公正地
　　　谴责自己,谴责芭巴拉,我受不了。至于说到我自己,我
　　　绝不接受这种谴责。我已经尽了最大的努力了。如果这

些谴责是真的,我怎么敢和芭巴拉结婚——我怎么能面对着您还问心无愧呢?所以,我还是到客厅去好。

薄丽托玛夫人　(伤了自尊)那,你就去吧。(他朝门口走去)不过,记住一条,阿道尔夫(他转身听着):我非常怀疑你参加救世军的目的不过是为了在芭巴拉的裙下拜倒。我也很佩服你一贯糊弄我的伎俩,我现在看穿你了,你当心芭巴拉也要看穿你,就这些。

库森斯　(带着泰然自若的和蔼)可别泄我的底噢。(他走出。)

薄丽托玛夫人　莎拉,你要是想走,就走吧。总比你坐在那儿,恨不得自己在千里以外强。

莎　拉　(懒洋洋地)那好吧,妈妈。(她也走了。)
　　　　　薄丽托玛夫人突然全身一震,涌出一阵眼泪。

斯蒂文　(走过来)母亲,您怎么了?

薄丽托玛夫人　(擦眼泪)没事。一时糊涂。你要是愿意跟他走就走吧,让我跟下人们一道祈祷吧。

斯蒂文　噢,母亲,千万别这么想。我——我不喜欢他。

薄丽托玛夫人　别的孩子可都喜欢呢。这就是女人命里最不公正的地方。女人总得把孩子带大,那就得管他们,他们要干什么你得说不,得给他们派任务,他们做错了事得罚,得干这些不愉快的事。然后呢,等到母亲的活儿都干完了,父亲来了,他什么也不用干,就抱抱他们,惯着他们,结果把他们的感情全抢走了。

斯蒂文　他没有抢走我们对您的感情。大家无非是好奇。

薄丽托玛夫人　(暴躁地)你不用安慰我,斯蒂文,我才不放在心上。(她站起身,朝门口走去。)

斯蒂文　您到哪里去,母亲?

薄丽托玛夫人　去客厅,这还用说。(她朝外走去,开门时我
　　们可以听见《基督的士兵,前进》正由手风琴演奏,还有
　　铃鼓伴奏)你来不来,斯蒂文?

斯蒂文　不去,绝对不去。(她走了,斯蒂文坐在长沙发上,
　　紧闭着嘴,极度不满的样子。)

第 二 幕

西汉姆救世军收容所的院子在一月份的早晨是个很冷的地方。房子是新刷白的一座旧货仓，房子的三角屋顶一直深入到院子中间。底层有一扇门，上面顶楼上也有一扇门，但没有阳台或台阶，只安装了一台向上吊口袋的辘轳。从底层门出来到院子里的人，左边是通往大街的大门，紧靠这条小路的是一个石头的马槽，右边有一个棚子，为棚下的一张桌子挡风遮雨。桌旁有几条长凳，现在坐在上面的是一男一女，两个人都很潦倒，正在吃面包，（一人一厚片，上面涂着人造黄油和黄金糖浆）喝着掺了水的牛奶。

男的是个失业工人，他年轻、灵活、能说会道、装模作样；他聪明伶俐，凡是有理由去做的事他都干得来，但是，任何要他诚实劳动或是干点只对别人有利的事他绝不干。那个女的是到处可见的饱经沧桑的穷老太婆。她看上去有六十岁了，其实大概只有四十五岁。如果他们是有钱人，戴着手套和围巾，厚厚地裹着毛皮衣服和外套，也还是会觉得浑身冻得发僵，冷得要命，因为这一天正是一月份把人冻到骨头里去的那种阴冷的天气；只要看一眼那些肮脏的货仓，铅铁色的天空和下面粉刷的墙壁，任何一个有钱有闲的人都会马上直奔地中海去避寒。但是这里这两位,去地中海就像到月球上去一样遥远,也就不会费神去想它了。再说由于贫穷,他们的衣服大部分在当铺里,并没有穿在身上,越到冬天越是这样。结果他们并不因为寒冷而难受,反而刺激得他们更活跃,而且刚刚肚子里吃了点东西,简直叫他们情绪有了欢快。那个男的从杯中喝了一口,然后起身在院子里走来走去,双手深深地插在口袋里,不时还跳上两步舞。

老　妇　吃完这顿饭舒服多了吧,先生?

男　子　没有。这也叫顿饭!给你这样的还差不多,大概吧!可我是有文化、干活儿的男人,这够我干什么的。

老　妇　干活儿的男人!你干什么活儿?

男　子　油漆匠。

老　妇　(根本不信)是啊,说什么我都信。

男　子　嚯,说什么你都信!我知道,那些什么手艺都不会的二流子个个都说自己是油漆匠。我可是货真价实的,打腻子,上光,找到活儿一个礼拜就能挣三十八个先令。

老　妇　那你干吗不找活儿去呢?

男　子　你听我告诉你。第一,我有文化——fffff!这儿快把人冻死了(他跳了两步舞)——是的,我的文化比那些资本家给我安排的地位高出一大块;他们最讨厌的就是一眼就把他们看穿的人。第二,有文化的人总得有点配得上他的消遣吧;所以,我只要有机会,就喝个烂醉如泥。第三,我照顾自己的阶级弟兄,尽量少卖力气,留下一半活儿好让同行伙伴有的干。第四,我脑瓜子好使,我知道哪些事法律管不了,哪些事法律管得着;那些法律管不了的事我就按着资本家那一套干,能捞一把就捞一把。要是我活在一个正派的社会里,我一定滴酒不沾,卖力气干活儿,当老实人,可在这儿,这么说吧,入乡随俗嘛。可这么一来,结果呢? 生意不好的时候——眼下就糟得没法说——那些老板就要裁掉一半工人,头一个大半是我。

老　妇　您尊姓大名?

男　子　泼赖斯。大号是勃朗泰·奥·布瑞恩·泼赖斯。大伙叫我"势利眼"泼赖斯,这样好记。

老　妇　"势利眼"不是个木匠吗? 你刚才说你是个油漆匠。

泼赖斯　我不是那种"势利眼",我是上流社会那种。我就是太高傲了点,因为我有文化,还有,我父亲又是个宪章运动派,是个读书看报,用脑子的人,还开过文具店哩! 我不是那种砍柴、挑水卖苦力的;你给我记住这一条。(他回到桌旁长凳上坐下,举起牛奶杯)你叫什么?

老　妇　老密·米琴斯,先生。

泼赖斯　(畅饮杯中剩下的牛奶)祝你健康,米琴斯小姐。

老　密　(矫正他)是米琴斯太太。

泼赖斯　怎么! 唉呀,老密,老密! 正正经经结了婚的良家妇女,为了让救世军挽救她,冒充自己是堕落的女人。这一招都让人用腻了!

老　密　我有什么办法? 我不能饿肚子啊。这些救世军的姑娘真是好人哪! 可是你光现在表现得好不行,她们希望的是你被救以前坏,越坏越好。凭什么不让她们立点功劳呢,真是叫人心疼的好姑娘啊! 她们一天到晚累得都直不起腰来了。再说,我们要是告诉她们,我们其实比谁也不坏,那她们上哪儿弄钱来救我们呢?你又不是不知道那些上流社会的人都什么样儿。

泼赖斯　一群贪得无厌的猪!话说回来了,我还巴不得干他们的差事呢。你那个老密代表个什么名字?是小名儿吧?

老　密　是柔茉拉的简称。

泼赖斯　什么的简称?

老　密　柔茉拉。当时的一本新书里的人物。我妈希望我长大了像她。

泼赖斯　咱们俩同病相怜吧,老密。咱们俩的名字都是人家没听说过的。最后我就落了个"势利眼",你就成了"老密",都因为当初咱们的父母不愿意给我们起老百姓的名字,什么比尔呀,莎里呀,都不够派头儿。这就是生活啊!

老　密　是谁救的你,泼赖斯先生?是芭巴拉少校吗?

泼赖斯　不是,我是自己来的。我打算好了,我要做勃朗泰·奥·布瑞恩·泼赖斯,浪子回头的油漆匠。我知道她们爱听这个。我要告诉她们,过去我怎么亵渎上帝,成天赌钱,殴打我可怜的老母亲——

老　密　(震惊)你还打过你母亲?

泼赖斯　门儿也没有。她倒没少打我。有什么关系呢?你到时候听听我这个忏悔的油漆匠吧,听听我母亲多么虔诚,怀抱着我就教给我怎么祈祷,然后听听我怎么喝得大醉,回家来揪住她的满头白发,把她从床上揪下来,然后用火通条狠狠地揍她一顿。

老　密　要不怎么说这个世道对我们女人不公平呢。你们那

270

些忏悔跟我们的一样,都是撒谎,你们从不说你们真干了什么,也跟我们一样;可是你们男人可以在大庭广众撒你们的谎,大伙还为你们鼓掌;轮到我们呢,逼我们做的那种忏悔,只能单独讲给一位女士听,还得压低了声音说。虽说这些姑娘一心一意地行善,这还是不对头。

泼赖斯　对头! 你以为咱们的军队要是都对头了,还能允许他们存在吗? 门儿也没有。军队就是维持秩序的,就是要把我们变成乖孩子,心甘情愿地叫人剥削、欺侮。可是这套戏法,我也会,比谁也不差。我要说,我亲眼看见有人让雷劈了,我亲耳听见天上传来的声音:"'势利眼'泼赖斯,你打算到什么地方去度过永生呢?"我告诉你,忏悔的时候我不定多来劲儿呢!

老　密　可你以后甭想喝酒啦。

泼赖斯　没事儿,宣讲《圣经》照样过瘾。只要能干好玩的事,我才不喝酒呢。

　　　　简妮领着舍里从院门进来,简妮是一位十八岁漂亮的救世军姑娘,面色惨淡,神色疲惫。舍里已过中年,带着感情半已麻木、体魄半已耗尽的样子,饿得孱弱不堪。

简　妮　(挽着舍里)来吧! 鼓起勇气来。我给你去找点儿吃的来。吃点儿东西就好了。

泼赖斯　(站起来一本正经地从简妮手上挽过老头来)可怜的老头儿! 振作起来,兄弟,在这里你会找到安宁、平安和幸福。快去弄吃的吧,小姐,他可快不行了。(简妮急忙到大收容房里去)嘿,老爹,来神儿吧! 她给你拿去了,一片厚厚的面包,上面抹着黄金糖浆,还有一罐子牛奶哩。(他让舍里靠桌子角坐下。)

老　密　（兴致很高）老头儿别破罐破摔,离死还远着呢!

舍　里　我不是老头儿。我今年才四十六岁。我比年轻那会儿一点也不差。我不到三十就少白头了。其实花三个铜子儿买点染发剂就全解决了,就为这个就要把我轰到大街上去饿死?老天爷啊!我从十三岁起,每天都干十个、十二个钟头的活儿,我从来都靠挣钱吃饭,到这会儿,就因为我头发白得早,我就成了废品,我的差事就得让给年轻人,哪怕他干活儿比我差得多?

泼赖斯　（高兴地）咳,怨天尤人没用。你算个什么呢,让人家挤下来了,甩到一边了,送医院都不收了,就知道干活的老头儿呗,谁管你是死是活?呃?也该叫这些贪得无厌的猪请你吃顿饭了,他们从你那儿偷走的还少吗?也该还你点儿了吧。（简妮端着定量的份饭回来）来了,兄弟。感谢完上帝就开吃吧!

舍　里　（饿狼般地瞅着饭,但又不动手吃,像孩子似的哭起来）我一辈子没白吃过人家的东西。

简　妮　（抚慰地）来吧,来吧!这是主赐给你的。当初主在世上也没有拒绝过他朋友的面包,你又怎么拒绝呢?再说,等到我们给你找到个差事,你想还我们也全在你嘛。

舍　里　（急切地）没错儿,没错儿,是这么回事儿。我还能还你们,这算我借的。（颤抖着）上帝啊!上帝啊!（他转向桌上狼吞虎咽地吃起来。）

简　妮　怎么样,老密,这会儿舒服点了吗?

老　密　上帝给你降福吧,宝贝儿!你喂饱了我的肉体,你也救了我的灵魂,是不是?（简妮受了感动,亲吻她）坐下,歇会儿,你快累得站不起来了。

简　妮　我从一早就拼命干。可是还有好多事儿等着人干
　　　　呢！我不能停下来。

老　密　祈祷一下试试,哪怕两分钟吧。祈祷完了你干活儿
　　　　都更有精神。

简　妮　(眼里闪着光辉)真的,祈祷几分钟精神就全来了,
　　　　简直不可思议！我今天十二点的时候累得头都晕了;芭
　　　　巴拉少校二话没说就打发我去祈祷五分钟;结果我全恢
　　　　复了,就好像我刚开始干活儿似的。(对泼赖斯)你吃面
　　　　包了吗?

泼赖斯　(佯作虔诚)吃了,小姐。可是我更珍贵的是我的灵
　　　　魂得到了营养,灵魂的安宁是不能用语言形容的。

老　密　(热烈地)赞美上帝吧!

　　　　　　比尔·沃克,一个年约二十五岁的凶汉,出现在院门
　　　　口,满怀恶意地望着简妮。

简　妮　你这话叫我真幸福啊！听你这么说,我觉得我在这
　　　　儿闲着真是犯罪。我得马上回去干活儿。

　　　　　　简妮向屋里疾走时,这位沃克忙赶上来把她截在房
　　　　门口。他蛮横地凑到简妮面前时,态度是那样吓人,直逼
　　　　得简妮顺着院子步步后退。

比　尔　我认得你。就是你把我的姑娘抢走的。就是你叫她
　　　　把我甩了的。好吧,我现在要跟她算账了。别以为我他
　　　　妈的还想要她,我不要她！明白了吗? 可我得叫她明白,
　　　　叫你这样的也明白。我要教训教训她。看谁还敢甩我。
　　　　去吧,把她叫出来,要不我自己去把她揪出来。告诉她,
　　　　沃克找她呢！她一听就明白。还别让我等着,不然就更
　　　　糟糕。你要是敢跟我回嘴,我就拿你开刀,听明白了吗?

朝这边走,进去。(他抓住简妮的一只胳膊,把她朝着大屋子的门口抢去,她两手两膝着地跌在地上。老密扶她起来。)

泼赖斯　(由板凳上站起,犹豫地参着胆子向沃克走过去)别这么大的火气,伙计。她又没惹你。

比　　尔　你管谁叫伙计?(气势汹汹地向着泼赖斯)怎么着,你要给她当保镖啊?来,咱们比画比画。

老　　密　(气愤地跑到他面前去骂他)哎呀,你这么野蛮——(沃克马上左手向后一挥,打在她的脸上。她尖声喊叫着歪歪斜斜地倒退到石马槽上坐下,两手捧着受伤的脸,摇来晃去地疼得直哼哼。)

简　　妮　(走近她)哦,上帝饶恕你吧!你怎么伸得出手来打这么个老太太呢?

比　　尔　(狠狠抓住简妮的头发,使她也喊叫起来,并把她从老妇人那里揪开)你再给我来一句上帝饶恕,我就给你脸上来一下子上帝饶恕,叫你一个礼拜也张不开嘴祈祷!(一手抓住她,凶狠地对泼赖斯说)怎么着,你有不同意见?

泼赖斯　(被威吓住)哪儿的话,老伙计,我又不认得她。

比　　尔　这还像句话!告诉你,就是让你吃饱两顿饭,我伸出一个小指头,也能把你打趴下,你这条快饿死的野狗!(转向简妮)你去不去把阿比詹姆叫出来?还是等我把你的脸打烂了,自己去找她?

简　　妮　(在他的紧握下挣扎)求求你们谁进去把芭巴拉少校找来——(沃克向下按她的脑袋,她又叫起来。泼赖斯和老密都逃到屋里去。)

比　尔　你想去找你们的少校告我的状,是不是?

简　妮　求求你不要揪我的头发,放开我。

比　尔　到底你告不告状?(简妮忍着没叫出来)告不告?

简　妮　上帝赐给我力量吧——

比　尔　(用拳头打她的脸)去吧,让她看看这个,告诉她,她
　　　　要是也想挨这么一下子,那就来找我的麻烦吧!(简妮
　　　　疼得哭着走进棚子去。沃克走到长凳前对老头儿)嘿,
　　　　把你这儿舔干净,给我腾腾地方。

舍　里　(跳起来凶狠地对着他,手还拿着牛奶杯)你要是敢
　　　　跟我动手动脚,我就用这个儿缸子砸烂你的脸,把你的
　　　　眼珠子划拉出来。你们这些狗崽子,老一辈的当牛当马
　　　　把你们拉扯大了,你们反咬一口,抢了他们的饭碗还不过
　　　　瘾,还要跑到这儿来,横行霸道,欺侮老实人。这是行善
　　　　的地方,吃了人家施舍的面包,我们心里难受!

比　尔　(轻蔑地,但身子稍微退后了些)你有什么了不起
　　　　的,你个老棺材瓢子!你有什么了不起的?

舍　里　就是比你了不起。不信咱们干活儿上比试比试,你
　　　　也行,找个你这个岁数的肥肥胖胖的酒鬼也行。我在霍
　　　　热古公司干了十年了,你们来试试我的差事。他们那儿
　　　　要年轻的;四十五岁以上的人他们雇不起。他们说得可
　　　　漂亮呢——非常抱歉,我们可以给您开一封推荐信,如果
　　　　能找到适合您年龄的工作,我们一定全力帮忙——像您
　　　　这样靠得住的人不会找不到工作的。行啊,你去试试。
　　　　你一去他们就知道不一样了。你懂什么?连起码的规矩
　　　　都不懂——居然伸出你的臭手打一位有身份的妇女!

比　尔　你再招惹我,连你一块儿揍,听见没有?

舍　里　（鄙夷的神情使对方气馁）是啊，打完了妇女，你想找个老头儿打了，是不是？我还没见着你找个年轻的较量较量呢。

比　尔　（略感不安）你睁着眼说瞎话，你这个吃救济饭的。刚才这儿有个年轻的，我跟他叫阵了没有？

舍　里　他肚子里有食吗？那也算男子汉吗？那不过是个偷鸡摸狗的小痞子。你敢跟我女婿的哥哥比试比试吗？

比　尔　他是干吗的？

舍　里　包尔池塘的费麦尔。就是他在杂耍戏院里顶住了那个日本摔跤的，十七分四秒没摔趴下，赢了那日本人二十英镑。

比　尔　（泄了气）我可不是杂耍戏院摔跤的，他拳击行吗？

舍　里　当然，不行的是你。

比　尔　怎么着！我不行，是吗？你再说一回！（恫吓他。）

舍　里　（屹然不动）那好，我来安排你跟费麦尔打一场拳击，你来不来？全看你一句话。

比　尔　（低头气馁）跟谁打我也不二乎，十个费麦尔我也不怕。可我从没说过我是专业的。

舍　里　（对他表示无限轻蔑）你还拳击！你也就会欺侮老太太，朝人家脸上就是一巴掌！打人要找那种警官不好检查伤痕的地方，你这个屁也不懂、自命不凡的混小子！给那个姑娘下巴上来了一拳，只不过把她打哭了。要是费麦尔也打那么一拳，那姑娘十分钟也爬不起来，不信就让他给你一拳试试。没错儿！我要是吃了一个礼拜的饱饭，不是饿了两个月的肚子，我也能给你一顿好样的。（他转过身去，靠桌子坐下接着吃饭。）

比　　尔　（赶到舍里坐处,俯身凑到他的面前,好使自己的嘲骂更为有力)你又撒谎!你刚吃完人家施舍给要饭的面包抹黄金糖浆。

舍　　里　（忽然泪下)上帝啊!他说得对,我就是垃圾堆上的一个老要饭的。(盛怒地)可是你的下场也不会比我强,你等着瞧吧!还得来得比我早,因为我滴酒不沾,不像你一大清早就灌了一肚子金酒!

比　　尔　我平常根本不喝金酒,你这个老骗子!可我今天要好好揍一顿我那个相好的,肚子里总得有点儿折腾人的玩意儿,明白吗,你?我在这儿干什么呢,不去教训她,在这儿跟你这么个老家伙费唾沫。(给自己打气)我这就去把她揪出来。(他摆出报仇雪恨的架势,向屋子的门口走去。)

舍　　里　你啊,你就等着人家把你抬到警察局去吧!等你进去了,人家特别会把那点金酒还有折腾人的玩意儿从你肚子里掏出来。你现在留点神,他们这儿那位少校可是斯蒂文乃支伯爵的外孙女。

比　　尔　（愣住了)去你的!

舍　　里　你等着瞧吧。

比　　尔　（含糊起来)那,我又没招惹她。

舍　　里　她要是说你招惹了呢?你说什么谁信啊!

比　　尔　（很不安,躲到棚子角落里)上帝!这个国家没理可讲,他们这号人什么干不出来!我比她哪点也不差。

舍　　里　好哇,你当面跟她说去啊!就像你这样傻瓜干的事。

　　　　　芭巴拉从屋子里出来,精神活泼,忙于公务,手持笔记簿。她先对舍里说话。沃克因为害怕,坐在棚角的板

277

凳上,背向着她和舍里。

芭巴拉　早晨好。

舍　里　(站起来摘下帽子)早晨好,小姐。

芭巴拉　坐下,不要客气。(他不便就坐下,但芭巴拉亲切地
按了按他的肩膀使他坐下)好了! 既然咱们已经交上了
朋友,我希望了解你的一切。姓名,住址,职业,诸如
此类。

舍　里　彼得·舍里,装配工。两个月以前,因为我过岁数
了,被除名了。

芭巴拉　(毫不以为奇)看不出来嘛,你为什么不染染头
发呢?

舍　里　我染过。可是在我女儿验尸听证的时候,我没法儿
再瞒岁数了。

芭巴拉　没有不良嗜好?

舍　里　滴酒不沾。一辈子没失过业,正经工人。可现在像
匹老马似的送屠宰场了!

芭巴拉　别担心,你尽到了你的责任,上帝也会尽到他的
责任。

舍　里　(忽然顽强起来)我的宗教是自己的事,谁也管
不着。

芭巴拉　(猜测)我明白。政教分离派?

舍　里　(激动地)我否认过吗?

芭巴拉　有什么可否认的呢? 我自己的父亲就是个政教分离
派,大概是吧。我们共同的父亲,天上的父亲,会通过各
种途径来完成他的意愿;我敢肯定地说,他让你成为个政
教分离派必有他的道理。所以,振作起来,彼得! 像你这

278

样一个靠得住的工人,我们肯定能为你找到工作的。
(舍里被她的态度折服,举手敬了个礼。芭巴拉转对沃
克说)你叫什么名字?

比　　尔　(无礼地)你管得着吗?

芭巴拉　(镇静地在笔记本上写着)不愿意暴露真实姓名。
　　　　职业呢?

比　　尔　谁不敢暴露真实姓名了?(顽强地,大有借反对斯
　　　　蒂文乃支伯爵家里的人来英勇反抗贵族的意味)你要是
　　　　想去告我,告去吧!(她泰然等他说完)本人大名:比
　　　　尔·沃克。

芭巴拉　(似乎对这个名字很熟悉,竭力追想)沃克?(记起
　　　　来)噢,想起来了,你就是刚才简妮在屋里为他祈祷的
　　　　人。(她把沃克的名字写在笔记本上。)

比　　尔　谁叫简妮?她凭什么为我祈祷?

芭巴拉　我也不知道。可能是你把她的嘴打破的吧?

比　　尔　(凶恶地)没错儿,就是我。我才不怕你呢!

芭巴拉　咳,你连上帝都不怕,怎么会怕我呢?你可真是个大
　　　　胆的人,沃克先生。到我们这里工作需要很大的勇气;可
　　　　是我们也不敢伸手打她这样一个姑娘,我们怕的是她在
　　　　天上的父亲啊。

比　　尔　(恼怒地)你不用给我念你们那套经。你大概以为
　　　　我到这儿来,就跟这个废物似的,是想跟你们要口饭吃。
　　　　才不是呢!我才不要你们的残羹剩饭呢。我不信你们那
　　　　个上帝,其实你也不信。

芭巴拉　(愉快地表示歉意,拿出贵妇人的风度来,在一种新
　　　　的关系上和沃克交谈)噢,请原谅我记下了您的名字,沃

克先生。我刚才误会了。我马上把您的名字画掉。

比　　尔　（认为这是轻视他,大伤自尊)干什么! 你不许动我的名字。怎么我的名字就不配记在你那个本本上?

芭巴拉　（考虑)是这样,既然我不能为您做点什么,记下您的名字也没用啊。是不是? 您的职业是什么?

比　　尔　（仍然刻毒地)这你管不着。

芭巴拉　一点不错。(极其郑重地)这样吧,我就记下(写起来)您是那位——在可怜的简妮嘴上——打了一拳的人。

比　　尔　（恫吓地站起来)听着,你这套我可忍无可忍了。

芭巴拉　（愉快而大胆地)那你到我们这儿来干什么?

比　　尔　我来找我的相好,明白吗? 我要把她从这儿弄出去,狠狠地揍她一顿。

芭巴拉　（泰然自若)你看,我给你填在本上的职业还是填对了。(沃克原想狠狠回她几句,但不知怎么反险些要哭出来了,这使他感到可耻并感到可怕,于是又颓然坐下)她叫什么?

比　　尔　（顽强地)她叫阿比詹姆;她就叫这个。

芭巴拉　噢,她到坎宁镇去了,那儿是我们的营地。

比　　尔　（阿比詹姆的背信,又鼓起了他撒野的勇气)是吗?（愤恨地)那我现在就去这个坎宁镇找她。(他直奔到院门口,但犹豫了一下,终于又回到芭巴拉这边来)你是骗我,想让我离开这儿,是不是?

芭巴拉　我不想让你离开这儿,我让你留在这儿,我们才能救你的灵魂,你最好留下,今天这一天你的日子不好过啊,比尔。

比　尔　谁让我不好过？大概，是你吧。

芭巴拉　是你不相信的那个人。可是，事后你会觉得幸福。

比　尔　（预备溜走）就冲你这个嘴，我也得逃走，到坎宁镇去。（怀着极端怨恨，突然对芭巴拉发作）还有，我要是在那儿找不到我的姑娘，你就等着吧，我还要回来，为你我不怕蹲两年监狱，你等着瞧吧！

芭巴拉　（反而尽可能更友善一些）这都没用了，比尔，她有新相好的了。

比　尔　什么！

芭巴拉　是她自己发展的新信徒，这个人亲眼看见她灵魂得救，脸上容光焕发，头发也洗干净了，就爱上她了。

比　尔　（惊讶）她洗头发干什么，这个小婊子头发像胡萝卜似的，她是红头发！

芭巴拉　现在她头发可好看呢，因为她眼睛里闪着一种新的光芒。真可惜，你是错过机会了，她的新朋友把你踹了，比尔。

比　尔　你等着看我怎么踹他吧！其实我才不稀罕这个丫头呢，这一条说清楚。我就是要教训教训她，把我像废品似的甩掉我不答应。还得教训教训这个小子，看他敢碰一碰我的相好的，这小子他妈的叫什么？

芭巴拉　费麦尔中士。

舍　里　（显出幸灾乐祸的喜悦）我陪您一道去，小姐。我正盼着他们两个见面呢，等完事以后，我负责送他去急救站。

比　尔　（掩饰不住疑惧之情，对舍里）他就是你刚才说的那个人？

舍　里　就是他。

比　尔　在杂耍戏院里摔跤的那个？

舍　里　他当初每年靠参加全国体育俱乐部的比赛就能挣上
　　　　一百英镑，现在他洗手不干了，信奉宗教了；所以呢，正好
　　　　多日没练了，身上正不得劲儿呢。他见到你一定高兴。
　　　　跟我走吧。

比　尔　他体重是多少？

舍　里　一百八十六磅。（沃克最后的希望消逝了。）

芭巴拉　去找他谈谈吧，比尔。他会叫你改变信仰的。

舍　里　他能把你的脑袋变成烂土豆泥。

比　尔　（悻悻地）我不怕他，我谁也不怕，可是我打不过他，
　　　　这丫头把我坑了。（坐在石马槽边上生闷气。）

舍　里　你不去啦？早知道是这么回事。（他回到原处
　　　　坐下。）

芭巴拉　（招呼）简妮！

简　妮　（在屋门口出现，嘴角上贴着胶布）在，少校。

芭巴拉　叫老密来把这儿扫干净。

简　妮　我看她不敢来。

芭巴拉　（这一瞬间，作风很像她母亲）荒唐！她要服从
　　　　命令。

简　妮　（向屋里呼唤）老密，少校说你一定得出来。
　　　　　　简妮走到芭巴拉身边来，故意靠沃克那边走，免得他
　　　　觉着是在躲他，或是还记他的仇。

芭巴拉　可怜的小简妮！你累了吧？（看着她受伤的脸）还
　　　　疼吗？

简　妮　不疼了，好了。原来也没事儿。

芭巴拉　（挖苦地）我看,他大概也就这么点劲儿。可怜的比尔!你不生他的气吧,是吗?

简　妮　不,不,不,一点都不生他的气,少校,求上帝照顾这个可怜人吧!（芭巴拉吻她,她快活地跑进屋子里去。沃克重又感到那种新的、可怕的征兆,因而坐立不安起来,但并未作声。老密从屋里出来。）

芭巴拉　（迎上老密去）好了,老密,打起精神来。把杯子、盘子拿进去洗干净,把面包渣扔开喂鸟。

　　　　老密捡起三个盘子和三个牛奶杯,正预备拿走,舍里却从老密手中把他用的杯子拿回,因为里面还剩了些牛奶。

老　密　哪儿有面包渣啊,这年月谁舍得拿好面包喂鸟儿啊。

泼赖斯　（在门口出现）有位先生来参观大棚,少校,说他是你父亲。

芭巴拉　好吧,我就来。（"势利眼"回到屋子里去,芭巴拉跟着进去。）

老　密　（乘人不备走到沃克面前,压低了声音,但信心极强）要不是少校拦着我,我早揪你找警察去了,你这个扁耳朵、塌鼻子的臭流氓!你真够下作的,伸手就打人家小姐的脸。（沃克正在想着他心目中的大事,没有理她。）

舍　里　（跟随着她）行了,你!进去吧,别在这儿说上没个完又惹麻烦了。

老　密　（傲慢地）我怎么不记得有介绍我认识您这样的荣幸啊?（拿起杯盘进屋子里去。）

舍　里　真没见过——

比　尔　（蛮横地）别理我,听见没有。你要是再招惹我,我

283

就不客气了。都想把我踩在脚底下,办不到。

舍　里　（沉着地）用不着担心。你还以为你多招人疼呢。谁也不想搭理你。（预备走进屋子里去,这时候芭巴拉在左、安德谢夫在右,一同出来。）

芭巴拉　噢,您在这儿,舍里先生!（在舍里和安德谢夫中间）这是我父亲,我告诉过您,他是个政教分离论者,是不是?你们两个一定谈得来。

安德谢夫　（震惊）政教分离论者!我可绝对不是,正相反,我是个死心塌地的神秘主义者。

芭巴拉　那我实在是抱歉了。说到这儿,爸爸,您到底信什么宗教——万一我下次还得介绍您呢?

安德谢夫　我的宗教?怎么说呢,亲爱的,我是百万富翁,这就是我的宗教。

芭巴拉　那,恐怕您跟舍里先生是没法儿谈得来了。你大概不是百万富翁吧,彼得?

舍　里　不是,而且我为这个自豪。

安德谢夫　（严肃地）朋友,贫穷没什么可自豪的。

舍　里　（愤怒地）谁给你挣来的百万家财?我跟我这样的人。我们是怎么穷的?好让你们发财呗!不管你收入多么高,我也不想要你的良心不安。

安德谢夫　不管你良心多么纯洁,我也不想要你那点收入,舍里先生。（他进棚子坐在板凳上。）

芭巴拉　（舍里正要反唇相讥,芭巴拉巧为拦挡过去）彼得,你再也想不到我会有这样一个父亲,是不是?你现在是不是到大棚里去帮帮那些姑娘的忙,我们那儿的活儿简直干不完哪。

舍　里　（辛酸地）是啊,我还欠她们一顿饭呢,对吧?

芭巴拉　咳,完全不是因为你欠她们什么,是为了爱她们,彼得,为了爱她们。(舍里不能了解,不禁骇然)好了,别在这儿傻站着。到棚里去吧,也让你那良心休息一会儿。(催促他进屋子里。)

舍　里　（一边往里走着）唉!真可惜,你没受过我们那套理论训练。要不,你真能当我们政教分离派一个出色的宣讲员哪。

　　　　　芭巴拉转向她父亲。

安德谢夫　不要照顾我,亲爱的。你该干什么就干什么,让我在一边看看。

芭巴拉　那好吧。

安德谢夫　比方说,那边那位门诊病人毛病出在哪儿?

芭巴拉　（看了看沃克,他的态度始终未变,闷了一肚子火,情绪更甚了）噢,他的病我们马上就能治好。您看着吧。(她走到沃克身边,但未说话。沃克翻翻眼皮看了看她,又垂下去;神色不安,但较前更为痛苦)要是在阿比詹姆的脸上狠狠地踩上一脚才解气呢,是不是比尔?

比　尔　（惊慌中突然从马槽上跳下来）你胡扯,我没这么说过。(芭巴拉摇摇头)谁告诉你我心里怎么想来着?

芭巴拉　你新交的那个朋友呗!

比　尔　什么朋友?

芭巴拉　魔鬼呀,比尔。他要是附上了谁,那个人就痛苦不堪了,就像你现在这样。

比　尔　（强作欢笑,表示不在乎,内心却更为痛苦）我没有痛苦不堪!(又坐下,故意伸出两腿,装出全不在意的样子。)

芭巴拉　　那,你要是真高兴,你怎么没有个高兴的样儿啊,怎
　　　　　么不像我们哪?

比　　尔　　(身不由己地把两腿缩回去)告诉你,我高兴着哪!
　　　　　你老缠着我干什么? 我怎么得罪你了? 我又没打你的
　　　　　脸,是不是?

芭巴拉　　(温柔地,向他的灵魂进攻)不是我要缠着你,比尔。

比　　尔　　还有谁?

芭巴拉　　大概是一个不希望你今后再打女人的人吧。大概总
　　　　　是想把你造就成个男子汉的什么人吧。

比　　尔　　(大嚷起来)把我造就成个男子汉! 我还不是男子
　　　　　汉? 我不是男子汉? 谁说我不是男子汉?

芭巴拉　　大概,你身上某个地方也有男子汉。可是他为什么
　　　　　允许你打可怜的小简妮呢? 这可不像个男子汉干的事
　　　　　啊,是不是?

比　　尔　　(痛苦)我说,你有完没完? 别提这事了。你这个小
　　　　　简妮,还有她那张傻脸,我真听腻了。

芭巴拉　　那你为什么还是老想着它呢? 为什么你就管不住自
　　　　　己,老是惦念它呢? 你不是悔罪信教了吧,不是吧?

比　　尔　　(意志坚决)我才不会呢。没那么回事。门儿也
　　　　　没有。

芭巴拉　　这就对了,比尔,可不能投降,拿出你的劲头来,可别
　　　　　让我们容容易易地得手。费麦尔说他折腾了三天三夜才
　　　　　投降,才心服口服地得救了,比他在杂耍戏院里跟那个日
　　　　　本摔跤手折腾得厉害多了,跟那个日本人,他是觉得胳膊
　　　　　受不了啦投降的。可他是心里受不了啦才心服口服地得

救的,也许你遇不上这种事。你反正没心没肺,是不是?

比　尔　这叫什么话?我怎么就跟别人不一样,连心都没有?

芭巴拉　有心的人怎么会朝可怜的小简妮脸上打呢?

比　尔　(快要哭了)哎呀,你让我安静一会儿成不成?我又从来没招你惹你,你干吗非跟我这儿絮絮叨叨,不依不饶呢?(他从眼睛到脚尖浑身扭动不安。)

芭巴拉　(一只手搭在沃克的胳膊上,神色坚定、和顺,语气柔细,使他无法逃避)叫你难受的是你的灵魂,比尔,不是我。我们这儿每个人都经历过这种痛苦。跟我们一道走吧,比尔。(他瞪着眼四下里看了看)在地上我们要挺起胸来像个男子汉,然后到天上我们将享用永恒的光荣。(沃克几乎支持不住了)来吧。(屋子里传来鼓声;芭巴拉回头望的时候,沃克才从那着迷状态中惊醒过来,倒抽一口气。库森斯腰悬大鼓从屋子里出来)噢,你来了,道利,我来给你介绍一位朋友。比尔·沃克,这是我的那位,库森斯先生。(库森斯举鼓槌敬礼。)

比　尔　打算跟他结婚?

芭巴拉　是啊。

比　尔　(热诚地)上帝保佑他吧!上帝保佑他吧!

芭巴拉　怎么,难道你觉得他跟我在一起会不幸福?

比　尔　我这儿才听她数落了我一上午,他可得听一辈子啊。

库森斯　沃克先生,您这种感想实在叫人不寒而栗。不过,我就是离不开她呀。

比　尔　我离得开。(对芭巴拉)听着!你知道我要到哪儿去,去干什么吗?

芭巴拉　知道,你要进入天堂;而且,不出一个礼拜,你就要回到这儿来，向我表白你的决心。

比　尔　你撒谎。我要去的是坎宁镇，我要去冲着那个费麦尔的脸上吐一口唾沫。我不是在简妮的脸上打了一拳吗？我就是要我脸上也挨一拳，然后我再回来让她看看。我挨的这一拳绝对比我打她那一拳厉害，往后我们谁也不该谁的了。（对库森斯说）这公平吧？没说的吧？你是上等人，你明白这路事。

芭巴拉　原来是一个人鼻青脸肿，结果是两个人都鼻青脸肿，这解决不了问题，比尔。

比　尔　谁问你来着？你就不能安静会儿？我这儿问这位先生呢。

库森斯　（沉思地）有道理，我看你有道理，沃克先生。对，要我也这么干。很有意思，古希腊人肯定会这么干。

芭巴拉　可这能有什么好处呢？

库森斯　这么说吧，费麦尔先生可以锻炼一下身体，沃克先生呢，灵魂也可以得到满足。

比　尔　扯淡！根本就没有灵魂这种东西。你怎么知道我有没有魂？你又没见过。

芭巴拉　你违背自己的灵魂的时候，我看见了你的灵魂折磨你。

比　尔　（抑郁之气突然爆发）要是我的相好的也敢像你这样拿我自己的话堵我，我就狠狠地揍她一顿，叫她一辈子也忘不了，你就等着吧！（对库森斯）伙计，跟你说句心里话，可不能让她这么甩开腮帮子说，要不，你活不了几年。（强烈地）她能把你折腾死，就这么个下场，折腾死。
（他走出大门去。）

库森斯　（从后面望着沃克）真没准儿。

芭巴拉　道利!（大发脾气,有乃母风。）

库森斯　是啊! 亲爱的,爱上了你可不是什么轻松的事。要是坚持下去,很可能我活不了几年。

芭巴拉　有顾虑吗?

库森斯　一点也没有。（他忽然软下来,隔着大鼓亲吻她。这样吻分明不是初次,因为隔着大鼓亲吻,若非练习有素,是吻不了的。安德谢夫咳嗽一声。）

芭巴拉　别担心,爸,我们一直想着您呢。道利,你来给爸说说这个地方是怎么回事,我实在没时间。（她急忙进屋里去。）

　　　　此时院中只剩下安德谢夫和库森斯两人。安德谢夫坐在板凳上,仍然对周围密切注视着。他凝视着库森斯,库森斯也凝视着他。

安德谢夫　库森斯先生,我估计您大概猜得到我在想什么。（库森斯挥舞鼓槌,好像是打一套快鼓点儿,实际并未打响）一点不错。可是万一芭巴拉知道了你的真相呢?

库森斯　咱们说清楚,我不承认我是在欺骗芭巴拉。我对救世军的观点有发自内心的兴趣。实际上,我也可以说我是个宗教收藏家;而奇怪的是,我发现我可以信仰所有的宗教。说到这里,请问您信仰什么宗教吗?

安德谢夫　信的。

库森斯　有什么与众不同的地方吗?

安德谢夫　就是这条,我相信人类要想得救必须有两个条件。

库森斯　（失望,但仍恭敬地）明白了,教会的教理问答。洛玛克斯也是国教的信徒。

安德谢夫 这两条就是——

库森斯 洗礼和——

安德谢夫 不是。金钱和火药。

库森斯 （惊讶,但颇感兴趣）我们的统治阶级总的说是这么
想的。新鲜的是,居然有人公开承认这个。

安德谢夫 一点不错。

库森斯 请您原谅,在您的宗教里,像荣誉、正义、真理、博爱、
仁慈之类的东西也能有一席之地吗?

安德谢夫 当然,建立了富裕的、有力量的、有保障的生活之
后,这些东西能帮助你日子过得更高雅,更舒服。

库森斯 如果您迫不得已,两者之间必须做出选择呢?

安德谢夫 只能选金钱和火药;因为这两样如果不够用,别的
你也买不起。

库森斯 这就是您的宗教?

安德谢夫 对。

　　　　这回答立刻使他们的谈话告一结束。库森斯面带疑
虑、皱起眉头打量安德谢夫,安德谢夫也打量着库森斯。

库森斯 芭巴拉绝不容忍这一套。您必须在芭巴拉和您的宗
教之间做出选择。

安德谢夫 你也一样,朋友。她早晚要发现你这面大鼓里头
空空如也。

库森斯 安德谢夫老爷子,您完全错了。我是个真心实意的
救世军。您不理解救世军。这是一支由欢乐、博爱、勇敢
组成的军队,它把那些老拿地狱吓唬人,动不动就是恐
惧、忏悔、绝望的老一套的基督教教派的地盘都抢过来
了。救世军是吹着喇叭、敲着大鼓、迈着正步朝魔鬼进攻

的,它唱着歌,跳着舞,高举旗帜,挥舞着棕榈叶,这才配得上它这样一支来自天堂的幸福的神圣的近卫军。救世军能从小酒馆里找出个落魄的废物,把他变成个男子汉,救世军也能把围着锅台转的可怜虫变成真正的女性。不但如此,也包括上流社会的男男女女,最后都成了天上父亲的子女。像我这样一个希腊文教授,本来是人类社会最虚假、最不敢表露自己的一种人,救世军让我也甩开了我原来清苦、规规矩矩的生活,让我也敢于狂想,让我明白了什么叫作对希腊酒神的崇拜,让我也能在大街上敲鼓,而且敲出个花样了。(他敲了一个花哨的鼓点,打得山响。)

安德谢夫　你这样要吓着大棚里的人。

库森斯　没事,这儿的人对这样突如其来的宗教狂热都习惯了,不过,如果这个鼓叫您不安——(他把鼓槌装在衣袋里,摘下鼓钩,将鼓对着门道搁下。)

安德谢夫　谢谢你。

库森斯　您记得希腊诗人欧里庇得斯关于您的金钱和火药是怎么说的吗?

安德谢夫　不记得。

库森斯　(背诵)

　　　　为金钱,为武器,

　　　　相煎何急,同胞兄弟?

　　　　熙来攘往,芸芸众生,

　　　　蠢蠢欲动,梦想成功。

　　　　有的得手,有的亏输,

　　　　有的心灰意冷,有的仍不罢休。

君不见，

岁月悠悠，

生命最可贵，活着就是幸福？

这是我的翻译，您觉得怎样？

安德谢夫　　朋友，你既然看清楚了，岁月悠悠，活着就是幸福；那么照我看，要像样地活着，你首先得挣到足够的钱，还得手里有权决定自己的命运。

库森斯　　您这样泼冷水实在可恶。（继续背诵）

上天的意旨——若隐若现，

但天道长存，永也不变，

坚如磐石，不可替换，

世人为何视而不见？

"活着就是幸福"

除此之外，智慧何在？

人力，天命，怎么依赖？

为解脱烦恼？还是学会等待？

或为扭转乾坤？

与其如此，何不永远把芭巴拉热爱？

安德谢夫　　欧里庇得斯还提到过芭巴拉，是吗？

库森斯　　这样翻译是允许的。"芭巴拉"原来的意思就是"可爱"。

安德谢夫　　作为芭巴拉的父亲，我可不可以问一句，这位永远被热爱的芭巴拉每年能有多少收入？

库森斯　　作为芭巴拉的父亲，您对这个问题的责任比我大。我靠教希腊文能养活她，不过也仅此而已。

安德谢夫　　你认为对她来说是一门好婚事吗？

库森斯　（礼貌中带着倔强）安德谢夫先生,从很多方面讲,我是个软弱的、胆小的、干不出什么事业的人;我的健康情况也远远不能令人满意。不过我这个人,每当我感觉我要干什么,迟早我会把它弄到手。对芭巴拉我有这种感觉。我并不喜欢婚姻,我对婚姻怕得要死;我也不知道我会拿芭巴拉怎么办,或者她拿我怎么办。但是我感觉只有我,除了我谁也不行;只有我应该和她结婚。请您看清楚,这件事已经定了。——我不是要独断独行;但是我要和您讨论起不可更改的事,那不是浪费您的时间吗?

安德谢夫　你是说,什么也拦不住你,哪怕需要把救世军改造成对希腊酒神的崇拜你也干。

库森斯　救世军的职责就是挽救世界,不必为了是谁指出方向而争论不休。酒神也罢,别的神也罢,无关紧要。

安德谢夫　（起来凑近库森斯）库森斯教授,你这样的年轻人正合我意。

库森斯　安德谢夫先生,根据我目前对您有限的了解,您是个魔鬼一样的老坏蛋;不过呢,出于我玩世不恭的幽默感,我对您感到无比的欣赏。

　　　　安德谢夫默然伸出手来,他们互握。

安德谢夫　（忽然精神集中起来)现在谈正事吧。

库森斯　请原谅,我们正在讨论宗教呢。为什么要回到既不好玩也不重要的所谓正事呢?

安德谢夫　宗教就是我们现在要谈的正事,因为只有通过宗教我们才能争取芭巴拉。

库森斯　难道您,您也爱上了芭巴拉?

安德谢夫　是的,父亲的爱。

库森斯　父亲对一个长大成人的女儿的爱是各种狂热的迷恋
　　　当中最危险的一种。我对她的感情，那种苍白的、怵怵惴
　　　惴的、不可信任的感情在您面前简直不值一提。

安德谢夫　不要扯远了。我们必须争取她，可是我们两个又
　　　都不是循规蹈矩的美以美教派的信徒。

库森斯　那都没关系。芭巴拉在救世军里左右一切的力
　　　量——其实也是左右芭巴拉的力量——既不是加尔文教
　　　派，也不是长老会教派，也不是美以美教派——

安德谢夫　也不是希腊的异教，是吧？

库森斯　我承认，芭巴拉的宗教信仰是她自己独创的。

安德谢夫　（得意扬扬）这就对了！安德谢夫的女儿就应该
　　　这样！她的灵感是从自己内心找到的。

库森斯　您认为这种灵感是怎么钻到她内心去的呢？

安德谢夫　（极度兴奋）这就是安德谢夫的遗产。我要把火
　　　炬传给我的女儿。我的女儿要为我招募信徒，传播我的
　　　福音——

库森斯　什么？金钱和火药！

安德谢夫　对，金钱和火药；自由和权力；左右生和死的大权。

库森斯　（彬彬有礼地，企图使他清醒过来）这一切都非常引
　　　人入胜，安德谢夫先生，不过您自己也一定很清楚，您是
　　　个疯子。

安德谢夫　（加倍着重地说）你呢？

库森斯　咳，我是不可救药的疯子。既然我知道了您的秘密，
　　　我也乐于让您知道我的。不过我还是大吃一惊啊，疯子
　　　也能制造枪炮吗？

安德谢夫　除了疯子还有谁？好吧，既然你问我，（越说越带

劲)我也要问你。一个头脑清醒的人会去翻译欧里庇得
　　斯吗？

库森斯　不会。

安德谢夫　（抓住库森斯的肩膀）一个头脑清醒的女孩子会
　　把废物变成男子汉，把可怜虫变成真正的女性吗？

库森斯　（在这阵暴风雨前不禁头晕目眩）您，超级的父亲，
　　巨大的百万富翁——

安德谢夫　（逼迫他）今天，在这个救世军大棚里，到底有两
　　个疯子还是三个？

库森斯　您是说，芭巴拉跟我们一样，都是疯子！

安德谢夫　（轻轻推开库森斯，顿时全然恢复了平静）算了
　　吧，教授！咱们还是先正一下名吧。我是百万富翁，你是
　　诗人，芭巴拉是专管拯救灵魂的。我们这样三个人干什
　　么跟这群奴隶、这群迷信偶像的人在一起鬼混？（他又
　　坐下，耸耸肩膀，以示对平民的鄙视。）

库森斯　说话要当心。芭巴拉热爱普通老百姓，我也一样。
　　难道您就从来没有感受过这种浪漫主义的感情？

安德谢夫　（冷淡而讥讽地）你是不是像古代的圣徒圣方济
　　各那样热爱过贫穷？像圣西蒙那样，热爱过肮脏？还是
　　像我们那些护士，那些慈善家那样，热爱过疾病，热爱过
　　受苦受难？这种热爱的感情不是什么美德，这是最违反
　　天性的罪恶！这种对普通老百姓的热爱，可能叫伯爵的
　　外孙女、大学教授觉得心满意足，可是我当过普通老百
　　姓，我受过穷；对我来说，这里头没有什么浪漫主义。让
　　穷人自己去装模作样地说什么贫穷是福分吧；让胆小鬼
　　把懦弱当成教条，去宣讲谦让的美德吧，我们才不上当

呢。我们三个人必须站得比普通老百姓高，不然我们怎么能让他们的子女跟着我们往上爬呢？芭巴拉必须和我们站在一起，不能让她跟着救世军跑。

库森斯　我只能这么说，您如果以为就凭您跟我说的这一套就能让芭巴拉离开救世军，您实在不了解芭巴拉。

安德谢夫　朋友，我能够买到手的东西，用不着求人。

库森斯　（狂怒）您是不是想说，您能收买芭巴拉？

安德谢夫　不是，但是我可以收买救世军。

库森斯　根本不可能。

安德谢夫　你等着瞧吧，所有的宗教团体都是靠把自己卖给有钱人才能生存。

库森斯　救世军不一样，这是穷人的教会。

安德谢夫　所以更应该掏钱把它买下来。

库森斯　您大概不太清楚救世军为穷人干了些什么。

安德谢夫　我太清楚了。叫他们不闹事呗！对我来说，这就足够了——我是做买卖的——

库森斯　胡说。救世军叫他们戒了酒——

安德谢夫　我愿意雇不喝酒的工人。利润高多了。

库森斯　——老实——

安德谢夫　老实的工人从经济上说最合算。

库森斯　——顾家——

安德谢夫　那就更好了，这样的工人受多大的气也不肯跳槽。

库森斯　——感觉幸福——

安德谢夫　这是拿钱也买不到的，不去闹革命的最好的保证。

库森斯　——不自私——

安德谢夫　对他们自己的福利无所谓，这对我太合适了。

库森斯　——只关心来世的天国——

安德谢夫　（站起）不关心工团主义、社会主义。太妙了！

库森斯　（憎恶）您是个名副其实的魔鬼一样的老坏蛋。

安德谢夫　（手指着舍里。舍里刚从屋子里出来，垂头丧气地顺着院子溜达，在他们两人中间经过）而这位呢，一位地地道道的老实人。

舍　里　是啊，可这对我有什么好处呢？（他含怒走过，坐在棚子一角的板凳上。）

　　　　"势利眼"泼赖斯满脸虔诚，简妮端着一个满装着钱的手鼓，一同从屋子里出来，走到大鼓旁边，简妮把钱倒在大鼓上，开始查点数目。

安德谢夫　（随声答应舍里的话）雇用您的人想必从头到尾得到的好处不少。（他坐在桌子上，一只脚蹬着桌子旁的板凳。芭巴拉从屋子里来到院子中央，带着兴奋而有些疲倦的样子。）

芭巴拉　我们刚才在旁门外头开的忏悔交流大会太精彩了，泼赖斯先生，像您今天的忏悔引起的大家的感动，我简直没见过。

泼赖斯　要是我过去的罪恶真能帮助别人走上正路，我都禁不住为那些罪恶高兴了。

芭巴拉　会帮助他们的，"势利眼"。简妮，有多少？

简　妮　差两个铜子五先令。

芭巴拉　哎呀，"势利眼"，要是你朝你可怜的妈妈再多踢一脚，整整五先令我们就到手了！

泼赖斯　她要是亲耳听见这句话，准得巴不得再挨一脚。不管怎么说，我觉得幸福。等到她听说我得救了，她得多么幸福啊！

安德谢夫　我来添上这两个铜子好不好,芭巴拉?百万富翁
　　　　也拔一根毛嘛。(他从衣袋里掏出几个小铜钱来。)

芭巴拉　您这两个铜子儿是怎么挣来的?

安德谢夫　通常的办法,靠出卖大炮、鱼雷、潜水艇,还有我最
　　　　近拿到专利的大公爵型手榴弹。

芭巴拉　放回您口袋里去吧。想在这儿花两个铜子儿就灵魂
　　　　得救了,没那么便宜,您得卖力气。

安德谢夫　两个铜子儿不够吗?如果你坚持,我还可以多出
　　　　一点。

芭巴拉　您就是出两百万、两亿也不够。您的手上沾满了罪
　　　　恶的血;只有善良的血才能把它洗干净,靠钱没有用。把
　　　　它拿走!(转向库森斯)道利,你还得替我给报纸写一篇
　　　　读者来信。(库森斯蹙眉)是啊,我知道你不喜欢这个差
　　　　事,但是非写不可。今年冬天的饥荒叫我们无路可走了,
　　　　所有的人都失业了。救世军的头头儿说,要是弄不到钱,
　　　　我们这个大棚就必须关闭。开大会的时候我逼人掏钱的
　　　　那副样子,我自己都脸红,你看见了吧,"势利眼"?

泼赖斯　小姐,您那个干法真叫比戏还好看哩!从三个半先
　　　　令,一直到五先令差两个铜子儿,一个一个铜子儿地来,
　　　　一段一段儿地唱圣诗,真过瘾。那群在城根儿吃喝破烂
　　　　儿的比您差远了。

芭巴拉　也许吧,可是我实在不愿意那么干。我变成什么了?
　　　　我越来越觉得重要的是要人们掏钱,不是拯救他们的灵
　　　　魂了。再说,那些扔到帽子里的铜子儿解决什么问题?
　　　　我们需要的是上千的英镑!成千上万的英镑!几十万的

英镑！我要的是改造人们的灵魂,不是为了救世军去到
处要小钱。要是为我自己这样去乞讨,我死也不干!

安德谢夫　(暗含讥讽)所以呀,亲爱的,一个人真正做到无
私以后,什么都干得出来。

芭巴拉　(并未疑心是讽刺。她走到大鼓前把钱装入她带着
的钱袋)就是这么回事,是不是?(安德谢夫带着嘲笑意
味向库森斯看了一眼。)

库森斯　(私下对安德谢夫)真是个魔鬼!阴谋家!

芭巴拉　(两眼含泪把钱袋口扎上装入衣袋)拿什么去喂饱
他们哪?我不能跟一个饿着肚皮的人去谈宗教啊!(险
些支持不住了)太可怕了。

简　妮　(跑向她)少校,亲爱的——

芭巴拉　(忽又挺起来)不,不要安慰我。会有办法的,我们
能找到钱。

安德谢夫　怎么找?

简　妮　靠祈祷呗,那还用说。贝恩斯夫人说她昨天夜里祈
祷来着;她还说,她从来没有祈祷之后不见效的,一次也
没见过。(她到院门向外望大街。)

芭巴拉　(擦干眼泪,恢复镇定)对了,爸,贝恩斯夫人今天下
午要亲自参加我们的大街游行;她还说她迫切地要和您
见面,不知道为什么。说不定她想叫您成为救世军的信
徒呢。

安德谢夫　真能见她我很高兴,亲爱的。

简　妮　(在门口,激动地)少校!少校!那个人又回来了。

芭巴拉　什么人?

简　妮　打我的那个人。噢,我真希望他是来参加我们队

伍的。

　　沃克由院门进来。他的短外衣上沾着白霜，两手深
深插在衣袋内，低着头，下巴好像沉没在两肩中间，有如
输光了的赌徒一般。他到芭巴拉和大鼓中间站下。

芭巴拉　　你好，比尔！这么快就回来了！

比　尔　　（数落她）这半天你那个嘴没闲着吧，是吗？

芭巴拉　　差不多吧。怎么样，费麦尔报答了你给简妮那一拳
　　　　了吗？

比　尔　　他才不会呢。

芭巴拉　　可是我看你的外套上沾了点儿雪呀。

比　尔　　是沾了雪。你想知道雪是从哪儿来的，是不是？

芭巴拉　　对。

比　尔　　听我告诉你，这是坎宁镇地上的雪。我躺在地上两
　　　　肩蹭出来的，明白了吧？

芭巴拉　　咳，真可惜你没有在膝盖上也蹭点雪，跪下祈祷一下
　　　　对你有好处。

比　尔　　（痛苦地勉强开两句玩笑）我当时正帮助别人祈祷
　　　　哩。他就跪在我脑袋上，没错儿。

简　妮　　谁跪在你脑袋上？

比　尔　　费麦尔。他为我祈祷呢，姿势挺舒服，腿底下有我这
　　　　个垫子，那丫头也跪着。所有参加那个倒霉蛋大会的人
　　　　都在那儿跪着，那丫头还念念有词："主啊，求您打碎他
　　　　的顽固脾气，可别伤了他可爱的心。"听见了吗？"别伤
　　　　他可爱的心"！她那个相好的，一百八十六磅，一磅不少
　　　　都跪在我身上。逗乐吧？是不是？

简　妮　　噢，不。我们为你难过，沃克先生。

芭巴拉　（公然表示痛快）胡说！这还不逗乐？你活该，比尔！一定是你先招惹的他。

比　　尔　（固执地）我原来怎么说的就怎么干的，我一口唾沫吐在他脸上，他两眼看着天，说："能选中我为福音挨一口唾沫是多么荣幸！"那丫头接着就说："光荣归于主啊！"然后这小子管我叫兄弟，一下子就把我按在地上，就好像我妈妈当年每礼拜六晚上给我洗澡似的，我连挣扎一下都来不及。大街上一半人随着他祈祷；另一半人笑得直不起腰来。（对芭巴拉）行了吧！你现在心满意足了吧？

芭巴拉　（眼睛闪动）可惜我没在场。

比　　尔　没错儿，好让你那个嘴再狠狠地数落我一通，是不是？

简　　妮　我真为您难过，沃克先生。

比　　尔　（凶狠地）用不着你为我难过，你没有这个必要。你听着，我打破了你的嘴。

简　　妮　没事儿，不疼，真的不疼，就疼了一会儿，我当时就是害怕。

比　　尔　我不要你饶恕我，谁饶恕我也不要，事儿是我干的，我掏钱。我本来是想嘴上也挨一拳叫你解气——

简　　妮　（痛苦地）哎呀，可别——

比　　尔　（着急地）本来是这么回事嘛，我说话你怎么不好好听着呢？折腾了半天我叫大伙儿在大街上取了乐！好吧，这个办法没叫你消了气，我还有别的办法呢。你听着！我原来为了以防万一，攒了两英镑钱，现在还剩下一镑。上个礼拜，我的一个哥儿们跟他订了婚的丫头吵嘴，揍了那丫头一顿;没法子,交了十五个先令的罚款。他有权揍那个丫头,他们本来要结婚嘛。我揍你可没这个权;所以呢,我再给你加五先令,凑个一镑整数吧。(他拿出一镑的金币)钱在这儿。拿走吧,从今以后不准再来你们那套饶恕啊,祈祷啊,还有你们的少校没完没了地数落我。这事儿就算过去了,我也掏钱了,谁也别提了。

简　妮　噢,沃克先生,我可不能要你的钱。可是你倒应该给老密一两个先令! 你把她打得不轻,她又上了岁数。

比　尔　(蔑视地)没门儿! 她要是敢露面,我就再给她一顿。她不是想拿警察吓唬我吗,让她试试! 她可没饶恕我,她才不会呢。我是揍了她,可我心里没什么过不去的,要不,用——(指着芭巴拉)用她的话说,我没什么良心不安的,还不抵宰口猪呢。我受不了的是你们冲我耍的这套基督教的把戏,你们这套饶恕啊,良心啊,没完没了地甩开腮帮子说啊,说得我觉得活着都累得慌。别跟我来这一套,我告诉你,把钱拿走,别一死儿地让我看你那挨了打的脸。

简　妮　少校,我为救世军收下一点儿,可以吗?

芭巴拉　不可以。靠掏钱收买不了救世军。我们要的是你的灵魂,比尔。少于这个,我们不要。

比　尔　(刻毒地)我早知道,这点钱不够。我,我这点小钱你看不上,你是伯爵的外孙女嘛,本来嘛。拿不出一百英镑来,你怎么会看得上眼呢。

安德谢夫　来吧,芭巴拉! 有一百英镑你能做多少好事啊。你要是让这位先生安下心,收下他的一英镑,剩下的九十九镑我出。(比尔为他的这种豪举所动,不由举手致敬。)

芭巴拉　您真是慷慨得很哪，爸爸。比尔出了二十块银币，您又给添了十块，这不正好吗？不正是《圣经》里说的出卖灵魂的标准价钱吗？我不预备出卖灵魂，救世军也一样。（对比尔）你，比尔，你要是不接受我们的看法，你就休想再有片刻精神上的安宁。你抵挡不住拯救自己灵魂的力量。

比　　尔　（气愤地）我抵挡不住的是杂耍戏院里摔跤的，还有能说会道的娘儿们。我说了我掏钱。我不能再做什么了。你们爱要不要。钱在这儿。（他把一镑金币扔在大鼓上，回来又坐在马槽上。"势利眼"泼赖斯见钱眼开，赶快把他的帽子搁在鼓上扣起那金币来。）

　　　　　贝恩斯太太从屋子里出来。她穿着救世军高级专员的服装，年约四十，态度认真严肃，语调既亲切又急促，举止总带有恳求的感觉。

芭巴拉　贝恩斯太太，这是我的父亲。（安德谢夫从桌子边走过来，彬彬有礼地脱帽致敬）看看您能把他怎么办吧。我拿他没办法，因为他总是忘不了我还是小娃娃的时候多么傻。（她任他们交谈，自己去找简妮说话。）

贝恩斯夫人　他们让您参观了我们这个大棚了吗？至于说我们在这儿的工作，您当然是理解的。

安德谢夫　（很客气地）全国都理解，贝恩斯夫人。

贝恩斯夫人　不是这样，安德谢夫先生，全国并不理解，所以我们的经费才这么困难，所以我们没有能力把我们的工作推广到全国各个角落去。我可以告诉您，如果没有我们，今年冬天在伦敦早就出现暴乱了。

安德谢夫　你真这样想吗？

贝恩斯夫人　我知道确实是这样儿。我还记得，一八八六年，你们这些有钱的老爷们对穷人铁石心肠了，结果，穷人把你们在市中心蓓尔美尔街那些俱乐部的窗户都砸碎了。

安德谢夫　（微笑着表示对他们的办法深为赞许）第二天，伦敦市长宅邸基金马上从三万镑增加到七万九千镑！我记得太清楚了。

贝恩斯夫人　好吧，那你愿意不愿意帮助我做做老百姓的工作呢？做了工作，他们就不会去砸窗户了。过来，泼赖斯。我要介绍你见见这位先生。（泼赖斯走过来听她考问）你记得那次砸窗户的事吗？

泼赖斯　当时我那个老爸爸还以为革命开始了呢，夫人。

贝恩斯夫人　今天，你还会去砸窗户吗？

泼赖斯　咳，我才不会呢，夫人，天国的窗户对我已经打开了。现在我明白了，有钱人跟我一样，都是罪人。

老　密　（在顶楼门口出现）"势利眼"泼赖斯！

泼赖斯　干什么？

老　密　你妈妈在通街道的旁门那儿找你呢，她听说你今天在大会上忏悔了。（泼赖斯面色顿时发白了。）

贝恩斯夫人　去吧，泼赖斯先生，去和她一道祈祷吧。

简　妮　"势利眼"，这边来，从大棚里过去吧。

泼赖斯　（对贝恩斯夫人）夫人，我现在不能见她，我过去犯的罪对我良心上负担太重了。告诉她，她的儿子在家里等着她呢，正在祈祷呢。（他偷偷溜出了前门，从大鼓旁经过时，趁取帽子的机会顺便将那一镑金币偷走。）

贝恩斯夫人　（含泪）看见了吧，安德谢夫先生，看见我们怎么让这些人不再对你们怨恨、愤愤不平了吧?

安德谢夫　当然了,贝恩斯夫人,这肯定叫我们这些雇用大批
　　劳动力的人太满意了,再方便不过了。

贝恩斯夫人　芭巴拉、简妮,我带来了好消息,好得不得了的
　　消息。(简妮跑到她的身边)我没有白白地祈祷。我告
　　诉过你,我从来没有白白地祈祷过,简妮,是不是?

简　妮　没错儿,没错儿。

芭巴拉　(靠近大鼓一点)我们能有钱维持这个大棚吗?

贝恩斯夫人　我们有希望维持所有的大棚,萨克斯蒙丹勋爵
　　答应了要捐献五千英镑——

芭巴拉　太棒了!

简　妮　光荣归于主啊!

贝恩斯夫人　——条件是——

芭巴拉　"条件"! 什么条件?

贝恩斯夫人　——条件是要有另外五位先生各捐一千,总数
　　达到一万英镑。

芭巴拉　这个萨克斯蒙丹勋爵是什么人? 没听说过嘛。

安德谢夫　(这位新贵族的名字引起了他的注意,这时好奇
　　地注视着芭巴拉)这是最近给他封的爵位,包杰爵士你
　　总听说过吧?

芭巴拉　包杰! 那个酿酒的? 威士忌大王包杰!

安德谢夫　就是他,他是咱们最了不起的慈善家啊,是他掏钱
　　重修了哈金顿的大教堂。为这个他们给他封了爵,他又
　　给他的党捐了五十万,为这个他们封他当了男爵。

舍　里　这回他捐了五千镑,他们打算封他个什么呢?

安德谢夫　没得可封了,所以,照我看,这五千镑是为了拯救

他灵魂的。

贝恩斯夫人　　上帝保佑他如愿以偿！噢,安德谢夫先生,您有一些很有钱的朋友。您难道不能帮我们凑齐那五千镑吗？今天下午,我们要在城根儿那个大礼堂里召开群众大会。我要能在大会上宣布,已经有一位先生站出来支持萨克斯蒙丹勋爵了,那肯定会有别人跟上来的。您不认识这样的人吗？您不能吗？您不愿意吗？(两眼泪汪汪)噢,安德谢夫先生,想想那些可怜的穷人吧！想想,对他们来说这多么了不起,可是对您这样一个了不起的人,这又算得了什么！

安德谢夫　　(故意做出极慷慨的样子)贝恩斯夫人,谁能抵挡您呢？我不能叫您失望;我也不愿意放弃这样一次逼包杰掏钱的快意的机会。放心吧,那另外五千镑您算到手了。

贝恩斯夫人　　感谢上帝啊！

安德谢夫　　不感谢我？

贝恩斯夫人　　咳,先生,别这么玩世不恭,您做了一件大善事,这没什么见不得人的。上帝一定加倍地奖赏您;我们要为您祈祷,您一生一世都要受到我们的祈祷带来的坚强保护,(突生警惕心)您是打算让我在群众大会上给大家看看您签字的支票吧。简妮,去拿钢笔、墨水。(简妮向大棚门口跑去。)

安德谢夫　　不要麻烦简妮小姐了,我有自来水笔。(简妮停住脚。他坐在桌子旁写支票。库森斯站起来给他腾地方,大家都一声不出地望着他。)

比　　尔　　(以一种极刺耳的土话腔调私对芭巴拉讥讽地说)

现在你说说吧,救世军几个铜子儿一斤呢?

芭巴拉　别签字!(安德谢夫停笔,大家诧异地望着她)贝恩
　　　斯夫人,你真要收下这笔钱吗?

贝恩斯夫人　(惊讶地)怎么能不收呢,亲爱的?

芭巴拉　怎么能不收!你知道我父亲是什么人吗?你忘了萨
　　　克斯蒙丹勋爵就是威士忌大王包杰吗?你还记得吗,我
　　　们到郡议会请愿,要求禁止在高处用火红的大字登包杰
　　　威士忌的广告;我们怕的不就是那些让威士忌毁了一辈
　　　子的可怜虫,好不容易在码头上睡了几个钟头,醒过来一
　　　抬头就叫这种万恶的广告勾起来酒瘾吗?你知道吗,我
　　　在这里一天到晚要面对的最可怕的敌人不是魔鬼,是包
　　　杰、包杰、包杰!他的威士忌,他的酒厂,还有他那些连锁
　　　的酒馆!你是不是要把我们的大棚也变成他的酒馆,让
　　　我来当老板娘呢?

比　　尔　他那个破威士忌也没个喝头,再说。

贝恩斯夫人　亲爱的芭巴拉,萨克斯蒙丹勋爵跟咱们一样,也
　　　有灵魂,也需要拯救。既然天意要用这个办法来用他的
　　　钱做好事,难道现在我们能反对我们祈祷得到的回报吗?

芭巴拉　我知道他也有灵魂,也需要拯救。那让他到这儿来
　　　嘛!我一定尽全力拯救他的灵魂。可是他现在是想用一
　　　张支票收买我们,他绝对不打算弃恶从善。

安德谢夫　(心平气和地,只有库森斯看出来他是在说挖苦
　　　话)亲爱的芭巴拉,酒精这玩意儿可是没有不行啊。这
　　　东西能治病——

芭巴拉　纯粹胡扯。

安德谢夫　那好吧,我换个说法可能更容易接受,酒精是医生

的助手。至于说成千上万的老百姓,只有靠了酒精才能容忍他们现在的生活,如果头脑清醒,他们一天也过不下去。也只有靠了酒精,我们的国会才可能在夜里十一点干出头脑正常的人在上午十一点绝干不出来的事。穷人当中有百分之一很不幸地滥用了上天赐给我们的这一无价之宝,难道这能怪罪包杰吗?(他转身到桌子边签了支票,画上横线。)

贝恩斯夫人　芭巴拉,如果我们拯救的这些可怜的灵魂明天到这儿来,发现大棚的大门紧闭,那么喝酒的会变少还是越来越多?萨克斯蒙丹勋爵捐给我们的钱是叫人戒酒的——他是在拆他自己生意的台!

库森斯　(有意调皮捣乱)包杰纯粹是自我牺牲,太清楚了!亲爱的包杰万岁!(库森斯竟也这样使她失望,芭巴拉不禁要哭了。)

安德谢夫　(站起来经库森斯身旁向贝恩斯夫人走去,同时撕下支票,将票本装入衣袋)贝恩斯夫人,要说无私奉献,我好像也应该算一个呀。想想我的生意嘛!想想那些孤儿寡母吧!还有那些男人、小伙子,让炮弹炸得血肉横飞,让瓦斯熏得七窍流血!(贝恩斯夫人不禁瑟缩,但是他仍毫无愧色地讲下去)血流成河啊!可是没有一滴血真正是为正义的事业流的!还有烧焦了的庄稼!那些和平的农民,男男女女啊,被逼着冒着作战双方的炮火种地,不然就饿死!还有那些躲在后方的、气势汹汹的胆小鬼,一个劲儿地动员别人上前线卖命,去保卫他们那点民族的虚荣心!所有这些对我来说都是赚钱的好机会,报纸上这些消息登得越多,我就越忙,我就越能赚大钱。可是呢,你们这里的工作就是宣扬全世界的和平,全人类和睦相处。(贝恩斯夫人又高兴起来)你们每争取到一个信徒,就是争取到一张反对战争的选票。(她的嘴唇微动,低声祷告)尽管如此,我还是掏出钱来加快我自己的破产。(他把支票交给贝恩斯夫人。)

库森斯 (带着恶作剧式的狂欢登上板凳)安德谢夫和包杰的无私奉献,要给人类创建一千年的太平盛世,咱们要好好地庆祝一番!(他从衣袋中掏出鼓槌,挥舞一番。)

贝恩斯夫人 (接过支票)我活的年头越多,越深信不疑,上天以无所不能的慈爱胸怀,迟早要把一切都变成拯救世人的事业。谁想得到呢,战争和酒精难道能做好事?可是你们看,它们的利润今天都奉献给救世军这样神圣的事业了。(她感动得流泪了。)

简　妮 (跑到贝恩斯夫人面前,双手搂住她)噢,亲爱的!这一切多么神奇,多么为主争光啊!

库森斯 (突然强烈讥讽)我们要抓住这感人的时刻!我们要立刻整理队伍,朝群众大会前进!请原谅,我马上就来。(他跑到大棚里去,简妮从大鼓上拿起了小鼓。)

贝恩斯夫人 安德谢夫先生,您就要看到您一生没见过的场面,上千的人为一个信念同时跪倒在地,同声祈祷!跟我们来参加群众大会吧。芭巴拉要告诉他们,救世军得救了,而且是您的功劳。

库森斯 (从大棚里走出来,兴奋地,拿着一面旗和一个长喇叭走到贝恩斯夫人和安德谢夫中间)贝恩斯夫人,一到大街上,您来高举大旗。(把旗递给她)安德谢夫先生是一位天才拉管喇叭演奏家,他一定能够为我们西汉姆区救世军进行曲配上雄壮的低音伴奏。(把长喇叭塞在安德谢夫手中,对他私语)吹吧,阴谋家,吹吧。

安德谢夫　(接过长喇叭,私对库森斯)《圣经》里说,凯旋的喇叭!(库森斯奔到大鼓前,拿起鼓来挂上。安德谢夫继续说下去,声音大起来)我尽力而为吧!要是我知道旋律,我能凑合着提供点低音伴奏。

库森斯　是东尼泽蒂的歌剧里一段婚礼合唱,不过我们把它改造了一下。到我们这儿什么都能改造成好东西,包括包杰。记得那段合唱吧:"我幸福无边——*immenso giubilo*——*immenso giubilo*。"(一边敲鼓)嘣噔提噔噔,噔噔提哒——

芭巴拉　道利,你太伤我的心了。

库森斯　在我们这儿伤几颗心算得了什么,大酒神安德谢夫降临人世了,我也附了体啦。

贝恩斯夫人　来吧,芭巴拉,一定要我亲爱的少校和我一道举这面大旗。

简　妮　对,对,少校宝贝。

　　　　库森斯一把从简妮手里拿过带铃铛的小鼓来,一言不发塞给芭巴拉。

芭巴拉　(颤抖了一下,把小鼓搁下,向前走了两步。库森斯拾起它,鲁莽地掷还简妮,走向院门)我不能去。

简　妮　不去!

贝恩斯夫人　(含泪)芭巴拉,你认为我不该收下这笔钱吗?

芭巴拉　(冲动地走到她面前,吻她)不,不,上帝保佑你,亲爱的,你当然要收下,你把救世军救了。去吧,祝你们开一个了不起的大会!

简　妮　可是你不参加了？

芭巴拉　不。(她从制服领上摘下了银质"救"字领章。)

贝恩斯夫人　芭巴拉,你这是干什么？

简　妮　你为什么要摘下徽章？少校,难道你要离开我们？

芭巴拉　(镇静地)父亲,请过来。

安德谢夫　(向她走来)好孩子！(看见芭巴拉是要把"救"字
　　　　领章戴在他的领子上,有些着慌,急忙躲到棚子里去。)

芭巴拉　(跟随他)别害怕嘛。(她把领章别在她父亲的衣领
　　　　上,退到桌旁,让大家看看他)好了！花了五千镑换个这
　　　　玩意儿,不值吧？

贝恩斯夫人　芭巴拉,如果你不来跟我们一道祈祷,答应我你
　　　　一定为我们祈祷。

芭巴拉　我现在不会祈祷了,我今后大概再也不祈祷了。

贝恩斯夫人　芭巴拉！

简　妮　少校！

芭巴拉　(几已神志不清)我已经忍无可忍了。快步走！

库森斯　(对着门外街上排着的行列)咱们走吧。奏起乐来,
　　　　前进！*Immenso giubilo*。(他用鼓敲打着拍子,乐队奏起
　　　　进行曲,行列疾速前进,一霎时乐声渐远。)

贝恩斯夫人　我得走了,亲爱的,你是劳累过度,明天就好了,
　　　　我们永远不会丢掉你的。好了,简妮,跟着咱们的大旗走
　　　　吧。鲜血和烈火！(她打起军旗出院门去。)

简　妮　光荣归于上帝！(走着摇起带铃铛的小鼓。)

安德谢夫　(抽送着活动的喇叭管使其滑润,经过库森斯面
　　　　前时对他说)"我的银子和我的女儿"人财两空！

库森斯　(随着他走出去)金钱和火药！

311

芭巴拉　酗酒和杀人！我的主啊，为什么你遗弃了我？

　　　　芭巴拉坐在板凳上，垂首胸前，两手遮着脸，军乐声渐不可闻。比尔·沃克潜行到她身边。

比　尔　（揶揄地）怎么样，你救的那个灵魂几个铜子儿一斤哪？

舍　里　人家已经倒霉了，就别不依不饶了。

比　尔　我倒霉的时候她可没饶了我，我怎么就不能报报这个仇呢！

芭巴拉　（抬起头来）比尔，我没有收你的钱。（她穿过院子走到大门口，背向着沃克和舍里，使他们看不见她的脸。）

比　尔　（向着她背影鄙夷地）那不假，你嫌少呗！（他转向原来搁鼓处，已不见了金币）嘿！你没收，可有人收了。哪儿去了？没错儿，准是那个丫头简妮揣起来了。

老　密　（从顶楼门口对沃克高声喊叫）你血口喷人！你个臭流氓！"势利眼"泼赖斯从那个鼓上拿帽子的时候，顺手就把那个金镑抄走了，我一直在场，亲眼看见的。

比　尔　妈的！偷我的钱！你当时为什么不喊抓贼？你这个老混蛋，臭要饭的！

老　密　就为了让你受点报应，谁叫你打了我呢！这下子让你丢了一个金镑，（带着无聊的胜利感，得意扬扬地）我是报了仇了，我是解了气了，我让你这下子——（沃克抓起舍里的牛奶杯向她掷去，她把顶楼门砰的一下关上，走开了。奶杯打在门板上，砸成碎片纷纷落下。）

比　尔　（自己忍不住要笑）你说说，老头儿，今天早上那个外号叫"势利眼"的小子是几点钟灵魂得救的？

芭巴拉　（转过头来对着他，态度比刚才镇静，和蔼如前）十二点半左右吧，比尔。到两点差一刻的时候，他偷了你那一镑钱，我都清楚。不过，这一镑钱你丢不起，我会给你寄去。

比　尔　（声音及腔调忽然大有改进）我饿死也不收你的钱，想收买我办不到。

舍　里　办不到？有一杯啤酒你就能把自己卖给魔鬼，可惜魔鬼还不肯出这个价呢。

比　尔　（毫不脸红）没错儿，老伙计，不止一回了，高高兴兴就卖了。可是要卖给她我不干。（凑近芭巴拉）你不是要我的灵魂吗？嘿，你没买到。

芭巴拉　差一点儿，比尔，可是为了一万英镑，我们又把它卖回给你了。

舍　里　太贵了，不值。

芭巴拉　不，舍里，灵魂的价值不是钱能算得出来的。

比　尔　（反正绝不信什么灵魂得救那一套）说这些没用，现在你糊弄不了我了，我不信这套。今天我看清楚了，我不信就是对。（往外走）再见吧，靠人赏饭吃的老头儿！歇着吧，伯爵的少校孙女儿！（在院门口回头说）救个灵魂多少铜子儿一斤？"势利眼"泼赖斯！哈！哈！

芭巴拉　（伸出手来）再见，比尔。

比　尔　（吃一惊。刚揭下便帽，又傲然地戴上去）去你的！（芭巴拉放下手，颇为扫兴。沃克骤然感到良心谴责的苦痛）咳，没事儿，明白吧。不是冲着你，我没恶意，再见吧，姑娘。（他走出去。）

芭巴拉　没有恶意，再见，比尔。

舍　里　（摇头）小姐，你也太天真了，还把他当个人。

芭巴拉　（走向他身边）舍里，我现在跟你一样了，钱也没了，差事也丢了。

舍　里　你年轻，还有前途，这两条就比我强。

芭巴拉　我要给你找个差事。这不就有前途了吗？我自己只剩下年轻这一条，也就行了。（她数她的钱）我这点儿钱还够咱俩喝一回茶，你在小客栈住一晚上，还有我回家的电车、公共汽车票。（舍里现怒容，站起时的神气，看上去是自尊心受了伤。芭巴拉挽着他的胳膊）别伤自尊，舍里，这是朋友之间互通有无嘛。还有，答应我你要跟我好好谈谈，可是不许叫我哭。（她拉着他到门口。）

舍　里　可是——我不习惯跟你这样的人谈话——

芭巴拉　（急切地）要谈，要谈，一定要跟我谈。要跟我谈谈汤姆·佩恩的那些书，布赖德劳的演讲，咱们走吧。

舍　里　哎，小姐，要读汤姆·佩恩的书，那得正确理解他的意思！（他们一同出院门去。）

第 三 幕

　　第二天,午饭后,薄丽托玛夫人正在威尔顿新月街的图书室中写东西。莎拉在窗口处,坐在扶手椅中看书。芭巴拉穿着日常的服装,面色苍白,情绪低落,坐在长沙发上。查尔斯·洛玛克斯上。当他向前走到长沙发和写字台中间,看见芭巴拉穿着时装、情绪不高时,吃了一惊。

洛玛克斯　　你把制服脱了!

　　芭巴拉没说什么,但是脸上掠过一阵痛苦的表情。

薄丽托玛夫人　　(小声警告他当心)洛玛克斯!

洛玛克斯　　(深为关心,到长沙发后同情地在芭巴拉身旁坐下)真为你难过,芭巴拉,你知道,我是卖了力气支持你的,拉手风琴哪,诸如此类。(郑重其事地)话说回来,我对这个救世军还是留了个心眼,总觉得这玩意儿有点不对头。你就说英国国教吧,人家提出的——

薄丽托玛夫人　　够了,洛玛克斯,还是谈点适合你的知识水平的题目吧。

洛玛克斯　　可是,这没问题啊,英国国教应该适合每一个人的水平啊。

芭巴拉　　(握了握他的手)谢谢你,查利,谢谢你的同情。去跟莎拉亲热亲热吧。

洛玛克斯 （站起身来,靠莎拉坐下）我的小亲亲今天怎么
    样啊?

莎　拉 芭巴拉,我求你别老告诉查利该干什么了好不好?
    你一说,他马上就干。查利,今天下午我们要去圣安德鲁
    工厂。

洛玛克斯 什么工厂?

莎　拉 军火工厂。

洛玛克斯 怎么? 你们老头儿那儿!

莎　拉 对。

洛玛克斯 呀,真的!

　　　　库森斯萎靡不振地走进来。他看见芭巴拉没穿制
    服,显然也吃了一惊。

芭巴拉 今天上午我一直等你,你没想到吗?

库森斯 （坐在她旁边）对不起了,我刚刚吃过早点。

莎　拉 可是我们午餐都吃过了。

芭巴拉 怎么了,又一晚上失眠,不好过?

库森斯 没有,这一晚上过得还真不错。说实话,一辈子少见
    的一晚上。

芭巴拉 那个群众大会?

库森斯 不是,是大会以后。

薄丽托玛夫人 开完大会你应该回家睡觉,你干什么去了?

库森斯 喝酒。

薄丽托玛夫人 （同时)库森斯!

莎　拉 （同时)道利!

芭巴拉 （同时)道利!

洛玛克斯　（同时）呀，真的！

薄丽托玛夫人　请问，你喝的是什么酒？

库森斯　一种杀人不偿命的西班牙红葡萄酒，保证没有另加
　　酒精，还自称是节制饮酒的勃艮第酒。可这种酒里的天
　　然酒精太丰富了，绝不需要再增加了。

芭巴拉　你是在说笑话吧，道利？

库森斯　（耐心地）不是。我不过是和这个家庭的名义户主
　　折腾了一晚上，如此而已。

薄丽托玛夫人　安德鲁把你灌醉了！

库森斯　没有，他不过提供了酒，真把我灌醉的是希腊的酒
　　神，（对芭巴拉）我跟你说过，我是附了体了。

薄丽托玛夫人　你现在也没清醒过来吧，马上回家睡觉去。

库森斯　我可从来没敢责备过您。可是，夫人，您当初怎么会
　　跟这样一个魔鬼王子结婚呢？

薄丽托玛夫人　跟他结婚总比跟他一道喝得大醉强。说到这
　　儿了，这倒是他新添的本事，他一向滴酒不沾。

库森斯　现在他也滴酒不沾，他就在那儿一坐，不动声色地彻
　　底摧垮了我做人遵循的道德、信念，最后收买了我的灵
　　魂。他对你有感情，芭巴拉，这就是他对我最危险的
　　地方。

芭巴拉　这根本扯不到一块儿去，道利，人生在世总要追求比
　　家庭的爱和梦想更有价值的东西。这你理解，是不是？

库森斯　是啊，这是咱们两个人共同的思想嘛，这我理解，我
　　也坚持，除非他能在那种更神圣的水平上把我争取过去，
　　他也只能引起我一时的兴趣而已；他再有本事也不可能
　　从根本上把我征服。

芭巴拉　这就好,坚持下去一切都没问题。我现在想知道的是那个群众大会开得怎么样?

库森斯　这次大会太精彩了,贝恩斯夫人激动得差点儿死过去,简妮歇斯底里发作,完全精神失常了。咱们那位魔鬼王子疯了似的吹他那个拉管喇叭,那声音就像地狱里罪人在哈哈大笑。当场就有一百一十七个悔罪自新的新信徒,大家都发自内心,出于感激,为包杰祈祷,还为那位隐姓埋名的,捐献了五千镑的善人祈祷,你父亲拒绝透露他的真名实姓。

洛玛克斯　老头儿这一手还真够意思,换个别人,大概都想借这个机会大出风头哩。

库森斯　他说,要是他透露了真名实姓,所有那些慈善机关肯定要叮住他不放,闹得他体无完肤。

薄丽托玛夫人　这种话就像安德鲁说的,他一向如此,每干一件正事,他准能找出个歪理来。

库森斯　可是他说服了我,我这一辈子都是按照正理干了歪事。

薄丽托玛夫人　库森斯,现在,既然芭巴拉已经离开了救世军,我看你也撤出来吧,我可不愿意看见你在大街上敲那个鼓了。

库森斯　薄丽托玛夫人,您这个命令我已经提前照办了。

芭巴拉　库森斯,你对救世军是真心实意的吗?如果不是因为我,你会参加吗?

库森斯　(虚伪地)怎么说呢——呃——不好说,也可能,作为一个收集宗教信仰的人——

洛玛克斯　(狡猾地)反正,你不是为了打鼓才去的,你呀,道

利,你脑瓜子好使;你一定早就看出来了,救世军这玩意
儿总有点儿二五眼吧——

薄丽托玛夫人 洛玛克斯,如果你一定要胡说八道,至少,别
像个娃娃似的胡说八道好不好?

洛玛克斯 (很难堪)瞧您说的,胡说八道就是胡说八道,这
跟年龄没关系。

薄丽托玛夫人 在英国的上流社会,洛玛克斯,各种年龄的男
人都会装出很深刻的样子,按照规范的语言胡说八道。
娃娃们呢,像你一样,总是用粗俗不堪的语言胡说八道。
等娃娃们到你这个岁数了,当上大人物的私人秘书或有
类似的地位,他们就不用这种粗俗语言了。他们就要从
《观察家报》啊,《泰晤士报》之类的地方去学习规范的语
言。你呢,还是就学《泰晤士报》吧,你会发现《泰晤士
报》也有点儿二五眼;不过至少语言方面还是上流的。

洛玛克斯 (叹服地)您这个人就是主意特大,薄丽托玛
夫人——

薄丽托玛夫人 荒唐!(摩里森进来)什么事?

摩里森 回夫人的话,安德谢夫先生刚刚坐着车到门口了。

薄丽托玛夫人 好,让他进来吧。(摩里森犹豫)你怎么了?

摩里森 我是应该通报他的到来呢,还是,怎么说呢,他到这
儿是回家来了,夫人?

薄丽托玛夫人 通报他。孩子们,去准备出发吧。

摩里森 谢谢,夫人,我这样问一声,您别过意,这种场面,这
么说吧,我还是第一次碰上。

薄丽托玛夫人 很对,去让他进来。

摩里森 谢谢您,夫人。(他退出。)

薄丽托玛夫人　孩子们,去准备出发吧。(莎拉和芭巴拉上楼去取出门的外衣)洛玛克斯,去告诉斯蒂文五分钟之后下楼来,他在客厅里。(洛玛克斯走去)库森斯,告诉他们大约十五分钟之后把马车派过来。(库森斯走去。)

摩里森　(在书房门口)安德谢夫先生到。

　　　　安德谢夫进书房来,摩里森退下。

安德谢夫　就你一个人!多么幸运!

薄丽托玛夫人　(站起)用不着这么多情,安德鲁,坐下。(她在长沙发上坐下,安德谢夫坐在她左边,她不等他有喘气的工夫就开门见山地向他提出问题来)在洛玛克斯拿到遗产之前,莎拉每年必须有八百英镑,芭巴拉需要的还要多,而且是永久性的,因为库森斯一点儿产业也没有。

安德谢夫　(无奈地)好的,亲爱的,我负责这件事。还有什么吗?比方说,为你自己呢?

薄丽托玛夫人　我要跟你谈谈斯蒂文。

安德谢夫　(不耐烦地)千万别,亲爱的,我对斯蒂文没兴趣。

薄丽托玛夫人　我有兴趣,他是我们两个人的儿子。

安德谢夫　你真认为是这样?他想方设法叫我们两个把他带到世界上来了,可是我认为他选择我们这样的父母很不合适。我在他身上看不到自己,更看不到你。

薄丽托玛夫人　安德鲁,斯蒂文是个优秀的儿子,是个非常稳重、干练、情操高尚的青年,你不过是想找借口取消他的继承权罢了。

安德谢夫　亲爱的小薄丽,取消他继承权的是安德谢夫的传统,我不能把兵工厂传给我的儿子,我不能做那样的骗子。

薄丽托玛夫人　你要是把厂传给别人,那才叫伤天害理呢,安德鲁,你难道真以为这么个罪恶的、不道德的传统能永远保持下去? 你难道还要强词夺理,硬说斯蒂文不能像别的那些大企业家族的儿子一样,把兵工厂管理好?

安德谢夫　不能,他可能学会写字间的那套例行公事,可还是不懂怎么办企业,就像那些家族的儿子一样;企业呢,开头就靠老习惯维持着,直到有一天,真正的安德谢夫出世了——多半是个德国人,或是意大利人——发明一套新办法,就把他挤垮了呗。

薄丽托玛夫人　什么德国人、意大利人,他们干得了的,斯蒂文也干得了。再说,斯蒂文至少血统高贵。

安德谢夫　他父亲是个私生子! 别胡说了!

薄丽托玛夫人　可他母亲是我,安德鲁! 再说,你本人说不定血统也不错啊,虽然你不知道。

安德谢夫　有道理,我真可能血统不错哩,这又是一条对私生子有利的论据。

薄丽托玛夫人　安德鲁,别越说越有劲,也别这么坏心眼,你现在是两者俱全。

安德谢夫　咱们现在这场谈话也是安德谢夫传统的一部分,小薄丽。从建立了这个家族那一天起,每一个安德谢夫的老婆都要对丈夫闹这么一通,完全是白费力气,这个传统是打不破的,除非出现了比斯蒂文本事大的人物。

薄丽托玛夫人　(噘起嘴)那你走吧。

安德谢夫　(不以为然地)走!

薄丽托玛夫人　对,走吧。你要是不肯为斯蒂文出一点力,我们这个家也不需要你,去跟你那个捡来的孩子团聚吧,不管他是谁,去照顾他吧。

安德谢夫　实际上,小薄丽——

薄丽托玛夫人　不要管我叫小薄丽,我又没管你叫小安迪。

安德谢夫　我绝不把我的妻子叫什么薄丽托玛夫人,实在太
没道理了。严肃地说吧,亲爱的,这个安德谢夫传统使我
很为难,我的岁数一天比一天大,我那个合伙人,拉杂路
斯,最后终于表明态度,坚持继承人的问题无论如何要定
下来。当然他是有道理的,你明白吗,我到现在还没找到
合适的继承人。

薄丽托玛夫人　(固执地)有斯蒂文,现成的。

安德谢夫　问题就在这儿,我能找到的那些私生子都和斯蒂
文一模一样。

薄丽托玛夫人　安德鲁!!

安德谢夫　我要的是一个既没有社会关系,也没受过教育的
人,换句话说,如果他不是个强人,他就根本不可能参加
竞争。可是这样的人我一个也找不到,现在的那些私生
子,刚生下来就叫慈善机关、教育当局、监护人协会之类
的组织抢走了;只要他表现出一点点才能,那些中小学校
长就要抓住不放;然后就要像训练赛马似的训练他去赢
得奖学金;往他们脑子里灌输各种二手货的思想;用纪律
和反复的操练叫他们温顺,叫他们文雅;结果这些孩子成
了精神上的残废,最后只能去教书。你要是真想叫兵工
厂不脱离我们的家族,那你最好找一个符合条件的私生
子,叫芭巴拉嫁给他。

薄丽托玛夫人　又来了!芭巴拉!你的宝贝儿!你早就想牺
牲斯蒂文,成全芭巴拉。

安德谢夫　求之不得,至于你呢,亲爱的,你早就想把芭巴拉扔在锅里煮成汤,叫斯蒂文喝。

薄丽托玛夫人　安德鲁,现在不是你我偏心哪个孩子的问题,我们谈的是义务,让斯蒂文继承你的事业是你的义务。

安德谢夫　那好极了,服从你丈夫的决定就是你的义务。算了吧,小薄丽!统治阶级的这套把戏在我这儿不起作用,我就是统治阶级的一分子,所以这就像对传教士宣传《圣经》一样,没用。在这个问题上,权在我手里,什么花言巧语也不可能叫我按你的意思用我手里的权。

薄丽托玛夫人　你哪怕说得我头昏脑涨,也不能把错的说成对的。再说你的领带歪到一边儿去了,把它弄正嘛。

安德谢夫　(发窘)不用别针它总是要歪——(像个孩子的模样,狼狈地弄着领带。)

　　　　斯蒂文进来。

斯蒂文　(在门口)请原谅。(预备退出去。)

薄丽托玛夫人　别走,进来吧,斯蒂文。(斯蒂文走到他母亲的写字台前。)

安德谢夫　(不甚亲切地)你好。

斯蒂文　(冷淡地)你好。

安德谢夫　(转向薄丽托玛夫人)这个传统,他大概都清楚吧?

薄丽托玛夫人　他知道。(对斯蒂文)就是昨天晚上跟你说的那个情况,斯蒂文。

安德谢夫　(情绪不佳地)我听说你愿意来干兵工厂这个行业。

斯蒂文　要我去做买卖?绝对不愿意。

安德谢夫　（睁大了眼睛，放下心来，外表也松快多了）噢！如果是这样——！

薄丽托玛夫人　枪炮军火可不是一般的买卖，斯蒂文，这是事业。

斯蒂文　任何意义上的买卖人，我都不打算做，我对工商业既无才能，也没有兴趣，我打算献身于政治。

安德谢夫　（起立）好孩子，这样我就非常放心了。而且我相信这对我们的国家也同样是可喜的事，我原来还担心你可能觉得自己受到歧视，不被重视呢。（他向斯蒂文凑过去，好像要和他握手。）

薄丽托玛夫人　（起来拦阻）斯蒂文，我不允许你把这么大的一份产业就这样轻轻丢掉。

斯蒂文　（生硬地）母亲，从今以后，我请求您，不要再把我当个孩子。（薄丽托玛夫人往回一缩，斯蒂文的语气使她十分伤心）直到昨天晚上，我一直没有认真地考虑过您的这种态度，因为我以为您也并不是认真的。但是现在不同了，我发现多年来向我隐瞒了早就该告诉我的真相，我的自尊心受到极大伤害，我不能容忍。关于我的前途，如果要讨论的话，最好是在我和父亲之间进行，两个男人之间进行。

薄丽托玛夫人　斯蒂文！（她又坐下，含着眼泪。）

安德谢夫　（深表同情）看见了吧，亲爱的，只有强人才允许别人拿他当孩子。

斯蒂文　母亲，我很抱歉。不过是您逼我说这些——

安德谢夫　（止住他）对，对，对，对，没问题，斯蒂文。她今后绝不会再干涉你的事，你今后独立了，可以自由地行动了。不过你也不必得理不让人嘛,更不必抱歉三分嘛。
(他归回原位)好吧,谈谈你的前途吧,咱们两个男人之间谈谈吧——我道歉,小薄丽,两个男人,一个女人之间谈谈吧。

薄丽托玛夫人　(振作起精神)我完全理解,斯蒂文,既然你觉得自己翅膀已经硬了,你就自己拿主意吧。(斯蒂文傲然坐于写字台前的椅子上,带出一种表示他已经是成年人的神气来。)

安德谢夫　可以肯定的是,你不打算继承这个兵工厂的买卖了?

斯蒂文　我希望肯定的第一条就是,我对兵工厂的买卖深恶痛绝。

安德谢夫　别这样,别这样,别闹情绪嘛,这太幼稚了!咱们不是主张自由吗,那咱们也得对别人宽容啊。再说,我既然剥夺了你的继承权,我也应该帮你在事业上有个起点啊,你不可能一下子就当上首相啊,你在哪方面有点才能呢?文学、艺术这方面怎么样?

斯蒂文　我跟文学艺术无缘,能力方面也好,气质方面也好,谢天谢地吧!

安德谢夫　要不,哲学方面,怎么样?

斯蒂文　我没有这种荒唐的野心。

安德谢夫　我看也好。那么,还有陆军、海军、教会,还有法律,当律师是要点本事的,当律师怎么样?

斯蒂文　我没有学过法律,恐怕我也缺乏那种在法庭上成功地辩护案件时"咄咄逼人"的气质——好像这是那些庸俗的律师最基本的要求。

安德谢夫　你这个情况还真不好办,斯蒂文,除了这些好像只有去当演员了,是不是?(斯蒂文做出一副不耐烦的样子)咳,去他的!你到底知道什么,关心什么?

斯蒂文　(起立,目不转睛地瞅着他)我知道什么是对的,什么是错的。

安德谢夫　(觉得实在匪夷所思)真没想到!不可思议!对工商业深恶痛绝,对法律一无所知,和文学艺术无缘,对哲学毫无野心;可是掌握了人世间最大的秘密,叫历代哲学家猜不透的,叫古今律师没法解释的,叫工商业大亨稀里糊涂的,叫艺术家走投无路的;你居然掌握了这个秘密,你知道什么是对的,什么是错的。天哪,你是天才,你是大师中的大师,你是神!才二十四岁,再说!

斯蒂文　(好容易才忍住气)您愿意怎么挖苦我都可以。我并不想抬高自己,我认为我能做到的,不过是任何一个正派的英国上等人生下来就能做到的事。(他愤怒地坐下。)

安德谢夫　哦,不光是上等人,谁都行。就拿那个可怜的救世军姑娘简妮说吧,你要是请她站在大街上去讲解语法,或是地理,或是数学,哪怕是交际舞,她一定认为你是拿她取笑;可是她从不怀疑她能讲解道德、宗教。你们都一样,你们这些正人君子。要问你们一台十英寸口径的大炮能承受多大爆裂应力这样一个简单的问题,你们一定答不上来;可是要问你们一个人在受到诱惑的时候能经受多大的压力,你们马上都能对答如流。你们不敢碰炸药,可是你们敢把诚实啊,真理啊,正义啊,人类的天职拿在手里当玩意儿,而且一边玩,一边就互相残杀。这叫什么国家!这叫什么世界!

薄丽托玛夫人 （心神不安地）你看他到底干点什么好呢，安德鲁？

安德谢夫 他自己选择的职业恰如其分。他什么都不知道，他又认为他什么都知道，这显然是干政治的好材料。推荐他去给某位大人物去当私人秘书，只要这位大人物能保他当上个次长，你就再也不必为他操心了，他最后一定能自自然然地、稳稳当当地当上财政部长。

斯蒂文 （又跳起来）我很遗憾，先生，您逼得我别无选择，我不能再向对父亲那样尊敬您。我是英国人，我不能听着我的国家的政府受到侮辱而无动于衷。（他双手插进衣袋，气愤地直奔到窗前。）

安德谢夫 （有点儿残酷地）你的国家的政府！我才是你的国家的政府！我，还有拉杂路斯！你真以为你，还有五六个像你这样的玩票的政客，在你们那个乱哄哄的议会里排排坐下，胡说八道一通，就能统治安德谢夫和拉杂路斯？没那么回事，朋友，你得乖乖地干能让我们赚钱的事。我们需要战争，你就开仗；我们需要和平，你就不打。我们决定了贸易方面需要新措施，你就赶紧发现确实应该制定新措施。每当我为了保证高利润提出个什么要求，你就要认定这个要求正是全国的需要。每当有人为了降低我的利润提出个什么要求，你就赶快出动警察和军队。为了报答你，我办的报纸就会支持你，赞扬你，让你心满意足，觉得自己是个了不起的政治家。你的国家的政府！去你的吧，孩子，去玩你那套代表大会啊，头版社论啊，历史性的聚会啊，伟大领袖啊，当前热门话题啊，以及诸如此类的玩意儿去吧。我要回到我的账房那儿给吹鼓手掏钱去了,奏什么曲子我拿主意。

斯蒂文　(居然笑了,手扶着他父亲的肩膀,现出一种宽容他的态度)说实话,亲爱的父亲,没法跟您生气。您不知道您这些话我听着多么荒唐。您一生勤劳,赚了钱,您为此感到自豪是正当的;而且您赚了大钱,这就更值得充分肯定。可是这也把您局限在那些只为了您的钱重视您、服从您的生活圈子里了。您和我不同,我习惯的观念是在那些您看来肯定是老式的、落伍的私立学校和大学里培育出来的。您自然而然地认为,统治英国的是金钱,可是请您原谅,我认为这方面我比您清楚。

安德谢夫　那么,请问,统治英国的是什么呢?

斯蒂文　性格,父亲,性格。

安德谢夫　谁的性格?你的还是我的?

斯蒂文　既不是您的,也不是我的,父亲,而是英国国民性格当中最优秀的成分。

安德谢夫　斯蒂文,我替你找到专业了,你天生是办报纸的人才,我帮你先开办一家专唱高调的周刊,全解决了。

　　　斯蒂文到小写字台边写起信来。

　　　莎拉、芭巴拉、洛玛克斯、库森斯四人一起进来,他们都穿戴好,预备出门。芭巴拉直奔到窗前向外望,库森斯态度和悦地溜达到扶手椅子旁边去,洛玛克斯在门口站住,莎拉走到她母亲身边。

莎　拉　妈妈,去准备一下吧,马车等着呢。(薄丽托玛夫人离开书房。)

安德谢夫　(对莎拉)你好,亲爱的,您好,洛玛克斯先生。

洛玛克斯　(含含糊糊地)嗳,好,您。

328

安德谢夫　（对库森斯）欧里庇得斯,经过昨天晚上完全恢复过来了,是吗?

库森斯　勉强可以吧。

安德谢夫　那就好。（对芭巴拉）这么说,你是打算来看看我这个制造死亡和毁灭的工厂喽,芭巴拉?

芭巴拉　（在窗口）您昨天来看过我那个救人灵魂的工厂,我答应过您要回访嘛。

洛玛克斯　（前进到莎拉和安德谢夫中间）准得特别带劲儿。我参观过那个乌尔维契兵工厂,那真叫增加信心,明白吗,看着那些家伙,心里想着要是打起仗来,咱们能宰多少那些穷要饭的外国人哪。（忽然严肃地对安德谢夫）话说回来了,这种想法从这个积德行善的宗教方面看,对您来说够呛,简直是。再说您岁数也不小了,也该想想了,您明白我的意思。

莎　拉　爸,查利一张嘴就说蠢话,您别往心里去。

洛玛克斯　（大吃一惊）嘿,怎么这么说呢!

安德谢夫　洛玛克斯先生看问题的出发点无可指摘,亲爱的。

洛玛克斯　就是这么回事。我就是这个意思,说真心话。

莎　拉　你也去吗,斯蒂文?

斯蒂文　这个,我本来很忙——（大方地）不过——那好吧,我去就是了。当然,要看车上坐不坐得下。

安德谢夫　我那辆车还能带上两个人,我今天开来了一辆小型马达驱动的车,正试验呢,准备野战用的。它不怎么好看,你不在乎吧。还没油漆,不过车身是防弹的。

洛玛克斯　（想起要坐在不上漆的汽车上经过威尔顿新月街,不禁一惊）好家伙!

莎　拉　谢谢吧,我坐马车,反正芭巴拉坐什么车也不在乎。

洛玛克斯　我说,道利,老家伙,你不在乎那辆车怪模怪样吧?
　　　你要是不愿意,我就坐,可是——

库森斯　我愿意坐这辆车。

洛玛克斯　那我感激不尽,老伙计。走吧,莎拉。(他急忙出
　　　去上马车占位置,莎拉跟他出去。)

库森斯　(闷闷不乐地走到薄丽托玛夫人的写字台前)我们
　　　两个为什么要去这个制造地狱的车间呢?我一直在问自
　　　己这个问题。

芭巴拉　我一向把它想象成万丈深渊,一群满脸熏黑了的,永
　　　世不得翻身的生灵,捅着冒烟的火焰,被我父亲逼着、折
　　　磨着干活,是那样吗,爸?

安德谢夫　(骇然)亲爱的女儿!那是个一尘不染,风景优美
　　　的山坡上的城镇。

库森斯　这儿有个美以美公会的小教堂?总得有那么个小教
　　　堂吧!

安德谢夫　有两座教堂,一座是初期的,一座是高级的。还有
　　　个道德委员会哩;不过参加的人不多,因为我们的工人本
　　　来就都是虔诚的宗教信徒。我们那个高效炸药车间,工
　　　人们反对那些对宗教持怀疑态度的人参加,因为有了他
　　　们不安全。

库森斯　可是他们不反对你!

芭巴拉　工人们服从你的命令吗?

安德谢夫　我不给他们下命令,我跟他们说话的时候是这样
　　　的:"好啊,琼斯,小孩儿一切都好吧?你的夫人身体恢
　　　复得怎么样啊?""都挺好,谢谢您,厂长。"我们就说

这些。

库森斯　可是得让琼斯老老实实啊,您怎么让工人守纪律呢?

安德谢夫　我不管这个,他们自己管,你明白吗,琼斯最不能
容忍的就是他手下的人造他的反。还有,就是每礼拜比
他少挣四个先令的那个人的老婆要跟琼斯太太在社交上
比个高低!当然他们都应该造我的反,这是从理论上说。
实际上呢,他们每一个人最关心的就是叫他手下的人老
老实实,我从来不掺和他们之间的这种事,我从来不以势
欺人,我连拉杂路斯都不欺侮,我只是说,有些事必须做
到,可是我从不下命令。我不是说我们那里没人下命令,
没人耍态度,没人欺侮人。师傅们对学徒就摆架子,呼来
喝去;开车的就瞧不起扫地的;技术工人就看不起壮工;
工头是连技术工人和壮工一道整,一道欺侮;助理工程师
挑工头的毛病;总工程师又让助理工程师日子不好过;车
间主任整工头;职员们呢,到星期天就戴上礼帽,拿着赞
美诗的经本,绝不和任何人平等往来,好保持他们的社会
优越感,结果是庞大的利润,最后都落在我手里。

库森斯　(起反感)你实在是个——反正,就像我昨天说的
那样。

芭巴拉　他昨天说什么来着?

安德谢夫　无关紧要,亲爱的,他觉得我让你不高兴了,有这
么回事吗?

芭巴拉　让我穿上这身俗不可耐的、蠢不可及的连衣裙,我能
高兴吗?我啊!我是穿过制服的人,你把我变成什么样
了,你明白吗?昨天有人的灵魂就攥在我手心里,我已经
让他开始走上得救的路了,可是一旦我们收下了你的钱,

他又变成了酒鬼,对我们嗤之以鼻。(极坚决地)对这个我绝不会宽恕你。假如我有孩子,你用你的炸药消灭了他的肉体——假如你用那些可怕的大炮杀死了道利——只要我的宽恕能为你打开天堂的大门,我还会宽恕你,但是现在你是从我手里夺走了一个人的灵魂,把他变成一只狼!这比任何谋财害命都更恶毒。

安德谢夫　难道我的女儿这样轻易地就绝望了?你刺伤了这个人的心灵深处,难道你就不允许人家有点伤痕?

芭巴拉　(面有喜色)噢,你是对的,沃克一定会得救,我的信念到哪里去了?

库森斯　咳,狡猾的、狡猾的魔鬼!

芭巴拉　你大概是魔鬼;可是有时候上帝的声音是从你嘴里说出来的。(她拉过她父亲的两手来亲吻)你把幸福还给我了;我从内心深处感觉得到,虽然我还深感不安。

安德谢夫　你学到了点什么。总是这样,学到点什么一开始总好像是丢掉了点什么。

芭巴拉　不管吧,带我到你那个制造死亡的工厂去吧,让我再学到点什么吧。在这种可怕的是非颠倒的后面,总该有点真理吧,来吧,道利。(她出去。)

库森斯　保佑我的天使!(对安德谢夫)走开吧!(他随着芭巴拉出去。)

斯蒂文　(伏在写字台上,镇静地)父亲,您不必把库森斯放在心上,其实他是个挺够交情的好人;不过呢,他是个研究希腊文的书呆子,难免有点怪脾气。

安德谢夫　啊,说得很好。谢谢你,斯蒂文,谢谢你。(他也出去。)

斯蒂文自鸣得意地笑了笑，把衣扣扣得整整齐齐的，一直往门口走去。薄丽托玛夫人穿着出门的服装，在斯蒂文走到门口以前，先从外边拉开门。她往屋内张望，寻找其他的那些人；看了斯蒂文一眼，随即转身走去，一言未发。

斯蒂文　（窘住）母亲——

薄丽托玛夫人　不要抱歉，斯蒂文。别忘了，你长大成人了，用不着母亲唠叨了。（她出去。）

帕里瓦尔·圣安德鲁小镇位于米杜德尔克斯两座小山的中间，有一半在北山的山坡上。这是个几乎无烟的城镇，白墙，屋顶铺着窄条的绿石板或红瓦；有大树，有圆屋顶，钟楼，有细长的烟筒；这市镇所在地的环境很美，本身也美。处理烈性炸药的地方，在往东约半英里的山坡顶上，从这里遥望全镇，景色最佳。铸造车间隐蔽在城镇和山坡中间的凹地里，中间地带烟筒林立，像一些巨大球棒。坡顶上横着筑起一座水泥的平台，台子周围有一道胸墙，使人想起一座堡垒，因为有一尊老式过时的乌尔维契型的大炮横穿围墙对着城镇探出头来。大炮架在一辆试验型的炮车上，可能就是斯蒂文以前所说的"安德谢夫伸缩炮台"的原始模型。胸墙内侧有一个高台阶作为炮手的座位。

芭巴拉正靠着胸墙遥望城镇。她右边靠近大炮，左边靠近一所在大木桩上建起来的厂棚的尽头。要走上一个三四阶的梯子才能达到它的门口。门是向外开的；门脚边有一块可以驻脚的搁板，紧接着梯子头。搁板角上放着一个救火用的水桶。胸墙很靠近棚子，中间的空隙，便是一条顺坡而下、通过铸造车间直达城镇的小路。大炮后面台子一头有辆小车,载着一个圆锥形的大炸弹,弹身涂着一道红箍。胸墙再过去,在同一边,放了一把帆布躺椅,靠近一个办公房的门;办公房也和厂棚一样,是尽量用轻质材料筑成的。

　　库森斯从城镇沿着小路来到芭巴拉的面前。

芭巴拉　怎么样?

库森斯　毫无希望,一切完美无缺,美妙无比,而且实实在在,只要再添个大教堂,那这里就是天堂,不是地狱了。

芭巴拉　你打听出来了吗,他们为那个老家伙舍里做了安排吗?

库森斯　安排了,他现在是看门的,兼管上下班打钟。他现在痛苦不堪哪,他说管上下班打钟是脑力劳动,他不习惯;再说他那个守门人的宿舍太豪华,他没脸在那儿住,所以他一天到晚藏在洗碗间里。

芭巴拉　可怜的舍里!

　　斯蒂文从城镇上来了,带着一副望远镜。

斯蒂文　(热烈地)你们两个参观这个地方了吗?你们怎么不跟大家在一块儿啊?

库森斯　我想看看所有不希望让我看的地方;芭巴拉呢,她想听听工人的谈话。

斯蒂文　你们发现了什么可疑的迹象吗?

库森斯　没有,工人们管他叫可爱的安迪,一谈起他是个狡猾的老坏蛋时都得意非凡;这地方呢,是可怕地、叫人毛骨悚然地、邪恶地、无可辩驳地完美无缺。

　　莎拉上。

莎　拉　老天爷！了不起的地方！（她走到架着大炸弹的车旁）你们参观托儿所了吗？（她坐在大炸弹上。）

斯蒂文　还有学校、图书馆呢！

莎　拉　你们看见市政大楼里的舞厅、餐厅了吗?!

斯蒂文　你们听人介绍了保险基金、退休基金、建房互助会，还有各种合作组织了吗?!

　　安德谢夫从办公房里出来，手持一沓子电报。

安德谢夫　怎么样，都参观过了？真抱歉，没能陪你们。（指着手里的电报）满洲的消息。

斯蒂文　希望是好消息。

安德谢夫　非常好。

斯蒂文　日本人又打了胜仗？

安德谢夫　这我就不知道了，我们这儿不关心谁打了胜仗，不关心，好消息是我们的空中堡垒获得巨大成功，头一次试击就把一座由三百士兵守卫的堡垒炸得无影无踪了！

库森斯　（在大炮台上）是士兵模型吗？

安德谢夫　不是，是活人哪。（库森斯和芭巴拉互相瞥了一眼，库森斯随即坐在炮台的台阶上，两手遮住了脸。芭巴拉严肃地把手搭在他的肩上，他翻眼看看她，神情古怪而窘迫）好了，斯蒂文，你觉得我这个地方怎么样？

斯蒂文　太伟大了，这是完美的组织工作战胜一切的范例。说实话，亲爱的父亲，我过去太糊涂了，我根本没想到这一切的意义——这样了不起的预见，完善组织的力量，严格管理的能力，理财的天才，和这代表的巨大的资金，我一边走过您这里的街道，一边在心里不断地重复地说："这样的和平建设的胜利比战争的胜利，名声还要大。"

对这一切,只有一个问题叫我不安。

安德谢夫　说出来嘛。

斯蒂文　也好吧,我没法不想,您把工人所有的需求都照顾到了,这会不会叫他们丢掉他们的独立性,越来越没有责任感呢?就说我们在那个漂亮的餐厅舒舒服服地享受的那顿茶点吧——我真想不出来,就花三个铜子儿怎么可能那样大吃一顿,又是蛋糕,又是果酱,又是奶油!——可是别忘了,总到饭馆里吃饭就把家庭生活毁了。欧洲大陆不就是这样吗!这样惯着工人,你就不担心这会叫他们丢掉性格吗?

安德谢夫　这么说吧,好孩子,如果你真打算组织文明社会,你就得拿定主意,叫人们提心吊胆是不是好事。如果你认为是好事,那干脆就别组织什么文明社会;让他们都提心吊胆,你就可以充当善人了!但是如果你真要组织文明社会,那你就只能把这件事做彻底。不过呢,斯蒂文,你不必为我们的性格担心。我们这儿还是提供了足够的叫人提心吊胆的东西,因为我们随时都可能一声爆炸,粉身碎骨。

莎　拉　对了,爸,你们在哪儿造炸药啊?

安德谢夫　都在隔离开的小车间,就像这个,万一有一个炸飞了,损失也不大,死人呢,也只有很靠近爆炸车间的人。

　　　　斯蒂文此刻离炸药棚子很近,他担心地看了看厂棚,赶快走到大炮那边去。这时候棚子门猝然打开,一位身穿工作服和布边拖鞋的工头出来,站在搁板上拉着门,洛玛克斯出现于门口。

洛玛克斯　(故作冷静)我说,伙计,用不着这么紧张嘛。你出不了事;再说,出了什么事,那也不会是世界末日嘛。你呀,老家伙,要说咱们英国人的勇敢,你还差点劲啊。

(他走下梯子溜达着向莎拉走来。)

安德谢夫　(对工头)毕尔顿,有问题吗?

毕尔顿　(带有讽刺意味,镇静地)也没什么,老板,就是这位先生到烈性炸药车间里点起烟就抽。

安德谢夫　噢,明白了。(对洛玛克斯)你还记得点完烟以后你把火柴放到哪儿了吗?

洛玛克斯　咳!我又不是傻瓜,我很当心地把火柴吹灭了才扔掉的。

毕尔顿　火柴头里面还是火热的,老板。

洛玛克斯　那又有什么!我又没有把它扔在你那堆火药里。

安德谢夫　好了,洛玛克斯先生,别再为这种事担心了。对了,你能借我用一下你的火柴吗?

洛玛克斯　(把火柴盒给他)当然可以。

安德谢夫　**谢谢**。(把火柴盒装入衣袋。)

洛玛克斯　(向大家演说起来)你们明白吗,这种烈性炸药跟传统的火药不一样,不放在炮膛里是不会爆炸的。你要是把它平铺开,就是用火柴去点也毫无危险,它就慢慢地着,像一张纸似的。(热心于科学问题)您知道吗,安德谢夫?您试过吗?

安德谢夫　没做过大规模试验,洛玛克斯先生。今天你回去的时候可以向毕尔顿要一点硝化炸药棉,到家里你可以试验一下。(毕尔顿现出莫名其妙的神气。)

莎　拉　毕尔顿千万不能给他,爸,您要去炸那些俄国人、小日本,随您的便,那是您的生意,可是对可怜的查利,您还是手下留情吧！（毕尔顿不再管这事，回到棚子里去。）

洛玛克斯　咳，宝贝儿，这不危险。（他也坐在大炸弹上，在莎拉的身旁。）

　　　　　　薄丽托玛夫人从城镇来到此地，拿着一束花。

薄丽托玛夫人　（急躁地走到安德谢夫和帆布躺椅中间）安德鲁，你不应该叫我看这个地方。

安德谢夫　为什么，亲爱的？

薄丽托玛夫人　别管为什么，反正，你不应该。想想看，（指着城镇）所有这些，都属于你！这么多年，居然把我蒙在鼓里！

安德谢夫　它不属于我，我属于它，这是安德谢夫的遗产。

薄丽托玛夫人　才不是呢，那些莫名其妙的大炮，震耳欲聋的铸造厂，那可能是安德谢夫的遗产；可是那些瓷器餐具、桌布餐巾、成套家具，房子、果园、花园属于我们两个人，不，属于我一个人，这不关男人的事，这些东西我绝不撒手，你想把这些都白白扔掉简直是疯了；你要是非胡来不可，我就把你送到疯人院去。

安德谢夫　（俯身闻她手中的花束）亲爱的，你这把花是从哪里来的？

薄丽托玛夫人　你的工人献给我的，在那个纪念社会主义者摩里斯劳工教堂里。

库森斯　（跳起来）噢！就差这一条了。劳工教堂！

薄丽托玛夫人　对，在教堂圆顶上镶嵌着十英尺高的大字，摩里斯的语录："任何人也不配当别人的主人。"你听听，多么厚脸皮！

安德谢夫　一开头恐怕是把工人吓了一跳。可现在他们毫不

338

理会了,就像对教堂里的上帝的十诫一样了。

薄丽托玛夫人　安德鲁,你是存心说这种亵渎上帝的笑话,好
　　　叫我忘了我正说着的遗产问题,告诉你,这没用。我现在
　　　不是为斯蒂文提出要求,他遗传了你讲歪理的本事太多,
　　　他不合适了。可是芭巴拉不比斯蒂文差,一样有继承权。
　　　库森斯为什么不能继承这份遗产呢?我可以替他管理这
　　　个市镇;他可以去操心生产大炮的事,既然非有大炮
　　　不可。

安德谢夫　如果库森斯是个非法的私生子,我真是求之不得
　　　啊。英国的工商业正需要他这样的新血液。可是他不是
　　　私生子,这事就没法谈了。

库森斯　(外交辞令式)不一定。(大家都转脸瞅着他,他从
　　　台子上经过棚子走向安德谢夫)我认为——咱们先说清
　　　楚!我这不是为我的前途做任何的许诺——不过,我认
　　　为,这个私生子问题可以解决。

安德谢夫　这是什么意思?

库森斯　是这样,我要说的话带有点认罪的性质。

莎　拉
薄丽托玛夫人
芭巴拉 〉认罪!
斯蒂文

洛玛克斯　好家伙!

库森斯　是的,认罪。请你们都好好听着,在我遇到芭巴拉以
　　　前,总的说,我自认为是个值得尊敬的、诚实的人,因为我
　　　对自己良心的重视超过了一切。但是从我头一次见到芭
　　　巴拉那天起,我对芭巴拉的重视远远地超过了良心。

薄丽托玛夫人　库森斯!

库森斯　这是实话。夫人,您本人就指责过我,说我参加救世军其实是为了崇拜芭巴拉,我也确实如此。她就像在大街上买把花儿似的买下了我的灵魂,不过她是为自己买的。

安德谢夫　怎么!不是为希腊酒神,或是别的神?

库森斯　酒神也好,别的神也好,都活在她心里。我崇拜的就是她心里的上帝,因此我是个真正的信徒。不过关于她我也有浪漫主义的一面,我以为她是普通百姓,我以为就她的社会地位来说,能嫁给一位希腊文教授,一定喜出望外,做梦也没想到。

薄丽托玛夫人　库森斯!!

洛玛克斯　嘿,我说!!!

库森斯　等到我发现了可怕的事实真相——

薄丽托玛夫人　请问,你说的可怕的事实真相是什么意思?

库森斯　就是——她有的是钱,她的外祖父是伯爵,她的父亲是黑暗王国的君主——

安德谢夫　去你的!

库森斯　——而我呢,我不过是想要个有钱老婆的冒险家。到这时候,我居然堕落到向她隐瞒了自己的出身。

芭巴拉　(站起身来)道利!

薄丽托玛夫人　你的出身!听着,库森斯,你休想为了那些倒霉的大炮就起坏心眼儿,编故事。别忘了,我见过你父母的照片;而且澳大利亚西南地区的专员和他们认识,亲口告诉我,叫我放心,他们是规规矩矩地结婚的一对夫妇。

库森斯　在澳大利亚是这样,但是在英国他们就不合规矩了。

在澳大利亚他们的婚姻是合法的,在这里是非法的。我的生母是我父亲去世了的前妻的妹妹,所以在英伦三岛我是个私生子。(全场为之动容)怎么样,大阴谋家,这个计谋还过得去吧?

安德谢夫　(沉思地)小薄丽,这可能是解决难题的一个办法。

薄丽托玛夫人　胡说!难道一个人不是自己了,成了自己的表弟了,就能造出更好的大炮来?(使劲一屁股坐到帆布躺椅上,表示极端瞧不起他们这种不顾良心的做法。)

安德谢夫　(对库森斯)你是个受过教育的人,这一条不符合传统。

库森斯　在非常稀有的情况下,一万次里也许有一次,受教育的学生可能生来就是通晓功课的大师。希腊文没有毁掉我的智能,相反地是一种营养。再说,我受过的教育在英国都是不被正式承认的。

安德谢夫　好吧,我没条件提出更苛刻的要求了,我没本钱。在私生子这个市场上你没有对手,你通过考试了,你有资格被录取,欧里庇得斯,你有资格。

芭巴拉　(从台子上过来,站在安德谢夫和库森斯中间)道利,昨天早晨,斯蒂文告诉我们这个传统的时候,你忽然沉默起来;从那会儿起,你就变得很反常,很兴奋。你那会儿是不是就想到你的出身了?

库森斯　一个人吃早点的时候,忽然发现命运之神手指着他,恐怕难免有点神不守舍吧?(芭巴拉怅然走开,站在她母亲身旁心烦意乱地听着。)

安德谢夫　啊哈!年轻的朋友,你已经两眼盯上了这个买卖了,是不是?

库森斯　当心点!在我和你那些该死的空中堡垒之间,还有一道深不可测的道德上的鸿沟哩。

安德谢夫　先不管那道鸿沟吧。咱们先解决一些实际的细节,至于你怎么决定,以后再说。你知道你必须改变姓名,对这个有意见吗?

库森斯　像叫我这么个名字——爱称还是道利!——的人,对叫成别的名字,怎么可能有意见呢?

安德谢夫　很好。现在,关于钱的事!我打算从一开头就对你格外慷慨,你一上任,每年就拿一千英镑。

库森斯　(骤然面红耳赤,眼镜里一阵阵闪出恶作剧的光芒)一千镑!你怎么有胆量向一个百万富翁的女婿提出这么个可怜的数目!一千镑,不行,老天在上,我的大阴谋家!你休想骗我。没有我,你无路可走;没有你,我照样活着。我必须在两年之内,每年挣两千五百镑。在两年结束的时候,如果我不称职,我走。可如果我干得漂亮,要我留下来干,那你就必须付给我另外五千镑。

安德谢夫　哪儿来的另外五千镑?

库森斯　这样我这两年才是每年五千嘛。我先只拿两千五,因为我可能不称职。从第三年开始,我必须拿到利润的百分之十。

安德谢夫　(大吃一惊)百分之十!这简直——你呀!——你知道我一年的利润是多少吗?

库森斯　大极了,我希望,不然的话我就要提出百分之二十五了。

安德谢夫　不过,库森斯先生,我们现在是严肃地谈生意,你没有给企业带来任何投资啊。

库森斯　什么！没有投资！我精通希腊文,这不是投资？我能融会贯通人类迄今为止最精巧的哲学,最崇高的诗篇,这不是投资？还有我的性格！我的智能！我的生命！我的远大前程！还有芭巴拉说的,我的灵魂！这都不算投资？你敢再说一句,我马上就要求我的薪水加倍！

安德谢夫　总得合情合理——

库森斯　(断然)安德谢夫先生,这就是我的条件,接受还是拒绝,随你吧。

安德谢夫　(渐复原状)那好吧,我知道你的条件了,我愿意满足你一半。

库森斯　(厌恶地)一半！

安德谢夫　(坚定地)一半。

库森斯　你自命是个上等人,可是你只能满足我一半！！

安德谢夫　我不自命是个上等人,可是我只能满足你一半。

库森斯　就这样对待你未来的合伙人！你的继承人！你的女婿！

芭巴拉　道利,你出卖的是你自己的灵魂,不是我的,别把我扯到你们这些要价还价里头去。

安德谢夫　好啦！为了芭巴拉,我再让一步,我同意五分之三,这可是我最后一句话了。

库森斯　成交！

洛玛克斯　上了当了！真是的,我一年才捞着八百镑啊,知道不？

库森斯　说到这儿了,老伙计,我是研究古典文学的,不是研究数学的。这五分之三比一半是多还是少？

安德谢夫　当然是多了。

库森斯　其实,给我一年二百五十镑我也就同意了。这样做生意怎么能成功呢,怎么能出这么多钱雇一个大学教书匠呢,教书的本来挣的钱比一个小公务员差多了!——好吧!拉杂路斯会怎么说?

安德谢夫　拉杂路斯是个性情温和、浪漫主义的犹太人,唯一的爱好是弦乐四重奏和时髦的剧场里的包厢。你在钱财方面不管多么贪婪,他都会替你担当罪名,就像多年来替我担当罪名一样。我看你在钱财上心黑手狠啊,欧里庇得斯。这对这个企业倒是件好事!

芭巴拉　道利,你们的要价还价谈妥了吗?今后你的灵魂是不是归他所有了?

库森斯　不,我们只不过谈妥了价钱,好戏还在后头呢!道德上的问题怎么办呢?

薄丽托玛夫人　这里面根本不存在什么道德问题,库森斯。很简单,你要把枪炮卖给对头的、正义的人,拒绝卖给外国人和罪犯。

安德谢夫　(决绝地)不,这一套不行,你必须维护兵器制造商的真诚信念,不然就别到这里来。

库森斯　兵器制造商的真诚信念又是什么呢?

安德谢夫　无论什么人,只要价钱公道,你就必须把军火卖给他,不管他是谁,信奉什么主义,贵族还是平民,虚无党还是沙皇,资本家还是社会主义者,基督教还是天主教,强盗还是警察,黑人、白人还是黄种人,不管他们品质和处境如何,是什么国籍、信仰、主张,干了什么荒唐事,犯了什么罪行。创业的第一个安德谢夫在工厂里题了词:

"上帝既赐人以手，人则应授手以剑。"第二位安德谢夫的题词是："举世皆有权战斗，无人能判明是非。"第三位写下了："兵器交给人类，胜利献给上天。"第四位缺乏文采，所以什么也没写，可是他在英国国王乔治三世眼皮底下，把大炮卖给了拿破仑。第五位留下的是："只有利剑在手，和平才能普照世界。"第六位，我的师傅，写得最精彩："在这个世界上，除非人们为了干成一件事不惜互相残杀，否则一事无成。"在这之后，第七位还有什么可说的呢？于是他就写下最简单的一句："理直气壮。"

库森斯　我亲爱的大阴谋家，我一定要在墙上留下我的题词；不过，我要用希腊文写，所以你反正也看不懂。至于说你那个兵器制造商的信念，我如果摆脱了现在套在我脖子上的道德观，我也绝不把你这套再套上。我的大炮，我愿意卖给谁就卖给谁，我不愿意卖给谁就不卖给谁。我要自己拿主意！

安德谢夫　你一旦改名换姓，成了安德鲁·安德谢夫，你就休想再自己拿主意了。不要想到这儿来满足争夺权力的野心，年轻人。

库森斯　如果我的目标是权力，我就不会到这儿来了。你有什么权？

安德谢夫　个人的权，肯定没有。

库森斯　所以我比你有权，我有个人的意愿。你控制不了这个地方，是这个地方控制了你。那么是什么控制了这个地方呢？

安德谢夫　（神秘地）一种意愿，我是其中的一部分。

芭巴拉　（吃惊）父亲！你知道你说的是什么意思吗？还是

你故意给我的灵魂又设下陷阱呢？

库森斯　别听他这些形而上学，芭巴拉。控制这个地方的是
　　　　社会上最无耻、最恶劣的那些分子，那些追求金钱，追求
　　　　享受，鼓吹扩军的流氓；他不过是他们的奴才。

安德谢夫　不一定吧，别忘了兵器制造商的信念，好人来订
　　　　货，坏人来订货，我都高高兴兴地接受。如果你们这些好
　　　　人总想推卸责任，劝善讲道，不肯来买我的武器，不肯去
　　　　跟那些流氓真刀真枪地干，那不能怪我嘛。我能造出大
　　　　炮来，我不能替你们造出勇气和信念来。算了吧！欧里
　　　　庇得斯，你这套贩卖道德的生意，我听着腻味。你问问芭
　　　　巴拉，她懂得我在说什么。（他忽然拉起芭巴拉的双手，
　　　　感情强烈地盯住她的眼睛）告诉我，亲爱的，左右一切的
　　　　权力到底意味着什么。

芭巴拉　（好像被催眠一般）在我参加救世军以前，我能左右
　　　　的只有我自己；结果是，我惶惶然，不知道该把自己怎么
　　　　办。在我参加了救世军以后，我一天到晚忙得事情办
　　　　不完。

安德谢夫　（赞赏地）说得对。那你认为，这是为什么呢？

芭巴拉　如果你昨天问我，我会说这是因为我在上帝手里，是
　　　　上帝在左右我。（她镇定下来，用和她父亲一样大的力
　　　　量，撤回了她的双手）可是你来了，你让我看清楚了，真
　　　　正左右我的是包杰和安德谢夫。今天我的感觉——天
　　　　哪，我怎么能用语言说清楚呢？莎拉，你还记得夏纳的那
　　　　次地震吗？当时我们都是小孩呢。——后来我们等着第
　　　　二震那会儿的提心吊胆，那种恐怖感，跟它比起来，第一
　　　　震的震惊简直算不了什么。今天在这个地方，我的感觉

和那回一样。那时候,我站在一块以为是永世长存的岩石上面;然后,毫无预先警告,岩石摇晃起来,在我脚底下就崩塌了。现在呢,我原以为有个无所不知的上天在照看我,我正在和一支拯救世界的军队大步前进,可是,一刹那,你用笔在支票本上一画,我忽然孤身一人了;天堂也空了,这只是第一震,我正在等下一震。

安德谢夫　算了,算了,我的女儿! 别把你这点小小的悲剧看得那么严重。在我们这儿,为了生产一种新型大炮,或是个空中堡垒,常常是投入了多少年的劳动、思考,花费了成千上万英镑的现款,结果是就差头发丝那么一点儿,不成功。我们怎么办? 报废。绝不再为它浪费一个小时,一个英镑,报废。好吧,你这些年为自己造了个道德规范,一种信仰,不管你叫它什么。结果呢,它不符合事实,怎么办呢? 报废呗,再找一个符合事实的呗。今天世界上问题就出在这儿。今天,凡是过了时的蒸汽机、发电机都可以报废;可就是那些老掉牙的偏见、道德规范、政治体制绝不肯报废。结果呢? 机器生产方面我们很出色;但是在道德、宗教、政治方面,我们节节败退,越来越接近破产了。不要再坚持这种荒唐的做法了,既然你旧的信仰昨天垮台了,那么为明天找个新的、更好的信仰就是了。

芭巴拉　为了我的灵魂,我多么想找到更好的信仰啊! 可是你提供的更糟糕。(忽而暴烈地向她父亲发作)你必须证明你干的有道理,让我看到这个可怕的黑暗的王国里还有一线光明,这些一尘不染的车间,规规矩矩的工人,模范的家庭,都意味着什么。

安德谢夫　不需要证明干干净净、规规矩矩有道理,芭巴拉,它本来就有道理嘛。我没有看到我们这里有什么可怕,有什么黑暗。在你们那个救世军的大棚里我看到了贫穷、苦难、寒冷和饥饿。你给了他们点面包,抹上黄金糖浆,加上关于天堂的梦。我给他们的是最低一个星期三十个先令,最高一年一万二千英镑。梦呢,让他们自己去做吧,我只关心他们别惹出乱子来。

芭巴拉　他们的灵魂呢?

安德谢夫　我拯救他们的灵魂,就像我拯救过你的灵魂一样。

芭巴拉　(起反感)你拯救过我的灵魂!你指的是什么?

安德谢夫　我叫你有的吃,有的穿,有房子住。我特别注意让你有足够的钱能生活得像样——钱数要超过你的需要;这样你才能浪费,大手大脚,慷慨大方。我才拯救了你的灵魂,不受七大罪恶之害。

芭巴拉　(莫名其妙地)七大罪恶?

安德谢夫　对,七条罪恶的根源,(掐指——列举)食物、衣服、取暖、房租、捐税、体面和孩子。这是七样附在人脖子上的磨盘,只有金钱才能把它们解脱掉。要是不把这些磨盘卸掉,人的精神就休想腾飞、翱翔。我替你从精神上解脱了这些负担。我让你有可能从芭巴拉变成芭巴拉少校;我拯救了你,让你摆脱了贫穷的罪恶。

库森斯　你说贫穷就是罪恶?

安德谢夫　最坏的罪恶。别的罪恶和贫穷相比,都是美德;别的耻辱和贫穷相比,都是光荣。贫穷污染了整个城市,贫穷散布着令人毛骨悚然的瘟疫,无论是谁接触到贫穷,看到它,听到它,闻到它,马上就会心灰意冷。你们平常说的犯罪算什么,这儿杀了个人,那儿抢了些钱,这儿打起来了,那儿骂街了,这算得了什么?这不过是生活当中出了岔子,出了毛病。在整个伦敦你也找不出五十个真正的专业罪犯。但是伦敦有几百万穷人,几百万走投无路的、邋遢肮脏的、缺衣少吃的穷人。他们从精神上到物质上毒害我们,他们扼杀了社会上的幸福,他们逼得我们放弃我们自己的自由,逼得我们组织各种违反天性的残忍手段,因为我们怕他们起来造我们的反,把我们也拖到他们的赤贫的绝境里去。只有傻瓜才怕犯罪,我们都怕贫穷。算了吧!(气愤愤找上芭巴拉来)你总要提在你们西汉姆救世军大棚里,你差一点儿就拯救了那个流氓,你责怪我把他的灵魂又投进了地狱。那好吧,你把他带到这里来,为了你,我保证把他的灵魂再送进天堂,我不靠花言巧语,不靠什么梦想;我靠的是每星期三十八先令的收入,让他在一条体面的街道上住上一所结结实实的房子,还有个终身的职业。到了我这儿三个星期,他就要买一件时髦的背心,三个月以后,他就要买一顶礼帽,在教堂里买下固定的座位,用不了一年,他就会在一个高级场合跟某一位公爵夫人握手,而且成为保守党的党员。

芭巴拉　这样他就比原来更好吗?

安德谢夫　你心里明白,当然比原来好。可不能当个伪君子啊,芭巴拉。他比原来吃得好,住得好,穿得好,表现得也好;他的孩子比原来体重增加,个头也大了。这总比你们那个大棚里强,你们那儿睡的是一层薄薄的防水布褥子,自己砍劈柴,吃的是面包抹黄金糖浆,而且每隔一会儿就被人逼着跪下来感谢上天的恩典,我知道你们那儿管这个叫锻炼膝盖。对一群饿得要死的人，左手拿着《圣经》，右手拿块面包去传教，这叫什么本事？给我同样的条件，我保证叫你们那西汉姆区都改变信仰，皈依伊斯兰教。你拿你那套到我的工人这儿来试试，他们才真是灵魂饥渴，因为他们肚子都吃得饱饱的。

芭巴拉　　那就应该让东区的贫民饿肚子？

安德谢夫　　（他的强有力的声调低沉下来，辛酸而沉思地回忆过去）我当年就是东区的贫民。我当年就是满脑子仁义道德，肚子里空空如也，一直到有一天我赌咒发誓，不管付出什么代价，我一定要做一个肚子吃得饱饱的自由人——除非是一颗子弹，不然，什么理论，什么道德，什么别人的生活，都休想拦住我。我说："与其我饿死，不如你饿死"；就凭这一句话，我成了自由的人，伟大的人。没有拿定这个主意以前，我是个危险的人物，现在呢，我成了个有用的人，行善的人，可亲的人。我想，所有靠自己发财的百万富翁的经历大概都差不多，如果每一个英国人都有这样一番经历，那英国就成一个可以安居乐业的地方了。

薄丽托玛夫人　　安德鲁，别演说了，这儿不是地方。

安德谢夫　　（感到不安）亲爱的，我没办法说清楚我的思想啊。

薄丽托玛夫人　　你那些思想都是胡说八道，你干得不错因为你自私，而且什么都不关心。

安德谢夫　　完全不对，我对贫穷和饥饿比谁都关心，你们那些道德家对这两样都毫不关心；不但如此，他们把这两样都吹捧成美德。我宁愿当小偷也不当乞丐，我宁愿杀人也不当奴隶,两者我都不愿意当;可是,老天在上,你要是逼我非选一样不可,那我就还是选更勇敢、更道德的一个。我痛恨贫穷和奴役,比什么罪恶都恨。我还可以告诉你们,多少个世纪了,贫穷和奴役顶住了你们那些宣道、社论,却顶不住我的机关枪。跟它们讲理,没用,杀死它们。

芭巴拉　杀人,这就是你解决一切的药方?

安德谢夫　这是对信念的最终考验,这是唯一能推翻一个社会制度的强有力杠杆,只有这样才能明确地说,必须如此。把六百七十个傻瓜放到大街上去,三个警察就能把他们驱散。可是把这些傻瓜集中到议会大厦里,让他们举行各种仪式,让他们给自己封上各种漂亮的头衔,他们就来劲了,胆子也大了,他们就敢杀人了;这六百七十个傻瓜就成政府了。你们那些傻乎乎的老百姓还在那儿热心地填写选票,以为他们真能控制他们的主人,其实真正控制政府的是包在选票里面的子弹。

库森斯　大概就因为这个,所以我像大多数明白人一样,从不参加选举。

安德谢夫　选举!算了吧!选举充其量只能在内阁里换几个名字。可是开枪呢,那才能推翻政府,创建新时代,废除旧秩序,建立新的。从历史上说,大学者先生,这是不是事实?

库森斯　从历史上说这是事实。要承认这一点我很反感。我从感情上和你没有共同语言,我对你的为人深恶痛绝,我在各方面都反对你的观点。不过呢,事实是这样,虽然它不应该是这样。

安德谢夫　应该,应该,应该,应该,应该!你这一辈子就唱这一个调,应该什么样,不应该什么样,像我们那些道德家?还是想想世界肯定会什么样吧,小伙子,来吧,跟我一道制造炸药吧,能够把人炸掉的也能把社会炸掉。人类的历史就是有勇气接受这个事实的人的历史。芭巴拉,你有没有勇气接受这个事实?

薄丽托玛夫人　芭巴拉,我绝对禁止你听你父亲这一套万恶不赦的坏话。还有你,库森斯,你也不像话,怎能说不对头的事是事实呢?就算这是事实,它既然不对头又有什么用?

安德谢夫　就算这不对头,既然是事实又有什么办法?

薄丽托玛夫人　(站起)孩子们,马上跟我回家。安德鲁,我非常后悔允许你到家里来和我们见面,你变得越来越坏,我们马上走。

芭巴拉　(摇头)见到坏人就逃跑没有用,妈妈。

薄丽托玛夫人　很有用,这表达了我们对这种人的否定态度。

芭巴拉　这救不了他们的灵魂。

薄丽托玛夫人　我看清楚了,你是不预备听我的话了。莎拉,你回家不回家?

莎　拉　很可能爸爸生产大炮真是坏,坏透了,可我也不能为这个就跟他断绝关系啊。

洛玛克斯　(想给他们排解)咱们说实话啊,这个好啊、坏啊、善啊、恶啊,这个观念恐怕有点二五眼,这玩意儿行不通啊。咱们得看实际的啊。当然了,我绝不会为那些不对头的事说一句话;可是总有各式各样的人干各式各样的事,咱们总得叫他们各得其所吧,是不是这回事吧。我是想说,咱们也不能动不动就跟人家断绝关系,我说了半天

就这个意思,(大家专心注意地听他的雄辩,使他胆怯)
　　　　大概我还是没说清楚。

薄丽托玛夫人　　再清楚不过了,你是说,既然安德鲁发了财,

　　　　能给莎拉一大笔钱,所以你就要奉承他,鼓励他干坏事。

洛玛克斯　　(泰然自若地)那,怎么说呢,人为财死,鸟为食

　　　　亡,不都这么说吗?(对安德谢夫)呃?是吧?

安德谢夫　　完全正确。说到这儿了,我可以叫你查尔斯吗?

洛玛克斯　　那我太高兴了,不过平常大伙都管我叫查利。

安德谢夫　　(对薄丽托玛夫人)小薄丽——

薄丽托玛夫人　　(狠狠地)不许你管我叫小薄丽。查尔斯·

　　　　洛玛克斯,你是个傻瓜。阿道尔夫·库森斯,你是个不择

　　　　手段的伪君子。斯蒂文,你是个装腔作势的势利眼。芭

　　　　巴拉,你是个疯子。安德鲁,你是个俗不可耐的买卖人。

　　　　好了,我的意见你们都听到了,不管发生什么事,我问心

　　　　无愧了。(她凶猛地一屁股坐在帆布躺椅上,差点坐坏

　　　　了椅子。)

安德谢夫　　亲爱的,你真是道德的化身。(她气得鼻子里呼

　　　　呼作响)你只要给我们都贴上了标签,你就问心无愧了,

　　　　尽到责任了。好啦,欧里庇得斯!时间不早了,大家都想

　　　　回家了,拿定主意吧。

库森斯　　先说清楚,你这个老魔鬼——

薄丽托玛夫人　　库森斯!

安德谢夫　　别打搅他,薄丽,说下去,欧里庇得斯。

库森斯　　你让我处于可怕的左右为难的境地。我要芭巴拉。

安德谢夫　　像所有的年轻人一样,你过分夸大了一个姑娘和

　　　　另一个姑娘之间的不同。

芭巴拉　他说得对,道利。

库森斯　我也不愿意当个恶人。

安德谢夫　（鄙夷至极地)你的野心是追求个人自认的公正善良,自我满足,用你的话说是无愧于自己的良心;用芭巴拉的话说是灵魂得救;用我的话说,是对那些比你不幸的人充当救命恩人。

库森斯　我不想。我内心的诗人气质绝不允许我去当善人。可是毕竟我心里有些东西我不能不考虑,像怜悯之心——

安德谢夫　怜悯!那不过是靠别人受苦受难自己捞好处的借口。

库森斯　那,还有博爱。

安德谢夫　我知道,你要爱那些缺吃少穿、无家可归的人,你要爱被压迫民族、黑人、印度农民、波兰人、爱尔兰人。你也要爱日本人吗?爱德国人吗?爱英国人吗?

库森斯　不爱,凡是真正的英国人没一个不讨厌英国人的。我们是全世界心眼最坏的民族,我们的成功从道德上说叫人不寒而栗。

安德谢夫　这都是你那套博爱的福音书必然的结果,是不是?

库森斯　难道我要爱我的岳父都不行吗?

安德谢夫　谁要你的爱,小伙子?你有什么权利敢向我献出你的爱?我要的是你规规矩矩地听话,尊重我,不然我就消灭你。跟我谈什么爱,你胆子不小啊!

库森斯　（露齿而笑)也许我控制不了自己的感情呢,伙计。

安德谢夫　你这都是花把式,欧里庇得斯,你已经软下来了,你只有招架之功了。算了吧!要不要试试你最后一件兵器呢？怜悯哪，博爱啊，都败下阵来了，还剩下一条呢，宽恕。

库森斯　不行，宽恕是乞丐的避难所。在这一点上，我和你一致，欠债就得还钱。

安德谢夫　说得好。好吧！你合我的心意，记得柏拉图的话吗？

库森斯　（惊讶）柏拉图，你居然敢对我引用柏拉图？

安德谢夫　柏拉图说过，我的朋友，只有到那一天，希腊文教授改行造炸药或是造炸药的改行教希腊文，社会才能得救。

库森斯　噢，诱惑人的魔鬼，狡猾的魔鬼！

安德谢夫　来吧！选择吧，小伙子，拿主意吧。

库森斯　可是，如果我选择错了，芭巴拉说不定就不愿意嫁我了。

芭巴拉　是说不定。

库森斯　（非常作难）听见了吧！

芭巴拉　父亲，难道你谁也不爱？

安德谢夫　我爱我那个最好的朋友。

薄丽托玛夫人　请问，他又是谁呢？

安德谢夫　是我最勇敢的敌人。是他逼得我每时每刻都保持最佳状态。

库森斯　你看出来了吗，这个家伙还真有点诗人气质哩，说不定他还真是个大人物哩！

安德谢夫　年轻的朋友，你是不是少发点议论，还是先拿主意吧。

库森斯　可是你在逼我违反我的天性，我痛恨战争。

安德谢夫　懦夫受到欺侮的时候,唯一的报复方法就是"痛恨",你敢不敢对战争发动战争? 手段就在这里,我的朋友洛玛克斯正坐在它上面。

洛玛克斯　(跳起来)老天爷,你是说,这玩意儿里头真有炸药,不是吧? 宝贝儿! 快下来。

莎　拉　(泰然在大炸弹上坐着)我要是挨炸,那就炸得越彻底越好,别那么大惊小怪的,查利。

洛玛克斯　(对安德谢夫提出严重抗议)这可是你亲女儿。

安德谢夫　是啊,我看见了。(对库森斯)好吧,朋友,我们就等着你明天早晨六点钟上班了,可以吗?

库森斯　(坚决地)没门儿。哪怕这个地方叫它自己的炸药炸飞了,我也绝不早晨五点起床。我的工作时间是合理的、健康的,十一点到五点。

安德谢夫　什么时间上班随你,不到一个星期你就会六点钟来,一直待到我为了你的健康把你轰回家。(呼唤)毕尔顿! (转对薄丽托玛夫人,她站起来)亲爱的,咱们是不是让这对年轻人自己待一会儿? (毕尔顿从炸药厂棚里来到此)我现在带你们去参观硝化棉车间。

毕尔顿　(拦着路)到这儿来不能带引火物,先生。

薄丽托玛夫人　什么意思? 你指的是我?

毕尔顿　(面不改色)不是,夫人,那位先生的火柴在安德谢夫先生的口袋里。

薄丽托玛夫人　(猝然)噢! 我很抱歉。(她进厂棚里。)

安德谢夫　做得对,毕尔顿,做得很对。在这儿,(把一盒火柴递给毕尔顿)来吧,斯蒂文,来吧,洛玛克斯,带上莎拉。(他进厂棚里去。)

毕尔顿打开火柴盒子，慎重地把洋火倒在救火水桶里。

洛玛克斯　嘿，我说！（毕尔顿不动声色地把空盒子交给他）真是胡来！纯粹是科学上的无知！（他进去。）

莎　拉　我没问题吧，毕尔顿？

毕尔顿　您只需要换上布边拖鞋，小姐；里面都是现成的。（她进去。）

斯蒂文　（极其严肃地对库森斯）道利，老家伙，得好好想想啊，想充分了再做决定。你觉得这些实际事务你玩得转吗？这可是个大事业，要担负很大的责任哪，这一大堆做买卖的知识，你都得从头学啊。

库森斯　噢，我想总比学希腊文容易得多。

斯蒂文　那好，我不过是想在你们俩单独谈话以前说说这个意思。不要让我说过的哪是对的、哪是错的议论影响你。不要对这样一个一生难遇的好机会抱偏见。我现在心服口服，这个企业格调是最高档的，为我们大家增光的。（激动地）我为父亲感到非常自豪。我——（他不能再往下说了，在库森斯的手上拍了一下，急忙进厂棚去。毕尔顿跟进去。）

此时一旁无人，芭巴拉和库森斯相对默然。

库森斯　芭巴拉，我打算接受这个机会。

芭巴拉　我知道你会的。

库森斯　你明白，是不是，我必须不和你商量就做出决定。如果我把做决定的担子推给你，你迟早要看不起我。

芭巴拉　对，不管是为我，还是为这份遗产，我都不希望你出卖自己的灵魂。

库森斯　出卖灵魂什么的我倒不在乎,我出卖灵魂的次数太多了。为了当教授我出卖过,为了有份工资我出卖过。我也不敢不交税,怕把我抓起来蹲监狱,其实我明知道那些税款就是为养活执行死刑的刽子手,为支持不正义的战争,都是我恨得要死的制度,这也是出卖灵魂。现在要做人,还不是每时每刻都在出卖灵魂?我这次出卖灵魂不是为了钱,为了地位,为了过舒服日子,我是为了现实,为了力量。

芭巴拉　你知道你不会有力量的,他也没有。

库森斯　我知道。我不光是为我自己,我要的是全世界都有力量。

芭巴拉　我也要全世界都有力量,但必须是精神的力量。

库森斯　我认为凡是力量都是精神的,这些大炮自己不会发射。我曾经想通过希腊文创造精神的力量,可是过时的语言和文明对这世界实际不起作用。人民必须有力量,人民不能靠希腊文过日子,可是这个地方产生的力量是所有的人都能掌的。

芭巴拉　什么力量? 能够把女人的房子炸得片瓦不存,把她们的孩子炸死,把她们的丈夫炸得血肉横飞?

库森斯　没办法,力量一旦出现,好人要利用,坏人也要利用。就连母亲的奶汁不是既喂养了谋杀犯,又喂养了英雄吗? 这种把人的身体炸得血肉横飞的力量算得了什么,真正可怕地被滥用的是精神的、思想的力量,是想象力的、诗的、宗教的力量,这才能叫人的灵魂变成奴隶。我教希腊文的时候,我是在给有知识的人提供压制普通老百姓的武器。现在我要给普通老百姓提供反抗有知识的人的武器。我喜欢普通老百姓,我要他们武装起来 反抗那些律师、医生、牧师、文人、教授、艺术家还有政客;这些人一旦掌了权,马上就变成危险的、最害人的、最专制的傻瓜、流氓、骗子!我希望见到的是一种强大的民主力量,能够逼迫这些少数的有权的知识分子乖乖地把本事拿出来为大家服务,不然就被消灭。

芭巴拉　难道就没有比这些东西(指着大炸弹)更高的力量了吗?

库森斯　有,但是这些东西能消灭那些更高的力量,就像老虎能吃掉人,所以人就必须先掌握这些东西。上一次土耳其人和希腊人又打起仗的时候,我就承认了这一条。我最优秀的一个学生,出发去为他心目中伟大的希腊战斗。临别的时候我送他的礼物不是一本柏拉图的名著《共和国》,而是一把左轮手枪和一百发安德谢夫牌子弹。死在他枪下的每一个土耳其人——假定他打中了一个——那笔血债里有我的份,也有安德谢夫的份。从那个时候起,这件事就把我跟这个地方拴在一起了。你父亲刚才的挑战把我打垮了,我敢对战争开战吗?我敢,我必须开战,我一定要开战。现在说吧,咱们之间是不是一切都完了?

芭巴拉　(看到他因害怕听到她的答复,战战兢兢的样子,颇受感动)傻孩子道利!怎么可能呢?

库森斯　(喜不自胜)那么说你——你——你——噢,我的鼓在哪儿!(做出击花哨鼓点状。)

芭巴拉　(因他的轻佻而激怒)你当心,道利,当心。我多么想把你,把父亲,把这一切都扔掉啊!我要是能有鸽子的翅膀,直飞上天,多好啊!

库森斯　把我甩掉!

芭巴拉　对,你,还有你们这些幼稚的、捣乱的、无事生非的男人。可是我做不到。我在救世军里有过一段幸福的日子,我逃避了现实世界,找到了一个充满热情、祈祷、挽救灵魂的乐园。可是一旦钱用光了,我们还是得回来找包杰;最后还得靠他来搭救我们的人,靠他,还有黑暗王国的君主,我的父亲。安德谢夫和包杰,他们的手伸得可长呢,我们要是想给一个饿得要死的人弄点吃的,那只能是他们的面包,因为没有别的面包;我们要照料病人,只能是在他们捐钱建立的医院;如果我们不愿意在他们造的教堂里祈祷,那就只好在大街上跪下,可是那大街上的路面也是他们修的。只要这种情形不变,我们就永远摆不脱他们,弃绝安德谢夫和包杰就是弃绝生活。

库森斯　我一直以为你是拿定主意要弃绝生活里罪恶的一面呢。

芭巴拉　根本不存在所谓罪恶的一面,生活是一个完整的东西。而且我从来没有想推卸我容忍罪恶的责任,不管这个罪恶是苦难还是犯罪。道利,我真希望我能改造你,叫你摆脱这些中产阶级的观念。

库森斯　(气得直喘)中产阶——!势利眼!跟我来这套上流社会的势利眼!其实你不过是私生子的女儿!

芭巴拉　正因为这个,所以我不属于任何阶级,道利。我直接来自全体人民的心。如果我是中产阶级的后代,那我就应该深恶痛绝我父亲的生意;咱们两个呢,就应该生活在一间艺术味很浓的客厅里,你在一个角落里看报纸评论,我在另一个角落里在钢琴上弹奏舒曼浪漫主义的乐曲；两个人都档次很高，但是毫无用处。与其那样，我宁愿到这儿的炸药车间去扫地，或者在包杰的酒馆里当女招待。你知道要是你拒绝了爸爸的邀请，结果会怎么样吗？

库森斯　难说。

芭巴拉　我就会甩掉你，嫁给那个接受邀请的人。说来说去，我那位亲爱的老妈妈比你们都精明。我看到这个地方之后，跟她的感觉一样——这个地方一定要属我所有——我绝不，绝不，绝不撒手！不同的只是，她要的是这些房子，厨房的炊具、台布餐巾、瓷器，可是我真正要的是这里等着我来拯救的灵魂。不是那些饥饿的肉体里的弱者的灵魂，为了一片抹上黄金糖浆的面包就感激涕零的可怜虫，而是那些自命不凡的，势利眼的，找碴儿吵架的，吃得饱饱的人，一个个儿摆着小架子，为自己的一点权利寸步不让的人。而且一个个儿都认为我父亲赚了那么多钱都应该感谢他们——他们这样想也有道理。这才是需要拯救的灵魂。今后我父亲再也不能耻笑我，说我的信徒都是靠面包收买的。（她忽然变成崇高的样子）从今以后我彻底摆脱了用面包收买，也摆脱了用天堂去收买。让上帝的感召靠它本身的力量吧！上帝创造了我们这样的人，不就是因为要实现这种感召，只能靠我们这些活生生的人吗。到我死的那一天，应该是上帝欠我的债，而不是我欠他的，应该是我原谅他，这才配得上我这样一个女人的身份。

库森斯　这么说，通向永生的道路，必须经过制造死亡的工厂了？

芭巴拉　是的,必须把地狱升华成天堂,把人升华成上帝,在阴暗的山谷里洒下永恒的光明。(她用两手抓住他)噢,难道你以为我的勇气一去不复返了吗?难道你以为我会当逃兵?我这样一个曾经站在大街上,把心交给了老百姓,跟他们讲过最崇高、最伟大的思想的人,难道会背叛,去跟一群时髦的女士、先生在客厅里说些空话、昏话?绝不、绝不、绝不!芭巴拉少校到死也要高举旗帜。噢!再说我身边还有我亲爱的道利宝贝儿呢,是他替我找到了我的岗位和我的工作。感谢上帝吧!(她亲吻他。)

库森斯　我最最亲爱的,你得考虑我虚弱的身体。我比不了你,我承受不了这么大的幸福。

芭巴拉　我知道,跟我相爱不那么容易,是不是?可这对你有好处。(她向着厂棚跑去,一面叫喊着,孩子一般)妈妈!妈妈!(毕尔顿从厂棚里出来,安德谢夫跟在后边)我要找妈妈。

安德谢夫　她正在换拖鞋呢,亲爱的。(走到库森斯身旁)怎么样?她怎么说?

库森斯　她要乘风破浪,直奔天国前进!

薄丽托玛夫人　(从厂棚里出来,站在梯子台阶上,挡住了莎拉和她身后的洛玛克斯的路。芭巴拉像三岁孩子似的抓着她的裙子)芭巴拉,你到哪年才能长大,自己拿主意啊?我比谁都明白你大喊大叫"妈妈,妈妈"是什么意思,没办法了就来缠着我。

莎　拉　(以手指尖点着薄丽托玛夫人的肋骨,学自行车喇叭叫)嘀!嘀!

薄丽托玛夫人　(声色俱厉)莎拉,你怎么敢对我叫唤:嘀!

嘀！这俩孩子,都不乖。你要什么,芭巴拉?

芭巴拉　我要在这儿找一所房子,跟道利一块儿生活。(拉
　　着母亲的裙子)我要你来帮我选房子。

安德谢夫　(对库森斯)年轻的朋友,明天一早六点钟见。

"外国文学名著丛书"书目

第 一 辑

书　名	作　者	译　者
伊索寓言	〔古希腊〕伊索	周作人
源氏物语	〔日〕紫式部	丰子恺
堂吉诃德	〔西班牙〕塞万提斯	杨　绛
泰戈尔诗选	〔印度〕泰戈尔	冰　心　石　真
坎特伯雷故事	〔英〕杰弗雷·乔叟	方　重
失乐园	〔英〕约翰·弥尔顿	朱维之
格列佛游记	〔英〕斯威夫特	张　健
傲慢与偏见	〔英〕简·奥斯丁	王科一
雪莱抒情诗选	〔英〕雪莱	查良铮
瓦尔登湖	〔美〕亨利·戴维·梭罗	徐　迟
欧·亨利短篇小说选	〔美〕欧·亨利	王永年
特利斯当与伊瑟	〔法〕贝迪耶	罗新璋
巨人传	〔法〕拉伯雷	鲍文蔚
忏悔录	〔法〕卢梭	范希衡 等
欧也妮·葛朗台 高老头	〔法〕巴尔扎克	傅　雷
雨果诗选	〔法〕雨果	程曾厚
巴黎圣母院	〔法〕雨果	陈敬容
包法利夫人	〔法〕福楼拜	李健吾
叶甫盖尼·奥涅金	〔俄〕普希金	智　量
死魂灵	〔俄〕果戈理	满　涛　许庆道

书　名	作　者	译　者
彭斯诗选	〔英〕彭斯	王佐良
艾凡赫	〔英〕沃尔特·司各特	项星耀
名利场	〔英〕萨克雷	杨　必
人性的枷锁	〔英〕威廉·萨默塞特·毛姆	叶　尊
儿子与情人	〔英〕D.H.劳伦斯	陈良廷　刘文澜
杰克·伦敦小说选	〔美〕杰克·伦敦	万　紫　等
了不起的盖茨比	〔美〕菲茨杰拉德	姚乃强
木工小史	〔法〕乔治·桑	齐　香
恶之花　巴黎的忧郁	〔法〕波德莱尔	钱春绮
萌芽	〔法〕左拉	黎　柯
前夜　父与子	〔俄〕屠格涅夫	丽　尼　巴　金
卡拉马佐夫兄弟	〔俄〕陀思妥耶夫斯基	耿济之
安娜·卡列宁娜	〔俄〕列夫·托尔斯泰	周　扬　谢素台
茨维塔耶娃诗选	〔俄〕茨维塔耶娃	刘文飞
德国诗选	〔德〕歌德　等	钱春绮
安徒生童话选	〔丹麦〕安徒生	叶君健
外祖母	〔捷〕鲍·聂姆佐娃	吴　琦
好兵帅克历险记	〔捷〕雅·哈谢克	星　灿
我是猫	〔日〕夏目漱石	阎小妹
罗生门	〔日〕芥川龙之介	文洁若

第 四 辑

一千零一夜		纳　训
培根随笔集	〔英〕培根	曹明伦
拜伦诗选	〔英〕拜伦	查良铮
黑暗的心　吉姆爷	〔英〕约瑟夫·康拉德	黄雨石　熊　蕾
福尔赛世家	〔英〕高尔斯华绥	周煦良